ㅓ이ㄱㅏㅌㄹㅓㅇ

아르카디아

초판 1쇄 인쇄	2015년 07월 06일		
초판 1쇄 발행	2015년 07월 13일		

지은이	한 희 원		
펴낸이	손 형 국		
펴낸곳	(주)북랩		
편집인	선일영	편집	이소현, 이탄석, 김아름
디자인	이현수, 김루리, 윤미리내	제작	박기성, 황동현, 구성우
마케팅	김회란, 박진관, 이희정		
출판등록	2004. 12. 1(제2012-000051호)		
주소	서울시 금천구 가산디지털 1로 168, 우림라이온스밸리 B동 B113, 114호		
홈페이지	www.book.co.kr		
전화번호	(02)2026-5777	팩스	(02)2026-5747

ISBN	979-11-5585-438-9 03810(종이책)	979-11-5585-439-6 05810(전자책)

이 도서의 국립중앙도서관 출판예정도서목록(CIP)은 서지정보유통지원시스템 홈페이지(http://seoji.nl.go.kr)와
국가자료공동목록시스템(http://www.nl.go.kr/kolisnet)에서 이용하실 수 있습니다.
(CIP제어번호 : CIP2014038361)

아르카디아

한희원 장편소설

여자들은 항상 그를 사랑한다고 말한다
하지만 나는 사랑을 믿지 않는다
나 같은 사람에게는 사치라는 생각을 해 왔다

북랩 book Lab

로마의 역사가 폴리비우스에 따르면 그리스에 있는 아르카디아라는 지역은 목동들이 목신 사티로스를 숭배하며, 노래 부르고 축제를 즐기는 척박한 땅이었다. 그런데 로마의 시인 베르길리우스가 자신의 작품에 아르카디아를 자연의 풍요로움이 가득한 축복받은 이상향으로 묘사하고, 르네상스의 작가와 화가들이 아르카디아를 낙원으로 재창조하면서 그것은 진실이 되어버린다. 낙원은 현실에 있는 것이 아니라 인간의 인식의 틀 속에 존재하는 것이다.

이상적인 사랑이 있는 곳을 아르카디아라고 한다면, 그것은 실제로 존재할까? 오늘날 젊은 남녀는 속물적인 욕망을 교환하는 방편으로 사랑을 이용하고, 결혼을 하는 것 같다. 그러나 사랑이라고 믿었던 계약조건들이 조금만 어긋나도, 그것을 참아내지 못하고 다른 사랑을 꿈꾼다. 안타깝게도 처음 약속한 사랑을 끝까지 지키고, 어려움을 참아내고, 헌신하는 부부가 점점 사라져 가는 것 같다.

이 책의 주인공인 '아도니스'도 결혼의 환상이 깨지자 자신이 찾는 이상적인 사랑이 어딘가에 있을 것이라고 믿으며 이리저리 방황한다. 그러다가 마침내 사랑은 두 사람의 영혼의 가치가 같을 때 영원히 유지될 수 있음을 깨닫는다. 사랑의 아르카디아는 사랑의 결과로서 주어지는 이상향이 아니라, 그것을 좇아 끊임없이 노력하는 현실적인 과정인 것이다. 아르카디아는 저 멀리 있는 것이 아니라 바로 지금 여기에 있는 것이다.

이 책은 21세기 들어 발생한 두 개의 대사건, 2000년의 남북정상회담과 2001년의 9·11테러를 주요 배경으로 하여 주인공의 일탈적 사랑을 조명한다. 아이러니하게도 남북정상회담은 두 개가 모이는 사건이고, 9·11테러사건은 두 개가 흩어지는 사건이다. 모임과 흩어짐이 하모니를 이루며 이야기가 전개된다. 또한 아도니스, 르네, 카사노바, 돌로레스 네 명의 이야기이자 그들이 만남과 흩어짐을 주제로 연주하는 사랑과 이별의 변주곡이기도 하다.

인생의 목표에서 점점 멀어지던 40대 중반, '세계를 정복할 수 없다면, 세계인의 마음을 정복하자'는 슬로건을 내걸고, 사실과 허구를 섞어 개인 블로그에 로맨스 소설을 연재하기 시작했다. 호기롭게 시작은 했으나 머리는 굳고 펜은 녹슬어 50이 되어서야 이야기를 마무리할 수 있었다. 몇몇 열성 팬들의 호평에도 불구하고 졸작을 세상에 내놓기가 부끄럽지만, 인생의 겨울에 씨앗을 뿌리는 농부의 가상함을 독자들은 이해해 주리라 믿는다.

한희원

목 차

허어질 찾아허

제나허

1
빗방울 전주곡

하루 종일 비가 내린다. 아파트 창문을 열고 우두커니 서서 빗소리를 감상했다. 빗소리가 우울하게 들린다. 그런데, 가만히 생각해보니 비는 스스로 아무런 소리를 내지 않는 게 분명하다. 사실, 비가 하늘에서 떨어지면서 내는 소리, 즉 빗소리는 우리 귀로 들리지 않는다. 빗소리의 정의는 비가 뭔가에 부딪쳐 나는 소리인 것이다. 비가 지붕에 떨어지는 소리이거나, 시멘트 바닥에 떨어지는 소리이거나, 아니면 나뭇잎에 떨어지는 소리인 것이다. 그때 내게 들리는 빗소리는 빗방울들이 가슴을 때리는 소리였다. 그것들이 가슴속에 뭉쳐있던 그리움에 떨어지면서 나는 소리였다. 비가 한 방울씩 가슴에 떨어지자 그리움이 조각조각 흩어져 온몸으로 퍼진다. 몸이 터질 듯 아려온다. 그때, 빗소리는 이별한 남자의 가슴을 때리는 처절한 소리였던 것이다.

2000년 가을. 비가 내리던 어느 날, 그녀에게서 만나자는 전화가 왔다. 헤어진 지 한 달 반 만에 연락이 온 것이다. 나는 허둥지둥 옷을 갈아입고 차를 몰고 D시로 출발했다. 당시 방송에서는 계속 한반도에 호우주의보를 예보하고 있었다.

'바람주의보라는 것은 없을까? 쉽게 사랑에 빠지고, 아무렇지도 않게 이별하지만, 남몰래 가슴앓이를 하는 현대인들에게 필요한 주의보, 느닷없이 부는 바람에 속절없이 휩쓸려 상처받는 사람들에게 경고가 필요해!'

여러 가지 생각을 하면서 고속도로를 달리고 있었다. 라디오에서 쇼팽의 빗방울 전주곡이 흐르고 있었다. 피아노 소리가 한 방울씩 마음속으로 들어와 흥분된 마음을 진정시키고 있었다.

D시의 약속장소에서 그녀를 차에 태웠다. 그녀는 짧은 스커트와 탑을 걸친 섹시한 몸매를 큰 우산 속에 감추고 나를 기다리고 있었다. 그녀는 "오랜만이네요."라고 짧게 말하고는 조수석에 올라탔다. 그녀는 그동안 연락하지 못한데 대해 주저리주저리 떠들며 변명을 늘어놓았다. 그러나 나는 아무 말도 대꾸하지 못했다. 솔직히 말하면, 그녀의 섹시한 모습을 보자마자 내 머리가 얼어버렸다는 표현이 적당하다. 운전을 하면서 그녀와의 관계에 대해서, 미래에 대해서 여러 가지 생각들이 떠올랐지만 입 밖으로 나오지 않았다. 차가 서해안 근처에 다다르자 빗방울이 더욱더 굵어졌다. 잠시 길가에 차를 세웠다. 안면도 근처였던 거 같다.

감각은 이미 그녀의 풍만한 가슴과 아름다운 얼굴로 쏠리고 있었지만, 고개를 돌릴 용기가 나지 않았다. 비가 거칠게 내리면서, 비의 장막이 우리를 감싸고 있을 때였다. 익숙한 그녀의 향기가 코로 들어왔다. 한 방울의 향기가 내 몸으로 들어와 온몸을 자극했다. 나는 더 이상 감정을 숨기지 않고, 천천히 고개를 돌렸다. 그녀도 거의 동시에 나를 바라봤다. 우리는 같은 생각을 하고 있었을까? 그녀의 눈빛이 도발적으로 나를 빨아들였고, 우리는 자연스럽게 입술을 포갰다. 재회를 애타게 기다리던 두 몸뚱어리들은 아무런 두려움이나, 죄의식도 없이 본능이 요구하는 대로 행동했다. 비는 우리의 비밀스런 사랑을 지켜주고 있었고, 우리는 폐쇄된 차속에서 벗어버린 옷과 함께 윤리적인 관념들도 벗겨내 버렸다.

좁은 공간 안에는 두 사람의 욕망과 벗어버린 육체, 부드러운 음악만이 존재했고, 다른 아무것도 감각되지 않았다. 라디오에서 '달콤쌉쌀한 심포니'라는 노래가 들려왔다. 몽환적인 그 음악은 세상을 여유 있게 즐기면서 춤추듯이 살아야 한다고 속삭이는 것 같았고, 나는 그 음악에 따라 육체를 느리게 움직였다. 그녀는 나의 손길에 따라 느리게 춤을 췄다. 이어서 강렬한 비트의 록 음악이 들려오자, 우리는 다시 하나가 되어 격렬하게 몸을 움직였다. 비가 창문을 강하게 때릴 때마다 그녀는 마음껏 교성을 질러댔고, 나의 육체도 질퍽거렸다. 비가 몇 시간동안 내린지 모른다. 하지만 '올개슴틱'한 쾌락의 순간은 길지 않게 느껴졌다.

비가 그치고, 음악도 멈추고, 사랑도 멈췄다. 우리를 감싸던 검은 커튼이 걷히자 관객이 우리를 구경하는 것 같았다. 창밖으로 안개 낀 바다가 뿌옇게 보였다. 아무도 지나가는 사람이 없는 한적한 곳이었지만, 분명 바다는 우리의 목격자였다. 순간 두려움이 엄습해왔다. 달콤한 사랑의 꿈에서 깨어나자 모든 것이 현실로 보이고, 상대방의 나신이 불결하게 보였다. 우리는 정신없이 옷을 찾아 입기 시작했다. 좁은 공간에서 벌거벗은 채 서로의 옷을 찾아주며 허둥대는 모습이 너무나 우스꽝스러웠다. 그러나 우리는 금지된 장난을 치고 난 아이들처럼 아무런 죄책감도 없이 웃고 재잘거렸다. 그때 우리는 불장난을 치고 있는 어른들이었다.

나는 그녀와 정사를 나누는 동안 이런 생각을 하고 있었다.

'그녀가 다시 내게 돌아왔어. 그것은 나를 벗어날 수가 없다는 의미야. 이제 나는 세상이 끝날 때까지 그녀를 사랑할 거야. 이제는 그녀를 놓치지 않을 거야. 우리는 함께 행복하게 살게 될 거야.'

옷을 다 추슬러 입고 나서 나는 심각한 어조로 그녀에게 생각했던 말들을 뱉어냈다.

"이제 떠나지 마. 너를 사랑해, 영원히!"

그러나 그녀는 가볍게 웃으며 나의 상상을 짓밟아 버렸다.

"영원이란 말 하지 말아요. 영원한 사랑은 이 세상에 없어요."

그녀의 대답을 듣고 나서야 여자에게 있어서 불안한 쾌락이 결코 영원하지 않다는 것을 알았다. 그날 짧은 만남 이후 또 다시 그녀가 잠적해 버렸다.

그녀의 새가 또 날아가 버렸다.

위험한 게임 ²

그녀와의 만남은 정말 우연히 이루어졌다. 아주 우연히. 그런데 그게 우연이었을까? 우연을 가장하여 필연적으로 우리가 만날 수 있도록 조정한 어떤 초자연적인 힘이 있지 않았을까? 수십억 명의 인간들 중에 어느 한 순간 한 공간에서 만날 수 있다는 것은 과연 우연히 일어날 수 있는 것일까? 인간은 그러한 상황을 인연이라고 말하지만, 어쩌면 수억 년간 진화해 온 인간 세포의 유전자 속에 이미 그 사건이 일어나도록 프로그램화되었을 수도 있고, 아니면 우주 밖의 신이라는 존재가 그러한 사건이 일어나도록 미리 계획했었던 것은 아닐까.

2000년이 되자, 언론에서는 새로운 밀레니엄에 대해 집중 조명하면서 사람들의 가슴을 한껏 부풀게 했다. 거의 매일 텔레비전과 신문에 빌게이츠나 스티브잡스 같은 위대한 천재들이 등장하여 가까운 장래에 엄청난 기술적 진보가 이뤄져 인간이 100세 이상의 수명을 누리게 될 것이며, 로봇 같은 기계들이 더럽고 힘든 노동을 대신 함으로써 인간은 편리한 생활을 하게 될 것이라는 희망적인 말들을 하고 있었다.

그때 나도 그러한 예언이 이뤄질 것이라고 믿었다. 엄청난 과학 기술이 당장 개발되어, 힘들고 짜증나는 일상으로부터 해방될 것이라는 허황된 생각을 했다. 그러나 몇 달도 되지 않아서 2000년이라는 숫자는 1999년과 이어진 또 하나의 시간일 뿐 현실이 크게 달라질 일은 없다는 사실을 깨달았다. 시간의 연속적 흐름으로 보면 밀레니엄이라는 말은 아무 의미가 없는 허구일 뿐이었다.

그러나 모든 것이 허망한 것은 아니었다. 모든 예측들이 물거품처럼 사라져 버렸지만, 판도라의 상자에 희망이 남은 것처럼 한 가지가 남아 있었다. 그것은 인터넷이라는 기발한 도구였다. 그것은 분명 20세기 말에 창조된 것이었지만, 인간들의 생각들을 서로 연결해 준다는 점에서 21세기의 인간들에게 획기적인 물건이었다. 그것은 희망적인 물건이면서, 한편으로 위험한 물건임에 틀림이 없었다. 나쁜 인간들이 사악한 생각들을 서로 연결시켜 다시 제2의 바벨탑을 쌓아 신에게 도전할지도 모른다는 점에서 신에게는 위험한 물건이 분명했다. 그것은 아마도 21세기 에덴동산의 '금단의 사과'일지도 모른다.

인간들은 인터넷을 통해 서로 생각을 연결하기 시작했다. 물론 인터넷은 선한 사람들이 서로 만나 좋은 생각을 교류할 수 있다는 긍정적인 면이 있지만, 못된 인간들이 만나 수만 개의 사악한 두뇌가 모이게 된다면, 그것은 상상을 초월하는 악마적 능력을 갖게 될 것이며, 그들은 자신들도 신처럼 선악을 알 수 있다는 자만감을 갖게 될지도 모른다. 그래서 마침내 신이 금지하는 위험한 짓을 꾸미고 실행에 옮길지도 모른다. 이에 따라 인류는 가까운 장래에 신의 뜻을 거역한 죄로 '바벨탑'이 무너지는 재앙을 맞이할지도 모른다고 생각한다면 너무 비관적인가?

어쨌든 나도 인터넷이라는 신비로운 무기를 사용하여 새로운 음모를 꾸미고 있었다. 그렇다고 신이 우려할 만큼 위험한 짓을 한 것은 아니다. 나는 방구석에 틀어박혀 여러 포털사이트들을 통해 넓은 세상으로 여행을 다녔는데, 그것은 마치 시간 여행을 하는 것만큼이나 재미있었다. 육체를 제자리에 고정시키고 영혼만 모험을 하는 여행은 정말로 스릴이 있었다. 나는 매일 퇴근하면 인터넷이라는 비행기를 타고 이곳저곳으로 여행을 다녔다. 나뿐만

이 아니라 많은 사람들이 그 신비로운 도구를 사용하여 미지의 세상을 떠돌아다니고 있었다. 서로 만나면 인사도 하고, 관심사에 대해 얘기도 하고, 때로는 티격태격 싸우기도 했다. 밀레니엄 키드들은 신의 뜻을 거스를지도 모르는 위험한 게임에 정신이 팔리기 시작했다.

2000년 봄 어느 날, 우연히 나의 영혼은 인터넷을 타고 여기저기 다니다가 재미있을 것 같은 장소에 도착하여 조심스럽게 말을 걸어 보았다.

"영어로 대화하실 분 계세요? 나이는 30대 초반, 외모는 키 크고 잘생김. 직업은 신문사 기자. 영어를 거의 모국어처럼 사용함."

이렇게 말하고 내 이메일 주소를 적어 놨다. 외모는 크게 잘생기지는 않았지만 나름대로 자신감이 있어서 그렇게 썼고, 키를 조금 속였다. 요즘 여자들은 키 작은 남자들을 왜 그렇게 싫어하는지……. 능력만 있으면 되지. 어쨌든, 예상대로 관심을 가진 여행자들이 내게 몰려들기 시작했다. 특히 많은 여자들이 관심을 보였는데, 영어를 잘하는 잘생긴 기자라는 말이 그녀들에게 어필을 한 것 같다. 나는 나의 왕국에 찾아오는 손님들과 만나느라 매일매일 즐거운 비명을 내지르고 있었다.

어느 날, 나는 이메일 편지를 한 통 받았다.

저도 30대 초반 여자, 늘씬하고 예쁨. D시에서 고등학생들을 가르침. 미남 기자라면 저랑 너무 잘 어울릴 것 같은데요. 영어를 가르치고 있지만 부족한 점이 많아서 더 공부하고 싶어요. 그런데 영어 공부를 하는 것도 중요하지만, 그쪽이 더 넓은 세상으로 나를 이끌어줄 수 있다면 나는 기꺼이 하늘을 날 수 있을 것 같아요.

그녀는 '돌로레스'라는 닉네임을 가진 여자였는데, 여선생님이라는 직업이 일단 나와 어울릴 것 같은 느낌이 들었고, 늘씬하고 예쁜 외모라는 말이 관심을 끌어당겼다. 특히 보통 여자들과는 다른 뭔가 장난스러우면서도 도발적인 말투가 내 마음을 현혹시키고 있었다. 나도 바로 답장을 보냈다.

네, 나도 직업상 영어가 필요한데 아직 멀었어요. 영어 선생님께서 많이 지도해 주세요.

밀레니엄 키드들은 그렇게 위험한 게임을 시작했다.

3
매스커레이드

　나는 인터넷 닉네임으로 아도니스라는 이름을 사용한다. 실제 용모가 빼어났다는 점에서 그 이름이 나와 어울릴 것 같다는 생각을 했고, 또 미의 여신 아프로디테처럼 아름다운 여인으로부터 사랑받고 싶다는 로망이 작용했다고나 할까. 아도니스라는 이름으로 인터넷 공간을 여행하면 많은 여성들이 관심을 보이기 시작한다. 그들은 나의 정체성보다는 멋진 이름에 먼저 호기심을 보인다. 말하자면 현실과 가상공간을 착각하는 것이다. 그녀들은 아도니스가 멋진 남자일 것이라고 상상을 하면서 내게 말을 건다. 나는 기자라는 직업상 얻는 풍부한 상식과 다양한 지식, 경험 등을 섞어서 글을 써 보내면 그녀들은 정말로 나를 멋진 아도니스로 착각해 버린다. 인터넷 상에서 사람을 만나는 것은 마치 익명성이라는 가면을 쓰고 가장무도회를 하는 것과 같다.

　20대 후반에 나는 회사의 지원으로 미국 펜실베니아 주 어느 대학원에서 저널리즘을 공부하고 있었다. 회사에서 보내준 공짜 유학이었지만 학위를 꼭 따야 할 부담이 없어서 친구들과 어울려 놀기에 바빴던 것 같다. 어느 날, 보스턴 모 대학에서 MBA를 공부하던 '카사노바'라는 대학 동기가 전화를 해서는 파티 초대권이 생겼다면서 주말에 놀러오라고 했다. 너무 멀어서 내키지 않았는데 금발의 미국 여대생들이 많이 온다는 말에 호기심이 발동하여 고속으로 차를 몰고 보스턴으로 올라갔다. 보스턴의 어느 명문대학교 졸업식 행사로 개최되는 가장무도회였는데, 우리는 주최 측이 요구하는 대로 가면을 준비하고, 윗도리는 양복을 입고, 아랫도리는 속옷만 입고, 시내에 위치한 대형 나이트클럽을 찾아갔다.

그들은 그런 복장으로 밤새 마시고 춤추고 놀았다. 그런데 거기 참석한 남녀가 속옷만 입은 채로 춤을 추는 모습들이 너무 웃겼다. 속옷만 걸친다는 것은 그 자리에서만큼은 인간에게 허락된 최대의 쾌락을 허용할 수 있다는 의미였을까? 어떤 남녀는 거의 나신으로 부둥켜안고 아랫도리를 맞댄 채 요란하게 허리를 흔들기도 하고, 어떤 남녀는 무대 위로 올라가 누워서 성행위를 연상시키는 춤을 추기도 했다. 어떤 남녀는 구석 후미진 곳에서 실제로 사랑을 나누는 것처럼 행동했다. 그런데도 전혀 외설스럽다는 느낌이 들지 않았다. 카사노바와 나도 금세 분위기에 동화되어 마음껏 춤을 추며 놀았다. 내 춤이 멋졌는지 늘씬한 백인 여학생이 내게 관심을 보여 밤새 함께 껴안고 야한 춤을 추었다. 너무 느낌이 좋아서 파티가 끝나고 연락처를 물어봤지만 그녀는 나를 이상한 듯 쳐다보며 그냥 가 버렸다.

나중에 집에 와서 왜 가장무도회 참가자들은 남녀를 막론하고 그렇게 거리낌 없이 일탈적인 행동을 할까 생각해 봤다. 그것은 바로 가면 속에 자신의 정체를 숨기기 때문에 가능했을 것이다. 가장무도회는 역설적이게도 가면을 씀으로써 페르소나라는 사회적 가면을 벗어던지는 축제인 것이다. 아마도 고대의 디오니소스 제전이 이렇지 않았을까? 사티로스처럼 아랫도리를 드러내 놓고 춤을 추는 것은 원초적인 본능을 마음껏 발산하라는 의미가 아니었을까? 팬티만 입고 상대방과 춤을 추면 감정이 바로 아랫도리로 나타나고 그것을 감출 수도 없다. 바로 본능을 드러내도록 설정된 기제인 것이다. 실제로 가면을 쓴 남녀는 서로 누구인지도 모른 채 춤을 추고, 좋아하는 느낌이 들면 서로 껴안고 즉석에서 정열적인 춤을 춘다.

그러나 축제가 아무리 재미있었다 한들, 그 자리에서 아무리 멋진 상대방과 춤을 췄다 한들, 가면을 벗으면 생각과는 다른 현실이 나타나면서 서로 좋았던 감정이 사라져 버리는 것 같다. 말하자면 가면을 쓰고 하는 행위는 현실이 아니라 머릿속에서 이뤄지는 상상일지도 모른다. 비현실적인 내면의 욕망을 겉으로 실현시키는 환상 게임이라고 해야 하나? 어쨌든 현실과 연결되지만 않는다면 분명 재미있는 놀이임에 틀림없는 것 같다. 미국이라는 나라는 별 희한한 짓들을 상상하고 또 실현시키는 나라인 것 같다. 돌로레스와 이메일을 주고받으면서 온라인 만남이란 바로 가장무도회와 같은 것이 아닐까 생각했다. 자신의 겉모습을 가면으로 가리면서, 본능적인 욕망을 거리낌 없이 드러내는 해방 공간……

우리는 처음에는 그날그날 일어났던 재미있던 이야기나, 학창 시절 이야기, 좋아하는 음악들, 취미 생활 등등을 영어로 써서 이메일을 주고받았다. 이메일을 주고받으면서 우리는 마치 전생에 인연이나 있었던 것처럼 서로 잘 통한다는 느낌이 들었다. 그녀의 메일을 통해서 교육자 집안에서 무남독녀로 태어나 유복한 환경에서 성장했으며, 학창 시절에는 공부를 잘하는 모범생이었고, 아이들 가르치는 일을 좋아하며, 재즈 음악을 들으면서 독서하는 것이 취미이고, 방학 때는 남편과 해외여행을 다닌다는 사실을 알게 되었다. 그녀는 나와는 성장 배경이 다른 '공주과'인 것 같았다.

나도 그녀에게 나의 이야기를 써서 보냈다. 어린 시절 아버지의 사업 부도로 신문 배달을 하면서 공부해야 했던 청소년기의 추억들과, 고등학교 때 친구들의 유혹을 물리치고 골방에서 공부하며 울었던 일, 아르바이트를 하면서 겨우겨우 서울 소재 모 대학 신방과를 졸업했다는 사실, 회사 지원으로 다녀온 미국 유학 시절의 이야기, 겉으로는 신사인 척하지만 늘 마초맨 기질이 있다는 점, 가끔 모터바이크를 타고 혼자 바다로 드라이브를 간다는 사실, 까칠해서 팬티는 안 입고 다닌다는 것 등등 시시콜콜한 이야기를 해 줬다. 우리는 점점 속 깊은 이야기를 할 만큼 친해졌다.

4
에로틱 프렌드

그녀와 처음 이메일을 시작할 때 '이메일 주고받기는 수십 개의 마스크를 하나씩 벗는 게임이므로 마지막에 서로의 얼굴이 드러나면 게임이 끝날 것'이라고 말했다. 그녀도 내 말에 동의를 했고, 마지막 단계에서 마스크를 벗고 얼굴을 확인하기로 했다. 얼굴 확인 단계에서 먼저 사랑에 빠지면 게임에서 진다고 말해 줬다. 그녀는 매우 재미있는 게임이 될 것 같다며 적극 호응했다. 우리는 점점 영어 공부라는 본질보다는 서로의 마음을 나누는 이메일 데이트에 집중하고 있었다. 서로의 배우자에 대한 불평불만을 늘어놓기도 하고, 외로움에 대해서 이야기하는 등 자꾸 이상한 방향으로 흘러가고 있었다. 플라토닉한 사랑이 시작되고 있었다. 그러나 둘 다 그런 방향으로 가고 있다는 데 대해서 불만을 제기하지 않았다. 아마도 게임이 너무 재미있어서, 미래의 일들에 대해서는 생각을 할 수가 없었을 것이다.

우리는 이미 온라인상에서 연인 관계로 발전해 가고 있었다. 서로의 글을 통해서 점점 서로 욕망하고 있는 자신을 발견하고 있었으며, 상대방의 얼굴을 빨리 확인하고 싶었다. 어떤 때는 회사에서 그녀가 너무 보고 싶어서 그녀가 보낸 애정 어린 글을 몇 번씩 읽어보기도 했다. 그녀도 아마 나와 같은 심정이었을 것이다. 내가 영어로 쓴 글에도 이미 약간의 농도 짙은 애정 표현들이 들어 있었고, 그녀는 그것을 보면서 하루 종일 나를 생각했을 것이다. 우리는 매일 그렇게 스릴 만점의 위험한 게임을 즐기고 있었다. 이미 브레이크 없는 감정은 멈출 줄 몰랐고 이성적인 통제를 벗어나고 있었다.

어느 날, 나는 글로만 마음을 표현하는 것이 늘 아쉬워서 인터넷 공간에서 동시에 만나는 '채팅'이라는 것을 해 보자고 제안했다. 하루에 한 통씩 보내고 다음 날 답장을 보내는 방식은 이미 연인 관계가 되어버린 우리를 너무나 애타게 했기 때문이다. 그녀도 내 제안에 흔쾌히 동의했다. 그녀는 어느 날 남편이 출장 가고 없다면서 12시에 모 채팅 사이트로 들어오라고 했다. 우리는 처음으로 동시에 대화를 나누고 생각을 나눌 수 있는 채팅이라는 것을 시작했다. 처음 해 본 인터넷 채팅은 마치 사랑하는 연인이 침실에서 단둘이 사랑을 나누는 행위만큼이나 떨리는 경험이었다.

아도니스: 안녕하세요.

돌로레스: 네, 반갑습니다. 너무 떨리는데요. ㅋㅋㅋ

아도니스: 하하하. 나도 손이 떨려서 말이 잘 안 나와요. 요즘 문장력이 딸려서 영어 글쓰기가 잘 안 되는 것 같아요.

돌로레스: 영어가 중요한 게 아니라 마음을 나누는 게 중요하죠 뭐. 아도니스 님이 주는 마음을 늘 고맙게 받고 있어요.

아도니스: 마음을 너무 많이 줘 버려서 내 가슴이 휑하니 뚫려 있는 거 아시죠?

돌로레스: 나도 마음 드렸으니까 서로 바꿔서 간직하면 되잖아요.

아도니스: 하하하, 그런 방법이 있었군요.

돌로레스: 아도니스 님은 영어를 아주 잘하는 것 같아요. 문장에서 여자의 마음을 끌어당기는 마력이 있어요.

아도니스: 하하하. 잘생겨서 그런가? 언어에는 그 사람의 생각이 담겨 있잖

아요. 내가 얼마나 당신을 생각하는지 알겠죠?

돌로레스: 나도 매일매일 당신의 이메일을 얼마나 기다리는데요. 늦은 밤에도 당신의 메일이 안 오면 밤새 당신의 메일을 기다려요. 우리 정말 이래도 되는지 모르겠어요.

아도니스: 나도 그래요. 당신의 메일을 받을 때면 뛸 듯이 기뻐서 그것을 인쇄해서는 낮에 몇 번이고 또 읽습니다.

돌로레스: 하하하. 우리 사랑에 빠져버린 건 아닐까요?

아도니스: 그런가 봐요. ㅋㅋㅋ 얼굴을 확인하지도 않고 사랑에 빠져 버리다니 우리 정말 전생에 사랑하던 사이가 아니었을까요?

돌로레스: 그런 것 같아요. 재미있는 얘기 좀 해 주세요.

아도니스: 그럼 우리 게임을 할까요? 진실게임을 하자구요. 질문을 던지면 진실을 말하든지, 말하기 싫으면 술을 한잔 먹기로 해요.

돌로레스: 그거 재미있겠는데요.

아도니스: 참, 대답하기 싫으면 술 한잔 마시고 옷을 하나씩 벗는 건 어때요?

돌로레스: 와! 재밌겠다. ㅋㅋㅋ

아도니스: 처녀로 결혼했나요?

돌로레스: 하하하. 처음부터 세게 나오시네요? 처녀 아니면 어때서요? 남편이 첫 남자예요. 아도니스 님 글을 읽어 보면 반듯한 신사 같은 면이 있는가 하면, 장난꾸러기 같은 면이 있어요. 왜 그래요?

아도니스: 글쎄요, 성장 과정에 문제가 있었을 거예요. 애정 결핍이라고 할까. 억눌린 현실에 대한 반발과 함께 성공에 대한 꿈을 동시에 가지면서 학창 시절을 보냈으니까 그럴 거예요. 우리 술 한잔씩 마시고 다시 대화할까요?

돌로레스: 굿 아이디어!

아도니스: …… (잠시 후, 나는 중국 고량주를 컴퓨터 앞에 갖다 놓고 한잔을 들이켰다.)

돌로레스: 와인 한잔 마셨는데 기분이 매우 좋아요. 섹스는 언제 해봤어요?

아도니스: 학교 선생님이 못하는 소리가 없네요. 그냥 술 한잔 마실게요. (그녀의 단도직입적인 질문이 너무 당혹스러워서 술을 한잔 들이켰다.)

돌로레스: 뭘 놀라는 척해요? 우리 그 정도로 까놓고 말할 사이 됐잖아요. 벌써 사귄 지 한 달도 넘었는데……

아도니스: 그래요, 난 아주 까진 놈이에요. 사실 난 시골에서 자라서 아주 어렸을 적, 그러니까 초등학교 6학년 때 이미 섹스를 해 봤어요. 물론, 정상적인 관계는 이뤄지지 않았지만…… 좋아하던 여자애하고 그냥 입맞춤하고 몸을 맞대기만 했어요. 그게 첫 번째 섹스일지도 몰라요. 그때 나는 꿀보다 달콤한 것이 여자의 몸에 있는지 처음 알았어요. ㅋㅋㅋ

돌로레스: 에구! 못됐어 정말. 내가 그럴 줄 알았어요. 아도니스는 발랑 까졌다니까요. ㅋㅋ 솔직히 말해줘서 나도 한잔 할게요.

아도니스: 술 한잔 마실 때마다 옷 벗고 있는 거죠? 난 벌써 팬티만 입고 있어요.

돌로레스: 나도 위아래 속옷만 남았어요. ㅋㅋㅋㅋ

아도니스: 남편하고 관계는 좋나요? 여기서 말하는 관계란…… 아시죠? 난 늘 혼자서 자위를 하거든요.

돌로레스: 우리도 섹스리스 부부예요. DINS족 아시죠? 더블 인컴 노섹스. 난 그딴 거 별로 관심 없어요. 우리 한잔 마저 마시고 옷 다 벗어 버려요. 아무도 보는 사람도 없고 우리 둘만 있는데. 기분이 정말 좋네요.

아도니스: 좋아요. 나, 팬티까지 다 벗었어요. (나는 고량주 한잔을 다시 벌컥

들이켰다.)

돌로레스: 춤 한번 춰 봐요. 음악 틀어줄게요.

아도니스: 나 옷 벗고 춤추는 거 어케 알았어요?

돌로레스: ㅋㅋㅋㅋ 같이 춰요!

우리는 밤새도록 술 마시며 같은 음악을 틀어놓고 춤도 추고 야한 이야기
도 하면서 놀았다. 어느 순간 몸이 달아올라 우리는 서로의 몸을 탐했다. 보
이지 않는 곳에서 서로 옷을 벗은 채로 글을 보면서 상상하는 사이버 섹스
가 이런 것일까? 상상으로 하는 섹스는 실제의 것보다 더 몸을 자극시켰고,
하늘을 날아갈 것 같은 기분을 느꼈다. 참으로 이상했다. 이성을 마비시키
는 술, 머릿속에서 이뤄지는 상상, 닫힌 공간의 은밀성, 자극적인 언어 때문
이었을까? 광란의 밤이 흘러가고 새벽이 가까워 올 즈음, 더 이상 게임을 계
속하다간 그녀에게 무슨 문제가 생기지 않을까 걱정이 되어서 이성적인 질
문을 하나 던졌다.

아도니스: 그동안 가르치는 학생 중에 대시하는 남학생이 없었나요?

돌로레스: ……. (잠시 침묵이 흘렀다.) 나중에 말해 줄게요. 그냥 술이나 한
        잔 마시자구요.

그녀는 그 질문이 너무 민감한 사항이라 대답하기 싫다며 오늘은 그만하
자고 했다. 첫 채팅 만남은 그렇게 끝났다. 그녀가 들려주던 음악이 끊기자,
갑자기 그녀가 사라져 버린 것 같은 느낌이 들었다. 이성이 현실로 돌아오면
서 돌로레스와 나눴던 사랑이 마치 꿈처럼 느껴졌다. 머리가 깨질 듯이 아팠
다. 처음 만남에서 너무 진한 행위를 한 것은 아닌지, 내가 실수를 한 것은

아닌지 걱정이 되었다. 갑자기 텅 빈 방에 홀로 알몸으로 앉아 있는 내가 죄인처럼 느껴지면서, 수치심이 들었다. 바로 옷을 입었다. 시간은 이미 새벽으로 치닫고 있었다.

다음 날, 출근을 했는데 전날의 흥분된 기분이 지속되면서 하루 종일 일이 손에 잡히지 않았다. 멍하게 창밖을 바라보며 그녀의 얼굴을 상상하거나 화장실을 들락거리며 하루를 보냈다. 얼굴도 모르고 실제 이름도 모르는 실체가 없는 여인과 잠시 사랑을 상상했을 뿐인데, 머릿속에 사랑이라는 감정이 싹튼 것 같았다. 마치 소설 속의 여주인공과 사랑에 빠져 버린 소년의 심정이랄까? 저녁에는 잠도 오지 않고 커피만 마시고 있었다. 참으로 이상한 일이었다. 그녀에게 이메일을 보냈다. 사랑에 빠져 버린 듯한 내 감정 상태를 자세히 쓰고 그녀도 나와 같은 기분인지를 물었다.

다음 날, 그녀의 답장을 기다리며 하루를 보냈지만 그녀는 메일을 보내지 않았다. 그리고 그다음 날도, 또 그다음 날도, 컴퓨터의 메일함을 수시로 열어봤지만 그녀는 나타나지 않았다. 그렇게 초조하게 일주일이 흘렀다. 뭐가 잘못되었을까? 그녀는 순간적인 욕망을 배설하는 통로로 나를 활용한 것일까? 아니면, 나와 같은 감정을 느꼈다면 그것이 현실화되는 것을 두려워했을까? 아무리 가상의 공간에서 이뤄진 사랑이었지만, 가정을 가진 아내로서 해서는 안 될 일탈을 경험한 것에 대한 죄책감이 들었을까? 그냥 대화나 나누는 친구로 지낼 걸 그랬나? 그녀가 떠나 버린 것 같았다.

나는 마지막으로 그녀에게 이메일을 보냈다. '익명의 공간이었지만 그동안 즐거웠다. 마음을 아프게 했다면 미안하다. 그동안 나눴던 소중한 감정들은 진심이었고, 추억으로 고이 간직하겠다는 말과 함께 '행복하기를 바란다'는 말을 덧붙였다. 그리고 다시 바쁜 일상으로 돌아왔다.

그런데 일주일쯤 지났을까? 그녀에게서 답장이 왔다. 일요일 밤 컴퓨터 앞에 이메일이 왔다는 편지 봉투가 화면에 뜨자, 내 가슴은 벌렁벌렁 뛰기 시작했다. 나는 그것을 바로 열어 보지 못했다. 왜냐하면 이별의 말이 담겨 있으면 어쩌나 하는 두려움이 일었기 때문이다. 커피 한잔을 마시고 새벽 2시쯤 되어서야 그것을 열어 봤다.

안녕하세요. 그동안 연락 못 드려서 미안해요. 사실 일주일 전 당신과 가상의 사랑을 나누기 전까지, 나는 그런 장난스러운 것에 큰 의미를 두지는 않았어요. 무료한 삶에 약간의 활력소가 되는 게임일 뿐이라고 생각했었죠. 가상일 뿐인 공간 안에서 벌어지는 일에 마음이 움직인다는 게 현실감이 좀 떨어진다고 생각을 했었죠. 그런데 그게 아니었나 봐요. 마음속에 큰 동요가 일어나고 있었어요. 나도 모르겠어요. 학교 가서 학생들을 가르치는데 아무 생각도 안 나고, 머릿속에는 온통 당신과 사랑했던 상상이 자꾸 떠오르는 거예요. 밥맛도 없고, 먹지 않아도 배부르고, 당신 생각뿐이에요. 당신 얼굴을 본 적도 없고, 목소리도 들은 적이 없는데 왜 그런지 모르겠어요.

내가 전에 얘기했듯이 우리 부부는 섹스리스예요. 신혼 초를 빼놓고는 거의 부부관계가 없습니다. 나도 남편을 피하고 남편도 그런 데 관심이 없어요. 남편이 한 달에 한 번꼴로 의무적으로 내게 접근을 하면, 나는 거기 맞춰서 가짜 올개슴 연기를 하고 있어요. 참 우습죠? 내가 느낌이 없어요.

채팅 중에 당신이 물어본 적이 있죠? 내게 대시한 학생이 없었느냐구. 난 그때 너무 당황했어요. 내가 성적으로 무감각하게 된 것이 어떤 학생 때문이었거든요. 15년도 더 지난 일이군요. 처녀 때 첫 부임지가 시골 고등학교였는데 거기서 사건이 있었어요. 이 얘기는 지금까지 아무한테도, 남편한테도 하지 않은 얘기입니다. 당신이 사이버 공간에 있기 때문에, 우리는 현실에 존재하지 않는 사람들이기 때문에, 아마도 나 자신에게 하는 얘기일지도 모릅니다.

내가 담임을 맡은 3학년 학생 중에 유난히 눈에 띄는 애가 있었는데, 키도 크고, 잘생기고, 머리도 좋은 아이였지만 공부는 늘 바닥을 기었어요. 그런데 내가 가르치는 영어 과목만큼은 성적이 좋았거든요. 그리고 나를 좋아하는 눈치였어요. 사춘기 학생들이 처녀 선생 좋아하는 거 아시잖아요. 어느 날, 그 애에 대해서 상담이 필요할 것 같아서 다른 애들 다 보내고, 교실에 남으라고 했죠. 알아보니까, 그 녀석은 아버지가 그 지역 유지인데, 바람을 피워서 엄마랑 이혼을 하게 되자, 부모에 대한 분노와 피해의식 등으로 반항적인 아이가 되었더라구요.

그런데 상담을 마칠 무렵, 그 녀석이 갑자기 제게 키스를 하는 거예요. 난 너무 놀라서 '학생이 이러면 안 된다'면서 그 녀석의 뺨을 때리면서 밀쳐냈지만, 그 녀석은 우악스러운 힘으로 나를 넘어트렸어요. 그리고 그때 처녀성을 잃어버렸습니다. 학생에게 그런 일을 당했다는 것이 너무 충격적이어서 누구에게 말도 못 하고 병이 생겼습니다. 우울증이 생겨서 병원엘 다녔습니다. 사람 만나는 것도 싫고 학교와 병원만 다닌 것 같아요. 좋은 의사를 만나서 마음의 병은 치료가 되었는데, 30대가 지난 지금도 그때의 충격으로 느낌이 없는 석녀입니다. 그리고 날 치료하던 정신과 의사와 결혼을 했습니다.

그런데 당신과 나눈 상상의 섹스가 나를 새롭게 태어나게 했어요. 책에서나 봤던 판타지를 마치 직접 경험한 듯한 기분이었고, 그렇게 황홀한 기분이 들 줄은 상상도 못했어요. 내가 처음으로 올개슴을 느끼던 날이었거든요. 모르겠어요. 나를 10여 년간 억누르고 있던 잠재 상태의 바윗돌이 치워지면서 처음으로 성적인 해방감을 가졌나 봐요. 너무 좋기도 하고, 당신이 너무 그립고, 또 당신을 현실에서 만나게 될까 봐 너무 두렵고, 그래서 어떻게 될까 봐 연락도 못 드렸습니다. 부끄러운 말이지만, 우리 현실에서 만나지 말고 그냥 사이버상에서 부부로 지내면 안 될까요? 나는 겉으로는 남편과 아무런 문제도 없고 행복한 부부처럼 보이지만, 가까이 다가가서 보면 추악한 가시가 더덕더덕 달려 있는 장미랍니다.

그날 밤, 난 여러 가지 생각으로 잠을 이루지 못했다. 새벽쯤 되어서 그녀의 제안을 수락한다는 답장을 보냈다.

그녀를 만나기 전까지 난 사랑을 믿지 않았다. 아니 사랑이라는 말 자체를 이해하지 못했다. 사랑이란 호르몬 작용에 의한 남녀의 섹스 본능이라고 생각해왔다. 아마도 성장 과정에서 받은 충격 때문에 그러한 관념이 생겼을 것이다. 사랑은 사랑받고 자란 사람들이 하는 것이지, 나 같은 사람에게는 사치라는 생각을 해 왔다. 내게 사랑은 단지 섹슈얼 릴레이션십에 불과했다. 그리고 그것이 가능하다는 전제하에 여자를 여자로 생각한다. 그 밖에 성적인 매력을 잃어버린 여자들은 내 관심 밖이다. 내게 사랑은 현재만 있었다. 그것은 사랑이 아니라 욕망일지도 모른다.

중학교 1학년쯤 되었을 때, 아버지의 사업 부도로 우리 집은 하루아침에 대저택을 가진 상류층에서 단칸방을 전전해야 하는 극빈층으로 전락했다. 아버지는 빚쟁이들에게 쫓겨서 도망 다니는 신세가 되었고, 우리 가족은 어머니와 함께 단칸방에서 어렵게 살았다. 어머니는 자식들을 굶기지 않기 위해 시장에서 이것저것 닥치는 대로 장사를 했지만 생활비로는 턱없이 부족했다. 어머니는 가끔 힘든 현실과 아버지에 대한 원망을 자식들에게 대신 발산하면서 짜증을 부렸다. 그때 나는 어머니를 무척 싫어했다. 여성 혐오증이 생겼던 것이다. 그런 현실이 싫어서 새벽부터 일찍 집을 나와 신문 배달을 했다. 현실의 고달픔, 부모에 대한 원망, 좌절된 꿈 등이 뒤섞여 내 사춘기는 엉망진창이 되어 버렸다.

당시 내 마음속에는 반항심이 가득했다. 좋은 유전자를 타고나서 점점 멋진 남자로 성장해 가고 있었지만, 현실에서는 찌질하게 살아가야 한다는 불편한 사실이 나를 괴물로 만들고 있었다. 나는 그 불만을 주변의 여자들을 통해 풀고 있었다. 그녀들은 나의 잘생긴 모습에 금방 빠져 괴물의 먹잇감이 되었다. 나는 손쉽게 그녀들을 하나씩 탐닉해 나갔다. 나의 삐뚤어진 여성관과, 점점 성숙해 가는 남성적 매력이 묘한 접점을 이룬 것이다. 중·고등학교 때부터 내가 건드린 여자들, 아니 정확히 말하면 나를 사랑한 여자들이 수십 명에 이른다. 하지만 난 어떠한 여자라도 한 번의 육체관계 이외에 더 이상의 관계를 지속시키지 않았다. 어린 나이에도 사랑에 빠지면 힘들다는 것을 체득했던 것이다.

그녀의 메일을 받고 나서 그녀와 나는 많은 공통분모가 있음을 발견했다. 그녀가 아름다운 정원에 피어 있는 우아한 장미라면, 난 산비탈에 아무렇게나 핀 들장미였다. 그녀는 분명 아름다운 장미임에는 틀림없지만 추악한 가시들을 갖고 있었다. 사랑하지 않는 남편은 그중 가장 큰 가시일지도 모른다. 내 장미에도 가시들이 붙어 있다. 내 장미에는 뾰족하고 날카로운 가시들이 수도 없이 붙어 있다. 나는 그것들을 떨쳐내 버리려고 안간힘을 써 보지만 잘 떨어지지 않는다. 그 가시들은 내 삶과 함께하고 있다. 아마도 내가 죽어야 그것들이 떨어질지도 모른다. 우리가 급속도로 가까워진 이유는 아마도 '가시들에 대한 연민'이라는 공통점일지도 모른다.

내 장미의 가시 중 가장 큰 것은 나의 마누라다. 사랑이 뭔지도 모른 상태에서 마누라와 결혼하게 됐다. 기자 생활을 하면서 처음 만난 여자가 바로 내 마누라다. 감기약을 사러 동네 약국에 들렀다가 마주친 약사가 그녀였다. 예쁘지는 않지만 모성애를 짙게 풍기는 여자라서 눈독을 들이던 차였다. 혼자 약국을 지키고 있는 그녀에게 늘 내가 하던 작업 방식대로 "당신이랑 한번 하고 싶다."고 했다. 마누라는 놀라면서 '별 이상한 사람이 다 있네.'라는 표정을 지어 보였지만 싫지는 않은 것 같았다. 내가 한 번 더 찾아가서 만나고 싶다고 하자 흔쾌히 수락했다. 그날 바로 키스를 하고 관계를 맺었다. 부모님이 물려주신 좋은 유전자 덕분에 이러한 사랑 방식은 잘 통했다.

이전의 여자들처럼 마누라도 한 번 관계를 가진 후 끝내려고 했다. 하지만 그녀는 나의 성적 방탕함이나 저열한 가치관, 불우한 성장 과정을 털어놨음에도 불구하고, 나를 죄악의 구렁텅이에서 구해내려는 수녀님처럼 내게서 떨어지려고 하지 않았다. 우리는 여러 가지 면에서 맞지 않다고 설득을 했지만, 그녀의 집요함에 두 손을 들고 내키지 않는 결혼을 했다. 사랑이 뭔지도 모르고 우리는 부부로 살고 있다. 내게 있어서 마누라는 장미에 달린 거추장스러운 가시다. 난 언제나 그 가시로부터 벗어날 궁리를 한다. 마누라도 그것을 잘 알고 있다. 그래서 그냥 내버려 둔다.

그녀에게 이 같은 내용을 메일로 써 보냈더니 다음 날 바로 답장이 왔다. 불쌍한 내 영혼을 사랑할 수 있을 것 같다는 내용이었다. 자기 마음을 옥죄고 있는 아픈 기억 속의 남자를 떼어낼 수 있는 사람이 바로 아도니스일 것이라면서, 그렇다면 나를 깊이 받아들일 수 있을 것 같다고 했다. 때로는 우연한 공통점들을 발견하면서 사랑이 시작되는 것 같다. 우리는 이메일을 주고받으며 비슷한 점들을 하나씩 발견하고 있었다. 그녀가 내 호수에 하나씩 던지는 자그마한 돌멩이들이 자꾸 내 마음을 일렁이게 한다. 지금까지 내 인생이라는 호수에 이렇게 돌멩이를 던진 여자는 없었다.

로열클럽

2000년 5월 봄, 내 친구 카사노바로부터 전화가 왔다. 그는 연말에 바쁜 일정이 있어서 꽃 피는 봄에 '로열클럽' 파티를 준비했다며 와달라고 했다. 이 모임은 90년대 중반 내가 필라델피아에서 유학하고 있을 때, 보스턴 지역의 유학생들 몇 명이 중심이 되어 결성한 친목 모임인데, 한국에 돌아와서도 모임이 유지되고 있었다. 유학 시절에는 만나서 술 마시고 대화하는 파티의 개념이었는데, 귀국해서는 점점 비밀결사 단체처럼 변질돼 버렸다.

카사노바가 그 모임을 결성하는 데 주도적인 역할을 했고, 나도 그 덕에 자의 반 타의 반으로 회원이 되었다. 정회원은 여섯 명이며, 나이 대는 30대 중후반, 주로 재벌 3세나 고위층 자제 등으로 구성되어 있다. 또한 모임에는 회원들이 추천한 몇 명의 옵저버들이 참여할 수 있다.

당시 나는 회사의 지원으로 온 가난한 유학생이었고, 그들은 돈 많은 부유층 자제들이라 서로 노는 방식이 달랐지만, 대학 동창인 카사노바가 나를 옵저버로 초대하면서 나도 그들의 부류에 끼게 되었다. 잘생긴 얼굴에다 타고난 끼를 유감없이 드러내자, 그들은 내게 마음을 열었고, 나를 정회원으로 받아들였다. 보통 일년에 한번, 주로 연말에 모임이 개최되는데, 코디네이터가 한달 전에 모임 개최 사실을 회원들에게 통보하고 장소를 정하면 대부분 참석을 한다. 장소는 대개 빌딩 펜트하우스, 호텔 나이트, 외딴 펜션, 요트 등을 섭외한다.

클럽의 이름은 정회원인 주류 수입업자 P 사장이 몇 년 전부터 파티를 할 때마다 압생트라는 술을 가져오면서 자연스럽게 '압생트 로열클럽'으로 불리게 되었다. 사실 압생트는 19세기 고흐, 피카소, 랭보 등 유명한 예술가들이 즐겨 마신 술인데, 영감을 주는 순기능이 있지만 환각 작용이 있다고 알려져 대부분의 국가들이 제조를 금지시켰다. P 사장 말로는 현재의 압생트는 일반적인 알코올과 별반 차이가 없다고 한다. 그것은 단지 상징물로서, 파티에서 이뤄지는 은밀한 행위들이 현실에서 일어난 것이 아니라 환상 속에서 이뤄지고 있으므로 죄에서 벗어날 수 있다는 일종의 면죄부 역할을 했다. 이제 압생트는 우리 모임과 떼려야 뗄 수 없는 한 부분이 되어 버렸다.

　파티 코디네이터는 일 년에 한 번씩 순번제로 정해지며, 파티 장소 섭외, 파트너 물색, 복장 코드 결정, 밴드 섭외, 음식 및 주류 선택 등을 사전 준비해야 하고, 파티의 모든 진행을 주관해야 한다. 코디네이터가 당일 압생트 한 병과 총알 한 발이 장전된 소형 리볼버 권총을 파티장에 가져와서 테이블 위에 놓고 개회선언을 하면 공식적인 행사가 시작된다. 총은 회원들이 클럽에 대한 일체의 비밀을 지켜야 하며, 그러지 않을 경우 죽음도 불사한다는 약속의 상징물이다. 그 규정을 위반한 회원은 코디네이터의 처단을 받기로 되어 있지만, 아직까지 그런 경우는 없었다.

　회원들은 자기 애인을 파트너로 데려오거나, 아니면 코디네이터가 섭외한 도우미 여성들 중에서 즉석에서 고르기도 한다. 그날도 몇 명은 밖에서 애인들을 데려왔고, 나를 비롯한 몇 명은 즉석에서 아르바이트 도우미들 중에서 골랐다. 나는 파트너의 얼굴보다는 몸이 섹시한지, 지적 수준이 되는지, 개방적인 성격인지, 처녀인지 등등을 살펴본다. 어차피 모두 마스크를 써야 하기 때문에 얼굴은 그다지 중요하지 않다. 파티에서 여자 파트너들은 남자와 함께 술을 마시고 무대 위에서 춤을 추기도 하고, 함께 노래를 부르기도 하고, 때로는 성적인 요구를 들어줘야 한다.

그날은 지하 나이트클럽 하나를 빌려서 진행되었다. 음악이 장엄하게 흐르는 가운데 코 윗부분을 가린 가면을 쓴 회원들과 파트너들이 입장하여 정해진 테이블에 착석하자, 카사노바가 일어서서 파티를 선언했다. 만찬의 메인 메뉴는 말로만 듣던 '스시 온 더 네이키드 우먼'이 제공되었다. 여성의 나신 위에 세팅된 각종 생선회를 먹고 나서, 마지막에는 여성의 가슴과 계곡 사이로 압생트를 흘린 계곡주를 한잔씩 마셨다. 식사가 끝나자 일부 회원들은 무대 위에서 노래를 하고 춤을 췄고, 어떤 회원들은 파트너와 난잡한 행위를 하기 위해 외딴 방으로 흩어졌다. 도박을 좋아하는 회원들은 별도의 테이블로 가서 블랙잭 등 카드놀이를 하러 갔다.

나는 금전적 여유가 없어서, 늘 몇 명과 함께 방에 들어가 파트너와 노래를 부르고 춤을 추며 논다. 즉석에서 구한 도우미들은 두툼한 팁을 받기 때문에 원하는 대로 서비스를 제공해 준다. 그녀들은 가면으로 얼굴을 가리기 때문에 성적인 행동도 거리낌 없이 한다. 저녁 12시가 지나면서 분위기가 고조되자, 춤추고 노는 회원들은 거의 모두 파트너들과 에로틱한 행위를 하고 있었고, 도박 테이블에서도 환호성을 지르며 승자가 가려지는 분위기인 것 같았다. 지방에서 병원장을 하는 J 박사가 돈을 다 따고 있는 것 같았다. 그가 누구의 소개로 왔는지는 모르지만 몇 년 전부터 거의 고정적으로 참석하고 있다.

그런데 그날, 나는 내 파트너가 돈만 밝히는 발랑 까진 여대생으로 보여서 별로 기분이 나지 않았다. 나를 사로잡은 여인은 J 박사의 파트너였다. 그녀는 J 박사가 도박을 하고 있는 동안 홀을 여기저기 돌아다니면서 호기심 어린 눈빛으로 다른 사람들을 구경했다. 그녀와 잠깐 눈이 마주쳤는데, 얼굴을 가면으로 가리고 있었는데도 기품 있는 두상과 섹시한 몸매는 영화배우 오드리 헵번을 연상시킬 정도로 매력적이었다. 회원들의 파트너에게 수작을 부려서는 안 된다는 불문율이 있어서 말을 걸어보지는 못했지만, 파티가 끝날 때까지 나는 그녀에게 눈을 뗄 수가 없었다.

저녁 1시쯤 되자, 코디네이터인 '카사노바'는 회원들을 모이라고 하고는 압생트를 몇 순배 돌렸다. 파티가 본격적으로 시작된 것이다. 압생트를 마시면 사물이 피카소의 그림처럼 분할되어 보이거나, 고흐의 해바라기처럼 초점이 흐려진다. 그런 상태에서 사람들은 이성을 잃고 감성에 따라 행동을 한다. 노래도 하고 시도 읊고 춤도 춘다. 나는 계속 J 박사의 파트너에게 눈길이 갔다. J 박사도 내 눈길을 의식했는지, 아니면 질투를 느꼈는지 나를 경계하는 눈치였다. 새벽 3시가 되자 J 박사가 갑자기 일어서서 주목하라고 하면서 한 가지 제안을 했다. 나와 내 파트너가 테이블 위에서 섹스를 하면 자기가 딴 1만 달러를 우리에게 주겠다고 했다. 내 관심을 딴 데로 돌리려는 수작이었을까?

부활의 노래

나는 그의 제안을 흔쾌히 수락하고 파트너와 함께 테이블 위로 올라가 춤
추며 노래를 불렀다.

오! 친구들이여, 오라.

어둠을 헤치고 나오라, 빛 가운데로.

주신 디오니소스도 우리와 함께하신다.

우리, 지상에서 가장 즐거운 축제를 열어보자.

천국은 저 멀리 사후에 있지 않고, 바로 여기,

신과 인간과 들짐승들이 함께 어울려

즐겨 먹고, 마시며, 춤추는 여기,

바로 이곳이 천국이 아니더냐.

자, 술잔을 높이 들어 건배하고 마음껏 마셔보자.

술 한잔에, 신이 임재하고,

또 한잔에 신의 제자가 되며,

또 한잔에 세상은 우리 것이 될 것이다.

이제 우리는 영원한 쾌락과 복락을 누릴 것이다.

우리 모두 주신의 참 제자, 사티로스처럼

위선과 가식의 덩어리, 아랫도리를 드러내고,

짧은 다리와 시꺼먼 털을 흔들며, 휘청휘청
잠자는 대지를 일깨우자.
그것이 바로 신의 창조 의지에 가장 합당한 삶,
아담과 이브의 에덴동산이 아니더냐.
오, 처녀여.
때가 왔다. 기다리던 때가 왔다.
교교한 달빛에 아름다운 네 몸을 마음껏 드러내라.
네 입술은 장미와 같이 붉고,
네 몸은 애신 아프로디테처럼 교태롭구나.
하지만, 촉촉한 네 입술에 서린 풀내음,
얼음처럼 차가운 몸뚱아리는 분명,
너는 허물 벗은 배암이로구나, 요망한 것.
내가 피리를 불 테니 너는 춤을 추어라.
음악의 리듬을 타고 혀를 날름거리며
아가리를 크게 벌려 나를 유혹해 보아라.
붉은 피, 심장 떨리는 소리,
네게도 뜨거운 가슴이 있었구나.
이제, 우리 하나가 되어 외쳐보자.
"육신의 쾌락은 사랑, 사랑 넘치는 곳이 천국"
신께서 들짐승들의 사랑을 축복하시며,
우리를 천국으로 인도하신다.
장엄한 부활의 노래가 울려 퍼지는도다.

　　술에 너무 취해서 자세한 기억은 나지 않지만 나는 테이블 위에 올라가 이
런 노래를 미친 듯이 부른 것 같다. 그것은 노래가 아니라 내 머리가 의식하

고 있는 무의식의 행동이었을지도 모른다.

어느 순간 사면의 거울 속에 사티로스 한 마리가 보였다. 사티로스의 앞에 아프로디테가 나신으로 춤을 추고 있었다. 그녀는 처녀였음이 분명했다. 붉은 피가 테이블 위로 흘러내리고 있었다. 그러나 그녀는 아파하기보다는 도취된 것 같았다. 그녀는 나의 몸에 도취되었고, 내 노래에 도취되었고, 내 춤에 도취되었고, 돈에 도취되었다. 우리는 서로 나신이 되어 춤을 추고 있었다. 방 안에 말러의 부활 교향곡이 록 음악처럼 빠른 비트로 흐르고 있는 것 같았다. 아마도 내 머리가 록 음악을 부활 교향곡으로 인식했는지도 모른다. 음악이 멈췄다. 테이블에서 내려와 정적이 흐르는 무대를 바라봤다.

세상이 빙글빙글 돌고, 바닥에는 술과 피가 섞여 비린내가 진동했다. 아직도 테이블 위에 어쩔 줄 모르고 누워 있는 파트너의 몸을 바라봤다. 그녀의 몸이 똬리를 틀고 있는 뱀 같았다. 뱀은 혀를 날름거리며 나를 잡아먹을 듯이 뚫어져라 쳐다보고 있었다. 그녀는 자신의 처녀성을 대가로 나의 사랑을 갈구한 것일까? 나는 그녀의 눈길이 더럽다는 생각이 들어 고개를 돌려 외면했다. 돈을 위해 처녀성을 팔아버린 그녀가 역겨웠다. 토악질이 나왔다. 이대로 세상이 끝나버렸으면 좋겠다는 생각이 들었다. 조명에 간간이 비치는 그녀의 몸이 더욱더 추잡해 보였다. 갑자기 나는 그 뱀을 없애 버려야겠다는 생각이 들었다. 가방에서 리볼버 권총을 잽싸게 뽑아들고 그녀의 머리를 향해 방아쇠를 당겼다. 그러나 한 발 장전된 총은 발사되지 않았다.

"아, 씨×! ×같네."

입에서 욕이 튀어나왔다. 그 창녀를 향해 돈다발을 내던졌다. 리볼버를 한 번 더 돌려서 다시 한 번 내 머리를 향해 방아쇠를 당겼다. 딸깍! 이번에도 총알은 다른 구멍에 있었다. 니체 형님이 말리지 않았으면 누군가를 향해 또 한 번 방아쇠를 당겼을 것이다.

니체 형님은 나를 진정시키며 "야 인마! 사람은 누구도 함부로 할 수 없는 귀중한 존재야."라고 말했다. 나는 갑자기 정신이 들었다. '그래, 한 번뿐인 인생인데 순간적인 감정에 휩싸여 스스로 목숨을 끊는 것처럼 어리석은 일이 있을까?' 나는 바로 총을 벽에 내동댕이쳤다. 벽면에 장식된 커다란 거울이 박살나고, 거기 들어 있던 한 마리 사티로스도 사라져 버렸다. 사람들이 비명을 질렀다. 한바탕 소동이 벌어지는데도 친구 '카사노바'는 파트너와 열심히 몸을 섞고 있었고, J 박사와 그의 파트너는 한 점 흐트러짐 없이 그 광경을 흥미로운 듯이 지켜보고 있었다.

옷을 주섬주섬 챙겨 입고 밖으로 나와 모터사이클을 타고 집으로 향했다. 시계를 보니 새벽 4시 가까이 되었다. 현관문 앞에서 초인종을 여러 번 눌렀으나 아무런 기척도 없었다. 디지털 도어록 비밀번호를 누르고 문을 열어봤지만 안에서 잠겨 있었다. 아내가 단단히 화가 난 것 같았다. 할리를 타고 어디론가 가고 싶었다.

할리와 바다

모터사이클은 폼 잡고 질주하기 위해서 타는 것이 아니라, 자기 자신을 찾고자 하는 사람들을 위한 도구다. 바람을 가르며 머리를 휘날리며 달리면 마치 새가 된 것처럼 자유를 만끽할 수 있고, 마음 가는 대로 좁은 길을 이리저리 달리면 마치 내가 말 타고 사냥하는 원시인이 된 것 같은 느낌이 든다. 모터사이클을 타는 것은 철저히 자신을 고립시켜 고독한 자기를 만드는 행위이며, 신이 원래 창조한 인간 그대로의 모습으로 되돌아가고자 하는 행위이다. 그러므로 그것을 즐기려면 무엇보다 먼저 자유의지가 충만해야 하며, 부차적으로 절제력과 인내력을 갖출 필요가 있다.

회사에 입사해 루틴한 일상에 빠져들면서 나는 자꾸 꿈에서 멀어지고 있다는 생각이 들었다. 그래서 아내 몰래 미국제 중고 할리 데이비슨을 구입해서 아파트 지하 주차장에 숨겨두고 가끔 타고 다닌다. 나는 그 모터사이클을 '할리'라 부른다. 억압된 현실을 탈피하려는 '할리 고라이틀리'(영화 '티파니에서 아침을' 주인공)의 자유의지를 반영한 이름이다. 나는 모터사이클을 그녀와 동일시하여 가끔 어디론가 가고 싶을 때 그녀를 올라탄다. '할리'를 타고 질주하면 마치 자궁 안에서 어머니의 심장 소리를 들을 때처럼 편안함을 느낀다. 그 소리는 내 안에 잠재되어 있는 질주 본능을 일깨운다. 나는 내 몸이 자유를 원할 때마다 할리에 올라탄다. 할리는 내 자유의지를 실현하는 도구인 것이다.

그날 새벽 바다가 보고 싶었다. 바다는 내게 어머니와 같은 존재다. 내가 잘했을 때는 나를 한없이 칭찬해 주고, 내가 잘못했을 때는 나를 나무란다. 난 갈기머리를 휘날리며 최고의 속력을 내서 어머니 품으로 달려갔다. 내 흉한 모습을 용서해 달라고 말하고 싶었다. 서울에서 한 시간 거리의 서해안 바닷가에 도착하자마자, 바로 해변에 누워 팔베개를 하고 멀리 출렁거리는 바다를 보았다. 사춘기 때 삶이 너무 힘들면 바다를 찾아가 소리 내서 엉엉 울었다. 그러면 바다는 큰 가슴으로 날 감싸 안으면서 내 눈물을 닦아 주었다. 그렇게 바다는 나의 억울함과 원통함을 해소해 주는 통로이기도 했다.

그렇게 잠시 상념에 잠겨 있는데 어디선가 여자의 날카로운 고함 소리가 해송밭 쪽에서 들려왔다. 직감적으로 여자에게 무슨 일이 일어나고 있음을 알았다. 그쪽으로 걸어가서 주변을 살펴보니, 어둠이 가시기 전인 꼭두새벽에 불량배로 보이는 세 놈이 한 여학생을 희롱하고 있었다. 똘마니 두 녀석은 망을 보고 있었고, 한 놈은 여학생을 큰 소나무로 밀어붙여 꼼짝 못하게 하고 옷을 반쯤 벗기고 나쁜 짓을 저지르고 있었다. 다가가서 여자를 놓아 주라고 말했다. 나는 불의를 보면 못 참는 성격이라 그날도 그냥 지나칠 수가 없었다.

그러자 키가 땅딸막하고 덩치가 큰 똘마니 한 놈이 내게 다가오더니 "이런 호로새끼 보소. 자고로 허리 아래 일은 상관하지 말라고 했는데, 너는 목숨이 몇 개 되는가 보네?"라며 몸을 낮추고 나를 들어 메칠 듯한 자세를 취했다. "죽고 싶지 않으면 빨리 학생을 놔주는 게 좋을 텐데……."라고 말하면서 녀석의 옆구리를 옆차기로 날렸다. 녀석은 큰 덩치가 무색하게 2미터가량 나가떨어졌다. 녀석은 다시 일어나서 윗옷을 벗었다. 비만한 젖통을 흔들거리면서 가소로운 듯이 다시 내게 덤벼들었다. 그 순간 난 뒤돌려차기로 녀석의 뒤통수를 날려 버렸다. 녀석이 코피를 쏟으며 모래 바닥에 퍽 쓰러졌다.

한 놈이 쓰러지자, 날렵한 몸매의 두 번째 놈이 다시 덤벼들었다. "이 새끼가 죽고 싶어 환장했나?"라면서 권투하는 자세를 취했다. 이놈은 운동을 좀 한 것 같았다. 나도 윗옷을 벗고 쿵후의 공격 자세를 취했다. 사춘기 때 이 소룡 영화를 보고 감동해서 잠시 쿵후를 배웠던 적이 있었다. 그때 무술을 좀 배워서 불량배들을 만났을 때 그냥 지나치지 못한다. 녀석이 오른손으로 훅을 날려오는 순간, 오른발로 녀석의 낭심을 정확히 걷어차면서 검지와 중 지로 녀석의 눈을 찔렀다. "아뵤!" 이소룡처럼 멋지게 소리를 지르고 마무리 했다. 녀석은 넘어지면서 데굴데굴 구르고 죽는 시늉을 했다.

두 놈을 해치우자, 여자를 건드리고 있던 두목으로 보이던 놈이 칼을 빼들 고 내 쪽으로 다가오면서 한마디 했다. "어 이 새끼 봐. 생긴 건 먹물처럼 생겼는데 주먹 좀 쓰네. 아저씨, 그냥 가던 길 가면 가쇼. 좋은 말로 할 때……." 두목은 키가 180에, 번듯한 얼굴을 하고 있어서 이런 허접한 짓을 저지를 것 같지 않은 인상이었다. 하지만 겉모습으로는 사람을 평가할 수 없 는 법. 그 녀석은 내게 칼을 엑스자로 휘두르면서 덤벼들었다. 칼을 제법 휘 둘러 본 솜씨였다. 난 몸을 뒤로 한 발짝 빼면서 한 바퀴 돌아 뒤돌려차기 로 그의 얼굴을 정확히 가격했다. 그가 바닥에 쓰러졌다.

녀석은 다시 일어나 칼을 높이 쳐들고 나를 향해 돌진했다. 하지만 나의 적수가 되지 못했다. 순간적으로 옆으로 피하면서 녀석의 손을 내리쳤다. 녀 석이 넘어지면서 칼이 바닥에 떨어졌다. 녀석이 놀라는 표정을 지으며 도망 쳐 달아나려고 했다. 재빨리 혁대를 풀어 녀석의 뒤통수를 향해 휘둘렀다. 녀석이 다시 넘어졌다. 녀석의 몸통을 발로 밟고 얼굴을 혁대로 여러 번 내 리쳤다. 코에서 피가 나 뺨을 적셨다. 그가 살려달라고 애원했다. 마지막으 로 주먹으로 낭심을 한 방 날렸다. 내가 불량배들을 응징하는 방식이다. 이 땅의 쓰레기들은 더 이상 유전자를 남겨서는 안 된다는 생각을 갖고 있다.

사실 사춘기 때부터 가진 것이라곤 몸밖에 없어서 좋은 몸을 만들기 위 해 노력해 왔고, 이소룡, 성룡 영화를 보면서 쿵후에도 심취했었다. 또한 특

수부대에서 군 복무를 하면서 여러 가지 무술들을 배워서 내 것으로 체화
시켰다. 나는 몸으로 말하면 누구에게도 지지 않을 자신이 있다.

　부모로부터 물려받은 좋은 유전자 덕분에 잘생긴 얼굴에 머리도 좋았고,
몸매도 몸짱 수준이다. 청소년기에 다비드 석상은 나의 우상이었다. 조각상
사진을 방에 걸어 놓고 매일 보면서 예술적인 몸매를 만들기 위해 운동을
게을리 하지 않았다. 나랑 사랑했던 여자들은 내 몸을 명품이라고 부른다.
나랑 사랑을 나눈 여자들은 항상 나를 사랑한다고 말한다. 나는 그렇게 말
하는 그들을 믿지 않는다. 그들이 사랑하는 것은 나의 육체일 것이다.

10

돌로레스 임마누엘

새벽 바다를 뒤로 하고 할리를 바삐 몰아 회사로 출근했다. 회사 화장실에서 대충 세수하고, 수염은 덥수룩한 채로 꽁지머리를 뒤로 묶고 사무실에 앉아 있었다. 잠을 자지 못해서 비몽사몽간에 일을 했다. 당시는 남북정상회담이 이슈였는데, 이와 관련하여 미·일·중·러 등 한반도 주변 사강의 외신 영문 기사들을 우리말로 번역하고 기사화하는 것이 나의 주요한 일과였다. 그렇게 바쁜 와중에도 나는 그녀에게 로열클럽 파티, 바닷가에서 있었던 일 등등을 써서 이메일로 보내주었다. 그랬더니 며칠 후에 다음과 같은 답장이 왔다.

아도니스 님에게!

당신의 인생은 흥미로운 것들로 가득하군요. 나도 당신이라는 바다에 빠져서 허우적거려보고 싶네요. 나의 무료한 일상들을 당신의 이야기로 가득 채우고 싶어요. 당신은 바닷속같이 신비한 것들로 가득 차 있고, 그래서 모험해 보고 싶어요. 당신의 육체를 탐험해 보고 싶어요. 당신의 다비드 같은 몸은 얼마나 멋질까 생각하면 아무것도 할 수가 없어요. 오직 당신만이 내 생각을 지배하고 있어요. 목욕을 할 때엔 당신의 몸이 나와 함께 있는 듯한 착각에 빠지고, 당신이 내 온몸을 비누칠해서 부드럽게 문지르고 있는 듯한 착각에 빠진답니다. 그리고 홀로 황홀해져서 어쩔 줄을 모른답니다. 차 한잔을 마실 때에는 찻잔 속에서 알몸으로 노니는 아도니스를 만나게 됩니다. 나도 거기에 몸을 담그고 당신과 함께 수영을 하면서 같이 노는 상상을 합니다.

아도니스 님! 이래도 되는지 모르겠어요. 당신에게 푹 빠졌나 봐요. 이런 것을 사람들은 사랑에 빠졌다고 하나 봐요. 먹지 않아도 배가 부르고, 잠자지 않아도 졸리지 않습니다. 그래도 피곤하지 않습니다. 최근 며칠 동안 몸무게가 몇 킬로그램이 빠진지 모르겠어요. 얼굴은 늘 웃고 있고, 모든 사람들이 아름다워 보이고, 책을 읽으면 여자 주인공이 내가 되고, 남자 주인공은 당신이 되어서 둘이서 행복하게 사는 상상을 한답니다. 이러다가 나 죽는 건 아닌지 모르겠어요. 아도니스 님, 당신의 얼굴이 너무 보고 싶습니다. 당신의 다비드 같은 몸매가 그립습니다. 당신의 입술에서 나는 향기는 어떨까요? 아마도 장미향이 나겠지요? 당신의 입술을 그리다가 내 입술이 말라버릴지도 몰라요.

아도니스 님, 이런 기분을 느끼는 것은 태어나서 처음인 것 같아요. 내 인터넷 이름이 돌로레스 임마누엘인데, 아시다시피 돌로레스는 슬픔을 의미합니다. 그래요, 난 늘 겉으로는 웃고 살았지만 슬픔으로 가득 차 있었습니다. 아마도 처녀 때 강간당한 것이 나를 그렇게 슬프게 만들어버렸나 봐요. 하지만 또 돌로레스는 로리타를 의미하잖아요. 내 안에는 로리타처럼 타락한 육체가 숨어 있었는지도 모릅니다. 거부할 수 없는 남성으로부터 지배받고 싶어 하는 슬픈 소녀, 로리타. 내 심리 상태는 바로 이거예요. 그 숨어 있는 로리타를 일깨워 주신 분이 당신이에요. 난 당신을 생각하면 저항할 수 없는 처녀가 된답니다. 그리고 당신의 처분만 바라는 슬픈 소녀지요.

그러한 슬픈 로리타를 구원해 줄 구세주라는 의미에서 임마누엘입니다. 바로 당신을 의미하지요. 당신은 나의 임마누엘입니다. 당신이 날 구원해 주세요. 이대로 한 달만 더 지속된다면 난 미쳐버릴 거예요. 아마 말라 죽어

버릴 것 같아요. 시들기 전에 내게 물을 주세요, 아도니스 님. 우리 남편은 내게 사악한 악마 같습니다. 밤마다 내게 접근하면 내 육체는 기겁을 하고 내 영혼은 소스라치게 놀라서 온 힘을 다해서 거부합니다. 그럴 땐 강간당하는 듯한 기분이 들면서 나 자신이 한없이 미워지고 죽고 싶은 심정이랍니다.

아도니스 님, 이제 우리 가면일랑 벗어 버리고 미래가 보이지 않더라도 한 번만 뵈었으면 정말 좋겠습니다. 가면놀이 이제 더 이상 못하겠어요. 당신이 이겼어요. 난 가면 벗을래요. 가면 벗은 당신 모습이 아무리 흉측한 괴물이라도 난 당신을 사랑하고 말 것 같아요. 아도니스 님, 우리 한 번만 만나도록 해요. 나도 우리가 이래서는 안 되는 사람들이라는 걸 알아요. 하지만 한 번만 은밀히 만나서 그냥 얼굴만 보면 안 될까요.

아도니스 님, 당신을 정말 사랑합니다. 사랑합니다. 미치도록 사랑합니다.

멀리서 돌로레스 임마누엘

그녀의 편지에는 슬픔이 묻어났고, 진심이 느껴지는 듯했다. 사실 매스커레이드 게임을 시작하면서 마지막 단계에서 그녀가 육체적 사랑을 갈구하게 될 것을 예상하고 있었다. 바로 그것이 내가 게임을 시작한 목적이었기 때문이다. 그런데 돌로레스라는 여자는 예상보다 빠르게 효과가 나타나고 있었다. 그녀의 글을 보면서, 그녀는 나에 대한 환상을 현실로 착각하고 나에게 빠져든 것 같았고, 사랑에 빠져 버린 것 같았다. 그녀의 글에서 사랑과 욕망 사이에서 고뇌하는 한 여인의 고통스러운 모습이 연상되었다. 약간 미안한 생각이 들었다. 그래서 이번 게임의 마지막 과정인 가면 벗기에 나서기로 했다. 몇 날 몇 시, 서로 날짜와 장소를 잡고 은밀한 만남을 갖자고 메일을 보냈다.

11
테베의 왕

다가올 비극적 운명도 모른 채 테베로 향하는 오이디푸스처럼 나는 계곡 사이로 나 있는 금지된 길로 운명의 발걸음을 하나씩 옮기고 있었다. 우리는 다음과 같이 만나기로 합의했다. 첫째, 서울과 D시에서 비슷한 거리의 안면 도 O리조트에서 저녁 8시에 만난다. 둘째, 나는 미리 도착하여 창문의 이중 커튼을 닫아 빛을 완전 차단한 상태에서 옷을 벗고 이불을 뒤집어쓴다. 셋째, 나중에 오는 그녀는 선글라스와 마스크를 착용하고 얼굴을 가린 채로 조용히 들어와 옷을 벗고 이불 속으로 들어온다. 넷째, 목욕은 집에서 하고 온다. 다섯째, 만나는 동안에는 절대 전등을 켜지 않으며, 미리 핸드폰 번호 를 교환한다.

나는 첫 만남이 너무 어색할지도 모르고, 서로 얼굴을 공개했을 때 그동 안 머릿속에 새겨진 환상이 깨져버릴지도 모르므로 이 같은 미팅을 제안했 는데, 그녀는 선생님이라는 직업과는 달리 상당히 오픈마인드를 가지고 있 었고, 오히려 '너무 재미있을 것 같다'는 반응을 보였다. 아마도 이미 서로 깊 이 사랑에 빠져 있었던 영혼들은 상대방의 육체를 간절히 갈망하고 있었을 지도 모른다. 특히 개인적인 경험으로는, 돈 많은 상류층 부인들은 철저하게 비밀만 유지된다면 언제든 모험과 스릴을 즐길 준비가 되어 있다. 고귀하고 절제된 겉모습 속에는 억제된 성적 욕망이 숨어 있고, 이것을 살짝 건드리면 폭발한다. 불 꺼진 방 이불 속에서 이뤄지는 육체 간의 만남. 얼마나 신비롭고 황홀한 경험인가. 나는 그날 밤 그녀의 벗은 몸을 상상하며 거의 잠을 이루지 못했다.

그녀와의 만남을 위해서 휴가를 하루 냈다. 아침 일찍 아파트 앞산으로 등산을 다녀온 다음, 평소 다니던 헬스클럽에서 두 시간 동안 러닝과 웨이트를 해서 몸을 만들었다. 샤워를 하면서 거울에 비친 내 모습은 혼자 보기에는 아까운 아름다운 작품이었다. 그리스의 조형예술에서 흔히 볼 수 있는 멋진 조각상이나, 미켈란젤로의 다비드상이 이보다 더 아름다울까 싶을 정도로 내 육체는 완벽했고, 이것을 그녀에게 보여준다는 기대감에 온몸이 전율하고 있었다. 특히 나의 자랑인, 치켜든 물건은 싸움을 앞둔 전사의 무기처럼 늠름하게 곧추 서 있었다.

그날은 태양이 뜨겁게 작열하던 7월의 어느 날이었던 것 같다. 차 손질을 하고 점심을 간단히 해결한 다음 고속도로에 들어선 시간이 오후 3시 가까이 되었다. 머릿속은 온통 그녀의 모습이 어떻게 생겼을까 하는 생각으로 가득 찼다. 키는 보통이라 했는데, 얼굴은 한국형일까, 서구형일까? 몸매는 어떨까? 못생겼으면 어떡하지? 너무 예뻐서 내가 그녀에게 빠져 버린다면……. 라디오에서 나오는 도레미송이 마음을 진정시켜 주지 않았더라면, 그녀를 상상하느라 교통사고가 났을지도 모른다. Do, a Deer Female Deer, Ray, A Drop of Golden Sun……. '레'는 한줄기 황금빛 햇살이요, 이 부분에서 줄리 앤드루스의 청순한 모습과 돌로레스의 모습이 오버랩되면서, 뜨거운 햇살과 묘한 하모니를 이루어 세상이 참 아름답게 느껴졌다.

리조트에 도착해서 체크인을 한 다음, 그녀가 올 시간을 맞추기 위해 잠시 해변을 한 바퀴 돌았다. 그리고 방으로 돌아와 옷을 하나씩 벗고 마지막 팬티까지 벗었다. 중요 부분에 향수를 조금 뿌린 다음, 약속대로 커튼을 모두 닫고 이불 속으로 들어갔다. 그녀를 만난다는 기대감에 벌써부터 내 육체는 극도의 흥분 상태가 되었다.

조금 지나자 노크 소리가 들렸다. 나는 들어오라고 했다. 어둠 속에서 그녀가 마스크와 선글라스를 벗고 옷을 벗는 소리가 들렸다. 호기심이 발동하여 눈치 채지 못하게 살짝 이불을 들춰봤다. 칠흑 같은 어둠 속에도 희미하게 보이는 그녀의 알몸 실루엣은 기대 이상이었다. 그녀는 아무 말도 하지 않고 내가 누워 있는 이불 속으로 들어왔다. 우리는 잠시 아무 말 없이 같이 누워 있었다. 영혼이 배제된 육체만의 만남이었다. 귓가에는 두 사람의 심장 박동 소리 외에는 아무것도 들리지 않았다.

12

가면의 정사 1

육체의 만남은 원초적이며 강렬했다. 우리는 몇 분간을 이불 속에서 알몸 상태로 누워 침묵 상태를 유지하고 있었다. 몸의 대화는 내가 먼저 시작했다. 첫 만남에서 남자가 대화를 주도하는 것과 비슷했다. 나는 손을 내밀어 그녀의 손을 잡았다. 그녀의 손이 떨렸다. 그 떨림은 손에서 시작되어 온몸으로 전달되는 것 같았다. 그녀의 몸은 마치 범종의 울림처럼 오랫동안 파르르 떨었다. 이미 뇌에서 만들어진 가상의 세계에서 충분히 사랑하고 또 갈망하고 있었으므로, 한 번의 손길만으로도 그녀의 몸은 화산처럼 폭발했던 것이다. 사실 내 몸도 떨렸다. 그녀도 내 몸의 떨림을 느꼈을 것이다.

이제 몸의 첫인사가 끝났다. 나는 좀 더 깊이 그녀를 탐험하기로 했다. 손을 뻗어 그녀의 얼굴부터 발끝까지 돌로레스의 비밀 퍼즐 조각을 하나씩 찾아 맞춰나갔다. 머리통은 큰 것이 지적인 느낌을 받았고, 이마는 넓었고, 코는 높게 서 있고, 눈은 약간 커 보이는 듯하고, 턱도 살이 포동하게 올라서 둥그런 모양을 하고 있었다. 인중은 좀 긴 편이며 위아래 치아가 고르고 교합이 잘 이뤄지고 있었고, 입은 적당한 크기로 가지런해 보였다. 목은 가늘고 어깨는 좁은 편이며, 가슴은 늘어지지도 않았고, 절벽 같지도 않고 적당히 봉긋 솟아 있었다. 허리는 30대 중반이라고는 믿기지 않을 만큼 잘록했고, 엉덩이는 골반뼈가 튼실하고, 풍만하게 살이 올라 있었다. 다리는 허벅지에서 발목까지 비례해서 가늘어지면서 전체적으로 풍만하면서도 날씬한 몸매를 가진 것 같았다. 상상된 모습은 내가 이상형으로 여기는 오드리 헵번을 닮은 듯했다.

그녀의 몸을 더듬고 있었지만 은밀한 부분은 차마 손을 댈 수가 없었다. 육체의 만남에도 예의가 있다고 생각했다. 그녀의 조각 퍼즐 맞추기를 끝내고 자세를 바로잡자, 그녀가 약간 몸을 돌려 내 몸을 더듬기 시작했다. 그녀도 손끝으로 이리저리 내 몸을 더듬고 탐색해 나갔다. 그녀도 먼저 내 얼굴을 더듬거리며 내가 잘생겼는지를 확인하는 것 같았다. 내 이마, 코, 입술, 턱, 뺨을 차례로 쓰다듬고는, 마지막으로 두 손으로 귀를 꼭 잡아줬다. 내 귀를 잡아준 것은 아마도 자신이 상상하던 모습과 일치를 했다는 표시로 이해되었다. 우리는 말없이 몸으로 대화를 하고 있었고, 그 대화는 잘 소통되는 것 같았다. 그녀의 손길에 몸이 달아올랐지만 나는 그대로 누워 있었다. 그녀가 내 몸을 마음껏 감상하도록 내버려 뒀다.

다시 그녀의 손길이 가슴에서 느껴진다. 그녀는 내가 자랑해왔던 다비드 몸매를 확인하려는 것 같았다. 탄탄한 가슴을 먼저 만지고는 잘록한 식스팩 허리를 양손으로 더듬은 다음, 다리로 내려가 근육들을 하나씩 터치했다. 다시 위로 올라와 젖꼭지를 손끝으로 한 번 꼬집었다. 그것도 하나의 표시 같았다. 내 몸이 다비드의 그것과 같다고 인정하는 것 같았다. 그때 나도 모르게 입에서 신음 소리가 터져 나왔다. 그녀는 내 신음 소리를 더 깊은 만남을 시작하는 신호탄으로 여기는 것 같았다. 갑자기 내 입술에 키스했다. 그러나 그것은 극도로 절제되어 있는 부드러운 입맞춤이었다. 나는 그녀의 혀를 내심 기다렸으나 그녀는 혀를 내밀지 않았다. 그녀의 손길은 다시 아래로 내려가 왼쪽 허벅지 근육을 확인한 다음, 무릎을 지나 장딴지, 발끝까지 한 번 터치하고, 다시 위로 올라와 오른쪽 다리로 옮겨갔다.

그녀의 손길이 살짝 심볼에 닿는 느낌이 들었다. 그것은 분명 실수로 한 것이 아니라 의도적인 것이었다. 나는 그것을 또 하나의 신호라고 생각했다.

나는 재빨리 자세를 바꾸어 그녀 위로 올라탔다. 그녀가 가만히 누워서 나를 꼭 껴안고 내 귀에 키스를 했다. 그녀의 키스가 또 하나의 신호로 여겨졌다. 하지만 나는 조급하게 돌진하지 않았다. 일단 고개를 들어 그녀의 입술에 가볍게 키스한 다음 혀를 깊이 밀어 넣었다. 그러자 그녀도 기다렸다는 듯이 내 혀를 끌어당겼다. 그녀는 나의 혀를 롤리팝을 빨듯이 이리저리 희롱을 했다. 나도 그녀의 입속 구석구석을 청소하듯이 혀를 놀렸다. 육체의 만남에서 혀의 교감은 이미 서로의 몸을 완전히 받아들이겠다는 신호였다.

그녀의 몸에서 땀이 흐르는 것 같았다. 이불 속이 후끈 달아올랐다. 가슴, 팔, 다리, 허리, 얼굴에도 땀이 흘렀다. 눈에서는 눈물이 흐르는 것 같았다. 상상만 하던 사랑이 현실이 되면서 마음이 감동을 느꼈을까? 아니면, 단지 멋진 남자의 능숙한 솜씨에 몸이 감동을 느꼈을까? 나는 이불을 걷어내 버렸다. 그녀의 몸매가 창틈으로 비집고 들어온 희미한 달빛에 아름답게 드러났다. 내가 상상해 오던 섹시한 알몸이 바로 옆에 누워 있었다. 나는 잠시 그대로 앉아서 한참 동안 그것을 감상했다. 그녀는 자신의 몸을 바라보고 있는 남자의 눈길을 피하지 않았다. 오히려 그녀는 더 당당하게 두 다리를 벌렸다. 그것은 나를 받아들이겠다는 신호였다.

나는 바로 그녀의 다리 사이에 무릎을 꿇고 들어가, 몸을 그녀 위로 포갠 다음 혀를 가슴에서부터 아래쪽으로 훑고 내려갔다. 입술이 그녀의 비너스 언덕 부위를 지나자, 그녀는 엉덩이를 들썩거렸다. 사슴처럼 계곡으로 조용히 들어가 숨어 있는 옹달샘을 찾았다. 샘은 이미 흠뻑 젖어 물이 넘쳐흐르고 있었다. 한 입 목을 축이자 그녀는 온몸을 부들부들 떨었다. 갑자기 옹달샘이 내 얼굴을 빨아들였다. 나는 옹달샘 속으로 천천히 빠져들었다. 그것은 마치 그녀의 영혼이 만들어 놓은 함정 같았다. 달콤한 쾌락에 몸부림칠수록 내 머리는 더 깊이 어둠 속으로 빠져들었다. 나는 더 이상 빠져나갈 수 없는 바닥에 이르렀다. 갑자기 머릿속은 공포로 가득했다. 괴물이 나타나 나를 잡아먹을 것 같았다.

우리의 몸은 점점 더 깊은 대화 속으로 빠져들고 있었다. 이번에는 내가 눕고 그녀가 위로 올라와서 내 몸을 탐닉해 나갔다.

13
가면의 정사 2

그녀는 내 몸 구석구석에 코를 가져다 대고 킁킁대면서 혀를 날름거려 흔적을 남기려는 동물처럼 행동했다. 먼저 내 얼굴 이곳저곳을 핥으며 콧김을 불어넣었다. 내 코에 그녀의 냄새가 감지되었다. 갑자기 환상 속에 있던 그녀가 현실 속에 살아 있는 것처럼 느껴졌다. 나는 갑자기 내 위에서 내 몸을 희롱하고 있는 그녀를 두 손으로 와락 껴안았다. 그녀의 몸무게를 느끼며 꼭 껴안으면서 그녀를 진심으로 사랑하고 있다는 생각이 들었다. 영혼과 육체의 완전한 합일이 된 것 같았다. 그러자 온몸이 극도의 홍분 상태가 되었다. 그녀는 내 몸의 갑작스러운 반응에 놀라며, 내 입술에 프렌치 키스를 했다. 우리는 힘껏 서로의 몸을 빨아들였다. 그것은 욕망의 키스가 아니라 사랑의 키스였다.

다시 그녀는 내 손을 풀어내고는 내 위로 올라와 혀를 날름거리며 가슴과 배, 다리를 하나씩 훑고 돌아다녔다. 그녀의 숨결이 점점 거칠어졌다. 나는 아래에서 손으로 그녀의 가슴을 어루만지고 있었다. 그녀의 가슴은 부드럽고 고왔다. 머릿속에 '차타레 부인'이 떠올랐다. 건장한 하인의 몸을 이리저리 탐하고 있는 음탕한 귀부인. 그 생각을 하고 있는데 갑자기 그녀가 내 중심을 손으로 감쌌다. 내 중심은 마치 강을 거슬러 오르다 곰에게 잡힌 연어처럼 파닥거렸다. 그러고는 갑자기 내 위로 올라타 옹달샘으로 내 몸을 끌어당겼다. 내 몸은 이제 그녀의 것이 되었다. 우리의 육체의 대화는 끝을 향하고 있었다. 그녀가 내 위에 올라타 허리를 움직일 때마다 나는 그녀를 사랑한다고 말했다. 하지만 그 말은 입 밖으로 나오지 않았다. 그냥 신음 소리만 들렸다. 내 신음 소리의 의미를 이해했을까? 그녀가 짧게 웃었다.

'차타레 부인'은 처음에는 엉덩이를 천천히 움직이다가 전력 질주를 하다가 다시 천천히 움직였다. 나는 그녀의 리듬에 맞춰 부지런히 허리를 맞추고 있었다. 그때 나는 그것이 사랑이라고 생각했다. 어느 순간 그녀가 전력 질주를 하기 시작했다. 내 반응을 살피지 않고 일방적으로 거친 질주가 계속되자, 나는 좀 이상하다는 생각이 들었다. 대부분의 여자들은 남자의 반응에 맞춰 엉덩이를 움직이는데, 그녀는 좀 달랐다. 갑자기 내가 그녀의 하인이 되어버린 것 같았다. 그녀는 자신의 육욕을 위해 나를 이용하고 있는 것일까? 사랑이라는 말은 나를 유혹하기 위한 거짓말이었을까? 그런 생각이 들자 내 몸은 지치기 시작했다. 온몸에서 땀이 주르륵 흘러내렸다. 너무 힘들어 그녀를 밀쳐내고 자세를 바꾸려고 했지만, 그녀는 내 목을 두 손으로 누르고 옴짝달싹 못 하게 한 다음 계속 달려 나갔다.

나는 이미 한계상황을 한참 지나 중심에 통증이 밀려왔지만, 그녀는 아무렇지도 않은 듯 한참을 더 달리다가 괴성을 지르면서 옆으로 쓰러졌다. 나도 크게 소리 지르며 숨을 헐떡거렸다. 어둠 속에서 우리는 한참 동안 그렇게 퍼질러져 있었다. 잠시 후 나는 그녀 쪽으로 몸을 돌려 그녀의 행동을 살펴봤다. 그녀는 아직도 풍만한 가슴과 잘록한 허리를 들썩거리며 씩씩거리고 있었다. 나는 그녀가 만족했을 것이라고 생각하고 미소 지었다. 손에서 촉촉한 느낌이 들었다. 침대 시트가 젖어 있었다.

나는 그것이 사랑이 만들어낸 부산물이라고 생각했다. 사랑의 부산물, 그것은 이미 내가 그녀를 사랑하고 있다는 징표였다. 나는 갑자기 그녀의 손을 만지고 싶었다. 손을 뻗어 옆에 누워 있는 그녀의 손을 슬며시 잡아봤다. 하지만 그녀는 내 손을 뿌리치고 일어나서 주섬주섬 옷을 챙기고는 화장실로 들어갔다. 어쨌든 육체의 첫 만남은 멋지게 끝난 것 같았다.

그녀가 돌아와 침대에 걸터앉았다. 나도 몸을 일으켜 세웠다. 우리는 어둠 속에서 서로의 희미한 모습을 바라보고 있었다. 그녀의 위엄 있는 목소리가 들리기 시작했다. 어둠 속에 자신을 감추고 있어서 그랬을까? 그녀는 전혀 부끄러워하거나 머뭇거림 없이 일방적으로 말을 했다.

"너무 황홀했어요, 아도니스 님! 당신은 상상하던 대로 다비드처럼 멋진 몸매를 갖고 있군요. 당신과 나눈 사랑, 잊지 못할 거예요. 하지만 당신의 테크닉은 뭐랄까 아직은 만족할 만한 수준은 아닌데요. 좀 더 보완해야겠네요. 당신은 순진한 것 같기도 하고, 순수한 것 같기도 하고…… 잘 모르겠어요. 다음에 연락할게요."

그녀는 일방적으로 자신의 말만 쏟아내고는 일어서서 나가려고 했다. 마치 주인마님이 하인을 대하는 듯했다. 나는 갑자기 기분이 상했다. 나는 그녀로부터 최소한, '당신을 사랑해요'라든가 '정신적인 사랑을 육체적인 사랑으로 승화시켜 줬다'라는 말을 듣고 싶었다. 하지만 그녀는 순간적인 육체적 사랑만을 말했고, 우리의 만남이 마치 섹스가 목적이었다는 듯이 말했다. 그녀는 정말로 나의 몸만을 탐했던 것일까? 얼마나 더 잘해야 만족한다는 것인가? 그녀는 우리의 만남을 원나잇스탠드쯤으로 여기는 것인가? 그리고 방자한 말투는 또 뭐야? 나는 갑자기 배신감이 들었다. 그녀는 이번 만남을 마지막으로 생각하는 것이 분명했다. 그녀의 얼굴이라도 확인하고 싶었다. 재빨리 일어나서 스위치를 켰다. 불을 켜지 않기로 약속했지만 도도한 그녀의 얼굴이 어떻게 생겼는지 보고 싶었다.

조명을 받은 그녀의 얼굴은 상상 속의 얼굴과 대체로 일치했으며 매력적이었다. 그녀는 놀라는 표정을 지으며 손으로 얼굴을 가리려고 했지만, 이미 조명에 얼굴이 노출되어 아무 소용이 없었다. 나는 그녀의 손을 잡아끌어 내리고 그녀의 얼굴을 자세히 훑어 내려갔다. 그런데 이상한 느낌이 들었다.

어디서 많이 봤던 익숙한 얼굴이었다. 너무 힘을 빼서 정신이 혼미해져 환상이 보인 것일까. 그녀는 내 어릴 적 어머니의 모습을 하고 있었고, 한편으로 보니 지난번 로열클럽 모임에서 J 박사가 데려온 여자 같기도 했다. 혼란스러워 하고 있는 사이, 그녀는 허둥지둥 방을 나가고 있었다.

그녀가 떠난 후 난 그 자리에서 바로 곯아떨어졌다.

돌로레스: 날 사랑하나요, 아도니스?

아도니스: 당신을 미치도록 사랑해요. 가지 말아요.

돌로레스: 그럼 강을 건너와서 날 가져 봐요. 여기 당신이 원하는

아름다운 육체가 있어요.

아도니스: 당신의 육체보다 사랑을 원해요. 당신을 보고 나서 당신이

나의 운명적인 사랑이란 걸 알았어요. 당신의 얼굴을 보고 나서

난 너무 놀랐어요. 내가 꿈꾸던 이상형의 여자가 바로 앞에 있었

거든요.

돌로레스: 그렇게 운명적이라면 우리 사이를 가로막고 있는 우글거리

는 저 뱀들을 헤치고 이쪽으로 건너와 봐요. 당신에게 사랑을 줄

게요.

아도니스: 기다려요. 갈게요.

악몽을 꾸었다. 강 건너편에서 벌거벗은 돌로레스가 서서 내게 손짓하며 웃고 있었고, 강에는 뱀들이 우글거렸다. 나는 용기를 내서 위험한 강에 맨 몸으로 뛰어들었다. 뱀들은 내 다리와 허리, 가슴 등을 칭칭 감고 물어뜯었

으며 온몸에서 피가 흘렀다. 그러한 광경을 즐기기라도 하듯이 그녀는 더 큰 소리로 웃으면서 내게 힘을 내서 건너오라고 말했다. 난 죽을힘을 다해 뱀을 한 마리, 한 마리 떼어내고 나아가서 결국 그녀가 있는 곳에 도달했다. 하지만 그녀 대신 우리 어머니가 무서운 표정으로 서 있었다. 너무 깜짝 놀라 소리를 지르면서 깨어났다. 갑자기 죄책감이 밀려들었다. 바늘로 눈을 찔러 버리고 싶은 충동이 일었다. 눈을 감았지만 돌로레스의 벗은 모습만 상상되었다. 피너스에서 피가 흐르고 있었다.

새벽에 일어나 집으로 향했다. 차를 타고 오면서 여러 가지 생각이 들었다. 돌로레스가 이메일에서 나를 사랑한다고 한 말은 단지 내 육체를 갖기 위한 속임수였을까? 아니면 상상 속에서는 분명 내게 사랑에 빠졌는데, 육체적인 만남이 실망스러워 뜨거웠던 감정이 식어버렸을까? 아니야! 그녀의 말은 이미 머릿속에 준비된 것이었어. 그녀는 내 육체를 갖기 위해서 날 사랑하는 척한 것이 분명해. 날 속인 거야. 어떻게 그럴 수가 있지? 나는 돌로레스의 이상한 행동에 대해 여러 가지로 해석을 하면서도 그녀가 자꾸 생각났다. 내가 사랑에 빠진 것 같다. 그렇다면 이번 게임은 내가 진 것이다. 그녀는 내 의도를 알아차리고 선수를 친 것 같다. 지금까지 게임에서 진 적이 없었는데 내가 지다니…… 마음속에 분노가 치밀어 오르는 한편으로 그녀가 미칠 듯이 보고 싶었다.

그녀는 나의 육체를 점령하고 깨끗이 사라져 버렸다. 애당초 그녀의 마음에는 사랑이란 없었고, 다만 내 육체만을 노렸던 것 같다. 그녀에게 전화를 해 봤지만 받지 않았다. 이럴 줄 알았다면 그녀가 어디에 사는지 물어볼걸…… 이제 어떻게 그녀를 찾지? 그녀를 생각하던 중, 갑자기 그녀의 냄새가 떠올랐다. 풋풋한 살결 냄새가 내 기억 속 어딘가에 머무르고 있는 것이 분명했다. 그것이 계속 나를 괴롭혔다. 그것은 그리움이었고, 그리움이 계속 내 머리에 머물러 있었다. 그것은 사랑이었다. 욕망이 순간적인 감정이라면,

사랑은 지속적인 감정이 맞는 것 같다. 냄새가 계속 머릿속을 맴돌았고, 마침내 눈에서 눈물이 흘러나왔다. 라디오에서 '헤어진 다음날'이라는 노래가 나오자, 나는 엉엉 울기 시작했다.

그녀의 이메일 사랑 고백을 곧이곧대로 믿어 버리다니 천하의 아도니스가 이렇게 순진할 수가……. 나는 뒤통수를 얻어맞은 것처럼 배신감을 느꼈다. 뛰는 놈 위에 나는 놈 있다더니 내가 꽃뱀에게 물린 것이야, 그래서 나보고 순진하다느니 순수하다느니 그런 소릴 했을까? 그래도 관계를 할 땐 분명히 사랑에 빠진 여자의 느낌이었는데……. 단지 섹스만을 목적으로 가식적인 몸놀림을 하는 창녀와는 그 느낌의 차원이 달랐는데 그것은 어떻게 설명을 하지? 그녀의 사랑은 단지 육체적인 사랑이었을까? 그리고 그녀는 J 박사가 데리고 온 여자가 맞는 걸까? 그렇다면 어떻게 나와 이메일을 하게 됐을까? 차를 타고 오면서 복잡한 생각들이 꼬리를 물고 이어졌다.

바로 회사로 출근해서 하루를 또 대충 때우다 왔다. 승진 발표가 얼마 남지 않았는데 내게 아무런 눈치도 주지 않은 걸 보니 이번에도 물을 먹은 것 같다. 동기들은 벌써 차장이다 부장이다 잘도 올라가는데, 평기자로 있는 내가 한심하다는 생각이 들었다. 집에 와 보니 서류 봉투가 하나 놓여 있었다. 아내가 이혼 서류를 놓고 가 버렸다. 이번에는 웃음이 나왔다. 참을 수 없을 만큼 오래 웃었다. 다른 여자와 사랑에 빠진 남자에게 아내의 이혼 서류는 너무나 잘 맞는 상황인데 내가 사랑한 여자는 떠나 버리지 않았는가! 엇박자다. 그 상황이 너무나 나를 웃기게 만들었다. 서류를 확 집어 던져 버리고 바로 잠을 잤다.

가면의 정사 이후 한 달 가까이 지났지만 그녀로부터 아무 소식이 없었다. 나는 너무 보고 싶고 목소리도 듣고 싶어서 전화도 해 보고 메일을 보내 봤지만 답장은 오지 않았다. 다만 내가 보낸 메일을 열어본다는 사실에 한 가닥 위안을 삼고 언젠가는 나를 찾을 것이라고 굳게 믿었다. 그동안 집안은 엉망이 되었고, 폐인처럼 회사를 왔다 갔다 했다. 머릿속에는 온통 그녀 생각뿐, 손에 잡히는 것이 없었다. 사랑은 식욕도 이기는지 심지어 아무것도 먹지 않고 하루를 지내도 배가 고프지 않았다. 집에 와서 정 배가 고프면 생라면 봉지에 스프를 쳐서 그냥 와삭와삭 씹어 먹고, 더운 물을 한 컵 마셨다. 회사 동료들은 승진 스트레스 때문에 수척해졌다면서 너무 신경 쓰지 말고 휴가나 다녀오라고 한마디씩 했다.

하루는 회사에서 오줌을 누는데 피너스에서 또 피가 섞여 나왔다. 그녀와 관계를 가진 직후 거기서 피가 나와 이상하게 생각했지만 대수롭지 않게 생각했다. 하지만 이후 가끔씩 피가 나와서 내 재산 목록 1호는 피너스라는 생각이 퍼뜩 들어 부리나케 비뇨기과에 가서 진찰을 받았다. 의사는 과도한 섹스를 하면 피너스 근육이 파열될 수 있다면서 큰 문제는 아니라면서 걱정하지 말라고 했다. 그 말을 듣는 순간 천만다행이다 싶었다. 남성의 상징이 훼손된 아도니스가 무슨 의미가 있겠는가. 그리고 정관수술을 한 자리가 터져서 정자가 새어 나오고 있으므로 다시 수술을 해야 한다고 했다. 의사에게 수술은 더 이상 필요 없다고 말했다. 갑자기 그녀에게 내 씨를 남겨야 한다는 생각이 들었다.

사실 나는 고등학교를 졸업하자마자 정관수술을 받고 씨 없는 수박이 되었다. 그 당시에는 나의 어려운 환경을 세상 탓으로 돌리면서 적개심을 품고 있었던지라, 부조리한 세상에 나같이 불행한 후세를 또 남기는 것이 죄악이라는 생각을 갖고 있었다. 한편으로 섹스에 눈뜬 혈기 방장한 20대의 젊은 이에게 매번 피임을 해야 한다는 것은 여간 거추장스러운 것이 아니었다. 그래서 과감하게 수술대 위로 올라갔다. 그때 의사는 내게 다시 한 번 생각해 보라며 망설이다가 수술을 했었던 것 같다. 결혼하면서도 아내에게 그 사실을 알리지 않았다.

첫 경험이 사랑인 줄로 착각하고 결혼에 죽자사자 매달린 순진한 아내는 내가 자기를 사랑하지 않는다는 것을 안 때로부터 아기를 갖기 위해 무지 노력했다. 아마도 내게 못 받은 사랑을 아이를 통해서 대리 만족을 해 보려고 했을 것이다. 하지만 정자가 없는 나에게 임신을 기대하는 것이 처음부터 잘못이었다. 결혼하고 5년간은 병원도 다니고 여러 가지 방법을 시도해 보다가 아이 갖는 걸 포기했다. 나보고 병원 검사를 같이 가자고 했지만, 아는 선배 병원에서 가짜 서류를 떼서 보여 주고, 아무 잘못도 없다고 시치미를 뚝 떼고 살았다. 아무 의미 없는 결혼 생활을 해 오던 아내는 몇 년 전부터 화장을 진하게 하고 다니고 명품으로 치장하는 등 애인이 생긴 것 같은 행동을 보였다. 난 아내의 사생활에 대해 상관하지 않았다.

이별은 마치 사막에 홀로 남겨진 것과 같았다. 모든 관계들이 단절되고, 모든 환경이 낯설게 느껴졌다. 회사를 다니고 있었지만 마음은 사막의 한가운데 머무르고 있었다. 아무도 나의 마음을 이해해 주는 사람이 없었다. '유부녀를 사랑했는데 이별했다. 너무 아프다. 나를 위로해 달라고 누구에게 말을 하겠는가? 나는 혼자 끙끙 앓았다. 정말 사막 한가운데서 홀로 헤매고 다

넸다. 사막에서 나는 물을 찾아다녔다. 그녀를 애타게 찾았던 것이다. 그녀를 한 번만 본다면 살아날 것 같았다. 그러나 아무리 이리저리 헤매고 돌아다녀도 물은 보이지 않았다. 그동안 내 가슴은 한쪽이 뻥 뚫린 것처럼 아팠다. 그녀로 가득 찼던 가슴이 사라져 버렸기 때문이다.

돌로레스의 고백

그녀와 헤어진 후 한 달 반쯤 지났을까? 어느 토요일, 비가 내렸다. 비가 내리면 내 마음은 주체할 수 없이 흥분한다. 그런 모습을 본 다른 사람들은 우울해 보인다고 한다. 하지만 그건 내 내면을 잘 몰라서 하는 소리다. 뭔가 좋은 일이 일어날 것만 같은 기분이 몸 안에서 연쇄반응을 일으켜 밖으로 그렇게 표출되는 것이다. 그럴 때는 음악이 감속제 역할을 한다. 안 그러면 폭발해 버릴지도 모른다. 음반 중에 아무거나 꺼내들었다. 라흐마니노프 피아노협주곡 2번이 걸렸다. 라흐마니노프는 우울하다. 작곡자가 우울한지 음악이 우울한지는 잘 모르겠지만 어쨌든 우울하다. 울적할 때 이 음악을 들으면 더 우울해질 것 같지만, 예상과는 달리 기분이 한결 나아진다. 라흐마니노프보다는 내가 덜 우울하다는 자신감일까?

그 음악을 들으면서 나도 모르게 카타르시스를 느꼈다. 그동안 이별로 인한 상처가 조금씩 아물고 있었는데, 거기다 역설적으로 우울한 음악을 들으니 완전히 치유된 것 같은 느낌이 들었다. 기분이 좋았다. 경험적으로 카타르시스를 느끼는 순간 좋은 일이 동시에 일어났었던 것 같다. 시험에 합격했다든지, 아니면 좋은 사람을 만난다든지 등등. 창밖에 쏟아지는 빗방울과 격정적인 피아노 선율이 마음속에서 합쳐져 미소가 지어졌다. 오랜만에 웃어봤다. 좋은 일이 있을 것 같은 예감이 들었다. 마음속에 그녀의 얼굴이 떠올랐다. 그녀는 해맑게 웃고 있었다. 서로 텔레파시가 통했던 것일까. 음악이 끝나자마자 컴퓨터 메일함을 확인해 봤다. 예감은 적중했다. 그녀에게서 메일이 도착해 있었다.

아도니스 님에게!

잘 계셨는지요. 아무 연락도 못 드려서 죄송합니다. 그동안 마음을 추스르기가 너무 힘들어서 동굴 속에 숨어 있었습니다. 멀리 떠나서 오랫동안 보지 않으면 당신을 혹시 잊지 않을까 생각했는데 내가 바보였나 봅니다. 당신을 다시는 보지 않겠다고 마음을 먹었지만 당신이 더욱 그립습니다. 내가 당신을 진정으로 사랑하나 봅니다.

지난번 처음 만났을 때 제가 보인 무례한 행동에 대해서는 용서를 구합니다. 그때는 내가 어리석었습니다. 정신적인 사랑이 이미 무르익어서 자꾸 수렁으로 빠져드는 것 같아서 처음이자 마지막으로 어둠 속에서 당신의 실체를 확인한 다음 그냥 헤어지려고 했었습니다. 그런데 당신과 관계를 한 뒤 사랑하는 마음이 더 깊어져 버렸습니다. 하지만 이미 헤어지기로 마음을 먹었기 때문에 그날 당신에게 야박하게 대할 수밖에요. 그때 당신의 화난 모습을 생각하면 정말 미안한 생각이 듭니다.

당신과 사랑을 나눈 후 내 생활은 엉망이었습니다. 하루 종일 아무 말도 안 하고 집에만 틀어박혀 있었거든요. 오직 생각나는 건 당신밖에 없었습니다. 남편은 내가 또 우울증이 재발한 것 같다면서 몇 달간 해외여행을 다녀오면 나아질 것이라고 했습니다. 지금 유럽을 여행 중입니다. 다비드 석상이 보고 싶어서 이태리를 가자고 했습니다.

이태리에 와서는 로마에 여장을 풀고, 남편을 호텔에 남겨둔 채로 피렌체 아카데미아 미술관에 맨 먼저 달려갔습니다. 다비드가 보고 싶었기 때문입니다. 그 석상은 정말 당신을 쏙 빼닮았더군요. 한참 넋을 잃고 서 있었습니다. 눈에서는 어찌나 눈물이 나는지. 보고 싶은 당신이 거기 서 있었습니다.

발은 없었지만 너무 우아하고 기품 있게 당신은 거기 서 있었습니다. 그 이상적인 다비드의 실체인 살아 있는 당신을 생각하며 한 시간가량 멍하니 그 자리에 있었습니다. 당신을 사랑한다는 것이 너무 자랑스러웠습니다. 그리고 로마로 돌아오니 마음이 한결 나아졌습니다.

그리고 다음 날 로마를 구경하고 셋째 날은 '토레 델 라고'에서 열리는 푸치니 오페라 축제를 구경했습니다. 이것도 내가 졸라서 간 것인데, 때마침 오페라 '나비부인'이 상연되고 있었습니다. 남편은 거기서 졸고 있었고 나는 울고 있었습니다. 당신과 나의 사랑이 이뤄진다면 당신은 핑커톤처럼 사랑을 나누고 나비부인을 떠날 거라는 생각을 했습니다. 그래서 핑커톤이 떠나고 나비부인이 자살하는 장면에서 정말 엉엉 울었습니다. 손수건 한 장이 흥건히 젖을 정도로 눈물을 쏟아냈습니다.

내가 너무 앞서 나간 건가요? 아직도 당신을 잘 모르겠어요. 나는 분명 당신을 사랑하는데 당신의 사랑이 의심스러웠어요. 당신은 나랑 육체의 만남을 갖고 나면 나를 떠날 거라고 생각했습니다. 그래서 내가 먼저 당신을 떠났던 거구요. 내 말이 틀린가요? 이제 내가 당신에게 연락을 안 한 이유를 알겠지요? 당신의 사랑을 모르겠어요. 당신은 나에 대해서 어떻게 생각하나요? 그냥 육체를 탐하는 사랑인가요?

지금 고백하지만, 사실 난 당신을 예전부터 알고 있었어요. 짐작하셨겠지만 J 박사가 제 남편입니다. 남편은 로열클럽에 처음 참가하면서부터 당신에 대해서 이야기를 많이 해 줬어요. 몸매도 멋지고, 춤도 잘 추고, 참 매력 있는 인간이라구요. 나는 당신을 한번 꼭 보고 싶어서 남편을 졸라 지난번 모임에 참석했습니다. 당신은 듣던 대로 멋진 남자더군요.

그러면 이메일은 어떻게 시작되었는지 궁금하겠죠? 그래요, 난 이미 당신에 대해서 일거수일투족을 다 알고 있었어요. 남편으로부터 당신의 이야기를 들은 후로 당신이 궁금해졌어요. 그래서 당신이 신문에 쓴 기사를 매일 읽어봤구요. 당신의 신문사 홈페이지 게시판에 남긴 글도 모두 읽어봤어요. 어느 날 당신은 메일 친구를 구한다고 하더군요. 그래서 영어 선생님이라면서 같이 하자고 했죠. 당신을 속이려고 한 건 아니었는데 어쨌든 미안하게 됐네요. 용서하실 거죠? 당신을 속인 게 또 있는데 지금은 선생님 그만뒀어요. 남편과 결혼하고 나서 그만뒀죠. 당신이 영어 공부 한다길래 선생님이라고 구라 좀 친 거예요.

이태리 여행을 마치고 프랑스 여행을 했습니다. 프랑스 파리는 너무 익숙한 것 같아서 이번엔 보르도 와인 산지인 샤토를 둘러봤습니다. 다양한 포도주 맛처럼 당신도 여러 가지 맛이 날까요? 암튼 마음속에 당신으로 가득 차 명하게 여행을 하고 있습니다. 유럽을 돌고 나면 다음 달에 미국 뉴욕과 애틀랜틱시티를 여행할 예정입니다. 당신을 잊기 위해 떠난 여행인데 당신을 더 그리워하게 되었군요. 빨리 마치고 만나고 싶습니다. 당신을 사랑합니다.

멀리서 돌로레스

그녀의 갑작스러운 메일을 받고 뛸 듯이 반가웠지만, 그것을 읽고 나서 나는 충격에 빠져 버렸다. 어떻게 이렇게 철저하게 나를 속일 수가 있지? 그리고 이메일에 나타난 글에는 죄책감이 하나도 느껴지지 않는다. 미안하다면 다 용서가 되는 일인가? 분노가 치밀어 올랐다. 선생님이라는 직업을 속인 것은 그렇다 치더라도, 어떻게 나를 잘 알고 있음에도 처음 본 사람처럼 천연덕스럽게 이메일을 시작하고, 리조트에서는 처음 만난 것처럼 연기를 할 수 있을까? 그리고 로열클럽 파티에서는 가면을 쓰고 나를 구경했으니 얼마나 재미있었겠어. 지금 생각해 보니 나를 바라보는 그녀의 눈빛이 좀 이상했어. 그녀는 정신적인 문제가 있는 여자가 아닐까? 우울증 때문에 감정 조절에 문제가 있는 것은 아닐까? 혹시 미친 여자 아닐까?

그날 밤 나는 전혀 잠을 이룰 수가 없었다. 그녀가 보고 싶다는 생각과 그녀의 정체성에 대한 궁금증이 머릿속을 채우면서 잠이 오질 않았다. 이메일상으로는 그녀도 분명 나를 사랑하고 있는 것 같은데 그것은 진심일까? 글의 내용으로 보면 분명 그녀는 사랑에 빠진 여자가 맞지만 그 사랑이라는 감정도 속일 수 있잖아. 남편과 함께 있다면서 사랑한다는 이메일을 보내는 것은 또 뭐지? 나는 그녀의 사랑에 대해 의심을 하고 있었다. 하지만 아무리 그녀의 사랑을 의심해도 내 사랑만큼은 달라질 게 없었다. 설사 그녀가 정신적인 문제가 있더라도 내 사랑은 그대로야. 나는 이미 사랑에 빠져 버렸어. 이제 그 함정에서 빠져 나올 수가 없어. 그녀는 내 마음을 조종하고 있는 것이 분명해.

다음 날, 회사에 출근해서도 그녀의 사랑 고백이 어른거리고, 그녀를 보고 싶은 마음은 더욱 간절해졌다. 지금 당장 그녀가 있는 곳에 찾아가 그녀의 사랑을 확인하고 싶었다. '그녀를 만나서 직접 사랑한다는 말을 듣고 싶어, 그리고 나도 그녀에게 진실로 사랑한다고 말할 거야. 다른 사람들로부터 우리의 사랑이 불륜에 불과하고 육체적인 사랑일 뿐이라고 손가락질을 받더라도 할 수 없어.' 나는 그날 저녁에도 또 그녀를 생각하고 있었다. 그렇게 몇 날 며칠을 여러 가지 복잡한 생각으로 뜬눈으로 밤을 새웠다. 꿈속에 그녀가 나타나 내게 나신을 보여 주며 유혹했다. 거의 매일 밤 아프로디테의 석상처럼 매끈하게 잘빠진 몸을 안고 뒹굴다가 잠에서 깨어나곤 했다

한 일주일이 지났을까? 그녀를 만날 수 있다는 희망, 아니 그녀를 만나야 한다는 절실함이 하늘을 감동시킨 것일까. 긴 터널 끝에 희미한 불빛이 보이기 시작했다. 때마침 회사에서 해외 특별취재반을 모집한다는 소식이 있었다. 게시판을 보고 지원 자격을 꼼꼼히 읽어봤는데, 나라면 팀에 합류할 수 있겠다 싶었다. 미국 특파원은 남북정상회담에 대한 석학들의 반응을 취재하는 일인데, 미국 유학 경험도 있고 영어도 수준급으로 하는 내가 워싱턴의 정객들과 조지타운 대학, 하버드 대학, 프린스턴 대학 등 주요 대학 국제정치학과 교수들을 인터뷰하는 것은 쉬운 일이라고 생각하고 지원서를 넣었다. 마지막 과정으로 중역들과 인터뷰를 마친 다음 최종 합격 통지를 받았다. 지원 자격이 우월해서라기보다는 사랑에 빠진 열망의 눈빛이 그들을 사로잡은 것 같다.

그녀가 유럽을 여행 중이라 연락이 되지는 않았지만, 혹시 글을 읽어볼지 몰라서 그녀에게 이메일을 보냈다. 그녀를 사랑한다는 말을 구구절절 쓰고, 일주일 후에 미국 출장을 가게 되었으니 애틀랜틱시티나 뉴욕에 오게 되면

전화를 해 달라고 했다. 나는 하루라도 빨리 그녀를 보고 싶었다. 아니, 그녀의 사랑이 진심인지 확인하고 싶었다. "당신을 너무나 보고 싶어 하는 아도니스로부터"라는 마지막 문구를 쓸 때는 나도 모르게 눈물이 뺨을 타고 흘렀다. 살아오면서 사랑한다는 말을 여러 여자에게 상투적으로 해 보고 악어의 눈물도 흘려봤지만, 이번에는 달랐다. 흐르는 눈물의 농도가 달랐다. 진심의 눈물에는 에너지가 포함된 걸까. 눈물을 쏟고 나니 졸렸다. 바로 곯아떨어졌다.

혼자서 미국 정관계와 학계의 한반도 전문가들을 인터뷰하는 일은 쉬운
일이 아니었지만, 떠나기 전에 미국 내에 있는 동창생들에게 연락하여 인터
뷰가 가능한 사람들을 수배하고 약속을 잡아주도록 요청을 했기 때문에 어
렵지는 않을 것 같다는 생각이 들었다. 내게 있어서 이번 일주일간의 미국
출장은 우선순위가 그녀를 만나는 데 있었으므로 업무적인 것은 최대로 신
속히 처리하려고 했다. 일주일 중 목요일까지 취재 업무를 마치고 금, 토, 일
은 그녀, 즉 나의 돌로레스를 만나는 일에 열중하기로 계획을 세웠다.

일단 워싱턴 포토맥 강변에 자리 잡은 매리어트호텔에 여장을 풀고 월요
일 오전부터 사전 약속된 인터뷰를 하나씩 해 나갔다. 그들은 바쁜 와중에
도 불구하고 한국의 언론사에서 취재를 나왔다고 하니 친절하게 인터뷰에
응했다. 대부분 2000년 남북정상회담에 대해서 긍정적인 반응을 보였고, 남
북이 앞으로 잘되기를 바란다는 말로 끝을 맺었다. 갑자기 약속이 취소되거
나 다른 사정이 있는 전문가들에 대해서는 이메일로 인터뷰를 요청하고 며
칠까지 답장을 달라고 했다. 계획대로 목요일 오후, 존스홉킨스 대학의 O 교
수를 끝으로 인터뷰가 끝났다.

취재가 거의 끝날 무렵, 그녀로부터 문자메시지가 왔다.

"뉴욕 여행을 한 다음, 금, 토, 일 중에 애틀랜틱시티로 갈 거예요. 아직 어
느 호텔에 체류할지는 모르겠는데 한번 나를 찾아보세요. 다시 만난다면 그

건 정말 운명이 아닐까요? 전화는 꺼둘 거예요."

그녀는 장난치듯이 나를 시험하고 있는 듯했다. 나는 저녁밥도 거른 채 즉시 렌터카를 구해서 애틀랜틱시티로 달렸다. 먼저 타지마할호텔에 방을 잡고, 그녀가 있을 만한 여러 호텔 카지노들을 돌아다녔다. 그녀가 언제, 어디에 나타날지 모르기 때문에 나는 이리저리 뛰어다녔다. 혹시나 해서 해변을 따라 산책을 하기도 했다. 그러나 그녀는 아니 J 박사는 도무지 보이지가 않았다.

금요일도 하루 종일 도박도 하고, 쇼도 구경하면서 이 호텔 저 호텔을 돌아다녔지만, 그 넓은 도시에서 그들을 우연히 만날 수 있다는 생각이 잘못된 것이었다. 혹시 전화가 오지 않을까 생각해서 핸드폰을 이리저리 뒤져보기도 했지만 매번 허사였다. 이제 시간이 얼마 남지 않았다.

그녀가 미국에 있다면 내가 만날 수 있는 시간은 이틀밖에 안 남았다. 토요일도 하루 종일 미친놈처럼 이리저리 돌아다녀봤지만 허사였다. 드디어 하루밖에 남지 않았다. 그녀는 선생님 출신답게 어려운 문제를 내고 내가 맞히는지 시험을 하는 것 같았다. 그리고 내가 문제를 풀고 있는 과정을 보고 즐기는 것 같았다. 아, 우리의 운명은 이대로 끝나 버릴 것인가?

일요일은 거의 체념한 상태로 하루 종일 돌아다녔다. 그녀의 전화가 오기만을 기다렸다. 갑자기 바다가 보고 싶다는 생각이 들었다. 내가 힘들 때 늘 내게 용기를 주는 그 바다에 내 몸을 안기고 싶었다. 사랑이라는 이름으로 이국의 바닷가를 헤매는 내가 참으로 한심했지만, 바다는 나를 이해해 줄 것 같았다. 해변을 걸으며 나는 바다에게 "어리석은 저를 용서해 주세요. 하지만 제발 그녀를 한 번만 만나게 해 주세요."라고 말했다. 그리고 하늘을 올려다봤다. 맑은 하늘이 나를 바라보고 있었다. 좋은 일이 일어날 것만 같은 예감이 들었다. 그때 문자 벨 소리가 났다. 띵동!

"여기 해변인데 날 찾아봐요. 하하하."

나는 눈을 360도 돌려 해변 전체를 스캔했다.

내가 있는 방향에서 동쪽으로 200여 미터 전방에 낯익은 얼굴이 눈에 띄었다. 청바지에 빨간 티를 입은 돌로레스였다. 그녀의 뒷모습이 보였다. 하지만 나는 바로 그녀를 만날 용기가 나지 않았다. "해변에서 당신을 봤어요. 우리 만나요."라고 문자를 했다. 그러자 그녀는 "하하하, 드디어 찾았군요. 하지만 여기서 만나면 우리 남편이 알아차릴 거예요. 방에서 해변이 보이거든요. 이따 식당으로 와요. 우연히 만난 것처럼……. 하하하."라는 답을 보내왔다. 그녀는 내가 문제를 풀자, 또 다른 숙제를 내주고 있었다. 그들은 내가 체류하던 같은 호텔에 머무르고 있었다. 나는 일단 레스토랑에 먼저 가서 자리를 잡고 신문을 보고 있었다. 그들이 나타나면 우연히 만난 것처럼 하려고 연기를 할 작정이었다. 그것이 돌로레스가 낸 숙제였다.

한 시간 정도 지났을까. 그들은 호텔 식당으로 들어와서 창 쪽으로 앉더니 이것저것 주문을 했다. 내가 먼저 다가가서 알은체하면 이상할 것 같아 우연히 만나는 것으로 위장을 해야 했다. 또 그녀와 먼저 마주치면 돌로레스와 내가 아는 사이가 되는 것이 되기 때문에, 우선 J 박사와 우연히 마주치는 것으로 구도를 잡았다. 다시 입구 쪽으로 조심스레 나갔다가 J 박사가 바라보는 정면 방향으로 걸어갔다. 돌로레스는 그때 뒤통수를 보이고 있었기 때문에 의도적으로 그가 나를 먼저 알아보도록 하기 위해서였다. 내가 그를 뚫어져라 보면서 앞쪽으로 걸어가자, 그가 흠칫하면서 놀라는 기색이었다.

"혹시 한국에서 오신 신문기자 아닌가요?"

그가 나를 알아봤다. 그녀는 뒤돌아보면서 나를 봤다.

애틀랜틱시티 3

나보다 다섯 살이 많은 J 박사는 평소 비대한 몸으로 어그적어그적 걷는 모습이 인상적인데, 그날따라 수염을 깎지 않아 마치 성악가 '루치아노 파바로티'처럼 보였다. 우리는 로열클럽에서 매년 만나기는 했지만 별로 친하게 지내는 편은 아니었다. 그런데 낯선 곳에서 우연히 만나서 그랬을까? 그는 나를 반갑게 맞아주었다. 그는 두 손을 번쩍 들어 올리고는 나를 껴안더니 한참 동안 놓아주지 않았다.

"천하의 아도니스를 이렇게 이방 땅에서 만나다니 도대체 이런 인연이 어디 있습니까? 하하하하."

그는 두 손으로 내 몸을 앞으로 조금 밀쳐내고는, 목젖이 보일 정도로 호쾌하게 웃으면서 이렇게 말했다. 육중한 몸매가 트레이드마크인 그는 늘 입던 대로 흰색 셔츠에 나비넥타이를 매고 겉엔 검은색 아르마니 슈트를 걸쳐 입었다. 머리는 포마드를 발라 올백으로 빗어 넘겨 단정한 신사의 모습이었지만 그날은 수염을 깎지 않아 덥수룩해 보였고, 눈도 빨갛게 충혈되어 피곤해 보였다. 아마도 며칠을 잠도 안 자고 도박만 했을 것으로 짐작이 되었다. 그녀도 나를 바라봤다. 그러나 태연한 척 나를 맞이하고 있었다.

"취재가 있어서 뉴욕에 왔다가 가는 길에 잠시 들렀습니다. 오랜만에 뵙습니다. 부인도 같이 오셨군요. 처음 뵙겠습니다."

나는 그에게 대충 사무적으로 인사를 하고 돌로레스에게 눈길을 돌렸다.

그녀를 처음 본 것처럼 연기를 했지만 떨리는 목소리를 숨길 수는 없었다. 한 달여 동안 애태우며 보고 싶던 얼굴이 바로 거기 있었기 때문이다. 그녀도 역시 나를 처음 만나는 사람처럼 대했다.

"남편으로부터 아도니스 님 얘기 많이 들었어요. 호호호."

그때 나는 J 박사의 부인이라는 사실도 잊어버린 채 고개를 숙이고 인사하는 그녀를 뚫어져라 쳐다보고 있었다. 그녀의 눈동자가 충혈되어 있음을 발견했다. 그리고 그녀의 표정은 웃고 있었지만 눈동자가 흔들리고 있었다. 나는 그녀의 눈 속으로 사랑한다는 강렬한 신호를 쏘아 보냈다. 아주 찰나였다. 그녀가 내 눈빛을 알아차렸다. 그러나 그녀는 흠칫 놀라면서 내 눈빛을 받아 주려다 말고, 다시 처음 만난 사람처럼 냉정하게 말했다. 아마도 J 박사가 옆에 있는 것이 부담스러웠을 것이다.

"아도니스 님 눈빛이 멋지네요. 여자들에게 인기 많겠어요. 호호호."

그녀가 수줍은 표정을 지으며 나를 밀쳐내고 있었다.

나는 그녀가 무슨 말을 했는지 머리에 들어오지 않았다. 그녀의 눈빛만 머릿속에 머무르고 있었다. 그녀의 눈이 반응하는 것으로 보아, 분명히 그녀도 나를 사랑하고 있는 것이 틀림없었다. 충혈된 눈은 남편과 도박장을 드나들며 잠을 못 잔 것이 아니라 나를 생각하며 밤을 지새웠던 것이 분명했다. 그 사실을 확인하자 나는 가슴이 마구 요동치기 시작했다.

나는 용기가 생겼다. 이미 남편은 암컷을 앞에 두고 경쟁하고 있는 다른 수컷에 불과했다. 나는 남편이 이상하게 보든 말든 그녀에게 사랑한다는 열망의 눈빛을 쏘아 보냈다. 그것은 'J 박사와 나 중에서 하나를 선택하라'는 최후의 통첩이었다. 그때 그녀도 나의 결연한 의지를 본 것 같았다. 그녀의 눈빛에서 이미 남편보다 나를 남자로 선택한 듯한 느낌이 들었다. 우리는 한참 동안 말없이 서로 바라보고 있었다. 순간 그가 끼어들었다.

"우리 와이프가 미인은 미인이야. 천하의 아도니스가 눈을 뗄 줄을 모르네. 하하하."

　J 박사는 돌로레스가 이미 자신의 아내이므로 다른 남자는 소유할 권한이 없다는 것을 선언하는 것 같았다. 그는 마치 우리의 관계를 알고나 있는 듯 우리 사이에 타오르던 사랑의 불꽃에 찬물을 끼얹어 버렸다. 아니면, 아름다운 자신의 아내를 처음 본 남자의 경탄스러운 반응에 질투를 느낀 것일까?

　인사가 끝나자, 그는 식사를 같이 하자면서 웨이터에게 '아이스 팰리스'라는 룸을 달라고 했다. 특별한 손님들에게만 제공된다는 그 방은 구석구석이 얼음으로 장식되어 있었고, 3면을 통유리로 만들어 대서양의 멋진 장관이 조망되었다. 아마도 J 박사는 그동안 그 호텔에 드나들며 막대한 자금을 잃었던 게 분명하며, 특별 게스트 대접을 받는 것 같았다.

　둥근 원형 테이블을 중심으로 J 박사가 돌로레스와 비스듬히 앉고, 내가 두 사람을 마주 보는 식으로 앉았다. 시원한 에어컨 바람과 함께 세 벽면에 세워진 헤라, 아테나, 아프로디테 등 3여신의 얼음 조각들이 마치 얼음 궁전에 와 있는 듯한 착각을 불러일으켰지만, 나는 너무 더워서 웃옷을 벗어 의자에 걸었다. 그토록 보고 싶던 돌로레스를 만나자, 가슴이 쿵쾅거려 터져버릴 것만 같았기 때문이다.

　저녁 7시가 넘어서자 대서양의 저녁 바다가 멋지게 눈에 들어왔다. 가끔씩 도시의 조명에 비친 파도가 하얗게 부서지고 있었다. 하지만 그러한 장관보다 나를 더욱 경탄시킨 것은 돌로레스의 변화된 모습이었다. 그날 빨간 드레스를 입고, 화장을 짙게 한 돌로레스의 자태는 늘 마음속에 그려오던 귀족적 아름다움과는 달리 '마릴린 먼로'의 백치미를 짙게 풍기고 있었다. 챙 넓은 검은색 모자 아래 숨겨진 뽀얀 얼굴은 첫 만남 때 형광등 불빛 아래서 보았던 수줍은 우아함과는 너무나 다른 모습이었다. 그녀는 빨간 립스틱을 짙게 바르고, 입술 옆에 검은 점을 찍어 요염하게 화장을 하고 있었다. 나는 색다른 그녀의 모습에 점점 넋을 잃어가고 있었다. 이것이 진짜 원래의 돌로레스의 모습이었을까? 아니면 날 유혹하기 위해 일부러 야하게 꾸미고 나왔던 것일까?

고급스러운 빨간 롱드레스는 유명 디자이너의 작품인 듯 가슴과 허리 부분에 하얀 장미들을 수놓아 마치 공주의 파티복처럼 보였으며, 풍만한 가슴과 잘록한 허리를 돋보이게 해 한 송이의 빨간 장미가 피어 있는 것 같았다. 그 옷은 그녀가 화장실을 간다며 일어설 때 살짝 가슴을 드러내 보여 주었고, 걸을 때마다 치마 옆트임 사이로 하얀 허벅지를 살짝살짝 보여 주었다. 그때마다 내 심장은 거대한 타이타닉호의 엔진처럼 크게 쿵쾅거렸고, 온몸이 빨갛게 달아올랐다.

J 박사가 나를 이상하게 쳐다보는 것 같았지만 나는 개의치 않고 계속 그녀의 걷는 모습을 황홀하게 바라보고 있었다. 사랑에 빠진 남자에게 이미 두려움 따위는 사라져 버렸다. 팔뚝까지 오는 검은색 망사 장갑과 얼굴을 반쯤 가리는 모자는 아무나 접근을 허용치 않는다는 방어 장치였을까? 그것은 마치 장미에 붙어 있는 가시 같았다. 그 한 송이 장미가 피워내는 향기가 내 욕망을 끓게 했다. 순간 나는 그 장미 가지를 꺾어 내 것으로 만들고 싶은 충동이 일었다.

"미국에는 언제 오셨나요?"

J 박사는 반가운 손님을 미국에서 우연히 만난 것은 하늘이 준 인연이라면서 랍스타 등 비싼 요리를 잔뜩 시켜놓고는, 식사가 준비되는 동안 내게 질문 공세를 퍼부었다. 늘 같은 클럽에서 놀기는 했었지만 이렇게 개인적으로 대화를 해 본 적은 처음이었다.

"1주일 전에 왔습니다. 회사에서 포스트 남북정상회담 관련 특집기사를 준비하고 있는데, 취재 기자로 워싱턴 D.C.에 왔다가 돌아가는 길에 애틀랜틱시티에 잠시 들렀습니다."

"그래, 인터뷰한 사람들은 어떤 반응을 보입디까?"

그는 단도직입적으로 정치 얘기를 꺼냈다.

"남과 북의 화해 협력 정책에 대해서는 대체로 동의를 했고, 일부 보수파 학자들은 북을 너무 믿어서는 안 된다는 반응이었습니다."

나는 정치적 논란을 피하기 위해 내 주장을 극도로 아끼면서 짧게 대답했다.

"그렇군요. 내 개인적인 생각으로는 북에 대해 화해니 협력이니 그딴 거 필요 없는 거 같아요. 도대체 믿을 수 있는 집단이어야 말이지. 김일성 일족들은 그냥 공중 폭격을 하든지 탱크로 밀어 버리든지 해서 그 지배 세력을 없애 버려야 해요. 세계 공산당들이 다 망했는데, 21세기에 세습으로 체제 유지나 하고 주민들을 폭압으로 지배하고 굶주리게 만드는 정권이 어디 있습니까? 그렇지 않나요?"

그는 부르주아 보수파답게 강경한 논리를 펴나가면서 내게 동의를 구하는 듯했다.

그러나 나는 조금 다른 견해를 피력했다.

"지금 북이 경제적으로 약자의 입장인데, 너무 그들을 압박한다면 국지전을 도발할지도 모르고, 그러면 남북이 동시에 피해를 보지 않을까요? 또 북한의 가장 중요한 우방이 중국인데, 고구려 역사가 자기네 것이라는 소위 동북공정을 밀어 붙이고 있는 상태에서 한국과 미국이 그들을 압박하여 붕괴시킨다 해도 중국이 개입하게 될 것이고, 아마 북한의 영토는 중국 땅으로 편입이 될지도 모르죠. 영영 우리나라의 역사에서 사라질지도 모릅니다. 그래서 민간차원에서 인도적 지원을 하고, 상호 교류하면서 민족의 동질성을 회복해 나간다는 측면에서는 화해정책이 맞는다는 생각도 듭니다."

"당신은 리버럴이요?"

그가 나를 쏘아보며 퉁명스럽게 말했다. 자기 의견에 동조하지 않아서 좀 언짢은 표정이었다.

"전 리버럴 컨서버티브입니다. 하하하. 생각은 컨서버티브인 것 같고, 행동은 리버럴을 추구합니다."

"그런가요? 하하하. 역시 아도니스다운 생각이군요."

우리가 대화를 나누는 동안 그녀는 한 손으로 턱을 괴고 다리를 떨면서 먼 곳을 바라보면서, 입으로는 주스를 빨대로 빨아 먹으며 입김을 불었다 빨았다 하면서 혼자 장난을 치고 있었다.

"남자들은 왜 만나기만 하면 정치 얘기죠? 지겨워, 정말!"

나는 그와 대화를 하면서도 그녀를 사랑스럽게 바라보고 있었다. 그녀가 지루해하는 것 같아서 한마디 던졌다.

"유럽 여행은 어떠셨습니까?"

사실, 그들의 유럽 여행은 돌로레스를 통해서 알았기 때문에 그는 좀 이상하게 생각했을 것이다.

"우리가 유럽을 여행한 것은 어찌 알았소?"

그가 놀라는 표정을 지으며 물었다.

"아! 박사님이 늘 유럽을 여행하고 나서 미국에 가서 도박하지 않으셨나요? 우리 압생트 클럽 모임에서 늘 자랑을 늘어놓곤 하지 않았습니까?"

나는 순간적인 말실수를 얼버무리면서 넘어갔다.

"맞소. 프랑스 샤토를 둘러보고 루브르 박물관을 관광하던 중이었는데, 다 돌아보지 못하고 미국으로 오게 됐소. 마누라가 자꾸 미국에 빨리 가자고 하는 통에……. 안 그러면 원래 계획은 며칠 동안 천천히 미술 작품을 보고 싶었는데 참 아쉽소."

"루브르 박물관에서는 좋은 그림 많이 보셨나요?"

나는 그의 예술관에 대해서 궁금하다기보다는 그가 돌로레스와 감상한 그림들이 어떤 것들이었는지 궁금해서 물어봤다.

"루브르 박물관을 가는 목적은 단 하나, 모나리자를 보는 것이오. 그렇게 아름다운 그림이 세상에 또 어디 있겠소? 사람의 얼굴은 영혼을 담는 그릇이고, 아름다운 얼굴은 아름다운 영혼이 투영된 거울이오. 다빈치는 세상에서 가장 아름다운 영혼을 그린 것입니다. 그것이 바로 모나리자가 높이 평가되는 이유가 아닐까요?"

그는 모나리자의 살아 있는 얼굴 표정에 대해서 한참 장광설을 털어놓더니, 좋아하는 그림이 있느냐고 물었다.

"저는 마네의 '풀밭 위의 점심식사'라는 그림을 좋아합니다. 그림을 평가하는 것은 전문가의 영역이지만, 나는 여성이 남성들 틈에서 자신의 나신을 드러내고 똑바로 앞을 바라볼 수 있는 그 대담함이 정말 맘에 들거든요."

그는 마네의 그림 속 여자가 조금 천박해 보인다면서, 여자는 은근히 매력을 뿜어내는 모나리자 같은 사람이 좋은 여자라고 했다. 그리고 마누라를 가리키면서 "난 우리 마누라를 살아 있는 모나리자라고 믿고 있소!"라고 말했다.

그러자 그의 부인, 즉 돌로레스가 깔깔깔 웃으면서 의미심장한 말을 했다.

"나는 겉모습만 모나리자예요. 내가 루브르 박물관에서 보았던 가장 인상 깊었던 그림은 프랑수와 부셰가 그린 '마담 퐁파두르'예요. 고혹적 영혼의 극치랄까."

그녀의 말이 끝나자마자 그는 얼굴을 약간 찡그렸다. 사실 '마담 퐁파두르'는 루이 15세의 정부로 정숙함과는 거리가 먼 여자가 아니던가.

섹스투킬 2

그녀의 말은 어떤 의미였을까? 자신은 남편이 생각하는 정숙한 모나리자가 아니라 돌로레스라는 음탕한 여자라는 의미가 아니었을까?

"박사님은 모나리자 같은 부인을 원하시는 거 같은데, 오늘 옷차림 보니까 정숙함과는 약간 차이가 있는데요? 마릴린 먼로의 부활이랄까, 섹시한 콘셉트인 것 같은데요?"

나는 '모나리자 같은 부인을 원하면 그에 맞게 옷차림도 그렇게 하고 다녀야 하지 않는가. 당신의 말에는 모순이 있지 않느냐'는 투로 빈정거렸다. 그가 거기에 대해서 답변을 하려고 하자 돌로레스가 잽싸게 끼어들었다.

"저는 늘 외출할 때 나 자신을 주제로 예술 행위를 하거든요. 오늘은 '유혹하는 마릴린 먼로'예요. 여자의 변신은 아름답지 않은가요? 하하하."

"우리 마누라는 내가 아는 한 모나리자가 틀림이 없소. 내면의 본질이 중요하지 밖으로 드러나는 현상은 사라지는 거품 같은 거요."

그는 열심히 자기 말의 모순을 변명했다.

"저 사람을 만난 게 10여 년 전인데 맞선을 봤소. 우리 집은 D시에서 유명한 병원 집안이었고, 저 사람은 교육자 집안이었지. 그전에 선을 몇 번 보기는 했지만 나를 매료시킨 여자는 저 사람이 유일했소. 이 사람을 처음 본 순간 내 마음속에 백합 한 송이가 들어옵디다. 우리나라 유명 디자이너인 '앙' 선생이 만든 옷을 입고 나왔는데, 진짜 꽃이 피어있는 듯한 느낌이었소.

그래서 당장 사랑한다고 고백을 했지. 그런데 저 사람은 나를 만나주지 않았소. 나도 그 당시에는 날씬하고 잘생긴 의사였는데, 애프터를 거절하다니 정말 자존심이 상하더라구. 이미 머릿속에 들어온 백합 향기는 떠날 줄을 몰랐소. 그래서 우리 아버지에게 도움을 요청했는데, 아버지는 '사랑하는 여자의 집을 찾아가 대문 앞에서 하룻밤을 지새우라고 합디다. 그렇게 했더니 아침에 학교 교장선생이던 장인어른이 나를 집에 들이고 인사를 시켰지요. 그렇게 해서 우여곡절 끝에 사랑을 쟁취했소. 내게 사랑은 주어지는 것이 아니라 쟁취하는 것이오."

그는 마치 무용담을 얘기하듯이 장황하게 돌로레스와 결혼하게 된 사연을 읊었다.

그런데 내 머리는 또 혼란 속으로 빠져들고 있었다. 분명히 돌로레스는 내게 남편이 자기 우울증 치료 때문에 만났고, 그러다가 결혼에 이르게 됐다고 했다. 누구의 말이 맞을까. 돌로레스가 내게 거짓말을 한 것일까? 아니면 그가 자신의 연애담을 과장한 것일까?

한참 대화를 나누는데 J 박사가 주문한 와인이 서빙되었다.

"이거 샤토 라투르라는 와인인데 내가 아주 즐겨 마시는 거요. 보통 96년산을 마시는데 오늘은 특별한 손님이 계시니 82년산을 주문했소."

그는 와인 병을 잡고 코르크 마개를 딴 다음, 돌로레스와 나에게 한잔씩 따라주었다.

"그런데 박사님은 지난번 압생트 모임 때도 샤토 라투르를 주문하더니 무슨 특별한 사연이라도 있습니까?"

나는 일단 질문을 던져놓고 그의 설명을 들으면서 돌로레스를 곁눈질로 감상하려고 했다. 그는 술을 몇 모금 마시더니 이내 또 와인에 대한 강의를 시작했다.

"샤토 라투르는 잘 아시겠지만, 나폴레옹 3세 때 보르도 1등급 와인으로 분류되었소. 그런데 이 와인에 최고의 남성적 풍미가 있다네요. 그래서 지배욕 강한 사람들이 좋아하는데 사실은 그게 아니오."

그는 뭔가 중요한 비밀을 누설하듯이 조용히 말을 해 나갔다.

"내가 아는 한 지배욕은 강하고 남성미를 자랑하고 싶은데 물건이 말을 안 듣는 거요. 말하자면 임포텐스라고 하지. 그래서 그 보상 심리의 일환으로 이 술을 마시는 것 같소. 이번 남북정상회담의 그 사람도 마찬가지일 거고, 우리나라 대기업의 모 회장도 이 술을 즐겨 마시는데 내가 보기에는 발기가 안 되는 게 분명해요. 좋은 떼루아에서 재배된 까베르네 쇼비뇽을 75% 배합해서 강렬하면서도 중후한 맛이 나고, 마시는 순간 성취감을 느낀다는군요. 마치 힘들게 사냥하고 잡은 톰슨가젤의 목을 물고 있는 사자의 모습이랄까. 약자 앞에서 강자로서 의기양양해지고 싶을 때 마초적 본능을 일깨우기 위한 술이랄까?"

말을 마치자 그는 한잔을 벌컥 들이켰다. 붉게 물든 커다란 입술이 마치 톰슨 가젤의 목을 한입 베어 물고 포효하는 사자의 그것과 같았다. 하지만 그의 밑을 보면서 저 사람도 거시기에 문제가 있는 게 틀림없을 거라고 생각했다. 나는 겉으로는 강해 보이는 척하지만, 속으로는 성적 불능이 분명해 보이는 그의 이중적인 모습에 참을 수 없는 웃음이 터져 나왔다. 하지만 목구멍에서 멈추는 게 예의인 것 같아 얼굴에 힘을 주고 꾹 참았다.

돌로레스는 그의 강의가 별로 재미가 없었는지 메뉴판을 이리저리 뒤적거리더니 신기한 것을 발견한 듯 소리쳤다.

"와! 이 칵테일 처음 보는 건데 우리 마셔 봐요, 섹스투킬."

술 취하면 진리를 말한다더니 J 박사로부터 한 가지 중요한 사실을 확인할 수 있었다. 그는 아마도 남자로서 치명적인 결함을 갖고 있을 수 있다. 돌로레스는 그가 밤마다 접근할 때마다 악마처럼 느껴진다고 했는데, 그 말을 이제야 이해할 수 있을 것 같았다. 그동안 그녀가 보인 성적인 집착도 남편에게서 받지 못한 육체적 사랑을 다른 데서 받으려는 보상 심리가 아니었을까? 그리고 돌로레스가 백합처럼 보였다는 그의 말에서 그녀가 자신의 본성을 J 박사에게 드러내지 않고 살고 있다는 생각이 들었다.

그녀가 섹스투킬이라는 칵테일을 마셔보고 싶다고 하자, J 박사는 쉐프를 불러서 술 석 잔을 갖다 달라고 했다. 그런데 쉐프는 이 술은 연인들에게만 서빙된다면서 세 사람에게 주는 것은 곤란하다는 말을 했다. 그러자 커다란 스테이크 한 조각을 아가리에 넣고 우그적우그적 씹고 있던 그가 쉐프의 얼굴을 향해서 내뱉었다. 정확히 말하면 정조준해서 쏘았다는 말이 맞을 것이다. 그는 크게 화난 목소리로 소리쳤다.

"내가 여기서 돈을 얼마를 잃어줬는데 그 정도 배려도 없는가? 당장 사장 불러와!"

그의 영어는 유창하지는 않았지만, 한국인 특유의 발음으로 또박또박 자신의 견해를 표현해서 소통에는 큰 문제가 없어보였다. 쉐프는 할 수 없다는 듯이 세 명 앞에 그 술을 가져다주었다.

"이 술 마셔보고 무슨 맛인지 평가해 보기로 하면 재밌겠다."

돌로레스가 흥미로운 듯이 손뼉을 치면서 말했다.

우리는 원샷을 한 다음, 나, 돌로레스, J 박사 순으로 세상에서 처음 맛보는 그 술의 맛을 평가하기로 했다. 한잔 들이켜자 알코올 50도를 넘는 듯한 독한 술이 목구멍을 태워버릴 듯이 천천히 안으로 들어갔다. 잠시 후 세 사람 모두 "악!" 소리를 내뱉었다. 점점 시간이 흐르자 배 속에서 뜨거운 기운이 솟구쳐 올라오면서 정신이 몽롱해졌다. 아이스 팰리스가 취한 건지 내가 취한 건지 멀리 바다가 춤을 추고 있었다. 무슨 과일향 같은 야릇한 냄새가 역류하여 입으로 내뿜어졌다. 그 향기가 다시 코를 자극하며 정신을 몽롱하게 만들었다.

세 사람 모두 정신을 차리지 못하고 의자에 기대어 앉아 있었다. J 박사는 고개를 숙이고 있었다. 나는 돌로레스를 바라볼 수 있는 기회는 이때다 싶어서 그녀에게 얼굴을 가까이 가져갔다. 그녀도 정신을 못 차리고 있는 것이 분명했지만, 나의 행동이 무엇을 의미하는지 알고 있었다. 나는 그녀에게 '당신과 한 몸이 되고 싶어. 내가 너를 얼마나 간절히 원하는 줄 알아?'라는 표정을 지으며, 그녀의 얼굴에 입김을 내뿜었다. 그녀도 내게 뭔가를 설명하려고 여러 가지 표정을 지어 보였다. 아마도 나와 같은 의미였을 것이다. 하지만 우리는 더 이상 가까이 다가가지 못했다. 취중에도 J 박사가 우리의 관계를 알아차릴지도 모른다는 생각이 떠나지를 않았다.

몇 분이 지나자, 몸에서 반응이 나오기 시작했다. 나의 성기가 팽팽하게 발기하기 시작하고, 그녀가 알몸으로 보이기 시작했다. 세상이 온통 빙글빙글 돌고, 옷 벗은 그녀가 웃고 있는 것 외에는 아무것도 보이지 않았다. 다들 나와 비슷하게 느끼고 있을까? 그녀도 나를 보며 야릇하게 웃고 있었다.

한 10분이 흘렀을까. 내가 먼저 정신을 차리고 혀 꼬부라진 소리로 말했다.

"SEX TO KILL. 야! 이거 문자 그대로 환상적인 섹스, 황홀한 섹스, 죽여주는 섹스를 의미하는군요. 연인이랑 같이 한잔하면 무슨 일 나겠는데요. 하하하."

이어서 그녀가 깨어나며 말했다.

"아도니스 님, 영어 좀 하시는군요. 저는 다르게 해석합니다. SEX TO KILL 은 죽이기 위한 섹스, 말하자면 연인 중 한 사람을 죽이는 치명적인 섹스를 표현하는 맛이 아닐까요? 암사마귀가 교미하면서 수사마귀를 잡아먹는 그런 치명적인 맛이랄까."

그녀는 나를 똑바로 쳐다보면서, 마치 자기는 팜므 파탈이며 자기랑 관계를 하면 누구든지 위험할 수 있으니 조심하라는 듯이 입을 놀렸다. 그녀의 말에서 무서운 광기가 느껴졌다. 그녀는 나를 자신의 욕망을 위한 희생물로 이용하고 있는 것일까?

"다 틀렸어!"

우리의 설명을 듣고 있던 J 박사가 크게 소리 질렀다.

"이건 숨겨진 뜻이 있어. 발음대로 하면 SEX TWO KILL이야, 섹스하는 두 연놈이 죽는다는 의미야. 비극적인 섹스의 맛이랄까."

그는 커다란 흰색 냅킨으로 입을 닦으면서, 마치 우리의 관계를 알고나 있는 듯이 우리를 번갈아 쏘아보았다. 그때 웨이터가 J 박사에게 다가와서 귓속말을 했다. 아마도 도박장에 거액의 꾼들이 모였는데 다시 붙을 의향이 있는가 그런 것을 말하는 투였다. 순간 내 바지 밑으로 뭔가 터치하는 느낌이 들었다. 돌로레스가 야릇하게 웃으며 내 눈을 똑바로 쳐다보며 발을 내 바지 가운데로 들이민 것이었다. 하마터면 마시던 음료수를 쏟을 뻔했지만, 그녀의 남편이 옆에 눈치 채지 못하게 냉정함을 유지하려고 했다.

J 박사와 웨이터 사이에 큰 소리가 오가면서 대화가 길어지자, 그녀는 점점 더 과감하게 내게 침범해 들어왔다. 그때 난 헐렁한 면바지에 티셔츠만 입고 있었고 노팬티 상태였다. 돌로레스는 내 바짓가랑이 사이로 발을 넣고

이리저리 더듬었다. 술기운이었는지 나의 그것은 팽창할 대로 팽창해, 짧은 면바지 사이로 삐져나와 있었다. 그것을 본 그녀가 피식 웃었다.

"나는 영어 선생 10년 해 봤지만, 휴몽거스라는 말은 처음 들어요. 흉측하게 크다는 말이 맞죠? 하하하하."

그녀는 계속 내 바지 속을 발로 헤집고 다니면서 크게 웃었다.

나는 흥분한 내색을 하지 않고 그녀를 사랑스럽게 쳐다봤다. 그리고 불룩 튀어나온 J 박사의 배를 보았다. 그러면서 그녀에게 "휴몽거스하네요."라고 했다. 그러자 그녀도 남편의 불룩 튀어나온 배를 보면서 깔깔깔 웃었다. 웨이터가 가자, J 박사는 도박을 해야 한다면서 일어나자고 했다. 우리는 식사를 마치고 모두 각자 방으로 헤어졌다.

23

섹스온더비치 1

그는 도박장으로 가고, 나와 그녀는 방으로 각자 흩어졌다. 그녀는 엘리베이터에서 내리면서 "잘 자요."라고 쌀쌀맞게 한마디 내뱉고는 자기 방으로 들어가 버렸다. 분명 술을 마실 때만 해도 그녀는 내게 황홀한 섹스에 대한 희망을 주고 있었는데, 나를 내버려둔 채 날아가 버리다니……. 이런 게 희망고문이라는 것일까? 남편 때문에 그럴 수도 있겠지. 나는 다른 층에 있는 내 방으로 돌아와, 분명 밤늦게 내게 연락을 취해 올 것이라고 생각하고 옷도 벗지 않고 침대에 누워 있었다. 하지만 그녀는 한 시간이 지나도, 두 시간이 지나도 연락이 없었다. 그대로 잠이 들었다. 얼마나 잤을까. 어디선가 음악 소리가 들렸다. "love is touching, love is feeling" 휴대전화 벨소리가 요란하게 울렸다. 밤 12시쯤 되었다.

"자고 있어요, 아도니스? 나는 한잠도 못 잤는데……. 밖으로 나와 봐요. 대서양 해변이 너무 멋져요. 우리 걸을래요?"

그녀가 전화를 한 것이다. 이것은 상상이 아니라 현실이었다. 그녀도 나를 무척이나 그리워하고 있었던 것이다. 내가 보고 싶어서 유럽 여행 일정을 앞당겨 미국으로 달려왔던 게 분명했다. 다시 가슴이 두근거리기 시작했다. 나는 대충 세수만 하고 그대로 밖으로 나갔다. 로비에서 그녀가 기다리고 있었다. 그녀는 바다색의 나이트가운 비슷한 옷을 입고, 검은색 선글라스를 끼고 나를 기다리고 있었다. 이번에는 모자를 벗고 있었는데, 단발머리에 웨이브가 부드럽게 흘러서 옆모습이 젊었을 때 '잉그리드 버그만'을 보는 것 같았다.

"아도니스! 여기요."

그녀는 내가 엘리베이터에서 나오는 것을 발견하자 반갑게 맞아주었다.

"남편은 도박하느라 방에도 안 들어오고 심심해 죽겠어요. 아도니스가 날 재미있게 해 주세요."

남편이 그 자리에 없어서였을까? 그녀의 말과 행동은 매우 자유로워 보였다. 그녀는 내 팔짱을 먼저 끼더니 밖으로 나가자고 했다.

"미국의 밤 해변을 사랑하는 사람과 같이 걸어보는 게 소원이었는데, 우리 함께 걸어요."

그녀는 기분이 좋은 듯 재잘거리고 있었다. 나는 아무 말도 하지 않고 그녀와 해변으로 나왔다. 내 머릿속에는 이미 그녀의 제안이 '우리 해변에서 둘만의 사랑을 해볼까요?'라는 뜻으로 번역이 되어 몸이 격렬하게 반응하기 시작했다.

"아까 방으로 들어갈 때는 그렇게 쌀쌀맞더니 왜 이렇게 닭살스럽게 해요?"

해변을 따라 나 있는 보드워을 걸어가면서 내가 그녀에게 물었다. 너무 흥분된 기분을 약간 진정시키기 위해서 던지는 립서비스였는지도 모른다.

"여자의 마음은 그때그때 달라요. 하하하. 난 새처럼 자유로운 영혼을 가졌나 봐요. 자유롭게 생각하고 자유롭게 말하고 행동해요. 누구한테 구속당하는 거 싫어요. 남편에게도, 당신에게도 얽매이는 거 싫어요. 내 맘대로 하고 싶은 대로 살아요."

그녀는 갑자기 내 손을 가져다가 자신의 가슴속으로 집어넣었다. 순간 깜짝 놀랐다. 브래지어가 없었다. 내가 놀라자 그녀가 깔깔깔 웃었다.

"당신도 안 입고 다니잖아요. 밑에도 안 입었어요. 하하하. 안 입으니까 날 것 같아요."

참으로 알 수 없는 여자라는 생각이 들었다. 한 30분을 걸었을까. 우리는 점점 도시의 네온사인 조명에서 벗어나, 희미한 별빛 외에는 아무것도 보이지 않는 어둠 속으로 두개의 몸을 밀어 넣고 있었다. 어둠 속에 들어서자 편안한 안정감을 느낄 수 있었다. 이따금씩 종려나무(이 나무인지는 정확히 모름) 가지가 바람에 흔들리면서 내는 '휙휙' 소리와 파도가 밀려와 바다 모래를 쓸어가는 소리가 시끄럽게 느껴졌을 뿐, 그밖에 모든 세상이 조용했다. 우리는 나무들 사이 아늑한 공간을 찾아 들어갔다. 그냥 본능이 요구하는 대로 그렇게 했다. 그리고 하얀 모래 위에 섰다. 이제 우리는 아무도 방해할 수 없는 우리만의 공간 속에 있었다. 우리는 서로 마주 보며 한참 웃었다. 해방감이었을까?

그녀가 먼저 입을 열었다

"나 사랑해요?"

24

섹스온더비치 2

쏟아지는 별빛에 그녀의 하얀 치아가 다이아몬드처럼 빛났다.

"당신을 진심으로 사랑해요. 그래서 여기까지 당신을 만나러 왔구요."

나는 그녀의 눈을 똑바로 쳐다보면서 결연한 표정으로 말했다. 그녀는 내 표정에서 그것을 읽었는지 나를 와락 끌어안았다. 나는 그녀의 품에 안겨 눈을 감았다. 아, 얼마나 달콤한 포옹이던가. 나는 세상을 다 얻은 듯 행복한 느낌이 들었다. 돌로레스의 따뜻한 가슴은 드디어 그녀가 내 사랑을 받아들이고 있다는 신호로 다가왔다. 그녀는 보채는 아이를 안고 어르듯이 내 몸을 포근히 감싸 안고는 자신의 뺨을 내 뺨에 대고 부드럽게 비비고 있었다. 잠시 후 엄마의 목소리처럼 부드러운 소리가 귓가에 들려왔다.

"아도니스, 나도 당신을 진정 사랑해요. 당신이 너무 보고 싶어서 숱한 밤을 지새워요. 이렇게 함께 있는 시간이 멈췄으면 얼마나 좋을까요?"

고결한 사랑의 언어들이 이성을 지배하고 있었을까? 몸이 차갑게 식고 있었다. 사랑하는 남녀는 다음 진도를 어떻게 나가야 할지를 잊어버린 채 그대로 엄마와 아들 같은 자세를 유지하고 있었다. 거기에 육체적 욕망은 끼어들 자리가 없었다. 그녀도 나와 같은 생각인 것 같았다.

그런데 때마침 한줄기 바람이 불어와 우리의 머리카락을 흐트러트리고 있었다. 내 머리카락이 그녀의 얼굴을 스치고, 그녀의 머리카락은 내 얼굴을 스치고 있었다. 그녀의 머리카락에서 좋은 냄새가 났다.

그때 바람과 함께 퍼뜩 하나의 생각이 스쳐 지나갔다. 머리카락 냄새…….
바로 그것이었다. 바람은 내게 그녀의 머리카락 냄새를 전해주고 있었던 것
이다. 그것은 내가 해야 할 바를 알려주고 있었다. 그 냄새는 바로 처음 안
면도에서 그녀와 사랑을 나누던 기억을 떠올려 주고 있었고, 나는 그녀에게
무슨 말을 하고 싶었다. 그런데 그녀가 먼저 내게 속삭였다.

"당신의 머리카락 냄새가 참 좋아요."

바람이 전해 주는 말…… 바로 이 말이었다. 내가 하고 싶은 말을 그녀가
하고 있었던 것이다. 그 말이 운명처럼 느껴졌다. 며칠 동안 정신없이 돌아
다니느라 샤워도 안 한 내 머리카락 냄새가 좋다는 그녀의 수사는 바로 자
신의 내면에 야수적 본능이 일어나고 있음을 역설적으로 표현한 것이다. 그
것은 하나의 신호였다.

그 말을 이해하는 순간, 내 몸은 격하게 반응했다. 심장이 뜨거워지더니 중
심으로 전이되고 있었다. 온몸이 달아오르기 시작했다. 나는 내 몸을 그녀의
허리 부분에 바짝 밀착하고는 두 팔에 힘을 주고 힘껏 잡아 당겼다. 그녀는
나의 거친 힘에 자신의 몸을 맡겨두고 그대로 있었다. 그녀의 숨소리가 거칠
어졌다. 그녀는 떨리는 목소리로 말했다.

"우리 옷 벗어 버릴래요?"

나는 그 말을 기다렸을지도 모른다. 나는 그녀의 몸을 꽉 안아준 다음 슬
머시 몸을 떼어내고는 그녀의 다음 행동을 기대하고 있었다. 그녀가 사랑을
주도하고 있었다. 그녀는 능숙하게 나이트가운의 허리띠를 풀었다. 가운이
힘없이 아래로 흘러내렸다. 드디어 아프로디테의 조각상이 별빛을 받아 아
름답게 빛을 발했다. 여신의 몸이 무방비 상태가 된 것이다. 나는 잠시 넋을
잃고 그녀의 아름다운 몸매를 감상하고 있었다. 내가 그대로 서 있자, 그녀
가 내게 다가와 내 옷을 벗겨내기 시작했다. 우리는 처음 리조트에서 만날
때도 어둠 속에서 알몸으로 만나고 있었는데, 두 번째 만남도 알몸으로 대

화를 하고 있었다. 나이트가운은 자연스럽게 해변의 침대가 되었다.

"여기 앉아요."

그녀의 목소리는 차분했다. 그녀가 쪼그려 앉자, 나도 그녀를 따라 앉았다.

"남자 앞에서 알몸으로 있으면 부끄럽지 않나요?"

나는 뚱딴지같이 그렇게 질문을 했다. 처음 사랑을 해 보는 순진한 남자의 어색한 멘트로 느꼈을까? 그녀가 수줍게 웃었다. 그리고 말했다.

"프랑스 니스 해변에는 누드 해수욕장이 있어요. 거기 있는 모든 사람들이 옷을 벗어야 하구요. 거기서는 다들 어색해 하지 않아요. 나나 내나 다 벗었는데 볼 게 뭐 있고, 보여줄 게 뭐 있나 하는 당당함이랄까, 개방성이랄까. 성적 욕망을 드러내지 않은 한, 그냥 인간의 몸뚱어리에 불과해요. 창피한 게 뭐가 있나요? 그리고 사랑하는 당신에게 벗은 몸을 보여 주는 건 더욱더 자신 있고 자랑스러워요. 당신이 내 교태스러운 몸을 보고 흥분하는 모습이 보고 싶거든요. 당신도 솔직히 나를 사랑한다고 하지만, 내 몸에 대한 욕망이 앞서는 건 아닌가요?"

나의 순수한 사랑을 단지 육체에 대한 욕망쯤으로 평가해 버린 그녀의 말이었지만, 그때 나는 그녀를 간절히 원하고 있었으므로 그 말의 의미가 이해되지 않았다. 나는 다음에 뭘 해야 한다는 것도 잊어버린 채 멍하게 그녀의 말을 듣고만 있었다.

그때 그녀는 나를 가르치는 선생님 같았다. 그녀는 다시 일어서더니 약간 뒤로 물러나 여러 가지 포즈로 내게 뭔가를 설명하고 있었다. 자신의 있는 그대로의 모습을 내게 보여 주려는 의도였을까? 두 손으로 가슴을 받치고 내 얼굴 앞에서 아양을 떨기도 하고, 내 머리를 두 손으로 잡고 다리를 벌려 중요한 부분을 내 얼굴에 밀착시키기도 하고, 또 뒤돌아 허리를 숙이고 엉덩이를 내 얼굴 가까이 대기도 했다.

그 순간 그녀의 몸짓이 무엇을 말하는지 이해가 되었다. 그녀의 버자이너가 내 코끝을 스칠 때 나는 참을 수 없는 욕정이 일어났다. 그녀와 안면도에서 처음 만났을 때 맡았던 살냄새가 다시 코끝을 스치며 내 몸 안으로 들어와 그때 사랑했던 기억을 되살리고 있었다. 나는 바로 그녀의 허리를 잡고 엉덩이를 끌어당겨, 그곳에 내 코를 박아 넣은 다음 한참 동안 살냄새를 맡았다. 그녀는 간지러운 듯이 이리저리 몸을 비틀며 벗어나려고 했지만, 나는 그녀를 놓아주지 않았다.

얼마나 시간이 지났을까. 우리는 다시 마주 보고 앉았다. 그녀가 내 아랫도리를 보는 시선이 느껴졌다. 이미 단단히 솟구쳐 침을 흘리고 있는 나의 휴몽거스한 중심을 그녀가 그냥 놔둘 리가 없었다. 나는 그녀의 의도를 알아채고 하늘을 보고 누워 눈을 감았다. 순간 그녀가 재빠르게 다가와 그것을 손에 쥐고 이리저리 흔들더니, 입으로 그것을 베어 물고는 패대기치고 있었다.

"음, 난 이게 제일 좋아요, 당신 피너스. 아마도 당신의 마음보다 이걸 더 사랑할걸요. 하하하."

그녀의 아래서 달콤한 사랑을 받고 있던 나는 갑자기 그 말이 현재 상황과 어울리지 않는다는 느낌이 들었다. 정신이 번쩍 들었다. 갑자기 쏟아지는 별빛 아래 괴물 한 마리가 나를 잡아먹으려고 혀를 날름거리고 있다는 느낌이 들었다. 안면도의 첫 만남에서 보았던 이기적인 욕망, 바로 그것이었다. 나는 괴물을 밀쳐내고 몸을 반쯤 일으키며 소리 질렀다.

"당신은 나를 사랑하는 거요, 아니면 내 육체를 사랑하는 거요!"

약간 분노에 찬 목소리가 적막을 깼다.

그러나 그녀는 내 반응에는 아랑곳하지 않고, 잠시 몸을 추스르고는 다시 빠른 동작으로 내게 다가와 내 입술을 점령해 버렸다.

"물론 당신의 마음을 사랑하는 건 당연하죠. 하지만 이 멋진 근육, 아름다운 입술, 오똑한 코를 보세요. 어떤 여자가 당신의 육체를 사랑하지 않는다고 하겠어요?"

그녀의 아부성 멘트에 약간 마음이 누그러졌는지 다시 내 중심이 크게 솟아올랐다. 그녀가 나를 올라탔다. 순간 기습적으로 그녀가 나의 중심을 삼켰다.

25

섹스온더비치 3

나는 눈을 감고 그녀에게 모든 것을 맡겼다. 그녀는 엉덩이를 밀착시키고 말을 달릴 자세를 잡았다. 지난번 처음 만났을 때도 이런 자세였는데, 이번에도 그녀는 똑같은 자세를 취하고 있었다. 나는 이번에도 피너스가 어떻게 될까 봐 걱정이 되었지만, 해변에서 이뤄지는 정사는 그때와는 달리 낭만적일 것으로 생각하고 그대로 있었다. 하지만 그녀가 내 양손에 깍지를 끼는 순간 허탈한 한숨이 나오고, 몸을 뒤로 빼면서 자세를 바꿔보려고 했지만, 그녀는 그러는 나를 옴짝달싹 못하게 한 다음, 걱정하지 말라는 듯이 천천히 말을 몰아갔다.

말이 천천히 달리는 동안 내 머리는 자유롭게 상상의 나래를 폈다. 그녀는 말을 타고 산길을 지나서, 들판을 지나서 어디론가 갔다. 내 의도와는 상관없이 자기가 가고자 한 곳을 데려갔다.

첫 번째 도착한 곳은 장미 정원이었다. 수만 평에 이르는 넓은 곳에 장미꽃이 흐드러지게 피어있었다. 장미향이 코끝을 찌른다. 그녀가 내게 빨간 장미 한 송이를 꺾어 주면서 맡아보라고 한다. 우리의 사랑은 장미꽃처럼 정열적이고 아름답지만, 여기저기 가시가 우리의 사랑을 노리고 있으므로 조심해야 한다고 그녀가 말한다. 우리의 사랑은 아름답지만 위험한 사랑이라고 속삭인다.

우리는 또 달렸다. 이번에는 푸른 보리밭이 나왔다. 그녀는 끝없이 펼쳐지는 보리밭 한가운데에 말을 몰았다. 우리는 보리들을 뭉개고 평평하게 자리를 만든 다음 함께 누워서 손을 잡고 하늘을 바라봤다. 바람결에 흔들리는 둥그런 보리들 속에 파란 하늘이 들어왔다. 파란 하늘이 초록색 속에 있는 두 남녀를 바라보고 있는 것 같았다. 나는 우리의 사랑이 하늘만 허락한 은밀한 사랑일 것이라고 생각했다. 그녀의 살냄새가 보릿대 향기처럼 싱그러웠다.

보리밭을 지나자 끝없는 코스모스 길이 나온다. 우리는 말에서 내려 코스모스 밭 사이로 들어가 자리를 만들고 눕는다. 동그란 하늘이 눈에 보이고, 하늘가에 빨강, 분홍, 자주, 흰색의 꽃들이 살랑거린다. 그녀가 빨간색 코스모스 한 송이를 꺾어 내게 전해 준다. 진한 향기가 코를 찌른다. 나도 그녀에게 하얀색 코스모스를 꺾어 그녀에게 전해 준다. 그녀는 우리의 사랑이 가을날 코스모스 향기처럼 순수한 사랑이라고 말한다. 그녀가 미소 짓는다. 우리는 꽃 침대에 누워 향기로운 사랑을 나눈다.

우리는 코스모스 길을 뒤로 하고 또 달렸다. 한참을 달리자 바닷가 모래 사장이 나왔다. 해변에 도착한 우리는 아무도 보이지 않는 곳에 자리를 잡고 눕는다. 바닷바람이 시원하게 불어온다. 우리는 함께 손을 잡고 하늘을 바라본다. 밤하늘의 별빛이 우리를 바라본다. 나는 순간 두려움이 일었다. 별들이 우리의 사랑을 지켜보고 있다는 생각이 들었다.

눈을 떴다. 갑자기 밝은 플래시 불빛이 서너 번 우리를 비추고 지나갔다. 나는 누군가 우리를 엿보기 위해 사진을 찍는 건 아닐까 생각하고, 바짝 긴장하고 주위를 둘러봤지만 아무것도 보이지 않았다. 이따금씩 지나가는 고기잡이배들의 조명등일 거라고 생각했다. 그녀는 그것에 아랑곳하지 않고 열심히 엉덩이를 들썩거리고 있었다. 조명에 잠시 비친 그녀의 몸이 야수처럼 보였다. 오래된 장작의 거센 불길처럼, 그 야수는 내 몸 위에서 뜨겁게 춤을 추고 지칠 줄을 몰랐다. 내 몸도 그녀의 열기에 불이 날 것처럼 뜨거웠다.

갑자기 나는 바다로 가서 몸을 식히고 싶었다. 이미 내 몸은 배설의 순간을 한참 지나고 있었다. 하지만 그녀는 아직도 배가 고팠는지 달리는 말에 계속 편자를 때리고 있었다. 나는 온 힘을 다해서 그녀의 허리 동작에 맞춰서 하낫, 둘, 하낫, 둘, 허리를 움직였다. 이번에는 테크닉이 좋아졌다는 말을 듣고 싶었다. 하지만 말은 이미 체력의 한계를 지나 지쳐 쓰러지기 일보 직전이었다.

나는 더 이상 참지 못하고 그대로 그녀를 안고 일어서서 냅다 바다로 달렸다. 그녀는 갑작스러운 나의 행동에 잠시 놀라는 듯했지만, 내 어깨를 감싸 안으며 입으로 엄청난 괴성을 내지르고 있었다. 그녀는 나의 새로운 테크닉에 감동한 것일까? 나는 그녀의 즐거운 반응에 신이 나서 해변을 몇 바퀴 돈 다음 바닷속으로 돌진해 들어갔다. 대서양의 9월의 바다는 차가웠다. 하지만 뜨거워진 우리의 열기를 식힐 수는 없었다. 우리는 멈추지 않고 바닷물을 계속 펌프질하고 있었다.

얼마나 시간이 지났을까. 바닷물이 차갑게 느껴지면서 펌프의 바킹이 뻑뻑해지기 시작했다. 펌프질을 중단한 순간 몸이 부들부들 떨리면서 엄청난 증기를 뿜어냈다. 우리는 함께 괴성을 질러대고 있었다. 드디어 몸이 분리되었다. 갑자기 그녀가 뒤로 벌러덩 몸을 내던졌다. 바다가 갈라지는 소리가 났다. 나도 뒤로 넘어지면서 물속으로 몸을 던졌다. 잠시 바닷속에 들어가 몸을 식혔다. 우리는 거의 동시에 물 밖으로 목을 내밀었다. 그녀가 소리쳤다.

"하하하하, 역시 아도니스는 나를 실망시키지 않는군요. 이번에는 너무 좋았어요."

갑자기 소나기가 쏟아지기 시작했다. 그녀가 먼저 물에서 나왔다. 그녀는 모래밭을 걷다가 잠시 멈춰서더니 두 발을 벌리고 하늘을 향해 두 팔을 벌린 채 머리를 뒤로 젖혔다. 그리고 입을 크게 벌리고 비를 받아먹는 듯한 자세를 취했다. 나는 바닷속에서 아름다운 그녀의 알몸을 물끄러미 바라보기만 했다. 별빛을 받은 그녀의 몸은 관능적인 여신처럼 빛나고 있었다. 그녀는 조개에서 갓 탄생하여 해변으로 상륙하는 아프로디테가 틀림없었다. 그녀는 한참 동안 빗물을 받아 마신 후 고개를 돌려 나를 바라봤다. 그녀는 손가락을 끄덕거려 내게 해변으로 올라오라고 했다. 나는 그녀의 손짓에 즉각 달려갔다. 안 그러면 그녀가 떠나버릴 것 같았다.

우리는 다시 사랑을 나눴던 자리로 돌아가 벌거벗은 채 그녀의 가운 위에 나란히 앉아 바다를 바라보며 앉았다. 이미 바닷물에 젖은 머리 위로 비가 내리고 있었다. 나는 그녀의 얼굴에 흐르는 빗물을 닦아줬다. 그녀가 웃었다. 그녀도 내 얼굴을 가끔씩 닦아줬다. 금방 정사가 끝났음에도 불구하고, 그녀의 부드러운 손이 내 얼굴을 스치자 다시 가슴이 방망이질을 했다. 그녀도 말없이 함께 있는 걸 행복해하는 것 같았다.

그때 나는 우리가 진정 사랑하고 있다고 생각했다. 이미 정신과 육체가 한 몸이 되었다고 생각했다. 나는 확신에 찬 눈으로 그녀를 바라봤다. 그녀도 내 눈을 바라보며 내 눈빛의 의미를 이해하는 듯했다.

"우리 같이 살래요?"

내 목소리에는 자신감이 묻어 있었다. 하지만 말을 뱉고 나서 뭔가 잘못되었다는 생각이 들었다. 그녀는 바로 답하지 않고 잠시 뜸을 들이고는 냉정한 목소리로 말했다.

"사랑한다고 같이 살아야 하나요?"

"당신 없이는 못 살겠어요. 사랑하면 같이 사는 거 당연한 거 아닌가요? 난 마누라도 떠나 버리고 혼자 사니까 당신만 내게 오면 되잖아요."

"나도 그러고 싶어요. 하지만 지금 현실은 우리에게 너무 불리해요. 나는 자유라고 생각하지만 나를 소유하고 있다고 생각하는 남편이 있어요. 어떻게 할 건가요? 좋아하는 걸 가지려면 두 가지 방법이 있어요. 돈을 주고 사든가 아니면 빼앗든가. 당신은 나를 돈을 주고 살 수 있나요? 아니면 빼앗을 건가요? 이미 주인은 있는데 내가 당신에게 그냥 제 발로 가기를 원하나요?"

그녀와의 달콤한 미래를 상상하던 내게 그녀의 대답은 내 가슴을 가시처럼 아프게 찔렀다.

"사랑한다면 뭐가 문제인가요? 당신이 내게 오면 되고 내가 당신에게 가면 되잖아요."

내 목소리에는 약간의 분노 섞인 떨림이 묻어 있었다.

"내가 당신에게 간다구요? 당신에게 가는 게, 당신과 함께 사는 게 사랑인가요?"

그녀는 소리를 더 높여 내 떨림을 압도했다.

"당신을 사랑하지만 나는 남편이 제공하는 안락함을 싫어하지는 않아요. 당신은 내게 수백만 원짜리 와인을 사줄 수 있나요? 당신은 내게 수천만 원짜리 승용차를 사줄 수 있나요? 당신은 내게 몇 백만 원짜리 드레스를 선물할 수 있나요?"

그녀의 현실적인 대답을 듣는 동안 나는 가슴이 미어질 것 같았다. 다 잠았던 새가 날아가 버린 것 같았다. 그녀는 계속 지껄였다.

"루브르 박물관에 갔을 때, 프랑수와 제라르가 그린 '에로스와 프시케'란 작품을 봤어요. 정말 아름다운 작품이죠. 난 한참을 넋을 잃고 작품 속 주인공들을 바라보았죠. 그것은 육체적인 사랑과 정신적인 사랑이 만나면 이상적이라는 메시지를 주고 있는 듯이 보이지만, 숨겨진 의미가 따로 있다고 생각해요. 그 그림의 색깔이 온통 황금색이더군요. 말하자면 에로스와 프시케의 이상적인 사랑에는 황금이 필요하다는 거 아닐까요? 그들이 누더기 옷을 입고 있다면 아름다울까요? 그들이 진정 행복할까요?"

누더기라는 말이 나를 염두에 두고 하는 말 같아서 나는 몹시 화가 났다.

"왜 사랑에 돈이 개입되죠? 지금 부자들도 예전에는 아주 가난한 시절이 있었고, 태어날 때부터 부유하게 태어난 사람들이 얼마나 있을까요? 그리고 가난한 사람들은 사랑할 권리도 없나요? 돈은 얼마든지 나중에 벌면 되는 것이고, 돈이 있으면 좋겠지만 사랑하는 데 반드시 필요한 것은 아니잖아요. 그것보다는 앞으로 어떻게 살아가야 할 것인지, 꿈과 비전이 더 중요하지 않나요?"

그렇게 말하면서 나는 예이츠의 시를 들려주었다.

"나는 가난하여 가진 게 꿈뿐이라 내 꿈을 그대 발 아래 깔았습니다. 사뿐히 밟으소서, 그대 밟는 것 내 꿈이오니……."

"미안해요, 아도니스. 당신에게는 순수함이 있어요. 그래서 당신을 사랑하는 이유이기도 하구요. 우리 그냥 이대로 사랑하면 안 될까요?"

그녀는 볼을 내 볼에 갖다 대고 비비면서 미안함을 몸짓으로 표시했다.

27

카운티스 윌버드 1

그녀의 말은 나의 순수함을 사랑하지만, 황금도 같이 있었으면 좋겠다는 의미였다. 그것이 그녀의 진심이었다.

'그래, 나는 황금도 없고, 아무것도 가진 게 없어. 단지 멀쩡한 육체밖에 가진 게 없어. 그런데 내가 얼마나 못나 보이면 그런 말을 내 면전에다 할 수 있을까? 그것도 정사가 끝난 뒤 상대 남자에게 그런 치욕스런 말을 어떻게 할 수 있지? 결국 나는 자신의 사랑 대상이 아니라, 욕망을 배설하는 하수구에 불과했다는 것 아닌가!'

나는 그녀의 말을 곱씹으며 해변을 바라보고 있었다. 그녀는 심상치 않은 상황을 수습해 보려고 내게 변명하는 말을 지껄였지만 내 귀에는 아무 말도 들리지 않았다.

'돌로레스는 내가 사랑할 수 있는 여자가 아니야.'

나는 이렇게 결론을 내리고 해변을 벗어날 궁리를 했다. 갑자기 나는 나 자신이 너무 초라하다는 느낌이 들고, 어디론가 숨어 버리고 싶었다. 사랑을 확인하기 위해 미국까지 왔는데 그녀는 내게 너무 높은 나무였을까? 해변은 더 이상 사랑을 나누는 낭만적인 장소가 아니었다. 갑자기 짭짜름한 바다 냄새가 역하게 코를 찔렀다. 나는 뒤도 돌아보지 않고 자리에서 벗어나 방으로 돌아왔다. 그때가 새벽 4시쯤 되었다. 그녀는 나를 뒤쫓아 오면서 계속 변명을 늘어놓고 있었지만 이미 내 마음의 문은 닫혀 버렸다.

호텔로 돌아와 바로 잤다. 얼마나 잤을까. 시계를 보니 아침 10시가 지나고 있었다. 10시 서울행 비행기 표를 예약해 놨는데 놓쳐 버렸다. 항공사에 전화해서 필라델피아에서 저녁 10시에 출발하는 표를 다시 예약했다. 본부에는 일정이 지체되어서 하루 더 있다 간다고 거짓말을 했다. 더 이상 호텔에서 머물 이유가 없어서 체크아웃을 했다. 뚜껑 없는 렌터카—아마 시보레 '카마로'였던 거 같다—를 몰고 무작정 호텔을 나왔다. 운전하면서 휴대전화를 보니 돌로레스가 문자를 몇 개 남겨 놨다.

"내 말은 진심이 아니에요. 마음 상했으면 미안해요. 아침 식사나 같이 해요."

이미 식사 시간이 지나 버리기도 했지만, 더 이상 J 박사랑 같이 식사하는 건 사양하겠다고 마음속으로 말하고 피식 쓴웃음을 지었다.

애틀랜틱시티에서 필라델피아로 가는 고속도로를 달리고 있었다. 무개차 운전석으로 바람이 시원하게 들어왔다. 스치는 바람 중에 낯익은 코스모스 향이 같이 섞여 있었다. 나는 한참 동안 그 향기를 들이켜고 있었다. 그 향기는 실연당한 남자를 위로하는 것 같았다.

"순수한 향기를 맡고 다시 순수함으로 돌아가. 너는 순수함이 어울려."

9월에 일찍 피어난 미국 코스모스들이 상처받은 내게 손을 흔들어 나를 맞이하고 있었다. 기분이 상쾌해졌다.

"코스모스야, 오랜만이다. 너도 옛 모습 그대로구나."

그 코스모스는 옛날 유학 시절 보았던 그 모습 그대로였다. 그러니까 1995년도에 필라델피아에서 저널리즘을 공부하던 시절, 하숙집으로 가는 길에서 보았던 그 코스모스였다. 갑자기 하숙집에 다시 가 보고 싶었다.

하숙집은 필라델피아 외곽의 단독주택 단지 내에 위치하고 있었는데, 200평 남짓 되는 터에 그림 같은 목조주택과 정원이 아름답게 꾸며져 있는 전형적인 중산층의 집이었다. 주인이 아직 살고 있을지 아니면 이사했을지도 모르지만 나는 그때 2년간 살았던 그 집이 무척 그리웠다. 사실은 내게 잘해주던 하숙집 주인이 무척 보고 싶었다는 말이 정확할 것이다.

주변에 들어서자 마치 고향에 온 것처럼 마음이 설렌다. 길거리, 집들, 모두 낯설지 않은 모습 그대로였다. 그런데 그 집으로 들어서는 골목에 가을이면 피어 있던 코스모스가 보이지 않았다. 천천히 차를 몰아 집 앞에 세웠다. 낯익은 여인이 정원에 물을 뿌리고 있었다. 하숙집 여주인이 틀림없었다. 그당시 40대 중반이었으니까 내가 다시 방문했을 때(2000년 9월)에는 50대가 넘었을 것이다. 하지만 20여 미터 밖에서 보이는 그녀의 모습은 아직도 젊었을 때의 모습 그대로였다.

그녀는 당시 펜실베이니아 대학교 교수였던 남편이 교통사고로 갑자기 사망하자, 소일거리로 하숙을 쳤고, 취미로 그림을 그리고 있었다. 흑인이나 동양인은 집에 들이지 않는다는 원칙을 고수했지만, 미국인 친구의 소개로 우연히 나와 인터뷰를 해 보더니 당장 들어오라고 했다. 그 당시 그녀는 나를 하숙생으로 받아들인 것에 대해 이유를 말하지 않았다. 다만, 외로운 과부가 이국적인 동양의 섹시한 남자와 함께 산다는 것은 얼마나 황홀한 일이었을까, 라고 추측해볼 뿐……

그녀는 원래 부모와 함께 영국에서 살다가 어렸을 때 이민을 와서 보스턴 인근 지역에 정착했고, 프린스턴 대학교 신학과를 졸업했다고 했다. 늘 내게 귀족 가문 출신임을 자랑삼아 얘기하곤 했는데, 내가 카운티스, 즉 백작 부인이라고 별명을 붙여 줬었다.

나는 선뜻 다가가지 못하고 잠시 그녀의 정원질을 물끄러미 바라보고 있었다. 그녀는 아직 나를 알아차리지 못했다. 그녀는 초록색 원피스에 금발의 머리를 길게 늘어뜨린 소박한 모습으로 여기 저기 나무들에 물을 뿌리고 있었다.

"가을인데 코스모스가 안 보이네요, 윌버드 백작 부인?"

나는 반갑게 그녀에게 말을 걸었다. 그녀는 뒤돌아서서 잠시 머뭇거리더니, 나를 알아보고는 깜짝 놀란 표정을 지으며 20여 미터를 한걸음에 달려와 나를 안았다.

"어쩜 이럴 수가……. 아도니스, 당신 맞죠? 내가 얼마나 그리워했는지 몰라요."

그녀는 한참 동안 나를 끌어안고 놓아주지 않았다.

28

카운티스 윌버드 2

그녀는 나를 안았던 손을 풀어내더니, 다시 목을 휘어 감고 뺨을 비비면서 마치 내가 애인이라도 되는 것처럼 행동했다. 전에 하숙할 때와는 전혀 다른 모습이었다. 나도 그녀의 행동에 놀라면서 두 손으로 가볍게 그녀의 허리를 안아 주었다. 5년 전만 해도 전혀 실현될 거 같지 않던 상상이 이뤄지는 순간이다. 그녀의 애정 표현에 나도 가슴이 뛰기 시작했다. 나이는 좀 더 들었지만 그녀에게는 아직도 남자의 가슴을 뛰게 만드는 매력이 있었다.

"미국은 어떻게 왔나요?"

포옹을 풀어내자마자, 그녀가 내 두 손을 꼭 잡고는 내 모습을 위아래로 훑어보더니 실망스러운 표정으로 묻는다. 돌로레스와 밤새 해변에서 정사를 벌이고 나서 잠깐 눈을 붙이고 호텔을 나왔으니 행색이 좋아 보일 리가 없었다. 그녀는 내 얼굴에 묻어 있는 피로감을 느낀 것 같았다. 그러나 그것은 잠을 못 자서 그런 것보다는 돌로레스로부터 받은 마음의 상처가 더 컸기 때문이다. 나는 조그만 신문사 기자로서 포스트 남북정상회담 관련 취재를 하러 워싱턴과 뉴욕을 방문하고 나서, 귀국길에 잠시 필라델피아에 들렀다고 솔직하게 말했다. 그랬더니 그녀는 "아도니스는 꼭 성공할 것"이라고 덕담을 해 주었다.

그녀는 나를 집 안으로 초대했다. 그녀는 내게 점심을 먹고 가라면서, 그 옛날 내게 차려주던 추억의 음식을 준비하러 주방으로 들어갔다.

"심심하면 2층에 한번 올라가 봐요. 참, 당신 친구 카사노바도 잘 있죠?"

그녀는 뜬금없이 카사노바 이름을 꺼냈다. 전에 카사노바가 여기서 한 달간 머무르다 간 적이 있는데 그가 생각났던 모양이다.

"요즘 사업하느라 바쁜 것 같아요."

나는 대충 얼버무리고 2층으로 올라가 내가 쓰던 방을 가 봤다. 그런데 놀랍게도, 아직도 그때 나의 흔적이 고스란히 남아 있었다. 자그마한 목조 책상이며, 낡은 의자, 싱글 침대, 낡은 스탠드 조명, 내가 사용하던 이불까지 그대로 있었다. 책상 위에는 내가 쓰던 연습장에 낙서한 흔적까지도 그대로 남아 있었다. 그림 10여 점이 벽면을 장식하고 있는 것이 달라졌을 뿐……

나는 천천히 벽에 걸린 그림들을 둘러보며 하나씩 감상을 했다. 하숙집 정원 코스모스를 배경으로 나와 윌버드가 함께 있는 그림. 그녀는 늘 내가 학교 갔다 오는 길이면 정원의 흔들의자에 앉아 나를 기다리고 있었다. 그러곤 피크닉 테이블로 오라 해서 그날 배운 것에 대해 질문을 하기도 하고 토론도 했다. 또 그림 하나, 가을 플라타너스 나무 사이를 걷는 남녀. 가을 어느 날, 우리는 낙엽을 밟으러 근처 공원으로 나갔다. 누가 원해서가 아니라 그냥 쓸쓸한 사람들끼리 그곳에 가고 싶었던 것 같다. 둘 다 외로운 상태라서 그랬을까. 우리는 함께 걸으며 쓸쓸함을 날려 버리고 가볍게 집에 온 것 같다. 그리고 여름에 집 근처 공원에서 장미를 배경으로 서 있는 남녀 그림. 그리고 나, 윌버드, 카사노바 셋을 그린 인물화 등등……

"식사 준비됐어요. 내려오세요."

한참 추억에 젖어 있는데 그녀가 내려오란다.

"내가 쓰던 방이 그대로네요. 나중에 다른 사람 들어오지 않았나요?"

"아도니스가 떠난 후로 하숙 치는 일을 그만뒀어요. 아도니스처럼 멋진 하숙생도 없었거니와, 그 방을 다른 사람에게 쓰게 하는 걸 나 자신이 허락지 않았어요."

우리는 그녀가 준비한 식사를 하면서 그동안 못다 한 이야기들을 하나씩 풀어나갔다.

"나 좋아했었나 봐요, 백작 부인. 하하하."

난 그 말을 듣고 농담처럼 말했다

"이제 와서 하는 이야기지만 난 아도니스를 사랑했었는지도 몰라요. 하하하."

그녀도 농담처럼 말했다.

"그때 말씀하시지 그랬어요? 난 백작 부인이 너무 엄격하시고 빈틈이 없어서 속마음을 터놓지 못했는데요. 사실은 욕실 문을 열어놓고 반투명 욕실 부스에서 샤워할 때면, 부인이 와서 내 몸을 보기를 바랐던 적도 많아요. 하지만 부인은 전혀 그런 데 관심이 없었던 것 같던데요?"

"그래도 내가 과부인데 어찌 마음이 설레지 않았겠어요. 하루 종일 당신이 학교에서 오기만을 손꼽아 기다렸지요. 또 당신이 2층 욕실에서 샤워하는 소리가 들리기만 하면 바로 쫓아가 올라가서 문에 귀를 대고 소리를 들었지요. 그리고 구릿빛으로 잘 다듬어진 멋진 아도니스의 몸을 상상했어요. 하하하하."

그녀는 이제 나이가 50줄에 들어서서 그런지 부끄럼 없이 지난날들의 기억을 토해내고 있었다.

"그런데 전 아직도 궁금한 게 있어요. 처음 저랑 하숙생 인터뷰할 때, 백인이 아니라서 좀 실망하던 눈치였는데 왜 저를 받아들이셨나요?"

그동안 궁금했었지만 기회가 닿지 않아 못 했던 질문을 던졌다.

"글쎄, 아도니스는 첫인상은 기독교 보수주의자의 눈에 그렇게 썩 좋지는 않았어요. 청바지에 가죽 재킷에, 꽁지머리를 하고, 얼굴은 구릿빛으로 까무잡잡했으니 히피 같아서 경계를 했지요. 하지만 대화를 해 보니 한 마리 야생마를 보는 것 같더군요. 근육질의 몸매에 까칠한 말투. 10여 년간 혼자 살아온 동안, 말쑥한 차림에 안경 쓴 모범생들만 보아왔던 내게, 아도니스는 남자로서 원초적 본능을 자극하는 수컷 남자의 냄새를 풍겼어요. 지금은 세월이 지나서 마주하고 있어도 느낌이 없는데, 당시에는 당신과 인터뷰를 하는 동안 난 온몸에 소름이 돋는 것처럼 흥분을 했어요. 표정을 숨기느라 얼마나 힘들었는지 몰라요. 하하하."

그녀는 부끄러운 기억을 미소 속에 감추면서 나에 대한 이야기를 해 나갔다.

"제가 그렇게 매력이 있었어요? 하하하."

나는 그 말을 들으니 조금 기분이 좋아져서 한마디 했다.

"글쎄 매력일 수도 있겠지만 감싸주지 않으면 안 될 것 같은 느낌이랄까. 모성애를 자극하는 사람 있잖아요. 프로이트가 말한, 인성을 형성하는 세 가지, 즉 이드, 자아, 초자아 중에서 유독 이드가 강하게 느껴지는 사람이 바로 아도니스였어요. 본능대로 제멋대로 거칠게 행동하면서도 내면은 열정으로 가득한 사람. 내가 일탈해 보고 싶던 것들을 거침없이 행동으로 옮길 것 같은 사람. 그리고 나에게도 언젠가 그렇게 해줄 것 같은 남자. 그 남자와 함께 생활한다는 게 과부에게는 얼마나 매력적인 일이겠어요."

"근데 당시 제가 느끼는 백작 부인은 냉정한 기숙사 사감 같았어요. 백작 부인이 너무 무서워서 집에서는 마음대로 행동도 못하고 쫓겨날까 봐 절제한 기억밖에 없는데요?"

"그래도 신학을 전공한 기독교인인데 적나라하게 내 마음을 드러내 놓을 수가 있나요? 하하하."

그녀는 포도주 한잔을 내게 따라 주면서 옛날이야기를 해 나갔다. 웃으면서 말하고 있었지만 나를 바라보는 눈에 눈물이 그렁그렁 맺혀 있었다.

'야성은 지성을 이길 수 있을까?'

내 유학 시절을 회상하고 있던 윌버드 부인을 바라보면서 이런 생각을 했다. 그녀가 이렇게 감상적인 분위기에 빠져든 것은 처음 본 것 같다. 그녀는 철학, 역사, 종교 등 다양한 분야에서 깊은 지식을 가지고 있었고, 토론을 통해서 내 짧은 지식을 폭넓게 해 줬다. 그녀는 내게 뛰어넘을 수 없는 지성이었다. 마지막 석사과정 논문도 그녀가 아니었으면 방향도 못 잡았을 것이다. 지성이라는 면에서, 그녀는 내게 어머니와 같은 존재였으며 나는 어린 아이와 같았다. 하지만 오늘은 강철 같던 여인이 감상에 젖어들고 있다. 나는 갑자기 그녀의 지성이 나의 야성 앞에 무릎을 꿇을 수 있는지 시험해 보고 싶은 충동이 일어났다.

"당신의 눈이 당신을 상상하게 만드네요."

그녀의 눈동자가 흔들리는 모습을 보면서 이렇게 도발을 했다. 그러자 그녀는 방심하다가 한 방 얻어맞은 듯 어깨를 약간 위로 치켜들며, 양 손바닥을 하늘로 보게 들어 올리면서 얼굴을 찡그리는, 미국인들 특유의 모호한 표정을 지어 보였다.

"무엇을 상상해요? 정확히 말해 봐요."

그녀는 이렇게 받아쳤다. 아마도 내가 어떠한 생각을 갖고 그 말을 내뱉었는지 분명 눈치를 챘을 테지만, 그것을 내색하지 않고 역으로 질문을 했다.

그녀는 늘 이랬다. 내가 빈틈을 비집고 들어가 약간의 섹슈얼한 도발을 할라 치면, 그녀의 지성은 바로 반격해서, 나의 야성을 땅바닥에 내동댕이쳐 버리 곤 했다. 그럼 난 잘못한 아이처럼 주눅이 들었고, 한동안 그런 식의 농담조 차도 조심스러워했다.

나는 술 취한 김에 한 발 더 나가보기로 했다. 어차피 유학 시절도 아니고 오랜만에 그녀가 보고 싶어서 왔는데, 속마음을 털어놓고 그녀의 솔직한 마 음을 알고 싶었다. 나는 둥그런 식탁을 돌아 그녀 옆에 앉고는 그녀의 귓가 에 대고 속삭였다. 그런데 나의 갑작스러운 행동에도 그녀는 마치 내가 접근 해 오기를 기다렸다는 듯이 가만히 있었다.

"귀여운 한 여인이 내게 키스하도록 유혹하는데요?"

그러자 그녀는 온 집 안이 떠나갈듯이 크게 웃었다.

"하하하하, 와인 한잔 따라 봐요."

어이없이 또 내가 당했다. 하지만 그 반응이 옛날과는 좀 달랐다. 이번에 는 나의 구애 공세를 매몰차게 묵살해 버리지 않고 술을 달라고 했다. 나는 멋쩍은 표정으로 그녀의 잔에 와인을 가득 따라줬다.

그녀는 나를 똑바로 쳐다보면서 질문을 하나 던졌다.

"아도니스는 아직도 여전하군요. 전혀 변하지 않았어요. 내가 문제를 낼 테니 한번 맞혀 보세요. 그럼 원하는 것을 줄지도 몰라요. 인어 아가씨가 둘 이 있는데, 하나는 허리 위가 사람이고, 하나는 허리 아래가 사람이에요. 지 금 아도니스라면 어떤 것을 갖고 싶습니까?"

갑작스러운 질문에 당황하면서도 그녀의 질문 의도가 뭘까 생각하다가 나 름대로 대답을 했다.

"허리 위가 사람인 인어를 택해서 그녀와 대화를 나누고 플라토닉한 사랑 을 나누고 싶은데요."

"의외인데요? 아도니스라면 허리 아래가 사람인 인어를 택할 것 같은데……. 생각이 바뀐 건가요?"

"하하하, 제가 겉으로는 마초맨적인 기질이 있어도 머리로 하는 사랑을 원해요. 부인은 나를 오해했군요."

그녀는 내 말이 끝나자 갑자기 내 볼에 가볍게 키스를 한 다음 다시 정면을 응시했다. 나는 처음으로 그녀로부터 스킨십을 받았다. 나의 야성적인 몸속에 숨겨진 지성적인 면이 마음에 들었던 것일까? 아니면, 그 지성을 감싼 야성의 몸이 멋지게 보였을까?

우리는 벌써 와인을 몇 잔째 들이켜고 있었다. 그녀의 혀가 조금씩 꼬부라지면서 흐트러진 모습을 보였다. 그녀의 입술이 아름답게 보였다. 나는 그녀의 입술에 내 입술을 슬쩍 포개고 키스를 시도했다. 하지만 내 입술을 조금 받아주다 말고 뿌리쳤다. 그럼에도 불구하고 첫 키스는 성공적이었다. 왜냐하면 나는 그녀의 입술이 아니라 그녀의 지성에 키스했기 때문이다. 찰랑거리는 금발머리 안에 숨겨진 위대한 지성, 내가 그토록 열망해왔던 지성에 키스를 했던 것이다. 키스 한 번만으로도 그녀를 소유했다는 만족감이 느껴졌다.

잠시 후, 그녀가 혀 꼬부라진 소리로 한마디 던졌다.

"당신은 허리 위가 사람인 인어를 좋아하는군요. 그런데 그런 인어들은 사랑을 어떻게 나눌까요? 그냥 키스만 할까요?"

그녀가 또 머리를 복잡하게 만드는 질문을 던졌다. 나는 이번에는 생각할 겨를도 없이 대답했다.

"허리 아래는 물고기니까 물고기처럼 사랑을 나누지 않을까요?"

그녀는 내 말을 듣더니 깔깔깔 웃었다.

"하하하하. 맞아요. 인어 남자와 인어 여자는 물고기처럼 사랑을 나누겠군요."

그녀는 아직도 이성이 깨어있는 것 같았다. 넘어갈 듯 말 듯하다가 다시 제자리로 돌아왔다. 잠시 정적이 흐르자 그녀가 포도주 한잔을 권했다. 우리는 또 한잔을 들이켰다.

"우리 인어 게임 할래요?"

나는 귀를 의심하지 않을 수 없었다. 나는 잠시 머뭇거렸다. 무슨 의도인
지를 알 수 없었기 때문이다.

"인어 게임이 뭐죠?"

"그냥 인어들처럼 사랑을 나누는 것 말이에요. 머리로는 플라토닉한 사랑
을 나누고 허리 아래는 물고기처럼 사랑하는 거죠 뭐."

그녀는 분명 술에 취한 것 같았다.

"당신의 물고기가 보고 싶어요."

그녀가 나를 바라보며 말했다.

카운티스 윌버드 4

그녀는 비틀거리며 식탁 의자에서 일어나더니 거실 창가에 놓여 있는 카우치로 가서 앉았다.

"이리 와서 옷을 벗어 봐요."

그녀의 이성이 술 취해서 마비된 게 분명했다. 뭘 하려는 것일까? 나는 일단 그녀의 행동을 지켜보기만 했다. 그녀는 카우치에 비스듬히 몸을 뉘이고는 원피스를 허리춤까지 아래로 벗어 내렸다. 그녀의 가슴이 훤하게 드러났다.

"내가 인어가 되었으니 이제 당신이 인어가 될 차례군요."

그녀는 그렇게 말하고 손가락을 끄덕여 나를 자기 쪽으로 오라고 했다. 나는 그녀의 말에 재빨리 복종하여 그녀 옆에 앉아 셔츠를 벗어 가슴을 드러냈다. 우리는 서로 벗은 가슴을 쳐다보고 있었다. 이게 인어 게임인가? 시시하게…… 이럴 줄 알았으면 차라리 허리 아래가 사람인 인어를 고를 걸…….

그녀는 나의 가슴을 이리저리 훑어보며 감상을 하고 있는 것 같았다. 그러더니 한마디 했다.

"요즘도 팬티 안 입고 다니나요?"

"내가 팬티 안 입고 다닌 건 어떻게 알았어요?"

"아도니스 방에 가끔 몰래 가서 서랍을 확인하곤 했는데 팬티가 없더라구요. 그래서 알게 됐죠. 하하하."

그녀는 내 방을 자주 들락거렸다는 사실을 고백했다. 역시 전에 누군가 다녀간 흔적이 있었는데 그녀에게 한 번도 물어본 적은 없었다.

"우리 인어들처럼 사랑을 나눠볼래요?"

그녀가 또 이상한 제안을 했다. 나는 일단 고개를 끄덕거렸다. 그녀는 자리에서 일어나, 허리에 걸려 있는 원피스를 질질 끌며 식탁으로 가서 잔 두 개에 와인을 가득 채워 돌아와 다시 앉았다. 그녀는 갑자기 내 바지에 와인을 들이부었다. 나는 놀라며 소리쳤다.

"이게 무슨 짓이에요?"

"물고기가 되는 거예요. 내게도 해 줘요."

나는 그녀가 이상하다고 생각하면서도 그녀의 명령을 따르고 있었다. 나는 그녀의 치마에 와인을 들이부었다. 우리는 둘 다 바지와 치마가 젖은 상태로 자리에 앉아 있었다.

"자, 이제 우리 물고기가 되었네요. 사랑해 봐요."

그녀는 마치 정신 나간 여자처럼 아무런 느낌도 없이 사랑을 하자고 지껄였다.

"젖은 옷을 입고 어떻게 사랑을 해요?"

나는 퉁명스럽게 물었다.

"아마도 인어들은 해변으로 올라와서 비늘에 온통 머드를 묻히면서 사랑을 나누지 않을까요?"

순간 나는 그녀의 가슴을 와락 껴안았다. 그녀는 분명 허리 아래 욕정을 느끼고 있음이 분명했다. 그것을 돌려서 말하고 있는 것이다. 나는 그녀를 들어 바닥으로 눕힌 다음 천천히 그녀의 옷을 허리 아래로 벗겨서 던져버렸다. 그리고 나도 젖어 있는 옷을 벗겨내 버렸다. 보라색 포도주가 우리의 허리 아래를 붉게 물들였다. 우리는 진짜 인어 인간들 같았다.

"잠깐만!"

내가 그녀 위에 몸을 포개려는 순간 그녀가 나를 멈춰 세웠다. '이건 또 뭐야?' 나는 얼굴을 찡그렸다. 그녀는 다시 일어나 포도주 두 잔을 가져왔다. 그리고 한잔을 내 허리 아래에 들이붓고, 자신의 허리 아래에도 똑같이 했다. 이젠 완전히 둘 다 인어 인간이 되었다. 우리는 둘 다 거실 바닥에 누웠다. 그녀는 부끄러운지 다리를 오므리고 있었다.

9월의 햇빛이 따사롭게 거실 창문으로 들어와 인어들의 알몸을 비추고 있었다. 아름답게 잘빠진 몸매는 아니지만 유학 시절 내가 그토록 열망하던 몸이 아니던가. 지성이 소유하고 있는 여체는 얼마나 섹시한가! 나는 잠시 일어나 무릎을 꿇은 채 그녀의 백옥같이 하얀 가슴과, 보라색 물고기를 감상하고 있었다. 내가 그녀 위로 올라타려고 하자, 그녀는 다시 나를 제지하면서 반쯤 몸을 일으키고 말했다.

"물고기는 육체적 사랑을 하고, 사람 머리는 플라토닉 사랑을 나누는 거예요. 어때요? 할 수 있겠어요?"

나는 그녀의 말이 어떤 의미인지 알아차렸다. 그녀는 섹스를 하고 싶다는 말을 돌려서 하고 있는 것이다. 나는 고개를 끄덕거려 간절한 욕망을 표현했다. 그녀는 갑자기 오디오 쪽으로 가더니 음반을 하나 집어넣었다. 그리고 가위를 가져왔다.

"좋아요. 헨델의 오라토리오 메시아, 두 시간짜리, 이것을 들으면서 사람 머리로 사랑을 나누고, 허리 아래 물고기들은 동물적 사랑을 나누는 거예요. 단, 사람과 물고기의 사랑이 일치를 해야 해요. 알았죠? 왜냐하면 인어는 물고기와 사람이 한 몸이기 때문이에요. 머리는 사랑하고 있는데 물고기가 사랑이 끝나 버리는 경우, 또는 그 반대인 경우, 수컷이 벌을 받아야 해요."

"그런데 가위는 뭐예요?"

내가 질문을 던졌다.

"머리와 허리 아래의 사랑이 일치하지 않을 경우 거시기를 잘라버릴 거예요. 그게 인어들의 사랑 방식이에요."

그녀는 가위를 거실 바닥에 던져 놓았다. 나는 그녀의 제안이 너무 웃긴다는 생각이 들었지만 웃음을 참았다. 그녀는 그 상황을 진지하게 생각하고 있는 것 같았다. 그녀의 수사는 인어의 사랑을 말하고 있었지만, 자신을 만족시켜 달라는 의미가 분명했다. 나는 그동안 연마한 테크닉으로 두 시간이면 충분하다는 생각이 들었다. 그리고 그녀가 만족을 못했다 해도 설마 그것을 자르지는 못할 것이라고 생각했다.

우리는 거실에 누워 인어들의 사랑을 시작했다. 참으로 괴상망측한 사랑이었다. 지성이 높은 괴짜들은 이런 사랑을 하는가? 그녀는 마치 남자 희생물을 유혹해서 파멸시켜 버리는 '섹스혐오교'의 여사제처럼 엄숙한 표정을 짓고 있었다. 나는 한편으로 두려움이 일면서도 짜릿한 쾌락에 대한 기대감으로 온몸이 전율하고 있었다. 기요틴에 머리를 넣고 죽음을 앞두고 하는 섹스가 이럴까?

그런데 그녀가 말한 머리의 만족이란 뭘까? 심리적 만족일까? 아니면 육체적 만족일까? 둘 다일까? 그녀는 왜 이렇게 하고 있는 것일까? 그저 남자와 자는 것이 죄악이라는 믿음을 희석시키기 위한 자기방어 기제였을까? 나는 그녀와 사랑을 앞두고 여러 가지 생각을 하고 있었다. 하지만 남자의 욕망은 죽음의 공포를 이긴다는 사실을 그때 처음 깨달았다. 나의 중심은 아직도 오그라들지 않고 있었다. 나는 허리 아래 물고기를 그녀에게 포개고 그녀의 입술에 키스를 했다.

기뻐하라 시온의 딸이여

크게 외쳐라,

오, 예루살렘의 딸이여

보라, 왕이 네게 오시니

그는 공의의 구세주이며

이방인들에게 평화를 전할 것이다

기뻐하라 시온의 딸이여

오, 예루살렘의 딸이여

보라, 왕이 네게 오리라

헨델의 메시아가 거실에 장엄하게 울려 퍼지고 있는 가운데, 창문으로 들어오는 햇빛이 연극 무대의 스포트라이트처럼 우리의 벗은 모습을 밝게 비춰주고 있었다. 인어들은 사람과 물고기가 따로 사랑을 나누고 있었다. 하체의 물고기들은 갯벌에서 보라색 머드를 튀기며 파닥거리고 있었고, 허리 위의 사람들은 서로 꼭 껴안고 있었다. 나는 그녀의 입술에 혀를 들이밀려고 했지만 그녀는 그것을 거부하고 내 가슴을 꼭 껴안은 채 내 볼에 자기 볼을 비비기만 했다. 그녀의 얼굴에는 기뻐하는 표정과 공포에 질린 표정이 번갈아 타나났다. 입으로는 영어로 뭐라고 뭐라고 횡설수설하고 있었다. 신에게 자신의 죄악을 용서해 달라는 기도 같았다.

오, 신이시여, 나를 용서하소서
악마에게 육신을 파는 여인을 불쌍히 여기소서
하지만 마음은 온전히 당신의 것입니다
몸은 '헤스터 프린'이지만 영혼은 정결한 여인
신이시여, 육신의 죄악을 용서해 주옵소서
당신을 사랑합니다, 당신을 사랑합니다
오, 악마의 자식, 너를 사랑해, 사랑해

나는 그녀의 지껄이는 소리를 들으며 사랑을 중단하고 싶은 생각이 들었다. 마치 내가 죄를 짓고 있는 악마처럼 느껴졌기 때문이다. 머리는 성스러운 생각을 갖고 있는데 어떻게 육신이 쾌락을 느낄 수 있을까? 그녀는 내게 이런 사랑을 원했던 것일까? 참으로 난감한 상황이었다. 육신은 뜨겁게 달아올랐지만 점점 머리가 식어가고 있었다. 그리고 성스러운 오라토리오의 음악은 욕망의 불에 찬물을 끼얹고 있었다. 그녀가 거실 바닥에 던져놓은 가위가 '헤스터 프린'의 주홍글자 A처럼 보였다. 그것을 인식하자 마음이 무겁게 가라앉았다. 두 시간 동안 그녀를 만족시키는 것은 불가능하다는 생각이 스쳤다.

그녀는 왜 이렇게 섹스를 두려워하고 있는 걸까. 종교적인 거부감인가, 윤리적인 거부감인가. 그런데 또 섹스를 하자고 제안하는 건 또 뭔가. 간음하지 말라는 명제와 생육하고 번성하여 땅에 충만하라는 기독교적 명제가 충돌하고 있는 걸까. 하지만 그녀는 중얼거림 속에서 나를 사랑한다고 고백했다. 그것이 의식적이든 무의식적이든 나는 그 말이 그녀의 진심이라고 생각했다. "너를 사랑해!" 그녀는 분명 나를 사랑하고 있는 것이 분명하다. 내 몸은 그 말에 다시 달아오르기 시작했다. 나는 우선 그녀의 머리를 안심시키는 것이 필요하다고 생각했다.

그녀의 귀에다 입술을 갖다 대고 부드럽게 속삭였다.

"유학 시절부터 당신을 얼마나 갖고 싶었는지 몰라요. 매일 당신의 벗은 몸을 상상하며 잠들었어요. 오, 윌버드, 벗어 버린 당신의 지성이 얼마나 아름다운지 알아요? 두려워 말아요. 신께서 우리를 용서하실 거예요."

하지만 그녀에게 사랑한다는 말은 차마 하지 못했다. 아직 돌로레스를 사랑하기 때문이었을까. 역시 사랑스러운 속삭임이 통한 것 같았다. 내가 그녀의 가슴을 부드럽게 터치하면서 키스를 하자 마침내 그녀가 혀를 받아들였다. 그녀는 손을 뻗어 가위를 집어 들더니 멀리 던져버렸다. 그런 다음 거침없이 나를 깊이 받아들였다. 죄의식에서 해방됐다는 의미였을까. 아니면 이건 죄가 아니라는 생각이 들었을까. 생육하고 번성하라는 신의 말씀이 더 중요하다고 생각했을까.

그녀는 점점 더 내 육체에 반응을 하면서 신음 소리와 함께 내 허리를 힘껏 잡아당기면서 엉덩이를 들썩거리고 있었다. 마지막 순간 얼굴을 찡그리면서 괴로운 표정을 짓는가 하면 행복에 겨운 표정을 지으면서 괴성을 질러댔다. 그녀의 눈에서 눈물이 흘러나와 얼굴을 적시고 있었다. 그녀의 얼굴에서 에로스와 타나토스가 함께 춤을 추고 있었다.

32
새가 된 여인

일주일간의 미국 출장을 마치고 귀국했다. 인터뷰 원고는 미리 이메일로 보냈기 때문에 신문에는 이미 포스트 남북정상회담 제하로 기사가 연재되고 있었다. 정상회담 이후의 남북 관계 전망에 대한 분석 기사를 썼는데 독자들과 높은 분들의 호평을 받았으며, 그 공로로 상을 받았다. 그러나 나는 별로 흥이 나지 않았다. 일에 대한 성취감보다는 이별의 상처가 더 컸을까? 돌로레스가 떠나버렸다는 생각이 온통 머리에서 떠나지 않았다. 표창장은 종이 쪼가리처럼 구겨서 집에 팽개쳐 놨다. 그리고 거의 한 달 동안 돌로레스 앓이를 했다. 하지만 그녀는 내게 연락을 해 오지 않았다. 나도 그녀에게 연락하지 않았다.

2000년 10월이 중순으로 접어들고 있던 어느 날, 컴퓨터를 열어봤는데 이메일이 한 통 와 있었다. 돌로레스의 편지를 기다리고 있었는데, 뜻밖에 윌버드 부인이 보낸 것이었다.

사랑하는 아도니스에게!

미라보 다리 아래 센 강은 흐르는데, 한번 간 임은 오지를 않네…… 몇 번을 망설이다 당신께 편지라도 남겨야 될 것 같아서 이렇게 자판을 두드립니다. 그때 마지막 날 당신이 주저 없이 나를 사랑해 주신 것에 대해서는 정말 감사하게 생각합니다. 그것은 내게 새로운 세상을 열어줬으니까요. 사실은 마음속으로 당신과 한 몸이 되기를 원했으면서도, 머리에서는 신의 목소리가 들리는 듯해서 너무나 두려웠습니다. 그래서 이상한 행위들을 요구했습니다. 그럼에도 불구하고 당신은 나를 사랑해 주셨습니다. 지금 생각해 보니 나는 당신을 만나기 전까지 너무나 답답한 삶을 살아오지 않았나 생각됩니다.

사실 나는 기독교의 율법적인 범주에서 벗어난 사랑은 결코 신이 허락한 사랑이 아니라는 사상을 갖고 살아왔습니다. 마치 움베르토 에코의 소설 『장미의 이름』에서 호르헤라는 수도사가 '웃음'은 천박하고 사악하여 인간을 원숭이처럼 우매하게 만들고, 신이 요구하는 경건한 삶에서 멀어지게 하는 원인이 되므로 엄격히 통제되어야 한다고 생각한 것처럼, 나도 외간 남녀 간의 사랑은 세상을 어지럽히고 인간을 죄악으로 인도하므로 금지되어야 하며, 그것을 저지르는 사람들은 벌을 받아야 한다는 생각을 해 왔습니다. 그래서 남편이 세상을 떠난 후 거의 10년간을 과부로 살면서 음란한 생각을 멀리하면서 성경 말씀에 따라 경건한 삶을 살아왔습니다.

하지만 내 생각이 반드시 옳은 것은 아닐 것이라는 생각을 갖게 해 준 것은 아도니스라는 사람을 만난 후였습니다. 당신은 우물 안에 갇힌 내 사상에 조금씩 새로운 것들을 채워 넣어 주었고, 마침내 곰팡내 나는 나의 버자이너를 해방시켜주었습니다. 사실 난 사랑이라는 것은 머릿속의 캔버스에 상대방을 아름답게 그리고, 또 상대방은 그 그림을 보고 감동하고, 서로의 머릿속에 각인된 아름다운 환상을 감상하면서 사랑이 이뤄진다는 생각을 했었지요. 참으로 낡은 생각이었지요. 하지만 지난달 당신과 나눈 단 한 번의 사랑이 나의 고루한 생각을 바꿔 놓았습니다.

캔버스가 없어도 예술이 될 수 있었습니다. 대상 자체를 머릿속에 그려 넣지 않더라도, 오브제가 하나의 작품이 되어 버리는 특이한 경험이었습니다. 참으로 충격이 아닐 수 없었습니다. 당신이 포도주로 내 몸을 적셔서 인어로 만들어주는 행위, 내가 당신의 언어가 되는 행위가 하나의 예술이었고, 사랑이었습니다. 나는 당신과 깊은 키스를 나누는 것만으로도 사랑에 빠져 버렸습니다. 마지막 순간 뱀처럼 내 몸을 파고들어 안식하려는 당신을 깊이 받아들이고, 당신과 합일이 되는 순간은 정녕 실존의 공포를 사라지게 해준, 행복의 극치였습니다. 그게 신이 우리 인간들에게 주신 사랑이 아니고 뭐란 말입니까.

아도니스 님. 하지만 당신이 떠나고 나서 행복한 순간이 영원하지 않다는 것을 알았습니다. 다시 머리는 율법적 도그마에 갇히게 되고, 나는 죄의식에 하루하루 몸부림을 치며 우울한 나날들을 보내고 있습니다. 오, 신이시여, 어찌 이런 가련한 삶을 제게 주셨나이까. 지금 당신을 볼 수만 있다면 죄의식을 떨쳐내 버리고 생의 의지를 다시 불태울 수도 있으련만, 당신은 내게 다시 올 수도 없거니와 내가 당신에게 가는 것도 옳지 않습니다. 그래서 난 새가 되기로 결심했습니다. 새가 되면 하늘로 날아올라 당신이 어디 있든지 당신을 만날 수 있고, 당신을 언제든지 사랑할 수 있으니까요. 내 이름이 'WILL BIRD'인데 풀이하자면 새가 되고자 하는 의지이지요. 새처럼 날아서 이 번뇌의 고리를 풀어버릴까 합니다.

당신을 사랑하는 윌버드로부터

33
욕망과 권태

월버드의 이메일을 받고 나서 낌새가 이상해서 미국에 전화를 해봤지만 아무도 전화를 받지 않았다. 그녀가 나를 그리워하고 있다는 것을 알았지만 내가 다시 미국에 갈 기회도 없을 뿐만 아니라, 설사 미국을 다시 방문한다 해도 또 이별을 해야 하니, 그녀의 마음을 영원히 채워줄 수는 없는 노릇 아닌가. 욕망을 채우고 나면 그것에 사로잡히는 사람이 있는가 하면, 그것을 비우고 다른 것으로 눈길을 돌리는 사람이 있다. 나는 후자에 속한다. 나는 욕망을 채운 뒤 권태를 즐긴다. 귀국해서 한 달 반가량 내 마음을 지배한 것은 권태였다.

숲을 감상하는 것도 무료함을 달래는 방법 중 하나다. 숲 속은 겉으로는 평온하고 아무것도 안 하는 것처럼 보이지만 많은 부분들이 분주히 움직이고 있다. 물론 그냥 지나치는 사람에게는 보이지 않는다. 마음속으로 보고 싶은 사람에게만 나타나는 착시 현상일 수도 있다. 숲 속에 누워 하늘을 보면, 나무들 사이로 보이는 작은 하늘이 금세 사라져 간다. 소나무와 낙엽수들이 서로 경쟁하듯 공간을 지배하려는 것일까, 아니면 내 마음속에 하늘이 점점 좁아지는 것일까. 나는 숲 속에서 벌어지는 변화들을 감상한다. 그러면 기분이 한결 나아진다.

등산로가 나 있지 않는 한적한 곳으로 숨어 들어가 옷을 한 올 한 올 벗어던진다. 내가 권태로움을 즐기는 방식이다. 최대한 자연의 일부가 되고자 한다. 눈을 감고 누워 자연에 귀를 기울인다. 새소리, 바람소리, 물소리, 나무들의 속삭임, 벌레들 기어가는 소리, 심장박동 소리가 들려온다. 모든 인공의 소리는 자연의 가슴에 파묻힌다. 음악 채널에서 베토벤의 바이올린 협주곡 1번이 들린다. 숲과 가장 어울리는 곡이라는 생각이 든다. 움직이는 숲이 마치 음악에 맞춰 발레를 추는 것 같았다. 하지만 숲은 그 음악이 끝나자마자 다른 음악들을 흡수해 버린다. 음악 소리가 들리지 않았다.

다시 라디오 채널을 돌려봤다. AFKN 방송에서 영어 뉴스가 나온다.

"뉴욕의 무역센터 빌딩에서 '월버드'라는 50대 여성이 투신을 했습니다……."

나는 깜짝 놀라 일어섰다. 월버드…… 동명이인이겠지. 설마……. 나는 다시 자리에 앉았다. 그러나 점점 그녀가 맞다는 생각이 들었다.

'어떻게 이럴 수가……. 자살을 하다니 나 때문이었을까? 설마 그 강철 같은 여인이 그럴 리가 없어.'

순간 이름 모를 새 한 마리가 푸드덕 하늘로 날아오른다. 눈을 들어봤지만 이미 사라지고 없었다. 월버드의 영혼이었을까. 마지막까지 내 몸을 훔쳐보고 가려는 생각이었을까. 새는 제법 큰 소리로 뭐라고 뭐라고 지껄이고는 멀리 날아가 버렸다. 갑자기 눈물이 쏟아졌다. 바보 같은 여자. 나처럼 이기적으로 권태로움을 즐기면 될 텐데 왜 그것을 이기지 못했을까.

죄책감이 엄습해온다. 마음이 찢어질 듯 아프다. 슬프지 않은 척 몸을 이리저리 굴려보았다. 하지만 머릿속에 그녀의 모습이 파노라마처럼 펼쳐지며 눈에서는 계속 눈물이 흐른다. 그렇게 몇 시간을 정신없이 누워있었다. 욕망을 채운 후 그것을 비워내지 못하고 욕망의 노예가 되어버린 걸까. 그 잘난 지성인이 욕망 속에 숨어 있는 무서운 권태로움을 보지 못했던 것일까. 차라리 내게 "당신을 원해요. 나를 떠나지 말아요."라든가 아니면 "아도니스, 돌아와요. 당신 없이 못 살겠어요."라고 고백하지 그랬어. 남녀 간의 육체관계가 죄악이라느니 온갖 논리로 잘도 지껄이더니, 이제 와서 죽기는 왜 죽어? 그것도 모르고 나랑 관계하자고 했어? 나쁜 여자!

점점 마음속에 슬픔보다는 원망하는 마음이 더 크게 일어났다. 몇 시간을 숲 속에 누워 있었다. 시간이 흐르고 어둠과 함께 슬픔이 조금씩 잠잠해졌다. 담담하게 그녀의 죽음을 받아들였다. 집에 와서 그녀의 집에 다시 전화를 해 봤다. 여전히 전화를 받지 않았다. 그녀의 죽음이 사실로 다가왔다. 그 사건을 끝으로 그녀에 대한 기억은 조금씩 사라져 갔다.

그런데 그녀가 내 마음속에 아직도 살아 있다는 것을 알게 된 것은 일 년 후 9·11테러 사건 때였다. 항공기 두 대가 뉴욕의 무역센터 빌딩을 공격하는 장면을 사무실에서 텔레비전으로 봤을 때, 나는 소름이 돋으면서 소스라치게 놀라 자빠졌다. 항공기들이 마치 새처럼 빌딩으로 날아드는 것이 아닌가. 그때 나는 그것이 윌버드의 원혼일 것이라고 생각하고 두려움에 떨었던 기억이 난다.

2000년 가을, 비가 억수로 내리고 있었다. 낯선 곳에서 전화가 왔다.

"아도니스, 비 오는데 우리 만날래요?"

연락이 두절되었던 돌로레스가 갑자기 만나자고 했다.

34

해변의 사랑 1

좁은 공간에 남녀가 함께 있으면 나이의 많고 적음에 상관없이 인간들은 본능적으로 엉켜 붙는다는 것을 나는 초등학교 4학년 때부터 알았다.

1970년대 중반, 아버지가 사업을 하기 위해 도시로 나오기 전 우리 집은 만여 평의 농장을 가지고 있는 전형적인 부농이었다. 집에 상주하는 머슴들도 두 명이나 있었다. 누구나 어린 시절 몇 가지 비밀을 간직하고 살겠지만, 나의 비밀은 건초더미 위에서 시작된다. 지금도 여름날 어느 시골을 지나다가 마른 풀냄새가 나기라도 하면 내 머리는 흥분으로 가득 차고, 오직 향긋한 건초더미 위의 추억이 떠오르면서 잠시 코를 킁킁거리며 미소 짓는다.

당시 소를 십여 마리 키우던 우리 집에는 건초를 저장해 두는 헛간이 있었다. 머슴들은 여름 농한기가 되면 들로, 산으로, 논두렁으로 나가 풀을 베어 오는 게 일이었다. 그리고 그것들을 말린 다음 건초를 만들고 원통형 건물에 쌓아 두었다. 그런 건물을 뭐라 부르는지는 잊어버렸지만, 두 평 남짓한 평면이 원통형으로 높이 솟아 있고, 뾰족한 지붕이 있는 구조다. 높이는 5미터 정도 되었는데 밑에 자그마한 문을 열고 들어가서 건초더미를 넣어 두는 곳이다. 울적할 때나 혼자 있을 때 거기 들어가 있으면 그렇게 마음이 편할 수가 없었다. 나는 그 공간에 동화책이나 장난감을 가져다 놓고 나만의 아지트로 만들고, 친구들도 초대를 했다. 주로 남자애들을 초대해서 놀았다.

그런데 어느 날, 같은 동네에 사는 예쁜 여자애가 우리 집에 가 보고 싶다는 쪽지를 건네주었다. 당시 나는 한참 이성에 눈떠가는 시기라서 여자애들에게 관심은 있었지만, 숨맥 소리를 들을 만큼 그녀들 앞을 지나가는 것이 두려웠고, 더더욱 말도 못 붙이는 성격이었다. 경옥이라는 아이였는데 동네에서는 키가 제일 크고, 예쁜, 요즘 말로 하면 '짱'이었다. 그 시절 나는 그 애에게 말 한번 걸어보지 못했다. 그런데 그 애가 우리 집에 놀러가자고 했다. 난 잘못을 저지른 아이처럼 겁먹은 목소리로, "그래."라고 짧게 승낙을 했다. 머릿속에는 "그래, 우리 집에 와도 돼. 하지만 이것은 너랑 연애하는 건 아니야."라는 말이 맴돌았지만, 그 말밖에 못 했다.

천 평이 넘는 터에 기와집들이 여러 채 들어차 있는 큰 집을 그 애에게 대충 구경시켜 주고 그냥 돌려보내려고 했다. 초등학생 주제에 무슨 연애한다는 소문이라도 나면 창피할 것 같았다. 하지만 그녀는 건초 헛간 얘기를 들었는지 거기 가 보고 싶다고 했다. 나는 마지못한 표정으로 '알았다'고 했지만, 속으로는 무척 기분이 좋았다. 거기서 우리는 말없이 동화책을 보고 있었다. 하지만 나는 책에 집중할 수가 없었다. 그녀도 책을 보는 것처럼 했지만 마음은 딴 데 가 있었을 것이다. 막 사춘기에 접어드는 남녀 아이들이 좁은 공간에 함께 있다는 것은 얼마나 떨리는 경험이던가. 우리는 이따금씩 발로 건초를 건드려 바스락거리는 소리를 내고 있었다. 그것은 가슴 두근거리는 소리와, 침 꼴깍 넘어가는 소리를 들키지 않게 하기 위한 의도적인 행동이었을 것이다.

그 애가 나보다 성숙했었다는 것은 그녀가 책을 내동댕이치는 순간 알게 되었다. "야! 우리 이거 말고 다른 거 재미있는 거 없어?" 그 애는 그렇게 말하더니 나를 빤히 쳐다봤다. 나는 그녀의 눈을 보자 가슴이 두근거렸다. 책이 손에서 슬그머니 떨어졌다. 그때 그 애의 입술이 내 입술을 기습적으로 훔쳤다. 사방은 벽으로 꽉 막혀 있고, 외부와 통하는 것은 뾰족 지붕을 통해서 들어오는 작은 햇빛이 전부였다. 그 한줄기 빛은 내게 영원히 키스의 추억 속에 남아 있다. 그때부터 나는 그 동네 여자애들을 하나씩 원통형 헛간으로 불러들였다. 고백하건대 키스는 그녀들이 먼저 시작했다.

돌로레스를 만나러 D시로 차를 몰고 가는 동안 차창 밖으로 가을을 재촉하는 비가 세차게 내리고 있었다. 장대비가 내려 밖이 잘 안 보이는 밀폐된 공간이 어린 시절 건초더미 위의 추억을 떠오르게 하고, 또다시 나를 미소 짓게 한다. 마음속에는 돌로레스를 만난다는 생각으로 가득 차 어떻게 운전해 갔는지도 모를 만큼 순식간에 약속 장소에 도착했다. 멀리서 한 여자가 보였다. 한 뼘도 안 돼 보이는 미니스커트에, 상의는 배꼽이 드러나는 탑을 걸치고 있었고, 하얀 얼굴을 알이 큰 구찌 선글라스로 덮고, 우산을 푹 눌러 쓰고 있었다.

"오랜만이네요."

그녀가 차에 올라타면서 말했다. 짙은 향수 냄새가 향긋한 건초 냄새 같았다.

소설을 열심히 써 왔는데 다시 원점으로 돌아왔다. 해변의 사랑은 사실, 이 소설의 모티브가 된 사건인데, 이미 첫 장면 '빗방울 전주곡'에서 언급한 내용이다. 그리고 영어 좀 하는 분이라면 눈치채셨겠지만, '올개슴틱'이라는 단어는 사전에 없다. 정확한 단어는 오르가즈믹이다. 그냥 맛이 날 것 같아서 영어를 한 번 꼬아봤다. 이것도 모르고 글을 읽고 있는 분이라면 영어에 서툴든가, 아니면 올개슴을 잘 모르든가 둘 중의 하나일 것 같다.

암튼, 이야기가 멀리 돌아 돌아 제자리로 와 버렸다. 인생이란 게 그런 것 같다. 열나게 살아본들 뫼비우스의 띠처럼 제자리로 돌아오는 것이 인생 아니던가.

나는 그녀를 차에 태우고 서해안 방향으로 갔다. 미국에서 서로 어색하게 헤어졌기 때문이었을까? 우리의 만남은 서먹서먹했다. 그녀는 그동안 있었던 일에 대해 열심히 떠들고 있었지만, 나는 말이 나오지 않았다. 내가 반응이 없자, 대화를 시작한 건 그녀의 손이었다. 그녀의 왼손이 내 오른손을 살며시 잡는 걸 느꼈다.

"아직도 화났어요?"

그녀는 코맹맹이 소리로 내 손을 쥐고 흔들면서 애교스럽게 말했다. 난 손을 한 번 뿌리쳤다. 사실 그녀를 보는 순간 가슴이 뛰면서, 그녀와 스킨십을 하고 싶었지만 일부러 화난 표정을 보여줘야만 할 것 같아서 입을 다물고 굳은 표정으로 운전을 했다. 그녀가 다시 내 손을 잡아끌어서 자신의 뺨으로, 가슴으로 갖다 대고 비볐다.

"아도니스 님, 손이 정말 예쁘네요. 따뜻해요. 마음이 따뜻한가 봐요."

그녀는 내 화를 풀어주려는 듯 아양을 떨었다. 그런데 그녀의 애교가 달갑지 않았다. 또 무슨 수작을 부리려는 의도로 다가왔기 때문이다. 여자들의 애교는 악마의 미소다. 애교를 잘 부리는 여자들과 경쟁 관계에 있는 남자들은 정말 불리하다. 아무리 일을 열심히 해도, 여자들의 애교 한 방이면 게임 끝이다. 예쁜 얼굴로 애교를 떨면 안 넘어갈 남자가 있을까. 나라를 기울게 할 정도의 미모라는 것도, 사실은 색 자체를 말하는 게 아니라, 이 애교를 말하는 게 아닐까. 역사적으로 볼 때도 잘못된 판단 뒤에는 임금의 총애를 받는 여자의 애교가 도사리고 있다. 그녀들은 순간적으로 이성적 판단을 흐리게 만들어 버린다.

우리 사무실에도 악마의 미소를 잘 활용한 여기자가 있었다. 한때 나랑 경쟁 관계에 있었던 Y라는 여자 선배가 있었는데, 일에 열중하기보다는 상사들에게 애교를 부리는 걸 더 잘했다. 취재를 잘못해서 국장이나 팀장에게 불려 들어가, "머리에 똥밖에 없는 여자"라는 둥, 인격 모독적인 발언을 듣고서도, 바로 애교를 부려서 상황을 반전시키는 재주가 있었다. 그런데 그녀는 자기 꾀에 자기가 넘어갔다. 애교를 말로만 한 게 아니라 몸으로 했다는 소문이 돌더니 결국 해고됐다. 들리는 바에 의하면, 점심때 그녀의 아파트 지하 주차장에서 팀장과 섹스를 하다가 그녀의 남편에게 들켰다고 한다. 나중에 회사의 거의 모든 상사들과 관계를 가졌다는 풍문이 돌았다. 지금 그녀는 스포츠신문에서 일하고 있는데 가끔 연락이 온다. 외롭다고. 나보고 어쩌라고?

어찌 됐든, 해변으로 차를 몰고 갔다. 안면도 리조트에서 불 끄고 만났던 추억이 너무도 강렬해서 무의식적으로 그 주변을 다시 찾았다. 그리고 우리는 본능적으로 그 짓을 했다. 정사 장면은 '빗방울 전주곡'에서 다뤘으므로 여기서는 생략하기로 한다. 사실 그때 나는 말로만 듣던 카섹을 처음 해 봤다. 비 오는 날, 사랑하는 남녀가 차 속에서 바다를 바라보고 있다면,그 짓 밖에 무슨 생각을 하겠는가. 카섹은 언젠가는 한 번쯤 경험하고 싶은 성적 판타지였는데, 그날의 경험은 인생에 있어서 특별한 추억이 되었고, 비가 오는 날이면 문득 그 장면이 떠오르곤 한다.

"아직도 돌로레스를 잘 모르겠어요."

옷을 주워 입고 나서 내가 한마디 던졌다.

비 오는 날, 바다를 보고 있노라면 마치 바다라는 아이가 하늘의 젖을 빨고 있는 것 같다. 커다란 입으로 헤라 여신의 유방을 입에 대고 엄청난 힘으로 빨아대는 것 같다. 영원한 삶을 준다는 헤라의 젖을 먹어서 바다는 영원히 유지되는 것일까. 하늘은 비 내리기를 멈추고, 구름 사이로 해를 들이민다. 오랜만에 비추는 햇살이 서쪽 하늘을 아름답게 물들인다. 비가 그치자 그녀는 바닷가를 산책하고 싶다고 했다. 우리는 맨발로 차에서 내려 팔짱을 끼고 비 그친 해변을 터벅터벅 걸어갔다.

바닷가에 오는 연인들이 하듯이, 우리도 해변과 바다의 경계선을 따라 걷다가 파도가 밀려오면 피하고, 밀려가면 우리는 또 쫓아갔다. 그 순간은 아이들처럼 즐거웠다. 낙조에 붉게 물든 그녀의 얼굴이 아라비아의 여인처럼 이국적이다. 내 아랫도리가 또 반응한다. 끝없이 밀려오는 파도처럼 내 욕정은 그칠 줄을 모른다. 그녀는 내 마음을 읽었는지 내 허리를 꼭 껴안아 주었다. 평평한 바위가 나타나자 우리는 거기 쉬었다 가기로 했다. 나는 그녀가 "당신을 사랑해요."라고 말하기를 기대하며 함께 바위자락에 앉았다.

"나에 대해서 궁금하다고 했죠?"

그녀는 내가 차 안에서 툭 던진 질문이 이제야 생각났다는 듯 파도 소리보다 약간 더 큰 소리로 속삭였다.

저 파도가 나를 말해주고 있네요
어디서부터 시작되었을까, 파도는
끝없는 욕망이 물기둥으로 솟아올랐을까
뽑아도 뽑아도 또 솟아나오는 샘물 같다
숱한 대지 위에 욕정의 거품을 내깔리고,
흔적도 없이 사라져 버린다, 파도는
바다로 돌아가 잠잠한 듯하지만
바람이 불면 또 하얗게 거품을 문다

그러나 그녀의 시는 내 기대감을 무너트리며 날카로운 비수처럼 내 가슴을 찔렀다. 가슴이 저려왔다. 그녀는 결국 나를 스쳐 가는 인연쯤으로 생각하고 있는 것 같았다.

"이건 아무도 모르는 비밀인데 아도니스 님에게만 말하는 거예요. 내 주변의 모든 사람들이 나를 도도하고 럭셔리한 병원 가문의 부인으로만 알고 있는데, 다들 내게 속고 있는 거예요. 심지어 우리 남편도 나에 대해서 잘 몰라요. 내 속에는 저 파도와 같이 끝없는 욕정이 가득 차 있는 것 같아요. 나는 욕정의 노예인가 봐요. 하하하."

나는 내 귀를 의심하지 않을 수 없었다. '이 여자 지금 정신이 나간 것은 아닐까? 내가 사랑한 돌로레스가 이 정도 수준밖에 안 되었는가?' 나는 너무나 어이가 없어서 딴청을 피우며 앉아 있었다.

이태리에서 내게 보낸 이메일은 분명 나를 사랑하는 느낌이었는데, 또 어느 순간에는 단지 욕정에 불타는 요부처럼 말하고, 도대체 그녀의 정체성은 무엇이란 말인가. 어쨌든 우아한 귀부인의 입에서 직접 그런 말을 듣자 나는 당혹스러웠다. 대개 카사노바 기질이 있는 남자들이 이런 식으로 자신을 정당화하지만, 여자의 입에서 자신이 욕정의 노예라고 말하는 것은 나의 생물학적 상식을 깨트리는 충격이 아닐 수 없었다. 나는 갑자기 그녀와 함께 있다는 사실이 역겹게 느껴졌다. 내가 또 당했다는 생각이 들었다. 미국의 애틀랜틱시티 해변에서도 그녀는 이런 식으로 나를 유린하지 않았던가. 그녀와 함께 앉아 있는 바위가 바늘방석처럼 느껴졌다.

그러나 그녀는 내 반응과는 상관없이 계속해서 지껄이고 있었다.

"초등학교 고학년이 지날 무렵부터 가끔 이상한 꿈을 꾸었어요. 난 아라비아의 어느 왕궁에서 살고 있는 공주였는데, 어느 날 밤 건장한 남자가 내 옷을 하나씩 벗겨 날 목욕시킨 다음 침대로 데려갔어요. 그리고 내 몸에 올리브유를 바른 다음 근육질의 몸으로 내 몸을 구석구석 문질렀어요. 사춘기가 막 시작될 무렵 그런 꿈을 꿨으니 얼마나 황홀했겠어요. 아침에 깨니 팬티가 다 젖어 있고, 침대엔 얼룩이 묻어 있어서 창피해서 아무에게도 말을 못 했는데, 저녁이 되니까 또 그놈이 나타나기를 바랐어요. 그 이후로 잠을 잘 때면 그 남자가 내게 다시 나타나기를 기다리곤 했죠. 당신한테만 말하는 거예요. 비밀 지켜주는 거죠?"

그녀는 자기 검지를 내 입에 가져다 대고는 비밀을 지킬 것을 요구했다.

"나중에 어른이 된 후로 여러 남자와 연애를 하게 됐는데, 연애 상대자들을 그 아라비아 남자와 비교를 하게 되더군요. 그리고 그때 꿈속에서 날 황홀하게 해 주었던 기억과 비교해서 아니다 싶으면 내 남자가 아니라는 생각에 그 남자들을 차 버렸어요. 그런데 아도니스 님은 그 꿈속의 아라비아 남자와 똑같았어요. 그래서 내가 찾는 이상적인 남자는 아도니스라는 사실을 알게 되었죠. 그리고 정말 당신을 사랑해요. 하지만 난 파도 같은 여자라 언제 사라질지 몰라요. 하하하."

그녀는 그렇게 말하면서 내 어깨에 머리를 기댔다

"그걸 말이라고 해요? 욕정을 사랑이라고 착각하는 건 아니에요?"

나는 그녀의 머리를 뿌리치면서 크게 소리 지르며 일어섰다. 그리고 한마디 했다.

"당신을 너무 보고 싶어도 볼 수 없는 고통을 이해할 수 있나요?"

내가 일어나서 차 있는 쪽으로 급히 가자, 그녀가 바로 쫓아와서 또 미안하다고 했다.

"진심은 그게 아니에요, 아도니스."

그녀는 늘 이랬다. 이제는 그녀의 말에 믿음이 가지 않는다. 안면도에서 그녀의 집까지 가는 동안, 우리는 아무 말도 하지 않았다. 그녀가 내 손을 잡으려고 몇 번 시도했지만 나는 손을 뿌리쳤다. 라디오에서 우연히 흘러나오는 차이코프스키의 비창 교향곡이 분위기를 우울하게 만들었다. 그 음악이 이별을 예감하는 우리들을 더욱더 우울하게 만들고 있었다. 집 앞에 다 왔을 때쯤 비창 전곡이 끝났다.

그녀는 차에서 내리기 아쉬운 듯 갑자기 고개를 돌려 내게 키스를 시도했다. 그러나 나는 그녀에게 입술을 깊이 허락하지 않았다. 살짝 스친 그녀의 입에서 쓸쓸함이 느껴졌다. 그녀는 내릴 듯하다가 다시 고개를 돌려 키스를 퍼붓고, 또 문을 열 듯하다가 다시 몸을 돌려 두 손으로 머리를 잡아당겨 입 안으로 깊이 혀를 내밀었다. 그녀의 눈에 이슬이 보였다. 그녀도 이미 이별을 예감하고 있는 것 같았다. 하지만 그녀는 나와 만나기만 하면 매번 그랬기 때문에, 나는 '파도는 바람이 불면 또 칠 것'이라고 위안을 삼았다.

"운전 조심해서 올라가세요."

그녀는 이 말 한마디만을 남기고 총총히 사라졌다. 그 후로 내게 연락을 끊었다. 나도 그녀에게 전화를 하지 않았다.

　10월 중순으로 접어들자 아침저녁으로 바람이 쌀쌀하다. 가을바람은 헤어지는 연인들의 마지막 키스처럼 낭만적이면서도 가슴 아린 쓸쓸함이 묻어난다. 바람 하나가 칼처럼 가슴을 파고든다. 가슴이 아프다. 아마도 그녀랑 헤어졌다는 생각이 마음을 아프게 한 것이겠지. 갑자기 가을바람과 함께 권태가 밀려왔다. 내가 권태로움을 극복하는 또 하나의 방법은 회사 근처나, 집 근처의 화랑에 들러 예술 작품을 감상하는 것이다. 회화도 좋고 조각도 좋고, 마음 가는 작품을 바라보면서 스스로 평가한다. 화랑을 둘러보면서 예술을 아는 사람만이 작품을 감상할 수 있는 특권을 가진다는 자만에 빠진다. 그리고 기분이 한껏 업된다. 나는 오랜 세월 스스로 체득한 나만의 감상법으로 작품들을 감상한다.

　집 근처에 '패리스 애플'이라는 화랑이 있다. 몇 년 전에 여류 화가인 K 화백이 오픈했는데, 자기가 그린 그림이나, 이름 있는 좋은 작품들을 구해다가 전시회도 하고 판매도 한다. 처음에 거기 들렀다가 모델처럼 아름다운 주인을 보고 반해서, 본능적으로 카메라 플래시를 터트리고 작품들을 촬영한 적이 있었다. 그리고 신문에 화랑 특집기사를 내준 적이 있었다. 그 후로 그림 구경을 핑계 삼아 가끔 들르곤 했다. 바빠서 못 가다가, 그날 퇴근하는 길에 갑자기 발길이 그쪽으로 옮겨졌다. 내 마음이 꽤나 쓸쓸했던 모양이다.

　나는 K 화백을 부르지 않고 조용히 전시관으로 들어가 작품을 둘러봤다. 그런데 30여 점의 작품 중에 유독 마음을 사로잡은 그림이 있었다. '파리의 진주 목걸이'라는 작품으로, 파리 시내를 피카소의 그림처럼 분할 재구성해서, 빨강 노랑 원색으로 화려하게 색칠하고, 센 강 양쪽을 누드의 미녀들이 다리를 벌리고 서 있는 모양이다. 그림이 섹시하면서 독특하다는 느낌이 들었다. 나는 한참 동안 그 그림을 바라보며 파리의 센 강과 벌거벗은 여인들을 상상하고 있었다. 그때 K 화백이 나타나 말을 걸었다. 그녀는 나보다 다섯 살 정도 연상이지만 기자와 화랑 주인이라는 비즈니스 관계로 시작해서 지금은 친구처럼 농담을 주고받는 사이가 되었다. 오랜만에 보는 그녀의 얼굴이 무지 섹시하게 보였다.

"아도니스 기자님, 오랜만이네요. 침 좀 닦아가면서 보세요."

그녀가 살갑게 말을 걸었다.

"네, 사실은 그림보다는 K 화백님이 보고 싶어서 왔어요. 잘 아시면서……. 하하하".

"하하하, 농담도 잘하셔! 그렇게 보고 싶으면 자주 들러주시지, 왜 여태 안 오시다가 이제야 오셨대요?"

그녀는 나의 아부성 발언에 기분이 좋았는지 입이 찢어져라 호탕하게 웃으면서 나를 반갑게 맞아주었다.

"근데 이 작품은 어떤 그림인가요?"

"네, 파리에서 활동하던 젊은 여류 작가가 그린 건데 '로맨택 큐비즘'이래요. 독특하고 아름답죠?"

"네, 그림에 대해서 잘 모르는 사람이지만 참 잘 그렸다는 생각이 드네요. 하지만 K 화백의 얼굴만큼 아름다운 작품이 또 있을까요? 하하하."

"농담 그만하고 그림 살 거 아니면 이쪽으로 와서 차나 한잔 해요."

"옆에 있는 그림도 그 한국계 화가가 그린 건가요? 작품 제목이 '몽빠르나스의 연인들'이네요."

"네, 장 화백이 그린 거예요. 프랑스에서는 '장 프랑수와 르네'라는 이름으로 활동하고 있죠."

"이 그림도 보통의 회화와는 다른 특이한 느낌이 드는데요?"

나는 예술에 대해서 아는 것처럼 한마디 했다.

"보통 사람들은 평범한 그림으로 보고 쓱 지나가는데 역시 아도니스는 그림 보는 안목이 남다르군요. 하하하."

그냥 아무 의미 없는 평가였음에도 불구하고 나를 치켜세우는 그녀의 말에서 내게 뭔가를 얻어내려는 장사꾼의 감각이 느껴진다.

"몽빠르나스를 배경으로 두 연인들이 손을 잡고 걸어가고 있는 모습을 그린 건데 뭔가 다른 점이 있어요. 찾아보세요."

그녀는 학교 선생님이 학생을 다루듯이 내게 질문을 던졌다.

"글쎄요, 배경은 몽빠르나스 거리, 건물, 공동묘지 등을 추상적으로 표현한 것 같고, 황금색 나체의 남녀가 중요한 부분만을 가리고 손을 잡고 걸어가고 있는데, 겉으로는 다정해 보이지만 눈빛에서 쓸쓸함이 묻어나는군요. 사랑하고 있는 눈빛이 아닌 것 같은데……."

"맞았어요."

그녀는 내 그림 해석에 대해 맞장구를 쳤다. 그리고 계속 설명을 해 나갔다.

"여자의 음부를 가리고 있는 나뭇잎을 만져보고 옆으로 돌려 들춰보세요."

K 화백의 말대로 그림 속의 나뭇잎을 옆으로 밀자 위로 들려 올라가고 세밀하게 그려진 여성의 음부가 나타났다. 예술적인 환상을 기대했는데 적나라한 음부가 있어서 깜짝 놀라 뒤로 넘어질 뻔했다.

"무슨 삼류 춘화도 아니고, 이건 또 뭐죠?"

"거기까지라면 춘화도와 별반 다를 게 없지만 다음 단계가 또 있어요. 눈을 그 음부에 가까이 대면 자궁이 보여요. 잠시 들여다보고 있으면 만화경처럼 전자 영상이 보일 거예요. 그 화면이 바뀔 때마다 남자가 바뀌고 그 남자들은 그녀의 음부를 들춰보고 있을 거예요."

그녀의 말대로 해 보니 거기에 여러 장의 그림이 몇 초 간격으로 바뀌고 음부를 들춰보는 남자들이 무한 반복되고 있었다.

"이건 무슨 의미인가요?"

나는 궁금해서 또 질문을 했다.

"글쎄, 그림이라는 건 각자 감상하고 느끼면 되는 거지, 무슨 해석이 필요하나요? 이건 전적으로 내 생각인데 보통의 여자들은 한 남자를 사랑하고 가정을 이루고 살지만, 그녀들의 내면에는 은밀히 많은 남자들과 관계를 하고 싶고, 또 실제로 그것을 실행에 옮기는 여자들은 스스로 새로운 세상을 개척한 다음 자궁 깊은 공간에 추억으로 담아두고 무덤으로 들어간다. 그런 여자들은 한 남자에게 구속되지 않고 세상을 멋지게 살다간 혁명가들이라는 메시지가 아닐까요?"

"그렇게 깊은 뜻이 있나요? 말하자면 여성 해방운동, 뭐 이런 의미도 있겠군요."

"그럴 수도 있죠 뭐."

"형식은 백남준의 비디오 아트를 도입한 건가요?"

나는 백남준밖에 생각나는 게 없어서 아는 체를 했다.

"회화와 비디오 아트를 접목시킨 거죠. 르네 화백이 최초로 시도한 건데 큐비즘과 비디오아트를 접목해서 '로맨틱 큐비즘'을 만들었어요. 요즘 프랑스에서 센세이션을 일으키고 있다네요. 그림 가격도 수천만 원대에 이르러요. 르네 화백에게 부탁해서 겨우 두 점을 얻었어요. 아도니스 기자님이 글 좀 잘 써 주실 거죠?"

"물론 기회가 되면 써 드려야지요. 그런데 그 화백을 내게 먼저 소개해 주는 게 순서 아닌가요?"

나는 그 '르네'라는 화백이 궁금해져서 그렇게 질문을 했다.

"그녀는 이름만 대면 누구나 알 수 있는 우리나라 대기업 셋째 딸인데, 지금 나이는 서른을 넘겼을까 그럴 거예요. 아도니스 님 하는 것 봐서 내가 소개시켜 줄 수도 있고, 아닐 수도 있고…… 하하하."

"K 화백님은 내게 원하는 게 뭔데요?"

"글쎄, 내가 원하는 건 아주 작은 거예요. 하하하."

그녀는 대화를 중단하고 나를 갤러리에 붙어 있는 작은 방으로 안내했다. 접대실 통유리 밖으로 보이는 공원의 풍경이 아름답게 눈에 들어왔다. 빨갛게 물든 단풍나무, 노랗게 물든 은행나무, 바람에 날리는 자작나무 이파리들, 등 굽은 소나무 등이 해 질 무렵 붉은색 햇빛에 노출되어 자연스러운 풍경화를 그리고 있었다.

"이거 로마네 콩티인데 그 르네 화백이 프랑스에서 보내준 거예요."

잠시 후 그녀는 와인 잔과 술병을 들고 나타났다.

패리스 애플 3

나는 가슴 큰 여자가 좋다. 회사에서 아니면 길거리에서 가슴 큰 여성들과 눈이 마주칠 때면 제일 먼저 그녀들의 가슴으로 눈길이 간다. 얼굴이 예쁘고 안 예쁜 것은 별로 상관이 없다. TV 드라마나 영화에서 클로즈업된 여배우들의 큰 가슴을 볼 때는 나도 모르게 심장이 콩닥거리고 아랫도리가 후끈 달아오른다. 젊을 때는 여자의 얼굴이 예쁘냐 안 예쁘냐를 먼저 따졌는데, 나이가 들면서 여성관이 바뀐 것인지 아니면 육체적인 문제가 생겼는지 자꾸 가슴을 쳐다보게 된다. 누구한테 말도 못 하고 여간 고민스러운 게 아니다.

다행히도 이런 현상은 한국 사회에서 일반적이란다. 사회학자 김정운 박사는 이 같은 현상을 남자의 신체적인 변화 때문이 아니라 한국 사회만의 특징이라고 해석한다. 놀이문화가 거의 없는 한국의 중년 남성들이 초경쟁사회로 내몰리면서, 누구와 소통할 만한 대상이 사라져 버렸다는 것이다. 그래서 가슴 큰 여자들만 보면 환장하고 들여다본단다. 유아기 때 엄마 젖을 빨면서 주고받던 다정한 눈길을 생각하며 대리 만족을 한다고 한다. 그러니까 한마디로 착각 속에서 일방적으로 속옷 사이에 있는 거대한 그것을 상상하며 눈으로 그녀와 대화를 나눈다는 것이다. 눈길 잘못 돌렸다간 뺨을 맞거나 성희롱으로 고소당하기 십상인 세상에서 여성들이여, 이해하시라, 불쌍한 한국의 중년 남성들을!

K 화백은 가슴이 크다. 사이즈만 큰 게 아니라 루벤스의 그림에서 볼 수 있는 입체적인 볼륨감을 갖고 있다. 그리고 보일 듯 말 듯 야한 옷을 즐겨 입고, 평상시에는 두터운 재킷으로 그것을 감춘다. 그 섹시함이 나를 미치게 한다. 내가 '패리스 애플'이라는 화랑을 자주 찾는 이유도 사실은 그림을 감상한다는 핑계로 그녀의 큰 가슴을 간접적으로 느끼고 싶기 때문이다. 가끔 덥다는 핑계를 대며 재킷을 벗어던지고 출렁출렁한 가슴을 살짝 드러내 내 보이는 것을 보면 그녀는 분명 내 의도를 알고 있다. 그러면 나는 침이 꼴깍 꼴깍 넘어간다. 그녀는 자신이 약간만 유혹해도 반응하는 나의 성적 욕망을 훔쳐보는 것을 즐기는 것 같다. 딱 거기까지다. 그녀는 단 한 번도 내게 유혹을 허락하지 않았다. 그녀는 내게 자리에 앉으라 하고는 포도주와 와인 잔을 가져왔다. 우리는 테이블을 사이에 두고 마주 보고 앉았다.

"아도니스 님, 너무 오랜만에 오셨다."

그녀는 애교 섞인 목소리로 이렇게 말하고는 비싸 보이는 포도주를 두 잔에 가득 채웠다.

"K 화백님은 황금을 애인으로 삼고 살잖아요. 나같이 돈 없는 기자 나부랭이가 자주 와 봤자 영업에 방해만 되죠 뭐."

나는 시니컬하게 그녀의 탐욕을 비꼬았다. 사실 그녀는 과부가 되면서 재혼도 하지 않고 그림 장사로 수십억을 벌었다는 소문이 있었다. 그런 속물스러움을 알기에 너무 가까이 하지 않으려고 하지만 또 여자의 아름다움은 늘 용서가 되는 무엇이다.

"아도니스 님도 참……. 내가 돈만 아는 여자로 보이나요? 나도 사랑하고 싶은 여자예요. 자주 와서 나랑 이야기도 하고 와인도 하면 얼마나 좋아요. 그림 사 달라고 안 할 테니까 멋진 얼굴 좀 자주 보여 주세요."

"근데 K 화백님은 재혼할 생각은 없어요?"

"나를 만족시켜줄 만한 남자가 있어야지, 아도니스 님 말고. 하하하. 에로스의 화살은 다 어디로 갔을까. 지금 내게 한 대만 쏴 주지! 아도니스랑 사랑하고 싶다. 하하하."

그녀는 와인 한잔을 들이켜더니 내게 농을 섞었다.

묽은 버건디 와인 잔 속으로 그녀가 들어왔다. 술 취한 틈을 타서 그녀를 구석구석 살펴본다. 살짝 드러난 풍만한 가슴을 들여다보다가 밑으로 내려갔다. 미니스커트 사이로 드러난 하얀 다리가 들어온다. 일부러 보여 주려 했을까. 살짝 벌린 치마 속으로 하얀 팬티가 보인다. 내가 흥분한다. 그녀도 잔을 들어 눈을 숨긴 채 나를 훑어보고 있다. 살짝 떨리는 눈빛, 촉촉한 입술, 아랫도리의 미세한 반응을 살핀다. 그녀는 와인을 홀짝이며 눈으로 내 몸을 탐한다. 와인 잔은 두 사람의 숨겨진 성적 욕망을 살짝 보여 주는 매개체가 된다. 우리는 그 틈을 통해 감춰진 욕망을 마음껏 감상한다.

"혼자 살면 남자 생각 안 나요?"

내가 먼저 팽팽한 긴장감을 깨트렸다.

"난 혼자서도 사랑을 할 수 있어요. 하하하. 육체적 욕망을 정신적인 올개 슴으로 승화시키는 방법인데요, 중세의 수도승들이 고안했다네요. 욕망의 에너지가 차오를 때마다 그것을 한곳으로 모아 마음의 호수에 저장시키고, 그 에너지가 넘칠 정도의 경지에 이르면 사랑하는 대상만 바라보고도 욕망을 배설할 수가 있어요. 말하자면 다비드의 석상만 바라보고도 정신적으로 올개슴을 느낄 수 있어요."

"정말 그렇다면 선승의 경지에 이르렀다는 건데 대단한데요. 그런데 선을 통해서 욕망 자체를 없애버릴 수가 있을까요? 욕망이라는 것은 충족시켜야 그것이 해소되는 것인데……."

나는 약간 조롱하듯이 그녀의 주장을 반박했다. 그러자 그녀가 크게 소리치며 말했다.

"난 지금 아도니스만 보고도 올개슴을 느끼고 있는데 모르겠어요? 하하하."

그녀는 그동안 자신이 수절해온 것을 자랑하는 것 같았지만 술기운을 빌어서 남자에 대한 솔직한 욕망을 드러내고 있었다. 그녀는 온몸으로 "나 너무 외로워요."라고 말하고 있었고, 흐트러진 목소리에 성적 갈망을 실어 나를 유혹하는 것 같았다. 그러나 나는 바로 그녀를 공격하지 않았다. 이미 나는 사슴을 포획한 사냥꾼처럼 노련하게 곧 닥쳐올 황홀한 섬씽을 생각하며 와인을 홀짝이고 있었다. 그녀는 내 눈길을 의식하며 계속 다리를 왼쪽, 오른쪽으로 바꿔 꼬면서 치마 속을 보여 주고 있었다. 그러나 지금 그녀에게 다가가는 것은 그녀의 의도에 말려드는 것이고 내가 질 수도 있는 게임이다.

나는 어떤 우연한 사건을 기다렸다. 우연한 실수는 욕망이 가득 찬 감정의 호수에 물을 넘치게 하는 짱돌 같은 역할을 한다. 그녀와 사랑이라는 주제로 대화를 나누고 있었기 때문에 이미 서로의 감정이 불타오르고 있었고, 육체도 흥분 상태에 있었기 때문에 서로의 머리는 상대방의 육체를 탐하고 싶었을 것이다. 하지만 감정의 평형상태는 누군가 돌을 던져야 깨질 수 있다. 서로의 육체적 욕망을 연결해 주는 통로 말이다. 이게 쉬운 것 같아도 쉬운 일이 아니다. 갑자기 그녀에게 다가가 키스를 퍼부었을 때 그녀가 순순히 그것을 받아들일 수도 있겠지만, 지금까지 학습된 관념적 사랑과 어긋난 행동이라면 그것을 거부했을 수도 있다. 특히 자기방어 논리가 강한 여자라면 아마도 정색을 하고 내게 화를 낼 수도 있다.

내 잔이 비자 그녀는 내게 첨잔을 했고, 자기의 잔에도 술을 따랐다. 그리고 건배 제의를 했다. 우리는 단숨에 잔을 비웠다. 하지만 취했는지 그녀는 술을 가슴에 약간 흘리고 말았다. 머리는 조심해야 된다면서도 몸이 실수를 원했던 것일까. 그녀의 가슴에 선홍색 피가 흐른다.

나는 그것을 기다렸는지도 모른다. 신은 실수를 통해 남녀에게 우연한 사랑의 기회를 주는 것 같다. 신의 명령을 빨리 알아채는 것도 남자의 재능일 것이다. 잽싸게 탁자를 넘어가 옆자리에 앉았다. 그리고 맨손으로 그녀의 가슴에 흐르는 피를 닦아냈다. 그녀는 그것을 기다렸을까.

온몸이 사시나무처럼 떨고 있다. 나의 손길은 그녀에게 원자로의 크리티컬 포인트처럼 연쇄반응을 일으킨 것 같다.

그녀의 가슴은 팔딱팔딱 뛰었고, 안광에는 불꽃이 일었고, 입술은 파르르 요동쳤다. 그녀의 입술을 덮쳐 진정시키지 않으면 터져버릴 것 같았다. 우리는 서로 상대방의 입에 혀를 밀어 넣고 현란한 놀림으로 몸의 떨림을 진정시켰다. 하지만 마음에는 더욱더 욕정이 불타올랐다.

누가 먼저랄 것도 없이 나는 그녀의 가슴을 파고들었고, 그녀는 나의 아랫도리를 물고 늘어졌다. 서로 갖고 싶은 장난감을 나눠가진 아이들처럼 우리는 오랫동안 그것을 갖고 놀았다. 그것이 싫증나자 모든 것을 벗어던져 버리고 맨몸을 포개고 서로의 몸에 그림을 그리기 시작했다. 우리는 서로 온몸에 물감을 여기저기 묻혀 그림을 그렸다. 그때 우리는 감정에 따라 행동하는 아이들 같았다.

"당신을 사랑해, 아도니스!"

그녀는 이 말을 계속 속삭였다.

사랑이 끝나고 한참을 잔 것 같다. 일어나서 불을 켰다. 그녀와 내 몸에 빨강, 노랑, 파랑 물감이 칠해졌다. 무슨 추상화를 그려놓은 것 같았다. 옷을 챙겨 입고 바로 나왔다.

"아도니스, 나중에 모델 좀 돼 줄 수 없어?"

제2부
러브 인 패리스

수컷 향기

결혼이란 인간의 세속적인 욕망을 서로 맞교환하는 행위가 아닐까. 서로의 욕망을 사랑이라는 겉 포장지 속에 숨기고 그것을 서로 교환하는 의식을 치른다. 가짜를 진짜인 척 꾸미기 위해 화려한 의식이 필요하고, 하객들도 즐겁게 마시고 춤추며 이성을 마비시킨다. 그렇게 가짜는 진짜가 되어 버린다. 남성과 여성은 겉으로는 사랑하기 때문에 결혼한다고 하지만, 속으로는 서로에게 욕망의 대등한 관계가 성립한다는 것을 인정할 때 그것을 사랑으로 착각하며, 그 관계를 지속시키기 위해 결혼한다. 신분 상승을 욕망하는 신데렐라와 미인을 얻고자 하는 왕자는 서로에게 욕망의 교환이 가능하므로 그것을 얻기 위해 서로 사랑한다고 착각한다. 욕망의 또 다른 이름 사랑, 과연 진정한 사랑일까?

K 화백과의 사랑은 아무런 조건도 없이 순간적인 느낌이 좋아서 이뤄졌다. 기존의 관념적 정의대로라면 이러한 사랑은 비난받아 마땅하고 사랑이라 부를 수도 없는 욕정의 배설이라고 할 것이지만 난 이것도 사랑이라고 믿는다. 오히려 아무 조건 없는 상태에서 이뤄지는 사랑이야말로 서로 대등한 관계의 순수한 결합이 아닐까. 아마도 신이 아담과 이브를 창조했을 때 정의했던 사랑이 이런 것은 아닐까. 상대의 벌거벗은 모습 이외에 아무것도 볼 수 없고, 오직 눈으로 상대방을 보고 마음으로 느끼는 감정, 이것이 진정한 사랑은 아닐까.

그런 의미에서 K 화백과의 원나잇스탠드류의 사랑을 원시적 사랑이라고 정의하고 싶다. 대등한 관계 속에서 아무 조건도 없이 느낌만으로 나누는 사랑. 뒤끝도 남지 않는 깨끗한 사랑. 오다가다 서로 이끌릴 때 누구나 나눌 수 있는 그런 사랑. 누구에게 구속되거나 간섭하지 않는 사랑. 사랑은 헌신적이어야 하고, 지속적이어야 하며, 서로 배반하지 않아야 하고, 시기하지 않아야 하고, 오래 참아야 하고 등등 고리타분한 관념적 정의에서 벗어난 포스트모던적인 정의. 오늘날 부부관계 이외의 사랑이 사회에 만연되어 있고 사람들의 지탄을 받고 있지만, 사실 이것만큼 순수한 사랑이 또 있을까? 너무나 진보적인 주장인가?

　2000년이 11월로 접어들었다. 가을바람이 차갑다. 드디어 회사에서 차장으로 승진했다. 미국에서 취재한 특집기사가 좋은 반응을 얻었다는 것이다. 거의 10년 만에 뒤늦게 이뤄진 승진은 내게 아무런 느낌을 주지 못했다. 다만 월급 조금 오른다는 것이 위안이 될 뿐. 팀원들은 "능력에 비해 승진이 늦었다. 앞으로 승승장구하길 바란다."며 축하의 말을 해 줬다. 특히 미스 김은 내게 커다란 장미 바구니를 선물했다.

　"아도니스 님은 평기자로 있을 때가 더 좋아요. '할리 데이빗슨을 타는 잘생긴 기자'가 타이틀인데 아쉽네요, 차장님."

　그녀는 내게 다가와 포옹을 하면서 이렇게 말했다. 그녀의 축하 인사는 가식으로 가득 찬 말의 성찬들 중에서 단연 돋보이는 찬사였다. 그날따라 그녀가 예뻐 보였다.

　처음으로 덥수룩한 머리와 수염을 다듬었다. 승진했다는 기쁨보다는 자유의지의 상징을 훼손했다는 생각이 더 커서 하루 종일 우울하게 책상에 앉아 있었다. 그때 마침 K 화백으로부터 음성메시지가 왔다. 관계를 맺고 나서 처음으로 연락을 취하는 거라서 쑥스러웠을 텐데도 그녀의 목소리는 동요하는 기색 없이 무덤덤했다.

"다른 게 아니고 본론만 말할게. 지난번에 내가 얘기했던 프랑스에서 활동하는 '르네'라는 화백 있잖아. 그 화백이 남자 모델을 찾는다는 거야. 수컷 향기 물씬 풍기는 남자를 찾아 달라는데 아도니스가 생각나지 뭐야. 얼굴이 알려진 사람은 안 된다나. 아마 아도니스라면 그 화백이 찾는 모델이 될 수 있지 않을까 싶어서……. 모델료는 후하게 쳐 준다니까 생각 있으면 내가 전화번호 남기니까 그쪽으로 전화해 봐."

아무런 떨림도 없이 주저리주저리 떠드는 K 화백의 말투가 대단히 상업적이라는 느낌이 들었다. 관계를 갖고 난 후에도 아무런 심리적 동요 없이 상대방을 대할 수 있는 그것은 뭘까? 그녀를 생각하고는 나도 모르게 웃음이 나왔다. 어쨌든 르네 화백이 궁금해졌다

42

르네의 모델

밀레니엄이라던 2000년은 내게 특별한 의미를 남기고 기억 속으로 사라졌다. 만일 신이 "당신은 생전에 어떻게 살았소?"라고 묻는다면, 나는 2000년에 일어났던 나의 사랑 이야기를 말할 것 같다. 돌로레스, 윌버드, K 화백. 아무 조건 없는 인간에 대한 사랑. 나는 신에게 그것을 자랑하고 싶을 것 같다. 남모르게 기부해서 어려운 사람들을 도왔다거나, 사회를 위해 봉사한 이야기, 금욕하고 절제해서 신의 말씀대로 살아간 이야기는 신에게 너무 진부하지 않을까. 그것은 인간들 사이에서나 통하는 얘기가 아닐까. 오히려 신은 사랑 이야기에 더 감동하지 않을까.

승진하고 나서 2001년 여름까지 거의 1년을 쉴 틈 없이, 정확히 말하면 사랑할 틈도 없이 일을 했다. 아무래도 인간의 승진 욕구나 성취 욕구 등은 악마가 만들어낸 것 같다. 인간을 시간에 옭아매고 몰두하게 해서 사랑이라는 신의 명제를 잊어버리게 하는 것, 악마의 사주가 아니면 무엇이란 말인가. 아무리 생각해봐도 1년간 나를 괴롭힌 건 직장 상사가 아니라 승진이라는 악마 때문이었던 것 같다. 누가 시킨 것도 아닌데 시간과 너무 다투다 시간에게 두 손 들어 버린 것 같다. 이것이 바로 악마의 술수가 아닐까. 결국 인간을 지게 만들어서 늙고 병들게 만드는 것.

그래서 2001년 여름부터 다시 느리게 살기로 했다. 원래 나의 특기가 잘생긴 얼굴을 무기로 사랑의 여신과 사랑을 나누면서 사는 유유자적한 인생이 아니던가. 빠르게 사는 것은 느림을 확보하기 위한 것이라는, 뭐 이런 말도 일리는 있지만, 너무 빠르게 살다가 아주 가 버리면 어떡하지? 말하자면 평생을 입을 것 안 입고, 먹을 것 안 먹고, 저축하면서 열심히 모아서 어느 정도 재산을 축적했는데, 이제 여유 있게 살려고 하다 보니 이미 늙어버렸다면 그래서 돈을 다른 데 기부해야 한다면? 느리게 사는 것은 재산이 많은 사람들만의 특권일까. 오히려 마음에 여유가 있는 사람들이 느리게 살 수 있고, 느리게 살아야 신의 축복인 사랑도 찾아오지 않을까.

아무 생각 없이, 아니 겉으로는 그렇게 보여도 사회적인 성공을 위해서 곁눈질하지 않고 바쁘게 사는 사람과, 마음에 여유가 있는 사람의 차이는 시간이 흘러가는 속도의 차이만큼이나 신체의 변화에서도 차이가 크다는 것을 실감한다. 나이가 들어가면서 부쩍 느끼는 거지만 어떤 친구는 벌써 대머리에 백발의 할아버지가 되어 버렸는가 하면, 어떤 친구는 아직도 청년으로 보인다. 사회적 성공을 과시하면서 늙음을 보상받고자 하지만, 오히려 젊어 보이는 친구가 더 멋져 보인다. 어차피 시간은 성공했다는 기억조차도 한꺼번에 앗아가 버릴 만큼 위대하니까. 너무 비관적인가?

2001년 여름이었다. 재불 화가 르네에게 전화를 하고 싶다는 생각이 가슴 한켠에서 불처럼 일어났다. K 화백이 내게 말해 준 전화번호를 적어놓고 그동안 몇 번인가 전화를 하려고 했었지만 마음이 내키지 않았었다. 바쁜 일상 때문에 마음의 준비가 안 되었기 때문이다. 사실을 말하면 좀 쪽팔리기도 했다. 사회적 신분도 있는데 무슨 나체 모델을 한다는 게 좀 거시기하기도 하고, 아무리 모델료를 많이 준다고 해도 이건 아니지 싶었기 때문이다. 그런데 여름에 내리는 장대비가 또 마음을 우울하게 하면서 들쑤셨다. 한번 만나서 얘기나 해 보자는 생각이 들었다. 팀장에게는 이미 재불 화가에 대한 취재 계획에 대해서 그동안 몇 차례 얘기를 해둔 터였다.

"봉주르, 장 프랑수와 르네."

전화를 받는 그녀의 목소리가 파리를 넘어, 서울 바로 옆에서 받는 것처럼 또렷했다.

2001년 7월 초, 1주일간의 프랑스 취재 계획이 승인되었다. 단 최대한 저렴하게 체재비를 제공하고 항공편은 이코노미석으로 간다는 조건이었다. 당시 회사 사정이 별로 좋지 않았기 때문에 가까운 일본이나 중국이면 몰라도 유럽으로 취재를 간다는 것은 사표를 쓰겠다는 말과 동의어였고, 윗분들을 설득한다는 것은 거의 불가능에 가까웠다. 하지만 절세미인에다가 돈 많은 상류층 여류 화백의 은밀한 파리 생활을 들여다보는 것은 소위 속물들의 눈길을 끌어당겨 흥분시킬 수 있는 거리가 된다는 게 지휘부의 판단이었을 것이다. 현실적으로 에로티시즘을 저널리즘에 교묘하게 접목시키면 판매 부수는 엄청나게 늘어난다.

그날은 비가 꾸리꾸리하게 내리던 날이었다. 옷 몇 가지하고 카메라, 노트북 등을 가방에 챙겨서 공항으로 갔다. 그리고 꿈에도 그리던 파리행 에어프랑스에 올라탔다. 해외여행은 미국 다녀온 뒤로 처음이다. 온몸이 자유의지로 가득 찬 나를 어떤 것이 그토록 붙잡고 있었을까. 먹고살기 위한 현실의 개 목걸이 때문에? 글쎄. 그 개 목걸이를 끊어보려고 하지도 않는 똥개스러움일 테지. 그 반자유의지를 과감히 벗어던지는 사람만이 낭만적인 파리의 가슴에 안길 수 있을 거라는 뚱딴지같은 생각을 하고 있는데, 어디서 말을 통해 계란 썩은 냄새가 전달된다.

"봉주르, 뭐라고? 뭐라고?"

70은 넘어 보이는 금발의 프랑스 여성이 내게 말을 걸어온다. 아마 한국을 처음 방문했는데 느낌이 좋았다는 그런 이야기를 하는 것 같았다. 당신을 만나서 반갑다는 표정을 억지로 지었지만 숨쉬기를 잠시 멈춰야 할 만큼 역한 입 냄새가 났다. 늘 여행할 때면 예쁜 아가씨가 옆자리에 앉기를 바라지만 이번에도 기대를 저버렸다. 인생이 다 그런 것 같다. 기대한 대로 되지 않는다……. 서울에서 대학 다니던 시절 가끔 집에 내려갈 때 기차나 버스를 타고 갔는데, 늘 옆자리에는 예쁜 여학생은커녕 스님이나 군인이 타고 있었다. 아! 지지리도 여복 없는 내 젊은 날이여! 가련한 운명이 또 반복되는구나. 옆자리에서 혼자 떠들어대는 갈리아 여인의 냄새 섞인 소음을 자장가 삼아 그냥 눈을 붙였다.

한참 자고 있는데 귀에 익은 음악이 나의 기분을 깨운다. 눈을 뜨고 노래를 들었다. 엘라 피츠제럴드의 'I Love Paris'라는 재즈 음악이 기내에 흘러나오고 있었다. "더위가 숨 막히는 여름의 파리도 사랑합니다. 그건 바로 내 사랑이 가까이 있기 때문에……."

그리고 이어서 나오는 존 레논의 '노르웨이의 숲'이 내 마음을 흥분시킨다. 비틀즈의 '노르웨이의 숲'이라는 노래는 일본 작가 무라카미 하루키가 쓴 『상실의 시대』를 읽고 처음 알게 됐다. 아마도 하루키가 비행기를 타고 어딘가를 가다가 이 노래를 처음 들었다고 했던가? 잘 기억은 나지 않지만. 어쨌든 그 노래는 원나잇스탠드의 못다 이룬 풋사랑을 역설적으로 경쾌하게 표현한 걸작인 거 같다. 내가 이 노래를 처음 들었을 땐 좀 촌스럽고, 저질스러운 느낌이 나서 별로 다시 듣고 싶지 않았다. 하지만 가사를 알고 나서부터는 팬이 되어버렸다. 그래서 비행기를 탈 때마다 이 노래를 흥얼거린다.

순전히 내 개인적인 생각이지만 이 곡은 '존 레논'다운 자유스러움과 에로티시즘, 섹시함을 숨기고 있는 것 같다. 자신과 같은 부류의 사람들만이 풀어 낼 수 있는 코드 말이다. 인도산(?) 어쿠스틱 악기의 강렬한 쇳소리와 반복되는 단순한 멜로디와 리듬은 듣는 이로 하여금 주인공들이 원시적인 세계에 와 있는 듯한 착각을 일으킨다. 코드가 맞지 않는 사람들은 두 남녀가 한방에 함께 있다는 상상, 딱 거기까지다. 다시 가사를 천천히 음미하면서 들어보면, 에로티시즘과 페티시즘까지 발전함을 알 수 있다. 아니라고?

보통 시중에 나와 있는 가사들을 보면 일반적으로 norwegian wood를 '노르웨이의 숲'으로 번역하고 있다. 확인된 것은 아니지만 '노르웨이의 숲'이란 말은 무라카미 하루키가 처음으로 번역어로 도입했다는 설이 있다. 최근에는 '노르웨이산 가구'라고 주장하는 분들도 있는 것 같다. 물론 어떻게 해석해도 틀린 말이라고 할 수 없다. 하지만 그렇게 해 놓으면 전체적인 맥락이 이해되지 않는다. 나의 주장은 이렇다. 'norwegian wood'란 말은 겉으로는 '노르웨이의 숲'을 말하고 있지만, '털이 무성한 음부'를 은유하고 있다. 상상은 자유다!

음악에 취해 이상한 상상을 하고 있는데 조금 있으면 파리에 도착한다는 안내 멘트가 나왔다.

44

카페 드 플로르 1

파리의 여름은 노란색이다. 내 느낌이 그렇다는 거다. 날씨는 그렇게 덥지도 않고, 습하지 않아 불쾌하지 않으며 온화하다. 하지만 내가 노란색으로 느끼는 것은 날씨 때문만이 아니라, 파리지엔들로부터 느끼는 창조적 자유로움 때문이다. 아무렇게나 서 있는 사람들, 개방적인 옷차림들, 평화로워 보이는 인상들. 그러한 것들이 어우러져서 우리 눈에는 파리의 모든 것이 예술적이라고 느끼는 것 같다. 사실 유럽의 어느 도시건 건물이나 사람은 다 비슷비슷하다. 하지만 그 공간을 채우는 사람들의 생각이 도시를 다른 느낌이 나도록 만드는 걸까. 자유를 온몸에 달고 다니는 파리지엔들 말이다.

파리는 공기마저도 자유롭다는 느낌이 든다. 파리 사람들이 프랑스대혁명을 통해 권력으로부터 자유를 쟁취했을 때, 신은 선물로 그들에게 공기의 자유를 덤으로 준 것은 아닐까. 축복받은 공기처럼 느껴진다. 그 공간에 서 있는 동양의 한 남자는 약간의 현기증이 난다. 억압과 굴종, 모순이 뒤섞인 공기 속에서 살다가 갑자기 해방돼서 그런 걸까. 하지만 나는 금방 거기 동화되었다. 왜냐하면 그들보다 더 자유로운 영혼의 소유자인 나는 파리에 더 잘 어울릴 테니까 말이다. 낯설음은 친숙함으로 바뀌고 자연스럽게 얼굴에 미소가 떠오른다. 선글라스 너머로 차 한 대가 접근해 왔다. 럭셔리한 스포츠카, 람보르기니를 몰고 온 금발의 프랑스 여자가 내게 말을 걸었다.

"아도니스 님이죠? 르네 화백님이 좀 바빠서 제가 대신 왔어요. 저는 비서예요."

처음 타 보는 람보르기니에 몸을 실으니 신분이 상승된 느낌이었지만, 차를 타고 가면서는 기분이 별로 안 좋았다. 바쁘면 그럴 수도 있겠다 싶었지만 자기가 초청한 모델인데 그 정도 마중도 못 하나? 모델 이전에 자기를 취재할 기자인데 그 정도의 서비스도 못 해 준다는 것인지. 자기가 바쁘면 얼마나 바쁘다고! 기분이 상해서 차창 밖으로 지나가는 파리의 멋진 랜드마크들이 눈에 들어오지 않았다. 그 비서는 혼잡한 시내를 이리저리 다니더니, 개선문을 지나서 생제르맹 거리의 어느 카페 앞에 멈춰 섰다.

'카페 드 플로르'는 생각보다 규모가 크지 않았다. 우선 나는 20여 미터 떨어진 곳에서 걸음을 멈추고 카메라를 꺼내 카페 전경을 몇 커트 찍었다. 자유로운 노천의 의자에 다양한 모습으로 옹기종기 모여서 자유로운 언어들을 쏟아내는 인간들이 인상적이었다. 무슨 이야기들을 저렇게 재미있게 할까? 굳은 표정으로 매섭게 상대를 바라보는 한국 사람들과는 너무나 다른 느낌이 들었다. 나는 르네를 만나야 한다는 사실도 잊어버린 채 카페 분위기를 경외로운 눈빛으로 감상했다. 사르트르와 보부아르가 앉아서 실존주의 철학을 논하던 역사적인 장소가 아닌가. 그런데 그들은 정말 사랑했을까? 그들의 결혼 계약에는 상대방의 외도를 인정했다는데 질투는 나지 않았을까? 그렇다면 그들은 누구를 더 사랑했을까? 나는 이것저것 생각하며 어벙하게 서 있었다.

그때, 의자에 앉아있던 한 여자가 내게 손짓을 했다. 그녀는 한 손에는 핸드폰을 귀에 대고 뭐라고 뭐라고 이야기를 하고 있는 것 같았다. 르네 화백이 틀림없었다. 멀리서 본 그녀의 모습은 외국의 영화배우처럼 멋지게 보였다. 가슴이 깊게 파인 하얀색 롱스레스를 입고, 하얀색 모자를 쓰고 있는 모습. 칸 영화제 시상식에 올라온 영화배우 같은 느낌이 났다. 그녀는 나를 보자 자기 쪽으로 오라며 손짓을 했다. 내가 다가가자, 그녀는 휴대폰을 잠시 테이블 위에 내려놓은 다음, 내 몸을 와락 껴안고는 내 볼에 자신의 볼을 왼쪽, 오른쪽 번갈아가며 비볐다. 그녀의 향기가 콧구멍을 타고 들어와 긴장감이 해소되면서 잠시 환상 속에 빠져들었다. '처음 본 남자에게 몸을 비벼댈 수 있는 파리는 얼마나 낭만적인가! 역시 오길 잘했어.'

"똥구멍이나 빨라고 해!" 그녀는 내게 자리에 앉으라 하고는, 다시 휴대전화를 들고 지껄이기 시작했다. "왜 이래? 미친 거 아냐? 그 가격에 못 판다니까." 그녀는 상대방에게 영어로 욕지거리를 퍼부어 대고 있었다. 아마도 뉴욕의 갤러리와 그림 가격을 홍정하고 있는 것 같았다. 나는 갑작스럽게 돌변하는 그런 모습이 생뚱맞다는 생각이 들어서 감각적으로 카메라를 들이대고 셔터를 몇 방 눌렀다. 그러자 그녀는 휴대폰을 내려놓고 나를 쏘아보며 말했다.

"이봐요, 기자 아저씨! 초면에 허락도 없이 사진을 찍고 그래요? 계약에 없는 것이니까 그 사진 없애 버려요. 알았죠?"

반갑게 맞아줄 때와는 다른 냉정한 태도에 나는 깜짝 놀라 얼른 카메라를 내려놓았다. 한마디로 어이없음. 돈 많은 것들의 전형적인 특성인 까칠함, 무례함이 느껴졌다. 하지만 그런 되바라진 성격 너머로 보이는 도도한 섹시미는 모든 것을 용서하고도 남았다.

45

카페 드 플로르 2

그녀는 선글라스와 모자를 벗더니 위엄 있는 표정으로 나를 감상하듯 쳐다봤다. 난 그녀를 똑바로 쳐다보지 못하고 바로 시선을 피했다. 한 눈빛 하는 아도니스의 눈이 타버릴 것만 같았다. '아우라'라는 말이 이럴 때 쓰이는 말일까. 공주를 처음 보는 시골 무지랭이의 가슴 떨리는 전율이랄까. 나는 잠깐 동안 의식을 잃고 있었다. 지금까지 어떤 여자도 아도니스에게 이런 경외감을 주지 못했다. 다시 시선을 들어 그녀의 얼굴을 쳐다봤다. 그녀의 인상은 대략 이렇다. 좋은 조상을 타고 났을 것 같은 높고 넓은 이마며, 짙은 눈썹에 쌍꺼풀 진 큰 눈에서 풍겨나는 번득이는 눈빛, 두툼하게 솟아서 곧게 뻗어 내려온 코와 재복 넘치는 선명한 콧방울, 약간 각진 턱 선, 가지런한 치아와 선이 반듯한 입술. 이런 것들은 그녀가 자의식이 강하고 고귀한 태생임을 보여 주고 있었다.

"담배 한 대 피울게요."

그녀는 담배 한 가치를 꼬나물더니 이렇게 말했다. '피워도 되죠?'라고 동의를 구하는 게 아니라 '나 이거 할 테니 그렇게 알고 있어라' 하는 건방진 말투. 이미 기가 꺾여버린 아도니스는 아무 말도 못 하고 재빨리 여기저기 호주머니를 뒤적거렸다. 사실 나는 담배를 안 피우기 때문에 라이터를 가지고 다니지 않지만 그렇게라도 해 줘야 공주에 대한 예의일 것 같았다. 그녀는 내게 미소를 지어 보이면서 핸드백에서 라이터를 꺼내 불을 붙였다. 그녀의 미소가 얼어붙은 내 마음을 조금 녹여 주었다. 사실 그녀와의 차가운 첫 대면 때문에 마음이 약간은 얼어붙어 있었다. 그녀는 연기를 깊이 한 모금 빨더니 한숨처럼 길게 뿜어냈다.

"예술은 사기이자 사업이에요. 멍청한 대중들을 속여서 비싸게 작품을 팔아먹는 거죠. 처음에 예술계로부터 인정을 받는 게 힘들지 나중에는 한통속이 돼서 대중들에게 사기 치는 거예요."

그녀는 기자에게 말해봐야 득 될 것도 없는 예술 밑바닥의 오물 같은 것들을 굳이 끄집어내서 친절하게 설명해 줬다. 나도 예술 분야의 생리에 대해서 조금은 알고 있던 터라, 그런 말들이 새롭지는 않았다. 아마 최고의 경지에 이른 작가가 자신의 예술에 대해 약간의 겸손을 표현하는 거라고 생각했다.

"그런데 아도니스 님은 듣던 대로 제가 찾는 모델로서 손색이 없을 것 같네요."

그녀는 나를 이리저리 훑어보더니 이렇게 평가를 해 줬다. 소품평회에 나온 것도 아니고 내 몸을 이리저리 훑어보는 것이 재수 없게 느껴졌지만, 그래도 모델의 가치가 있다는 소리로 들려서 기분은 나쁘지 않았다.

"프랑스에도 멋지고 잘생긴 모델들이 많을 것 같은데 굳이 한국 사람을 불러들인 이유가……?"

그녀는 내 질문이 끝나기도 전에 말을 재빨리 끊더니 답변을 했다.

"난 본질을 추구하는 작가거든요. 겉으로 드러난 모습보다는 겉과 속이 일치한 아름다움에 매료되거든요. 여기 프랑스에도 멋진 근육으로 다듬어진 잘생긴 남자들 많아요. 하지만 내면이 성숙되지 않는 근육은 고깃덩어리에 불과해요."

그녀는 웨이터를 불러서 간단한 식사거리, 샌드위치와 페이스트리, 그리고 백포도주 두 잔을 시켰다. 그리고 말을 이어나갔다.

"아도니스 님은 미국에서 유학했다고 했나요?"

그러면서 내 대답도 듣기 전에 자기 얘기를 시작했다.

"사실 나도 미국 보스턴에서 MBA를 했었어요. 집안의 강요로 유학을 하긴 했는데, 적성에 맞지 않는 것 같아서요. 내가 겉으로 보기에는 돈 많은 집안에서 태어난 요조숙녀처럼 보이지만, 사실 내 속에도 꿈틀거리는 예술 본능이 숨어 있다는 걸 알았어요. 우연히 보스턴에서 유학생들 파티에 참석한 적이 있었는데 난 거기서 내 안에 숨어 있는 디오니소스를 발견했거든요. 다 때려치우고 몇 년 전에 파리로 왔어요. 몇 년 전에만 해도 힘들었죠."

우리는 백포도주를 곁들인 간단한 식사를 하면서 대화를 이어나갔다. 알코올 기가 몸 안에 돌자 여러 가지 질문이 거침없이 터져 나왔다.

"제가 보기에 르네 화백님은 미국의 영화배우 '헬렌 헌트'를 닮은 것 같아서 헬렌으로 이름 지었으면 더 멋있지 않았을까요?"

"그것도 겉모습만을 보고 말하는 거죠. 내가 제일 싫어하는 게 그런 거예요. 부잣집 딸, 잘생긴 외모, 그런 것들을 말하는 거. 사실 제 프랑스 이름이 '장 프랑수와 르네'인데 가운데 이름 프랑수와는 피카소의 애인 이름이고, 르네는 '르네 데카르트'에서 따왔어요. 입체파의 대두 피카소를 사랑한다는 의미에서 '프랑수와'를 따왔고, 데카르트의 합리주의를 추구한다는 의미로 '르네'를 붙였어요."

외모뿐만 아니라 지성도 겸비한 그녀를 '헬렌 헌트'의 미모에만 견주어 보려고 했던 내가 좀 창피스러웠는지, 나는 포도주를 몇 번 더 리필시켜 연거푸 들이켰다. 그녀는 모델 제의를 받아준 데 대해 고맙다고 말하곤 미리 작성해 온 10여 페이지의 영문 계약서를 꺼내서 내용을 대충 설명해 줬다. 그러니까 모델 활동 기간은 1주일로 한다, 모델료는 얼마로 한다, 모델은 사진 및 비디오 촬영 시 자신이 시킨 대로 해야 한다, 비디오의 촬영 분량은 몇 시간 정도 된다, 비디오 및 사진의 저작물에 대한 판권은 자기가 갖는다, 비디오 및 사진은 예술 목적 외에 비공개를 원칙으로 한다 등등. 그녀는 그것을 건네주며 읽어보고 서명하라고 했다.

"6일 동안 하루에 한 번씩 해 주면 모델료 같은 거 안 받을게요."

나는 취기 때문이었는지 자유로운 분위기 때문이었는지 본능적으로 이렇게 말해 버렸다.

46

카페 드 플로르 3

나는 사람의 영혼에도 질량이 있을 거라고 생각한다. 처음 만났는데 마음이 편해지거나, 잘 통하는 느낌이 들거나, 속 깊은 이야기를 할 수 있다면, 아마도 같은 질량의 영혼을 만난 것이다. 순전히 내 생각이지만……. 남들이 들으면 미친놈으로 생각될 그런 성적인 제안을 처음 만난 사람에게 해 버린 것은 단순히 술기운 때문만은 아니었다. 바로 르네가 나와 영혼의 크기가 같다는 생각이 들었기 때문이다. 그런 상황에서 영혼의 질량이 다른 사람이라면 정색하고 화를 내거나, 뺨을 후리거나, 아니면 자리를 박차고 나가 버렸을 것이다.

르네 화백은 처음에는 좀 놀랍다는 표정을 지었지만, 잠시 생각에 잠기는 듯하더니 깔깔깔 웃었다. 일단 내 영혼은 안도의 한숨을 쉬었다.

"역시 아도니스다운 생각이네요. 그런 말이 왜 안 나오나 했었는데 역시나 군요. 하하하."

그녀는 나에 대해서 이미 모든 것을 파악하고 성격이나 기질 등을 잘 알고 있다는 듯 별로 당황해하지 않고 차분하게 답변을 하고 있었다.

"섹스야 마음만 맞으면 할 수 있지만 사랑을 얻기는 쉽지 않을걸요. 천국을 가려면 복잡하고 까다로운 규칙을 따라야 하듯이, 나랑 사랑하기 위해서는 나만의 규칙을 따라야 하거든요. 수많은 유혹이 따르고 많은 변수들이 있을 거예요. 아도니스 님은 그것을 참아낼 수 있을까요?"

나는 잘못한 아이처럼 고개를 숙이고 와인 잔을 홀짝거리면서 그냥 듣고만 있었다. 그녀는 계속 떠들어댔다.

"육체적 사랑은 서로 마음이 통하면, 아니면 분위기만 맞으면 언제든지 가능하죠. 나는 고리타분한 여자가 아니니까요. 심지어 육체적 사랑은 돈을 주고 살 수 있다고 생각해요. 그게 교환가치가 같다면 말이죠. 하지만 진정한 사랑은 달라요. 영혼의 교환가치가 같다는 것을 증명하기까지 험난합니다. 내 사랑을 얻기 위해서는 보통 사람으로서는 견디기 힘든 과정이 있을 거예요. 그것만 참으면 달콤한 사과가 기다리는데 내가 좋아하는 남자들은 다들 그 과정을 참지 못하고 떠나 버리더군요. 아도니스 님은 그걸 참아낼 수 있을까요?"

그녀는 그렇게 말하고 카페가 떠나갈 듯이 혼자 웃어댔다.

술기운에 그녀의 말을 무심히 듣고 있었지만, 그녀의 말은 내 생각과 약간 핀트가 어긋나고 있다는 걸 느꼈다. 난 그저 '모델료를 받지 않을 테니 당신의 그 아름다운 육체를 갖고 싶다. 예술가들이 흔히 모델과 나누는 농도 짙은 애정 행각을 말이다. 모델과 예술가의 사랑이 얼마나 많은 불멸의 예술을 탄생시켰는가.' 단지 이런 생각이었는데 내가 자기를 좋아한다는 것을 전제로 사랑에 대한 정의까지 들먹이면서 어쩌고저쩌고……. 오늘 처음 만났는데 일주일 만에 사랑을 완성하라는 숙제를 내 주는 것 같다. 나는 내가 던진 질문이 뭔가 잘못되었다는 생각을 하면서 고개를 푹 숙이고 있었다. 어쨌든 나의 제안은 땅바닥에 처박힌 꼴이 되어 버렸다.

그녀는 마지막으로 한마디 더 하고 들고 있던 계약서 뭉치를 과감하게 찢어서 쓰레기통에 버렸다.

"그리고 계약서가 없더라도 모델 계약은 유효한 거고, 내가 요구하는 대로 행동해야 되는 건 아시죠?"

나는 아무런 대꾸도 못하고 고개만 끄덕거리고 있었다. '그냥 계약서는 남겨둘걸.' 이런 생각이 머리를 스쳤지만 이미 물 건너간 뒤였다. 그녀는 비서에게 전화해서 람보르기니를 대령하라고 하고는, 차가 도착하자 그녀는 운전석에 앉고 나를 옆자리에 태웠다.

"오늘은 파리에서 하룻밤 자고 내일 남부 니스로 갈 거예요. 그림 작업은 거기 가서 할 거예요."

차는 센 강을 건너서 방돔 광장 근처의 리츠호텔로 들어갔다.

그녀는 차를 몰고 호텔로 가는 도중에 내게 질문을 던졌다.

"리치라는 단어가 무슨 뜻인지 아시죠?"

"부유하다는 뜻 아닌가요?" 나는 어이가 없어서 퉁명스럽게 대답했다.

"하하하. 그럴 줄 알았어요. Ritzy라는 단어가 따로 있어요. '호화로운', '사치스러운'이라는 뜻을 가진 말인데, 리츠호텔에서 유래했대요."

"……."

"리츠호텔은 영국의 다이애나비와 그의 애인 파예드가 최후의 만찬을 가졌던 곳으로도 유명해요. 코코샤넬은 37년간 이 호텔을 사용했고, 그녀가 기거한 방은 '샤넬 스위트'로 명명되어 있어요. 이혼녀 심프슨과 사랑에 빠져 왕위를 포기한 영국의 윈저 공도 애용했고요. 1900년대 초에는 미국의 문호 헤밍웨이, 스콧 피츠제럴드, 영국의 오스카 와일드, 프랑스의 철학자 사르트르 등 예술가들이 드나들었고요."

"……."

"나도 파리에 오면 늘 이 호텔을 이용해요."

그녀는 유명인사들만 이 호텔을 이용할 수 있는 특권을 가진 것처럼 떠벌렸고, 자신은 이미 상류층에 속해있다는 것을 자랑하는 것 같았다.

"파리 관광은 에이플 타워나 루브르 뮤지엄을 구경하는 게 아니라, 리츠호텔이 제공하는 분위기를 맛보는 거예요. 관광은 일반 대중들이 하는 것이지

셀러브리티(celebrity)들은 여기 머물면서 고급 프랑스 퀴진을 즐기고, 명품 쇼핑을 하고, 오페라를 감상하지요."

그녀는 호텔에 도착하자마자 영어를 섞어가며 자신의 파리 관광론을 역설했다. 일반 대중 계급에 속하는 나로서는 그런 말이 조금 역겹게 들렸지만, 한편으로 하이클래스에 속하는 사람들의 호사스러운 생활이 부럽기도 했다.

그녀는 미리 예약한 스위트룸으로 나를 안내하더니, 침대가 두 개니까 오늘 밤은 여기서 같이 자야 한다고 했다. 비까번쩍한 대리석 기둥과 화려한 천장, 고풍스러운 가구들로 가득 차 있는 거실, 파리 시내가 조망되는 넓은 창문 등이 들어서는 사람을 압도해 잠시 정신을 혼란스럽게 만들었다. 이제 정말 파리에 도착했다는 생각이 들면서 옷도 갈아입지 않고 그대로 침대에 몸을 던졌다. 잠시 눈을 붙이고 있는데 뜬금없이 내게 목욕을 하라고 했다. 아도니스의 수컷 향기가 너무 진하게 났던 걸까, 아니면 날 촌놈 취급을 하는 걸까.

"청바지와 티셔츠는 좀 너무했다는 생각이 안 드나요?"

그녀는 내가 입고 온 모양새가 맘에 안 들었던 모양이다. 사실 난 여름이고, 또 기자의 직업 정신에 충실하려면 이만큼 편한 복장이 없어서 그렇게 입었는데 어쩌라고……

"근처에 명품 숍들이 있는데 쇼핑하러 가요. 내가 슈트 한 벌 해 줄게요."

그녀는 개 끌듯 나를 이끌고 호텔을 나섰다. 여기저기 각종 명품 숍을 둘러봤는데, 어떤 건 너무 비싸고 내가 소화하기도 벅차 보였다. 나는 아르마니에 필이 꽂혔다. 거기서 스트라이프 무늬가 있는 슈트와 구두, 드레스 등 한 세트를 구매했다. 더 비싼 것들도 있었지만 돌로레스 남편, J 박사가 늘 즐겨 입는 그 옷이 사실 좀 부러웠던 바라 그것을 사 달라고 했다.

호텔에 오자마자 그녀는 내게 빨리 옷을 입어보라고 성화다.

"이렇게 입으니까 정말 미남이네요, 아도니스 님!"

그녀는 환호성을 지르면서 연신 박수를 쳐댄다. 맘에 든 장난감을 처음 사서 종일 만지작거리는 아이처럼 그녀는 나를 이리저리 만져보고, 안아보기도 하고, 마치 뽀뽀라도 할 기세로 내 얼굴에 입술을 가까이 대고 속삭인다. 가까이서 본 그녀의 입술이 너무 아름다워서 하마터면 그녀를 껴안고 키스를 할 뻔했다. 사실 그녀의 기분 상태를 봐서는 그렇게 해도 저항하지 않을 것 같았지만 이런 자리에서는 품위를 지켜야 할 것 같았다. 나는 최대한 감정을 억누르고 그녀의 행동을 지켜보기만 했다.

저녁이 되자, 그녀는 다이애나가 파에드와 함께 식사를 했다는 유명한 식당으로 나를 데려갔다. 우리는 슈트와 드레스를 차려입고 우아하게 폼을 잡고 프랑스 코스 요리를 먹었다. 그녀는 자꾸 나오는 진기한 요리를 설명하면서 가끔씩 포크로 찍어 내 입에 넣어주기도 했다. 그 모습이 너무 매력적이어서 그녀를 감상하느라 음식을 어떻게 먹었는지도 모르게 식사를 했다. 모든 좌석에는 세계에서 몰려온 비범해 보이는 인물들이 자리를 잡고 있는 것 같았으며, 할리우드 스타도 몇 명 눈에 띄었다.

"밥 먹고 우리 오페라 구경 갈래요? 근처 오페라 극장에서 헨델의 '리날도' 공연이 있대요."

그녀는 내 음악 취향에 대해서는 물어보지도 않고, 바로 자기가 하고 싶은 것을 강요한다. 누구에게 늘 지시만 해 본 듯한 독단성. 그런데 기분이 나쁘지는 않았다.

우리는 연인처럼 팔짱을 끼고 오페라 극장으로 들어가고 있었다.

48

울게 하소서

"아도니스 님은 할리우드 영화배우보다 더 멋진데요?"

그녀는 오페라 극장으로 걸어가는 도중에 이렇게 나를 붕 띄웠다. 나도 그녀에게 "영국의 공주보다 더 멋져요."라고 립서비스를 해 줬다. 사실 그녀의 고급스런 옷차림과 섹시한 자태는 지상의 공주를 뛰어넘어 천사의 모습처럼 보였으며 내 가슴을 불타오르게 했다. 그녀는 깔깔 웃으면서 내 팔짱을 끼고 몸을 바짝 밀착해 왔다. 자유로운 공기 때문이었을까. 우리는 만난 지 얼마 되지도 않았음에도 이미 연인처럼 행동하고 있었다. 왜 하이클래스들이 오페라 구경을 가는지 그때야 이해가 되었다. 그들이 지루한 오페라를 보러 가는 것은 고급 옷을 서로 뽐내면서 멋진 연인을 과시하고, 레드카펫 위에 상류층 도장을 찍는 기분 때문이 아닐까.

사실 나는 클래식 음악을 좋아하기는 하지만, 마초맨들이 그렇듯이 주로 록 음악을 크게 틀어놓고 춤을 추거나 또 분위기에 따라서는 재즈와 가요를 더 좋아하는 편이다. 특히 오페라는 너무 지루하고 어려워서 예전에 한 번 구경을 갔다가 공연 내내 졸았던 기억이 있다. 그런데 예쁜 여자와 함께한다는 게 마음을 들뜨게 만든다. 공연 내용이나 화려한 무대는 눈에 들어오지 않았다. 나는 옆자리에 앉아 있는 그녀를 힐끗힐끗 쳐다보며 그녀를 탐하고 있었다. 그녀도 내 생각을 하고 있을까? 손을 잡아도 될까? 더 깊은 스킨십을 하면 어떤 반응을 보일까?

헨델의 오페라 '리날도'의 주요 내용은 이렇다. 때는 11세기, 십자군 원정군 고프레도 사령관은 리날도 장군에게 이교도 아르간테 왕이 통제하고 있는 예루살렘을 함락시키면 자기 딸, 알미레나를 주겠다고 약속한다. 이미 그녀와 은밀히 결혼을 약속한 리날도는 이 제의를 수락하고 예루살렘 공략에 나선다. 예루살렘의 아르간테 왕은 전세가 불리하자 여자 마법사 아르미다의 제안에 따라 알미레나를 납치해서 리날도를 유인한다. 고프레도와 리날도 일행은 알미레나를 구하러 간다.

한편 예루살렘의 아르간테 왕은 마법사 아르미다의 마술 궁전에 머무르는 알미레나에게 필이 꽂혀 환심을 사려고 애쓰지만, 그녀는 유명한 곡 '울게 하소서'를 부르면서 외면한다. 또한 아르미다는 리날도에게 첫눈에 반해서 유혹을 하지만 리날도가 넘어가지 않는다. 화가 난 아르미다가 알미레나를 없애려는데 리날도가 구해 준다. 결국 리날도는 예루살렘을 회복하고 알미레나와 결혼해서 행복하게 산다는 내용. 이름도 너무 복잡하고, 좀 지루함!

여독 때문이었는지 나는 그녀에게 스킨십을 해 보지도 못하고 공연 시작부터 잠에 빠져 버린 것 같다. 꿈을 꾸었다. 돌로레스가 나타났다. 그녀는 가슴을 드러낸 채로 내게 오라고 손짓을 했다. 나는 그녀의 가슴을 보자마자 뛰어 달려갔다. 젖을 달라고 했다. 그녀는 내 손을 잡아끌더니 내 입술을 자기 젖꼭지에 물렸다. "아도니스, 어디 갔었어? 이제 가지 말아요. 젖 많이 줄게요. 알았죠?" 나는 그녀의 가슴에 얼굴을 묻고 젖을 마음껏 빨았다. 오랜만에 맡은 그녀의 냄새가 달콤하다. 돌로레스가 내 손을 꼭 잡았다. 순간 잠에서 깨어났다. 르네가 내 손을 꼭 잡고 있었다. 옆으로 보이는 그녀의 얼굴에 눈물이 보였다. 유명한 '울게 하소서'가 장엄하게 울려 퍼지고 있었다.

잔인한 내 운명, 나를 울게 내버려두세요

내게 자유를 주세요

잔인한 내 운명, 나를 울게 내버려두세요

내게 자유를 주세요

잔인한 내 운명, 나를 울게 내버려두세요

내게 자유를 주세요

이 슬픔이 고통의 끈을 끊게 해주세요

주여, 자비를 베풀어 주세요

잔인한 내 운명, 나를 울게 내버려주세요

공연이 끝나고 나오는데, 붐비는 사람들 틈 속에서 돌로레스와 비슷해 보
이는 여인이 지나갔다. 내가 꿈을 꾼 것일까. 그녀는 J 박사가 아니라 다른
남자와 함께 손을 잡고 어디론가 가고 있었다.

49

모델 테스트

분명 옆모습이 돌로레스를 닮았다. 빨간 드레스를 입은 것도 그렇고 섹시한 걸음걸이 등등. 그녀는 늘 여름 휴가철이면 해외여행을 다닌다고 했고, 오페라 구경을 하기 위해 일부러 런던이나 파리 로마 등을 여행한다는 말을 했었다. 같은 시간, 같은 공간에 우연히 함께하게 되어 텔레파시가 통한 것일까. 아니면 머릿속에 잠재된 돌로레스가 그날 환상으로 나타났을까. 그녀를 확인하기 위해서 여러 사람들를 헤집고 방금 나간 출구 쪽으로 바삐 뛰어가봤지만, 이미 뒷모습만 보인 채 고급 승용차 안으로 들어가고 있었다. 차는 '붕!' 소리를 내며 쏜살같이 앞으로 튕겨져 나갔다. 그녀를 닮은 동양 여자일거라고 생각하고 호텔로 돌아왔다. 그때가 10시쯤이었다.

르네는 오자마자 또 나를 귀찮게 한다. 호텔 실내 수영장을 가자고 했다. 자기는 늘 호텔에 오면 수영을 해서 몸매 관리를 한다는 것이다. 참 난감한 상황이다. 수영복도 없거니와 수영을 해 본 지가 꽤 오래돼서 자세가 안 나오면 어떡하나 하는 걱정이 앞섰기 때문이다.

"여기 이거 입어요."

그녀는 자그마한 삼각 천 조각을 흔들어 보였다. 그녀의 흰색 비키니와 뽀얀 피부. 역시 공주 스타일이다. 멀리서 보면 꼭 여신의 조각상을 보는 듯하다. 풍만하지만 넘치지 않는 가슴 라인과, 약간 치켜 올라간 튼실한 엉덩이가 만들어내는 에스라인 뒤태, 잘록한 허리, 고귀한 품격이 느껴지는 몸매다. 그녀는 쑥스러운지 바로 다이빙을 해서 물속으로 들어간다.

"빨리 들어와요."

조련사의 손짓을 따라 점핑하는 물개처럼 나도 매끈한 몸을 자랑하며 수영장 속으로 나를 집어 던졌다. "와우!" 몇몇 서양 여자들이 놀라운 시선으로 나를 바라보고 탄성을 질렀다. 이국적인 몸매 때문이었을까? 우쭐해져서 내친김에 접영으로 30미터 레인을 한 바퀴 돌고 왔다. 이번에는 박수 소리가 났다.

"아도니스 님 수영은 뭐랄까, 에너제틱하면서 섹시한 포스가 나네요. 수영장을 들어 삼킬 거 같아요."

사실 난 특수부대에서 수영을 배워서 자유형 스타일은 좀 엉성하지만 접영과 평영만큼은 자신이 있었다. 한창 때는 동네 수영장에서 접영을 하면 모든 아줌마들이 발정 난 암컷들처럼 모여들어 괴성을 지르곤 했다. "어머, 어머머, 힘 좀 봐!"

그녀도 자유형으로 레인을 한 바퀴 돈다. 나는 서서 그녀를 구경하고 있었다. 작은 수영복으로 가린 탄력 있는 엉덩이가 물위로 살짝살짝 드러날 때마다 아도니스의 리비도를 자극한다. 나도 모르게 동공이 커지고, 가슴이 두근거리고, 작은 삼각팬티가 부풀어 올랐다. 얼른 손으로 앞부분을 가렸다. 물속이라 못 봤겠지. 하지만 그녀는 내게 다가와서 깔깔깔 웃는다.

"모델이 뭘 가리고 그래요?"

그녀는 떨고 있는 나를 봤다.

"가슴이 터질 것 같나요? 그렇게 감정이 드러나서 어떻게 모델 하겠어요?"

그녀는 내 가슴을 살짝 터치하면서 이렇게 말했다. 그녀는 또 두 손으로 내 얼굴과 턱 선을 만져보더니 손가락으로 입술을 살짝 터치했다.

"입 좀 다물어요! 하하하."

내가 언제 입 벌리고 있었나? 그녀는 장난처럼 내 몸을 하나씩 훑으며 평가하는 것 같았다. 난 여전히 팬티 앞을 손으로 가리고 있었다.

"팬티 앞에 손 좀 치워 봐요."

그녀는 나보고 손을 들어 올리라고 하더니 엉덩이와 허벅지 근육을 터치해 봤다. 그리고 두 손으로 허리를 안아본다. 설마 날 유혹하는 건 아니겠지? 혹시 사람들도 있는 수영장에서 하자고 하면 어떡하지? 그녀와 눈이 마주쳤다. 난 그녀에게 키스를 요구하는 눈빛을 보냈다. 그녀는 내 눈빛을 매몰차게 외면하며 한마디 했다.

"실베스터 스탤론이나 아놀드 슈왈츠제네거 같은 말 근육의 마초맨 스타일이 한물간 건 아시죠? 지금은 21세기랍니다. 조각 같은 꽃미남 시대예요. 제가 왜 아도니스 님을 여기 부른지 아시겠죠? 아도니스 님은 완벽하지는 않지만 동양인 조각남의 겸손한 근육이 잘 발달해 있거든요. 그만 하면 됐네요. 몇 년 전보다는 살이 조금 찐 것 같지만요"

그녀는 마치 나를 잘 알고 있다는 듯이 말했다. 나는 흥분을 가라앉히며 "제 몸을 본 적이 있는 듯이 말하네요?"라고 말했다. 하지만 목소리는 아직도 떨고 있었다.

"아니, 말이 그렇다는 거죠. 조금 더 젊었으면, 아니 근육이 더 단단했으면 좋겠다는 말이에요. 그리고 머리카락하고 수염도 좀 자르는 게 낫겠어요. 너무 길면 무식해 보이거든요. 내일 니스 내려가면 미용실에 가서 좀 다듬으세요. 요즘에는 길지 않은 머리에 웨이브를 주는 게 멋져 보여요. 슈트가 잘 어울리는 절제된 근육의 조각남. 그게 대세거든요."

그녀는 마지막으로 나의 전라를 보고 싶다면서 수영복을 벗어보라고 했다.

르네의 무엇이 나를 그렇게 꼼짝 못 하게 했을까. 돈 많은 재벌 2세에 대한 환상이었을까? 단지 그것뿐이었을까? 아니다. 그때 수영장에서 나에게 하는 그녀의 말과 행동은 여신의 카리스마 같았다. 그 권력이 얼마나 섹시했던지 거기 저항했다가는 목숨이 위태로울 것 같은 위기감 같은 것을 느꼈다. 권위적이며 엄숙한 그녀의 말은 내게 절대 명령이었고, 반드시 따라야 할 규범이었다. 아마도 대낮에 많은 사람들 앞에서 벗으라 했어도 나는 주저하지 않고 그대로 따랐을 것이다. 그게 아니면 당시 상황을 설명해 줄 수가 없다. 나는 물속에서 가만히 수영복을 벗겨 내렸다. 다행히 늦은 시간이라 다른 사람들은 보이지 않고 오직 우리 둘만 남아 있었다.

물속에 발가벗겨진 나의 거대한 물건은 힘차게 꼬리를 흔들며 물결치는 물고기 같았다. 그 순간 심장도 함께 파닥파닥 뛰고 있었다. 그녀는 피부로 그 진동을 감지했는지 잠시 몸을 비비꼬면서 흐느적거리더니 짧은 신음 소리를 뱉어냈다. 그것을 들었다고 생각했을까. 재빨리 물속으로 잠수해 들어간다. 그녀는 내 몸을 뱅글뱅글 돌면서 감상을 했다. 그 순간 나는 조용히 눈을 감고 다른 생각을 했다. 그녀의 섹시한 움직임에 내 물건이 닿기라도 한다면, 내 몸을 내가 통제할 수 없을 것 같았다.

그녀는 다시 고개를 내밀고 숨을 잠시 몰아쉬더니 아무 말도 하지 않고 다시 잠수를 했다. 나의 중심으로 손의 터치감이 느껴졌다. 아주 부드럽게 손가락으로 톡톡 치는 느낌이 들었다. 그러나 그건 전혀 음란해 보이지 않았다. 내 몸에 대한 평가라고 생각했다. 그러나 나의 중심은 그렇게 느끼지 않았다. 그것이 그녀의 장난일지라도 욕망으로 반응했다. 난 가만히 그녀가 하는 대로 몸을 맡겼다. 마침내 그녀가 튀어 올라 한마디 했다.

"와! 프리아포스 같아요. 하하하."

이제야 나도 긴장감이 풀렸다. 그때는 프리아포스가 흉측한 남근을 달고 다니는 생식과 다산의 신인 줄 몰랐다.

"아무도 없는데 나도 벗어 버릴까요?"

그녀는 이렇게 말하더니, 내 바로 앞에서 비키니의 윗부분과 아랫부분을 벗어 버렸다. 긴장이 풀렸을까. 나를 믿어 버리는 걸까. 아니면 나를 남자로 생각하지 않는 걸까. 그녀의 갑작스러운 행동에 당황스러워 하고 있는데, 그녀는 재빨리 헤엄을 쳐서 반대편으로 간다. 따라오라는 신호로 받아들였다. 나는 평영으로 그녀를 바로 쫓아갔다. 그녀의 다리 사이에 있는 시꺼먼 것이 씰룩거린다. 그것을 바로 뒤에서 본 내 가슴은 요동을 친다. 이제 거의 한계상황에 다다른 것 같았다. 그녀를 쫓아간 나는 그녀를 벽면에 세우고 바로 몸을 밀착시켜 양손으로 그녀의 허리를 감싸 안았다. 그녀는 나의 행동을 제지하지 않았다. 그런 상태로 우리는 얼굴을 마주 봤다.

우리는 물속에서 벗은 몸을 껴안고 서로 바라보고 있었다. '당신의 매혹적인 몸매에 빠져 버렸어요. 당신을 사랑하게 해 주세요.'라고 나는 그녀에게 눈빛으로 말했다. 그녀도 나에게 이렇게 말하는 것 같았다. '당신의 탄탄하게 잘빠진 몸을 갖고 싶어요.' 우리는 아무 말도 안 했지만 눈빛은 그렇게 말하고 있었다. 촉촉이 젖은 그녀의 눈이 내 호수에 들어왔다. 직감적으로 그녀의 입술에 키스를 해도 될 거 같다는 생각이 들었다.

그녀는 거부하지 않았다. 우리는 아무도 없는 수영장에서 전라로 키스를 하고 있었다. 몇 분이 지났을까. 우리는 다시 서로 마주 보았다. 그녀가 프리아포스를 원하고 있다고 생각하고 중심을 밀착시켰다.

"안 돼요. 이러면 안 돼요."

그녀가 정색하며 나를 밀쳐냈다.

51

프리아포스 2

그녀는 내 몸을 밀쳐내고는 다시 반대편으로 헤엄쳐갔다. 아무 것도 걸치지 않는 뽀얀 속살을 드러낸 채 평영으로 수영하는 모습, 이제까지 살아오면서 한 번도 그런 광경을 본 적이 없는 나는 정신이 혼미해질 정도로 충격에 빠졌다. 육체가 한계를 넘어선 참을 수 없는 욕정으로 가득 찼다. 손가락부터 발가락, 거시기, 머리카락까지 모든 말초신경이 홍분된 나는 거대한 물살을 일으키며 온 힘을 다해 그녀를 쫓아갔다. 이제 머리가 몸을 통제할 수가 없는 상황이다. 반대편 벽에 서 있는 그녀를 거칠게 밀어붙이고, 허리를 밀착시켜 하나가 되려는 시도를 했다. 힘센 팔뚝은 그녀의 어깨를 감싸고 있었고, 또 한 손은 그녀의 머리를 잡고 미친 듯이 키스를 퍼붓고 있었다. 그녀는 더 이상 빠져나갈 구멍이 없었다.

"나 처녀예요."

사랑이 이뤄지려는 순간 그녀의 한마디가 내 가슴을 비수처럼 파고들었다. 나의 사랑을 거부한다는 표현이었을까, 아니면 좀 더 품위 있게 사랑을 나눴으면 좋겠다는 의미였을까. 아니면 용기 있으면 해 보라는 의미였을까. 하지만 나는 자신이 없었다. 아무리 분위기가 그렇더라도, 공주는 공주처럼 대접을 받아야 마땅하다는 이성이 감성을 가로막았다. 머리는 혼돈에 빠지고 몸에서 힘이 빠져 나갔다. 그녀를 공격하려던 터미네이터는 목표를 몇 미터 앞에 두고 배터리가 방전되었고 온몸이 굳어버렸다. 붉은 안광만이 타오르는 욕망이 아직 남아 있음을 확인해 주었다. 마음속에서는 '처녀는 여자 아닌가? 그래서 어쩌라고?'라고 혼자 지껄여 봤지만 기계는 아무 말도 하지 못했다. 얼굴을 돌려 손바닥으로 세게 물장구를 치고, 잠시 몸을 물속에 담갔다.

물위로 떠오른 내 머리에 그녀의 손길이 느껴졌다. 그녀는 내 머리를 두 손으로 잡고, 내눈 을 똑바로 쳐다보면서 미안하다는 표정을 지었다. 그리고 고개를 돌리더니 이렇게 말했다.

"사실, 32살이 될 때까지 남자관계가 한 번도 없었어요. 멋진 육체로 접근해 오는 남자가 마음에 들면 내 영혼이 거부하고, 또 멋진 영혼을 가진 남자를 만나 관계를 하려 하면 내 모든 것을 잃을까 봐 거부하게 되고, 늘 그랬어요. 딜레마였어요. 미국 보스턴에서 유학할 때 모든 조건이 완벽한 한 남자가 집요하게 나를 쫓아다녔는데 그 남자는 내 육체에 집착했어요. 결국 그 남자에게 몸을 허락하지 않았는데 떠나 버리더군요. 나쁜 놈!"

그녀는 바닥에 흩어져 있던 수영복을 찾아 입고는 그대로 호텔로 돌아갔다. 나는 아무 말도 하지 않고 그 자리에 있었다. 귀신에 홀린 기분이었다. 다른 남자도 이런 상황이었다면 어느 남자가 곁에 머무르겠는가, 라는 생각이 들었다. 그녀는 사랑하기에는 너무 벅찬 상대인가? 아니면 사랑해서는 안 되는 관계인가? 레즈비언 아닐까? 여러 가지 생각으로 마음이 혼란했다. 레인을 몇 바퀴 더 돌아 혼란한 마음을 진정시켰다. 그리고 호텔로 들어왔다. 그녀는 나이트가운을 입고 거실 소파에 앉아 술을 한잔 마시고 있었다. 들어오는 내게 한마디도 하지 않았다. 참으로 매정한 여자라는 생각이 들었다. 나도 아무 말 없이 내 침실로 들어왔다

수영복을 입은 채로 침대에 몸을 던졌다. 바로 잠이 들었다. 하늘에서 떨어지고 있었다. 나 혼자 떨어지는 게 아니라 셋이 함께 떨어지고 있었다. 한 명은 돌로레스, 또 한 명은 르네, 그리로 나, 세 명이 한 조가 되어 고공 낙하

를 하고 있었다. 우리 셋은 모두 나신으로 끝없이 추락하고 있었다. 무서웠지만 한편으로 기분 좋은 느낌이었다. 떨어지는 동안에 두 여자는 나를 빼앗으려고 싸우고 있었다. 돌로레스는 나의 입술을 차지하고 있었고, 르네는 나의 중심을 잡고 놓아주지 않으려고 했다. 머릿속에는 지나온 내 인생이 빠른 속도로 흘러가고 있었다. 흥분과 공포가 뒤섞인 상태가 지속되더니 마침내 몽정을 하면서 바닥에 떨어졌다. 순간 '천국일까, 지옥일까'라는 생각이 들었다.

꿈이었다. 침대 바닥에 떨어진 나는 몸을 일으켰다. 바지가 흥건히 젖어 있었다. 시계를 보니 새벽 5시쯤 되었다. 거실로 나가려는 순간 이상한 장면을 목격했다. 르네가 파리 시내를 바라보면서 춤을 추고 있었던 것이다. 라벨의 볼레로라는 음악인 것 같았다. 파리 시내 쪽을 바라보며, 음악에 맞춰 몸을 흐느적거렸다. 야경의 불빛에 비친 실루엣은 분명 그녀가 나신임에 틀림없었다. 나는 얼른 카메라를 들고 그녀의 춤추는 모습을 찍어댔다. 그녀는 나의 기척을 알고 있는 듯했지만 아무 말도 하지 않았다. 이윽고 음악이 멈췄다.

"좋은 꿈 꿨나요, 아도니스?"

52

니스의 누드

당신이 진정 그녀를 사랑한다면 파리에 함께 가지 마세요

그녀는 멋진 프랑스 남자를 사랑하게 될 테니……

당신이 그 남자를 사랑한다면 함께 니스에 가지 마세요.

그 남자는 에메랄드빛 바다와 사랑에 빠져 버릴 테니……

당신의 애인이 '나를 찾지 마라'며 떠나면 프로방스로 가 보세요

프랑스 남부의 햇빛이 그를 사로잡고 있을 테니……

사랑하는 임이 꽃을 따다 주겠다며 나서면 못 가게 붙잡으세요

꼬따주르에 한번 가면 영영 돌아오지 않을 테니……

우리는 람보르기니를 타고 남부 니스로 향하고 있었다. 그녀는 흰색 핫팬츠에 흰색 탑, 그리고 흰색 뿔테 선글라스, 흰색 모자, 흰색 팬티 등등 온통 흰색으로 치장하고 운전을 하고 있었다. 차 안으로 들어오는 프랑스 남부의 햇빛이 내 마음을 흔들어 놓는다. 창밖으로 보이는 끝없이 펼쳐진 포도밭이나, 가끔씩 스쳐 가는 아름다운 샤토보다 나를 더 사로잡은 것은 햇빛이었다. 카이사르가 갈리아 원정을 다닐 때 저 빛이 그의 가슴속에 야망을 불타게 하지 않았을까. 또한 수많은 예술가들에게 영감을 주었던 것이 저 햇빛은 아니었을까. 그것은 해바라기를 춤추게 만든 고흐의 빛이었고, 생빅투아르 산에 흘러넘치는 세잔의 빛이었고, 아비뇽의 여인들의 가슴에 불을 지피는

피카소의 빛이었으며, 까뮈의 주인공 뫼르소가 느낀 그 햇빛이 아니었을까.

"프랑스 남부의 햇빛이 너무 멋진데요."

나는 조용히 음악을 들으며 운전하고 있던 그녀에게 한마디 던졌다.

"그건 그냥 햇빛이 아니에요. 내가 생각하기로는 서구 문명을 만든 시원의 빛이 아닐까 싶어요. 저 빛은 그리스로부터 와서 로마를 거쳐 프랑스, 독일, 에스파냐, 네덜란드, 영국, 미국으로 이어지고 있죠. 우리가 보통 그리스 로마의 문명과 기독교 문화가 합쳐져서 서구문명을 이루었고, 산업혁명을 거쳐서 근대화가 이뤄졌다고 생각하지만 난 다르게 생각해요. 태초에 신이 '빛이 있으라' 하니 빛이 만들어졌다는 그 빛이 바로 서구문명의 원천이 아닐까 싶어요. 그 빛을 따라 문명이 이뤄졌죠. 요즘 중국이나 일본이 경제적으로 발전하면서 21세기의 시대는 동양이 될 것이라고 미래학자들이 말하고 있는데, 난 거기에 동의하기 힘들어요. 동양에는 여기처럼 따뜻한 햇빛이 없어요. 다만 번득이는 칼날 같은 날카로운 빛만 가득하거든요."

그녀는 막힘없이 동서 문명론에 대해서 떠들었다. 역시 프랑스에서 유학을 해서 그런지 세상의 중심이 프랑스라고 생각하는 것 같았다. 난 그냥 햇빛이 너무 멋져서 그녀의 의견에 아무런 대꾸도 하지 않고 그대로 듣고만 있었다. 바로 그때, CD에서 '관타나메라'라는 음악이 흘러나오자 나는 화제를 음악으로 돌렸다.

"관타나메라는 쿠바 민속음악인데 이런 것도 들나 보네요?"

그녀의 도시적 이미지와 약간 어울리지 않는다는 의미로 빈정거렸다.

"물리학에서 빛의 속도로 날아가는 우주선을 타고 가면 시간이 늦게 흐른다네요. 비슷한 거죠 뭐. 빠른 속도로 달리는 람보르기니 속에서 시간을 느리게 가고 싶다는 의미랄까. 그리고 이 음악을 들으면 저 멀리 캐리비언의 작은 섬에서 사랑하는 임과 훌라 춤을 추고 있는 듯한 상상이 되고 기분이 좋아져요. 안 그래요?"

그녀는 내게 동의를 구하는 듯 나를 한번 쳐다보더니 살짝 미소 지었다.

홀라 춤을 추는 상대로 상상한 거라면 나쁘지 않지. 파라다이스에서 그녀와 함께 춤을 춘다면, 그러고 나서 마티니 한잔을 마시고, 그다음엔……. 상상이 이어지면서 나도 모르게 웃음이 터져 나왔다. 그 순간 떼제베가 우리 차를 쏜살같이 앞서갔다. 그녀는 그것을 보더니 갑자기 엑셀을 밟아댔다. 차는 '부웅!' 소리를 내며 떼제베를 따라갔다. 속도는 200킬로미터를 넘어서 계속 올라가고 있었다. 이윽고 떼제베를 따라잡았다. 그 순간 그녀는 속도를 줄이면서 미친 듯이 웃어댔다.

"하하하, 이겼어!"

그러더니 입고 있던 탑을 홀러덩 벗어서 창밖으로 던져 버렸다. 수영장에서 본 굴절된 젖가슴이 아니라 완벽하게 봉긋 솟은 하얀 가슴이 햇빛에 빛나고 있었다. 나의 바지가 부풀어 오르기 시작했다. 그녀는 나의 바지를 흘끗 한번 쳐다보더니 한마디 했다.

"요즘도 팬티 안 입고 다니나요?"

그 순간 깜짝 놀랐다.

"아니 호텔에서 나 옷 입는 거 훔쳐봤나요?"

"아도니스 님 속옷 안 입는 거는 유명해요. 뭘 놀라는 척하세요? 하하하."

그녀는 나에 대해서 잘 안다는 투로 말을 했다. 그러더니 오른손을 뻗어서 내 반바지 가랑이 사이로 집어넣었다. 그녀의 기습 공격에 당한 피너스는 어쩔 줄 모르고 떨고 있었고, 가슴은 방망이질을 하고 있었다. 그녀는 사슴을 잡은 사냥꾼처럼 의기양양하게 뿔을 잡고 이리저리 흔들고 있었다. 항의를 해야 하나, 아니면 나도 그녀의 가슴에 입술을 대고 같이 느껴야 하나. 그녀의 위압감에 눌린 나는 감히 그녀를 어떻게 해 보지 못하고 침만 삼키고 있었다.

"하하하. 모델은 흥분하면 안 돼요. 이렇게 감정적이어서 어떻게 모델 할 수 있겠어요?"

53

시시포스의 승리

그녀는 니스에서 조금 떨어진 어느 지역, 기억은 안 나는데 고급 주택들이 모여 있는 언덕으로 차를 몰고 갔다. 차는 여기저기 대저택들을 지나서 그림에서나 볼 수 있는 궁전 같은 집 앞으로 다가간다. 대문이 자동으로 열린다. "와우!" 나도 모르게 촌스러운 감탄사가 터져 나왔다. 자동문이나 집의 규모에 놀란 게 아니라, 순간적인 신분 상승감과 현실 간에 느끼는 괴리감이 무의식적으로 발현된 건 아니었을까. 잘 가꿔진 정원수들과 잔디 그리고 집 앞쪽에 위치한 수영장을 지나 현관 앞에 멈춰 섰다. 나는 얼른 내려서 운전석 도어를 열어줬다. 그래야만 공주의 격식에 맞을 것 같았다.

"이 집 내가 벌어서 산 거예요. 우리 아빠한테 한 푼도 지원받지 않았구요."

그녀는 현관에 들어서자마자 이렇게 말했다. 자랑하는 듯한 느낌이 들었다. 난 겸손을 밥 말아 먹고 자랑하는 사람은 딱 질색인지라 그냥 아무 말도 하지 않았다. '촌놈 기죽일 일 있나? 누가 물어봤느냐고요.' 질투심이었을까. 나보다 어린 게 이런 대저택에서 산다는 게 속물처럼 생각되고, 부모덕에 잘사는 자들에 대한 약간의 반감이랄까, 그녀의 말을 믿고 싶지 않았다. 아무리 자수성가한 화가지만 대기업 회장 딸인데 조금은 지원을 받았겠지. 그런 생각으로 집 안으로 들어갔다. 거실에는 고급 가구들과 가운데 놓여 있는 그랜드 피아노, 여기저기 걸려 있는 그림들, 그리고 높은 천장까지 쌓여 있는 많은 서적들이 프로방스의 햇빛을 받아 예술가의 집을 아름답게 장식하고 있었다.

그녀는 곧바로 나를 2층 작업실로 데려갔다. 50평쯤 되는 넓은 작업실엔 여기저기 그림 도구들과 캔버스가 어지럽게 놓여 있었고, 벽면엔 그녀가 그린 것으로 짐작되는 그림들이 화려하게 장식되어 있었다. 특히 한쪽 벽에 가지런하게 걸려 있는 형형색색의 베니스형 가면들이 눈길을 끌었다. 창밖으로 지중해의 푸른 바다가 한눈에 들어왔다. 잠시 바다를 바라보면서 깊은 숨을 내쉬었다. 내가 그토록 그리워하는 바다. 한국의 바다보다 더 포근해 보이는 지중해를 보면서 나도 모르게 탄성이 터져 나왔다.

"남자가 무슨 한숨을 그렇게 쉬어요?"

그녀는 내 표정을 한숨으로 읽은 것 같았다. 한숨이었는지도 모른다. 사실 생전 처음 해 보는 일이라 잘할 수 있을지 걱정이랄까. 그녀는 천연덕스럽게 내게 옷을 모두 벗으라 하고는 지중해를 바라보고 아무렇게나 멋지게 포즈를 잡아보라고 했다. 시키는 대로 뒤돌아서 겉옷과 러닝셔츠를 하나씩 벗고, 팬티마저 벗겨 내렸다. 팬티를 내릴 때는 잠시 머뭇거리며 쓴 표정을 지었다. 하지만 아무 말도 하지 않고 시키는 대로 했다. 세상에, 잠시 차나 한 잔 마시고 숨을 돌린 다음에 작업을 시작하든가. 아무리 공주라도 이건 너무하지 않는가. 이런 생각이 드는 순간, 눈 속으로 지중해의 쪽빛이 가득 찼다. 떨떠름한 마음이 누그러졌다. 가까운 해변에서 해수욕을 하는 사람들도 눈에 들어왔다. 그래도 많은 사람들 앞에서 벗고 있으라는 것보다는 낫다는 생각에 피식 웃음이 나왔다.

그러는 동안 그녀는 캔버스와 카메라, 비디오카메라 등을 준비하더니 포즈를 잡아보라고 했다. '시시포스의 승리'라는 작품을 그릴 예정이라면서, 두 팔을 벌려 멀리 보이는 하늘을 감싸 안고, 머리를 쳐들어 우주를 똑바로 보면서 신에 대한 승리감을 표현해 보라고 했다. 참으로 어려운 주문이다. 생초짜 모델로서 소화하기 힘든 요구가 아닌가. 하지만 나름대로 이리저리 몸을 움직여 그녀를 만족시키고자 했다.

그녀는 거의 한 시간 동안 나의 포즈에 대해서 아무런 지시도 하지 않고 내가 하는 대로 그대로 뭔가를 그리고 있었다. 아무런 반응이 없자, 약간 지루해진 나는 섹시한 엉덩이와 뒤태로 요염한 자세를 취해보기로 했다. 허리를 숙여서 중요한 부분이 보일락 말락 하게 포즈를 취하기도 했다. 약간의 긴장감을 해소해 보려는 것이었다.

"가만히 좀 있을 수 없어요? 그림을 그릴 수가 없잖아요."

기대와는 달리 그녀는 크게 화를 냈다. 그녀는 냉정한 표정으로 담배 한 대를 꼬나물더니 라이터로 불을 붙였다. 그리고 앉아서 좀 쉬라고 했다. 우리는 테이블을 마주 보고 앉았다. 난 실오라기 하나 안 걸치고 그대로 앉았다.

"잘 알다시피 시시포스는 제우스의 불륜을 일러바친 죄로 바위를 언덕 위로 굴려 올리라는 벌을 받잖아요. 그런데 그것을 밀어 올리면 아래로 떨어지고, 또다시 굴려서 올리고……. 하지만 시시포스는 거기에 굴하지 않고 끊임없이 바위를 언덕 위로 올려놓는 일에 몰두해요. 그에게는 그 순간만이 중요해요. 절망이나 좌절 따위는 없어요. 신에 대한 인간 승리의 순간이죠. 그것을 표현해야 돼요. 신에 대해 승리하는 생명 말이에요!"

나도 무지 화가 났다. 그 말이 모욕으로 느껴졌을까, 아니면 오후 3시가 지나도록 아무것도 먹지 않은 배고픔 때문이었을까. 그것도 아니면 그녀의 고압적인 말투 때문이었을까.

"아니 그렇게 어려운 연기였으면 전문 모델을 쓰든지, 아니면 미리 좀 얘기해 주지 그랬어요?"

밖으로 뛰쳐나와 앞마당에 있는 수영장에 몸을 던졌다. 그리고 접영으로 레인을 몇 바퀴 돌았다. 그녀는 나를 쫓아 내려오더니 수영하는 모습을 비디오카메라에 담았다.

"그래요, 분노를 억제하고 몰두하는 그 표정, 힘찬 몸짓, 좋아요. 계속 돌아요."

그녀는 물살을 가르며 힘차게 역영하는 나를 쫓아가며 근접 촬영을 하고 있었다. 그런 그녀의 열정적인 모습이 아름답게 느껴지면서 조금 진정이 되었다. 물 밖으로 나왔다.

"밥 먹을래요? 아니면 나랑 한번 할래요?"

그녀의 이상스러운 제안이 뒤통수를 때리면서 아무 생각도 나지 않았다.

밥을 먹자고 해야 되나, 아니면 한번 하자고 해야 되나. 배가 너무 고파서 밥을 달라고 할 뻔했다. 그 말이 목구멍까지 나왔지만 순간 머리를 스치고 지나가는 한마디가 떠올랐다. 장난 속에 진심이 숨어 있지 않을까. 그녀의 요구에 가장 근접할 것 같은 대답을 했다.

"가장 아름다운 여인과 사랑을 나누는 일은 천국을 경험하는 것일 테고, 배고픔을 느낀다면 천국이 아니겠죠?"

짧은 순간 쥐어짜낸 말이었지만 내가 생각해도 멋진 아이디어였다.

"하하하, 아도니스 님을 당해낼 수가 없군요."

자신의 속마음을 들켜버렸다고 생각했을까? 그녀가 깔깔깔 호탕하게 웃었다.

"당신이 '밥 먹자'고 했으면 그냥 밥만 먹으려고 했고, '한번 하자'고 했으면 '남자들은 맨날 그런 생각만 하고 있느냐'고 면박을 주려던 참이었어요."

경험적으로 볼 때 여자들은 두려운 사랑을 앞에 두고 순간적인 기분에 따라 할지 말지를 결정한다. 비록 립서비스에 불과했을지라도 나의 한마디는 정당성이 결여된 미지의 섹스에 대한 두려움을 일거에 사라지게 해 준 명언이었다. 하지만 돈을 주고 몸을 사는 남자와, 돈을 받고 몸을 파는 창녀처럼 아무런 떨림이나 설렘 같은 것은 없었다.

그녀는 나를 침실로 안내했다. 수영장에서 바로 나온 나신으로 그녀를 따라 당당하게 들어갔지만 피너스는 아무런 반응이 없었다. 뻘쭘하게 침대에 걸터앉아 있었다. 그녀는 잠시 나가더니 술잔 두 개를 들고 나타났다.

"이거 압생트인데 마셔볼래요?"

그녀는 압생트가 환각 작용이 있다는 것은 잘못된 상식이라면서, 한두 잔 마시면 상관없다고 말했다.

"가끔 이 술을 한잔 마시면 예술적 영감이 떠올라요. 자! 위대한 예술을 위하여!"

그녀는 내 잔을 부딪치면서 한잔을 홀짝 들이켰다. 나도 한잔을 들이켰다.

넓은 창으로 지중해의 푸른빛이 들어와 침실을 밝게 비추고 있었다. 킹사이즈 침대에 벌거벗은 남녀가 천장을 바라보고 누워 있었다. 밝은 빛 가운데 누워 있는 남녀는 사랑을 앞둔 연인들이라기보다는 무슨 예술 행위를 하는 모델 같았다. 감독의 큐사인이 없는 모델들은 무표정하게 누워서 뭘 해야 될지를 몰랐다. 그냥 서로 눈치만 살피고 있었다. 천국의 문으로 들어오라는 그녀의 허락이 났음에도 불구하고 왜 나는 머뭇거리고 있을까. 당장 달려 들어가 천국을 경험해야 될 터인데…… 그때의 심리 상태는 나도 알 수가 없다.

잠시 침묵이 흐른 채 그렇게 누워 있었다. 그녀도 분명 두려워하고 있는 것처럼 느껴졌다. 쭈뼛쭈뼛하고 있는 우리를 천국의 문으로 인도한 것은 압생트였다. 술기운이 그녀를 창녀에서 공주로 변화시켰다. 점점 가슴이 뜨거워지고 심장박동이 빨라지고 있었다. 그녀의 손을 슬며시 잡아보았다. 파르르 손의 떨림이 느껴졌다. 아니, 내 손의 떨림이었을지도 모른다. 그녀는 떨리는 내 손을 꼭 잡았다. 순간 우리는 동시에 몸에 전기가 통하는 것처럼 떨었다. 둘 다 신음 소리를 내고 있었다.

슬쩍 고개를 돌려 그녀의 얼굴을 보았다. 그녀는 눈을 감고 있었다. 내 눈 속으로 들어온 그녀의 옆얼굴이 너무나 익숙했다. 그녀의 몸은 원래 나와 한 몸이었을지도 모른다는 생각이 들고 하나로 합치지 않으면 안 될 것 같은 불안감이 엄습해 왔다. 그녀는 얼굴부터 가슴, 허리, 발끝까지 떨고 있었다.

반쯤 벌린 그녀의 입술에서는 노랫가락처럼 신음 소리가 흘러나왔다. 천국의 노랫소리였을까? 그 소리가 어찌나 아름답던지 나는 같이 노래를 부르고 싶다는 생각이 들었다. 그녀의 입술에 입술을 살며시 포개고 혀를 넣어 같이 코러스를 넣었다. 우리는 온몸으로 노래를 부르고 있었다.

천국의 정사 2

사랑에도 하이어라키가 있다면 아마도 최상위 단계는 뇌 속에서 이뤄지는 의식 간의 교감이 아닐까 싶다. 그때 우리는 얼굴을 맞대고 달콤한 키스를 나누고 깊은 곳을 탐닉하면서 쾌락의 극치를 맛보고 있었지만, 몸은 단지 머리의 지시를 받는 기계일 뿐이었다. 버추얼 리앨리티처럼 머릿속에서 이뤄지는 사랑의 쾌락이 거꾸로 몸을 움직였고, 또 몸의 느낌이 신경을 타고 뇌로 전달되어 쾌락을 증폭시키고 있었다. 우리는 아무 말도 하지 않았지만 뇌는 다음과 같은 사랑의 대화를 나누고 있었다.

아도니스: 처음 봤을 때부터 내 몸과 머리는 당신에게 빠져 버렸어요. 당신에게서 알 수 없는 힘을 느낍니다. 내 안에 당신으로 가득 차 버렸어요. 내 머릿속에는 당신밖에는 없답니다.

르네: 처음 봤을 때 나도 당신과 똑같이 느꼈어요. 다비드상을 볼 때 처럼 내 마음은 그 자리에서 얼어 버렸어요. 그래서 마음을 들키지 않게 하기 위해 얼마나 연기를 했는지 몰라요. 그리고 처음 수영장에서 당신의 벗은 모습을 봤을 때, 나는 거의 의식을 잃어버렸어요. 내가 상상하던 남자가 바로 내 안에 들어와 나를 마비시켰거든요.

아도니스: 당신과 나는 만나지 않으면 안 되는 운명을 타고났나 봐요. 왜 이제야 나타난 건가요. 그리움에 말라비틀어지기 일보 직전에.

르네: 말라비틀어지기 전에 최고의 사랑을 나누라는 운명인지도 몰라요. 나도 그리움에 말라 버리기 직전이었으니까요. 당신이 날 구해 줬어요.

아도니스: 이리 가까이 와요. 내 눈을 바라봐요. 영롱한 호수에 당신을 던져 봐요.

르네: 당신의 호수에 빠져서 그냥 거기서 살고 싶어요. 힘든 세상으로 나오기 싫어요. 당신이 날 가둬 버려요.

아도니스: 누워 봐요. 가장 달콤한 꿀로 당신을 마사지해 줄게요. 당신에게는 백합꽃 향기가 나요.

르네: 굳게 닫힌 하얀 꽃잎을 하나씩 열고 들어와 봐요.

아도니스: 당신은 꺾기엔 너무나 조심스러운 우아한 백합꽃이에요. 꿀처럼 달콤하게 한 입 두 입 당신을 열겠어요.

르네: 바람의 유혹처럼 당신의 입술은 백합을 황홀하게 만들어요. 파르르 떨리는 두려움을 느끼나요. 더 이상 참을 수 없어요. 꽃잎을 열고 깊은 곳으로 들어오세요. 그리고 억센 힘으로 꺾어줘요.

아도니스: 백합은 한 번에 꺾기엔 너무나 아름다워요. 프렌치 스타일로 천천히 조금씩 꺾을게요. 아파하지 말아요.

르네: 이제 당신이 누워 봐요. 당신의 몸은 한 마리 잘 다듬어진 종마예요. 언제든지 사랑할 준비가 돼 있는 완벽한 종마. 당신의 근육질 몸 안에 내 그리움을 가둬 버리고 달콤한 입술로 내 외로움을 핥아 버려요. 내 깊은 곳에 숨어 있는 우울은 당신이 펌프질해서 마셔 버려요.

아도니스: 당신의 가슴에 내 공허로움을 묻고 싶어요. 날 안아주세요. 나를 깊이 받아들이고, 오직 환희와 즐거움으로 가득 채워요. 이제 천국이 보이나요?

르네: 야자수 나무가 춤추고 꽃들이 춤추는 게 보여요. 나비들은 날아오르고 우리는 꽃밭을 달리고 있어요. 아무것도 생각나지 않아요.

아도니스: 당신의 몸속에 남아 있는 한 방울의 쾌락도 쏟아내 버려요. 그러면 천국이 보일 거예요. 천국에는 모든 불안과 두려움과 고통과 좌절은 없어요.

르네: 이 세상 누구보다도 당신을 사랑해요. 당신과 나누는 쾌락이 천국임을 알아요.

아도니스: 나도 당신을 사랑해요.

우리는 꿈을 꾸고 있었는지도 모른다. 압생트의 술기운이 몽롱한 의식을 만들었던 것 같다. 하지만 대화는 진심을 담고 있었다. 그것은 눈빛으로 하는 대화였고 몸으로 느끼는 대화였고, 머릿속에서 상상하는 대화였다. 사랑을 시작한 지 몇 시간이 지났는지 모른다. 고개를 돌려 창밖을 바라봤다. 바람 한 점에 야자수 나무 이파리가 흔들리고 있는 모습이 눈 속으로 들어왔다. 꿈이 아니었다. 멀리 지중해의 파도가 하얗게 부서지고 있었고, 우리는 지쳐 하얗게 누워 있었다. 시계 종소리는 저녁 7시가 넘었음을 알려주고 있었다. 먼저 일어난 건 르네였다.

"only you, can make this wold seem right……."

르네가 피아노를 치면서 재즈풍으로 노래를 부르고 있었다.

현란한 피아노 소리와 열정적으로 부르는 노랫소리가 나를 일으켰다. 살며시 방문을 열고 그녀를 물끄러미 바라보고 있었다. 그녀는 하얀색 망사 가운을 걸치고 있었다. 망사를 뚫고 들어오는 붉은 노을이 그녀의 전라를 아름답게 드러낸다. 마치 예술사진을 보는 것처럼 매혹적이다. 나도 모르게 터져 나올 뻔한 탄성을 꾹 참고 그녀의 노랫소리에 귀를 기울였다. 정사가 끝난 지 얼마 안 되었지만 다시 나의 몸이 반응하기 시작했다. 아무것도 걸치지 않은 흉물스러운 프리아포스를 쳐들고 용감하게 거실로 나왔다.

가슴을 파고드는 고음의 바이브레이션, 손가락이 보이지 않을 만큼 능숙한 연주 솜씨, 이리저리 몸을 흔들어대는 동작 등이 얼마나 섹시하던지, 온몸에 전율이 일어났다. 특히 '당신만이 날 전율케 할 수 있어요'라는 부분을 부를 때는 그녀가 내게 빠져 버린 것은 아닐까, 라는 착각이 들 정도였다. 그녀의 섹시한 몸매도 물론 황홀했지만 피아노를 치면서 보여 주는 사랑에 빠진 듯한 모습이 나를 미치게 만들었다. 저런 여자와 한평생을 살게 된다면 얼마나 좋을까. 그때 나의 마음에는 이런 생각이 지배적이었다.

순간 본능적으로 특종감이라는 생각이 들고 카메라에 담아야겠다는 생각이 들었다. 옷 입을 생각도 않고 바로 방으로 가서 카메라를 가져왔다. 그리고 우아한 모습을 스틸컷으로 몇 방 찍었다. 그녀는 그것을 인지한 것 같았지만 아무 말도 하지 않고 내버려 뒀다. 나를 믿고 있는 듯했다. 아니면 내가 기자라는 사실조차 몰랐을까. 그녀는 그 노래에 이어서 'somewhere over the rainbow'를 감미롭게 부르기 시작했다. 이번에는 소프라노로 클래식하게 부르는데 마치 동화 속의 무지개를 타고 떠다니는 느낌이 들었다.

그녀는 갑자기 음악을 멈추더니 나를 똑바로 쳐다보고 한마디 던졌다.

"이리 와서 춤 한번 춰 봐요."

사진을 찍을 찰나에 그 말을 들은 나는 놀라 자빠질 뻔했다.

"여기서 어떻게 춤을 춰요? 그리고 나 춤 못 춰요."

사실 속옷도 안 입고 춤을 춘다는 게 말이 되는 소리인가. 아무리 둘만 있다고 해도 이건 아니다 싶었다. 갑자기 창피함이 느껴져 두 손으로 중심을 가렸다.

그녀는 우스꽝스러운 내 모습을 아래위로 훑어보더니 무표정하게 저음으로 말했다.

"아도니스 님, 춤 잘 추는 거 다 알고 있어요!"

공주가 하인을 겁박하는 듯한 말투다. 하지만 난 맨 정신으로는 춤을 출 수 없다고 고집을 피웠다. 그녀는 일어서더니 잠시 위층으로 올라가 나비형 가면 하나를 가지고 내려왔다.

"이거 혹시 기억 안 나세요?"

가까이 다가가서 보니 눈에 익숙한 가면이었다.

"SES69. 아! 보스턴에서 로열클럽 모임 할 때 썼던 건데? 이걸 어떻게 당신이 가지고 있죠?"

"그때 나도 거기 그 자리에 있었걸랑요. 하하하."

이제야 그녀는 냉정한 표정을 풀고 자지러지게 웃었다

"그때 아도니스 님 춤추는 거 너무 멋졌어요. 난 평생 그렇게 멋지게 춤추는 남자를 본 적이 없어요."

그러니까 보스턴 모임 때, '카사노바'라는 친구가 SES69를 새겨 넣은 가면을 준비했던 기억이 난다. 그는 로열클럽 회원 여섯 명과 파트너들의 가면까지 모두 열두 개를 주문 제작해서 파티 전에 나눠줬었다. 가면의 얼굴 부분은 얇은 스테인리스 금속으로 만들고 머리 부분은 깃털로 장식된 것이었는데, 이마 부분에 'SES69'라는 문구가 새겨져 있었다. SES는 '나는 섹스한다. 고로 존재한다.'라는 라틴어의 첫 글자를 딴 것이고, 69는 쾌락을 추구한다는 상징 숫자였다. 이 문구는 우리들만 아는 비밀이었다.

르네가 그 모임에 같이 있었다는 게 너무나 놀라웠지만, 그것보다는 나를 속이고 모델로 불러들였다는 게 더 기분이 나빴다. 르네가 나를 잘 알고 있다는 투로 말하는 것도 그때야 이해가 되었다. 그렇다면 왜 처음부터 나를 안다고 말하지 않았을까. 여러 가지 의문이 꼬리를 물면서 마음이 복잡했다. 나는 아무 말도 하지 않고 방으로 들어가 옷을 입었다. 르네는 이상한 분위기를 감지했는지 바로 뒤따라 들어왔다.

"뭘 그렇게 새삼스럽게 놀라는 척해요?"

르네는 아무렇지도 않은 듯 말했다.

"부자들에게는 이게 재미있는 놀이로 보일지도 모르지만 난 지금 당혹스럽거든요. 그런데 누구 파트너로 참석했죠? 기억이 안 나는데……."

그녀는 아무렇지 않게 대답했다.

"누구겠어요. 카사노바죠."

그녀는 알제리인 가정부를 부르더니 저녁을 맛있게 준비했다. 우리는 저녁을 먹으면서 이야기를 하고 있었다.

　우리는 8인용쯤 돼 보이는 커다란 원형 식탁에 마주 보고 앉았다. 그녀는 식탁 가운데 놓인 여덟 개의 은촛대에 일일이 불을 붙이고 식당의 모든 전등을 껐다. 촛불은 주변을 모두 어둠 속에 몰아넣고, 오직 흰옷을 입은 공주만 우아하게 강조해 주고 있었다. 왜 촛불을 켜고 식사를 해야 하는지 이해가 되는 장면이었다. 식당은 사랑을 위한 장소처럼 아늑한 공간으로 바뀌었다. 다시 침이 꼴깍 넘어간다. 점심도 안 먹고 서너 시간의 격렬한 정사를 벌인 뒤라 육체는 무지 피곤하고 배가 고팠지만, 매혹적인 공주의 모습에 다시 얼이 빠진 나는 식욕이라는 본능을 잊어버린 것 같았다. 머리가 하얗게 되고 무슨 말을 해야 할지 아무 생각도 나지 않고, 그녀의 자태만 뚫어지게 바라보고 있었다.

　식탁에는 가지가지 프랑스 요리로 가득 찼다. 니스식 전채요리하며, 다양한 치즈들, 그리고 마르세이유식 생선찌개, 스테이크, 푸아그라, 에스카르고 등등 일일이 다 기억할 수도 없는 요리들이 준비되었다. 눈이 휘둥그레져 무엇을 먹을까 생각하고 있는데 그녀가 말문을 열었다.

　"이거 에스카르고(달팽이 요리)인데 드셔 보세요. 정력에 좋다네요."

　말로만 듣던 달팽이 요리에 포크를 찍고 나이프로 썰었다. 맛은 우리나라 골뱅이와 별로 차이가 나지 않은 듯했지만, 정력에 좋다는 말에 더 맛있게 느껴졌다.

"이런 고급 요리를 매일 드시나 봐요."

촌스러운 질문이 입 밖으로 튀어 나왔다.

"당신이 먹는 것을 보면 당신이 어떤 사람인지를 말해줘요."

그녀는 살아가는 데 식탁의 품격이 제일 중요하다면서 이렇게 말했다.

"그러니까, 보스턴에 있었던 로열클럽 파티가 어떻게 진행되었죠? 나는 춤춘 기억밖에 나지 않는데……."

나는 식사를 하면서 그녀에게 그때 상황에 대해서 설명해 달라고 요구했다.

"파티 중간에 남자들 댄스 경연대회가 있었어요. 그리고 1등한 사람이 한 가지 명령을 하면 들어주는 게임이었죠. 팬티만 입고 음악에 맞춰 춤을 추는 거였는데, 아도니스 님은 라벨의 '볼레로'에 맞춰서 섹시하게 춤을 췄어요. 잘생긴 얼굴에 탄탄한 근육이 만들어내는 춤이 얼마나 멋졌던지. 그때 아도니스 님에게 반해버렸어요. 그리고 1등을 차지한 아도니스 님이 카사노바에게 명령했어요. 파트너와 섹스를 하라고. 나는 너무 당황해서 바로 자리에서 벗어나 버렸죠. 그다음에 파티가 어떻게 됐는지는 나도 모르구요."

그녀의 설명을 듣자 나도 그때 그 장면이 다시 떠올랐다. 당시 보스턴의 찰스 강가에 위치한 아파트 1층을 빌려서 파티를 열었던 기억이 난다. 르네의 얼굴을 다시 보니, 그때 놀라서 도망가는 모습이 연상되었다. 하지만 입 부분만 드러낸 가면을 쓰고 있어서 그녀가 지금의 르네인지는 알 수가 없었다.

"카사노바는 어떻게 만나게 되었나요?"

나는 그와의 관계가 궁금해서 물어보았다.

"같은 대학에서 MBA를 하고 있었는데, 나중에 보니 우리나라 대기업 회장 둘째 아들이더군요. 그리고 나를 집요하게 따라다니면서 사귀자고 하더군요. 그래서 가끔 데이트하던 사이였어요. 그런데 어느 날 파티에 초대를 하더군요. 그래서 호기심에 따라가 봤죠."

이제야 생각이 났다. 사실 그때 그 사건은 카사노바가 내게 미리 요구한

거였다. 댄스파티를 하고, 내게 1등을 몰아주고, 내가 카사노바에게 섹스를
하라는 명령을 내리고……. 그런데 카사노바의 계획대로 되지 않았다.

"근데 그런 파티에 대해서 잘 모르고 오셨나요? 그런 자리에서는 명령하면
따라야 되는 게임인데. 그리고 다들 그렇게 하는데……."

나는 다시 물어봤다. 그녀는 말을 이어나갔다.

"사실을 말하면, 아무리 난잡한 파티라고 해도 난 처녀였고, 섹스를 그런
식으로 한다는 것이 너무 황당했어요. 더 중요한 건, 이미 아도니스에게 마
음을 빼앗긴 상태라 카사노바가 눈에 들어오지 않았죠. 아도니스 님이 요구
했으면 모를까. 하하하."

촛불에 비친 그녀의 웃는 모습이 천진난만해 보인다.

저녁 9시가 지나고 있었다. 그녀는 '프롬나드 데 장글레'(영국인 산책로)로
산책을 가자고 했다.

58

프롬나드 데 장글레

저녁 바람을 쐬며 니스의 산책로를 걷고 있었다. 우리의 사랑을 축하라도 해 주는 듯 거리의 조명들이 밝게 빛나고 있었고, 해변의 파도 소리는 축하 행진곡처럼 들렸다. 그녀는 내게 팔짱을 끼며 바짝 몸을 붙여 왔다. 하지만 그렇게 다정한 척해도 내게는 아직도 좁혀지지 않는 감정의 거리감이 있었다. 대개 남녀가 육체적 사랑을 나누고 나면 감정의 거리가 제로에 가까워지는데 그녀는 좀 특이하다는 생각이 들었다. 자기의 욕망을 채우기 위해서 상대방의 생각이나 감정 따위는 희생되고 무시되어도 좋다는 그녀의 우월감이 느껴졌을까.

"니스는 그리스 신화에 나오는 승리의 여신 니케(NIKE)에서 유래했대요. 아주 먼 옛날 그리스의 해상 세력이 니스에 정착해서 이웃 마을을 정복하고는 니케 신을 본떠서 니스라고 이름 지었대요."

아무 생각 없이 걷고 있는 내게 그녀는 니스에 대해 이것저것 이야기를 해 줬다.

"프랑스 땅에 영국인 산책로(프롬나드 데 장글레)가 있는 게 궁금하지 않아요? 19세기에 영국의 부호들이 따뜻한 날씨가 좋아서 프랑스 남부에 많이 정착했어요. 그리고 그들의 요구로 산책로를 만들어서 영국인 산책로라는 이름이 붙었다나 봐요. 자세한 건 나도 잘 몰라요. 근데 이 길 너무 편하고 좋은 것 같아요. 역시 신사의 나라 사람들의 발상답죠?"

나는 그녀가 무슨 이야기를 했는지 귀에 들어오지 않았다. 다만, 그녀의 처녀성을 쟁취한 남자로서 느끼는 약간의 책임감이 머릿속을 지배하고 있었다.

"소중히 간직한 처녀성을 내게 바쳤는데 사랑하는 사람에게 바친 건가요?"

나는 그녀가 나를 단지 예술적 동반자로서 일시적 감정에 따라 사랑을 나눈 것인지, 아니면 잠시 동안이라도 내게 사랑을 느껴서 관계를 가졌는지 궁금했다. 좀 낯간지러운 질문이기도 해서 한 줌의 바닷바람에 목소리를 섞어 작은 소리로 말했다. 그녀는 그 질문에 수줍어하거나 망설이지 않고 바로 바람 소리와 목소리를 구별해냈다.

"하하하."

그녀는 내 의도를 파악했는지 크게 한바탕 웃어 버렸고, 나는 순간 무안해서 얼굴을 찡그리고 고개를 떨궜다. 그녀가 당당한 목소리로 말했다.

"처녀성을 바치는 것하고 사랑한다는 것은 별개의 문제예요. 처녀성을 바친다는 표현도 이상해요. 섹스를 할 만한 가치가 있는 사람이라면 그렇게 하는 거죠."

그녀는 내가 기대했던 '사랑'이라는 단어를 한마디도 꺼내지 않았다.

"프랑스에 살면서 잘생긴 총각들이 유혹을 많이 했을 텐데 어떻게 그런 유혹을 견뎌냈죠?"

나는 화제를 돌려서 좀 더 깊이 그녀의 내면세계를 파고들고 싶었다.

"내게 사랑이란 두 사람의 대등한 가치를 교환하는 거라 생각해요. 육체적 사랑이 필요하면 프렌치키스나 프렌치섹스를 사면 돼요."

난 내 귀를 의심했다.

"뭘 산다구요?"

"처음 니스를 와서 니스 카니발을 구경했는데 사람들이 가면을 쓰고 미친 듯이 놀더군요. 나도 궁금해서 가면을 사서 참여했는데 어떤 놈이 접근하더니 그러는 거예요. '키스 팔아요.' 그러더니 계속 따라오는 거예요. 그래서 돈 주고 키스를 샀어요. 물론 가면을 쓰고 있어서 누구인지는 모르죠. 나중에는 프렌치섹스도 샀어요. 하하하."

프렌치섹스, 역시 그녀의 자유분방한 기질이 드러나는 단어다. 프렌치섹스라면 입으로 적나라하게 애무를 한다는 말인데, 그녀는 아무런 거리낌 없이 자신의 사생활을 얘기하고 있었다.

"그래도 외로울 때 그렇게라도 하고 나면 마음이 한결 나아지죠."

3~4킬로미터나 되는 영국인 산책로를 그렇게 이상한 대화를 하면서 걷고 있었다. 그런데 건강하게 생긴 어떤 서양 놈이 그녀에게 접근을 하더니 프랑스 말로 뭐라고 지껄였다. 그녀는 약간 당혹스러워 하면서 '노!'라고 말하며 고개를 가로저었다.

"저놈이 뭐라고 그래요?"

내가 물었다.

"글쎄, 키스 사라고 하잖아요."

그 말을 듣고 나는 갑자기 화가 났다. 저만치 돌아서 가는 그녀석의 뒷덜미를 잡고 주먹으로 한 방 갈겼다. 우리말로 욕을 한 바가지 해 줬다. 그러자 근처에 있던 몇 놈들이 내게 접근해왔다. 동네 불량배들이나 아니면 집시들인 것 같았다. 그들은 나를 둘러싸더니 주먹질을 할 태세다. 세 명 정도면 충분히 해치울 것 같아서 나도 싸움 자세를 취했다. 한 놈이 주먹을 앞세우며 달려들었다. 뒤돌려차기로 녀석의 아구통을 날려 버렸다. 또 한 놈이 뒤에서 달려들었지만 자세를 낮춰 업어치기로 바닥에 패대기를 쳐버렸다. 그러자 나머지 한 놈은 도망치기 시작했다. 그녀는 놀라운 표정으로 나의 격투기 솜씨를 바라보고 있었다.

"아도니스 님, 멋져요."

그녀는 박수를 치며 나를 치켜세웠다.

59

누드 비치 1

산책을 다녀온 후 우리는 너무 피곤하여 각자 방으로 흩어져 잠을 잤다. 그날 밤도 그녀의 유혹을 내심 기다렸지만 그녀는 잘 자라는 한마디만 남기고, 냉정하게 자기 방으로 들어가 버렸다. 나도 내 방으로 들어와서 잠을 청했다. 한참을 뒤척이다 잠이 들었다. 그녀는 처녀였을까? 그것이 자꾸 머리에 떠오르고 있었다. 내가 경험한 바로는 분명 처녀는 아니었다. 그런데 왜 처녀라고 우겼을까. 그 생각을 하면서 잠이 들었다. 눈을 뜨니 8시쯤 되었다. 아침이 준비되어 있었다.

"오늘은 니스 해변에 가 볼래요?"

그녀는 내게 동의를 구하는 것 같았지만 이미 결정은 되어 있는 것 같았다. 그녀는 니스의 해변 도로로 차를 천천히 몰아가더니 잠시 멈췄다.

"저기가 그 유명한 누드 비치예요. 한번 가 볼래요?"

그녀는 그렇게 제안을 했지만, 내키지 않은 표정이었다. 나는 가 보고 싶었지만 가 보자는 말을 감히 하지 못했다.

"규모도 생각보다는 작고, 대부분의 사람들이 나이가 지긋이 드신 할머니 할아버지들뿐이라 명성에 비하면 초라해요. 그리고 특히 휴가철이면 똥파리들이 들끓어요."

똥파리들이란 여자들의 벗은 몸을 훔쳐보는 동양 남자들을 의미하는 것 같았다. 그녀는 계속해서 말을 이어갔다.

"그들은 해수욕을 하러 온 게 아니라 단지 누드 비치를 구경하러 오는 사람들이죠. 딱 질색이에요."

그녀는 자기가 자주 가는 조용한 곳이 있다면서 모나코 쪽으로 몇 킬로미터 더 차를 몰아갔다. 약간 외진 그곳은 언덕을 뒤로하고, 앞으로는 조그마한 자갈 해변이 있었다. 지형적으로 움푹 들어가 있어서 도로와 다른 해변에서 잘 보이지 않는 곳이었다. 우리는 그곳에 비치베드를 가져가 나란히 놓고 누웠다. 멀리 파란 바다 위에 뜬 하얀 요트들이 아름다운 장관을 이루고 있었다.

"아도니스 님, 아까 누드비치 아쉬워하는 것 같던데 여기서 벗어도 누가 뭐라 할 사람 없어요. 우리 여기서 벗을래요?"

그러면서 그녀는 먼저 하얀색 수영복을 벗어 버렸다. 나도 따라서 벗었다. 그래야만 될 것 같은 분위기였다. 우리는 허리를 약간 세운 비치베드에 누워 말없이 한참을 그렇게 바다를 바라보고 있었다. 밝은 대낮에 아무것도 걸치지 않은 여인이 옆에 누워 있다는 게 내게는 무지 흥분되는 일이었지만, 무엇을 해야 할지 모르는 상황이었다. 먼저 적막을 깬 것은 그녀였다.

"여기 오일 좀 발라줄래요?"

그녀는 의자를 뒤로 젖히더니 엎드리면서 말했다. 햇빛에 반사되는 뽀얀 피부가 영롱하게 빛났다. 난 모래 위에 무릎을 꿇었다. 공주에게는 그렇게 해야 될 것 같다는 생각이 들었다. 오일을 짜내 양손에 바른 다음, 그녀의 등과 어깨, 허리, 팔에 부드럽게 펴 발랐다. 손이 지나간 자국마다 다이아몬드 가루가 날리는 것처럼 반짝인다. 공주는 그럴 때마다 얇은 신음 소리를 뱉어냈다.

다시 오일을 손에 묻히고 등에 바르려는 순간, 맨살의 하얀 엉덩이가 눈에 들어왔다. 숨이 꼴깍 넘어갔다. '여기 발라도 되나?'라는 생각이 스쳐 지나갔다. 거기를 함부로 손댔다가 난처한 입장이 될 것 같았다. 그때 난 주인에게 무릎 꿇고 시중을 들어야 하는 노예가 된 기분이었다. 하지만 나는 용감하게 복숭아처럼 뽀얀 엉덩이를 손으로 몇 바퀴 돌려 문질렀다. 그것은 그냥 마사지에 불과하다고 생각했다. 그녀의 엉덩이가 반응을 한다. 위아래로 펌프질을 하고 있다. 내 손길에 따라 몸이 반응을 하고 있다.

그녀의 움직임은 내 손길의 지배를 받고 있었다. 그녀의 의식은 내 손의 지배를 받는 노예였다. 손길이 가는 자국을 따라 신음 소리가 따라온다. 그녀의 생각도 뒤따라오겠지. 무슨 생각을 하고 있을까. 오일을 더 발라서 엉덩이를 몇 바퀴 부드럽게 문지른 다음 손을 밑으로 깊이 넣었다. 그녀의 은밀한 부위가 손에 잡힌다. 이번엔 의도적으로 그랬다. 그녀는 거부하지 않는다. 그녀의 다리가 풀린다. 다리 사이로 입을 한껏 벌린 조개가 드러난다. 내게 들어오라는 신호를 보낸다. 다시 오일을 듬뿍 발라 은밀한 부위를 계속 터치했다. 그녀의 몸이 리듬을 탄다. 엉덩이와 허리가 들썩거리고 조개의 입에서는 침이 흘러나왔다. 그녀의 신음 소리가 점점 커진다.

"키스해 줘, 아도니스!"

그녀가 돌아누우며 말했다. 그녀가 다시 주인으로 바뀌었다.

60

누드 비치 2

돌아누운 그녀의 전신이 내 눈앞에 드러났다. 그녀가 걸친 것이라곤 알이 굵은 진주 목걸이밖에 없었다. 그러나 뽀얀 알몸은 진주보다 더 하얗게 빛이 났다. 그 아름다움에 잠시 정신을 잃었다. 그녀가 무슨 말을 했는지 전혀 생각이 나지 않았다. 그냥 무릎을 꿇고 그녀의 봉긋한 가슴과 잘록한 허리, 비너스 언덕을 훑어보기만 했다. 그때 나는 무릎을 꿇고 지상에서 가장 아름답다는 헬렌에게 사랑을 위한 예를 갖추고 있었는지도 모른다. 그녀와 사랑하려면 어떻게 해야 한다는 것을 보여 주고 있었다. 헬렌이 미소 띤 얼굴로 말을 했다.

"아도니스! 뭐 해요? 오일이나 좀 발라 봐요."

그녀의 목소리를 듣고 나서야 내가 뭘 했어야 했는지 생각이 났다. 그녀에게 키스를 해야 한다는 생각이 돌아오고 입술을 그녀의 얼굴에 가까이 가져다 댔다. 그녀는 내 입술을 검지로 가로막으면서 말했다.

"버스 떠난 뒤에 손 흔들면, 차가 멈추나요? 하하하."

이미 머릿속에 그려진 키스라는 생각은 내 온몸을 달구고 몸의 행동을 막을 수 없었다. 억센 팔로 그녀의 손을 잡아채며 그녀의 입술을 훔쳤다. 도도한 여자를 무력화시키는 데 우악스러움만 한 게 있을까. 그녀도 저항하지 않았다. 아마도 그것을 원했는지도 모른다. 우리는 뜨거운 햇살 아래 온몸으로 키스를 하고 있었다.

얼마나 지났을까. 입에서 단내가 났다. 그리고 자연스럽게 입을 뗐다. 그녀가 다시 오일을 발라달라고 했다. 손에 오일을 바르고 그녀의 온몸을 구석구석 문질렀다. 겉으로는 마사지를 하고 있었지만, 머릿속은 다시 섹슈얼한 상상으로 가득 찼다. 그녀도 나랑 같은 생각을 하고 있었다. 그것을 알아차린 것은 내 머리가 아니라 힘껏 솟아오른 프리아포스였다. 어느 순간 그녀의 손은 내 프리아포스를 잡았고 그것을 만지고 있었다. 그녀도 마음속에 나를 갖고 싶다는 생각으로 가득 찼을 거라고 생각했다. 하지만 여신의 행동은 부드럽고 거룩했다.

그녀는 이 모든 장면을 비디오로 녹화하고 있었다. 그녀는 나보고 비치베드에 누우라고 하더니 오일을 바르고 내 몸을 문질렀다. 눈을 뜨고 하늘을 바라보고 있었다. 하늘은 파랗게 우리를 바라보고 있었다. 그녀는 내 온몸을 탐구해 나가고 있었다. 가슴과 어깨, 허리, 그리고 다리, 전신을 훑으며 지나갔다. 특히 프리아포스를 점령이라도 하듯 주변을 맴돌았다. 하늘이 뱅글뱅글 돌고, 난 도저히 참을 수 없는 상태에 이르고 있었다. 그녀가 내 몸 위로 올라와 한 몸이 되기를 기대하고 있었다.

그 순간 그녀가 깔깔깔 웃으면서 바다 쪽으로 뛰어가고 있었다. 나도 일어나서 바로 뒤따라갔다. 우리는 바닷속에서 다시 마주 보고 섰다. 물이 가슴까지 차오르고 있었다. 나는 두 팔로 그녀의 허리를 잡고, 중심을 밀착한 채 키스를 했다. 그녀가 한 몸이 되기를 원하는 것 같았다. 바닷속이라면 아무도 보는 사람도 없을 테니 그녀가 여기로 날 이끌었을 것이라고 생각했다. 한 몸이 되려는 순간 그녀가 두 손으로 가슴을 밀쳐내며 말했다.

"분노하는 그 표정 좋아요. 하고 싶은데 못 하는 애틋한 심정……."

그러나 내 귀에는 그딴 말이 들어오지 않았다. 그녀를 못 빠져나가게 두 팔로 허리를 감싸 안고 깍지를 끼면서 입술로 키스를 퍼부었다. 밑에서는 프리아포스가 돌진해 들어갔다. 아무도 보지 않는 바닷속이라 행동은 거침이 없었다. 하지만 그녀는 내 몸을 받아주지 않았다. 그녀는 내 안의 짐승을 피해서 달아났다. 멀리 바다 쪽으로 헤엄쳐갔다. 나도 그녀를 쫓아갔다.

그녀가 한 바퀴 원을 돌더니 다시 해변으로 올라왔다. 나도 그녀를 따라 올라왔다. 그녀는 타월로 몸을 감쌌다. 타월로 감은 몸은 더 이상 여신이 아니었다. 내 몸이 갑자기 식기 시작했다. 난 아무 말 없이 비치베드로 돌아와 누워 하늘을 바라다 봤다. 하늘이 노랗다. 눈에 서린 분노가 하늘을 그렇게 만들었을까. 그녀는 옆에서 촬영된 비디오를 들여다보고 있었다.

"표정 좋았어요. 이 정도면 될 거 같아요."

그녀가 냉정하게 말했다. 내게는 아무 소리도 들리지 않았다. 여신과 사랑에 빠지면 말라비틀어 죽을지도 모른다는 생각이 퍼뜩 스쳐 지나갔다.

"이 영상은 '분노하는 카사노바'라는 작품에 넣을 거예요."

그녀는 내 기분은 아랑곳하지 않고 자기 말만 하고 있었다.

로맨틱 큐비즘

영상을 들여다보던 그녀는 '잘됐다'면서 짐을 싸더니 집에 가자고 했다. 비치베드에 누워 황홀한 상상을 하던 나는 닭 쫓던 개처럼 짖었다.

"아니 지중해 바다 구경, 이제 시작인데……."

도도한 여자의 눈빛이 나를 째려봤다. 나는 깨갱깨갱 꼬리를 낮추었다. 짐을 차에 싣고 집으로 갔다. 그녀는 2층 아틀리에 옆에 붙어 있는 작업실로 나를 안내했다. 시설은 방송국처럼 보였는데, 방음 스튜디오 내부에는 공연을 할 수 있는 작은 무대가 있었고, 밖에는 카메라, VTR, 음향설비 등이 설치된 장비실로 구성돼 있었다. 그녀는 내 기분은 아랑곳하지 않고 장비실 의자에 앉아 그동안 촬영한 영상들을 모니터링하고 있었다.

"그런데 회화와 비디오를 함께 접목할 생각은 어떻게 하게 됐죠?"

그녀에게 뭔가 말을 해야 될 거 같았다. 그녀는 날 처다보지도 않고 영상을 보면서 답변했다.

"처음에는 니스에 오자마자 인상파 기법에 몰두했죠. 그런데 어느 날 세잔의 그림을 보면서 오브제는 빛에 따라 변하는 게 아니라 변하지 않는 본질이 있다는 걸 알게 됐어요. 거기다 오브제를 해체해 버린 피카소를 모방하면서 회화를 배워 나갔는데, 그것은 독자적인 나의 그림이 아니더군요. 다만 세잔이나 피카소를 흉내 냈을 뿐이었죠. 슬럼프를 겪던 중 유럽의 미술관들을 돌아봤는데 백남준의 천재적인 예술작품이 박제돼 있는 거 같다는 생각이 들더군요. 그것을 다시 살려내야 한다는 생각이 뒤통수를 쳤어요."

"그랬군요."

나도 건성으로 맞장구를 쳐줬다.

"그래서 바로 프랑스에 다시 오자마자 그 두 개를 합쳐보기로 했어요. 처음에는 간단한 사진을 집어넣는 방법을 쓰다가 점차 움직이는 영상을 넣게 됐죠. 반응은 폭발적이었어요. 요즘 포스트모던 미술은 마치 장난처럼 되어버렸잖아요. 과거의 작품들에서 나타나는 '아우라'가 없거든요. 사람들은 '아우라'를 원하고 있었던 거 같아요. 바로 그거였어요. 재능은 좀 모자라지만 테크놀로지를 활용하면 아우라를 되살릴 수 있겠다 싶었죠. 사람들은 테크놀로지를 예술로 인식하기 시작했고, 그런 작품을 소유하려고 했어요. 대성공이었죠."

영상을 모니터링하던 그녀는 뭔가 부족하다면서 내게 한 가지를 더 요구했다.

"아도니스 님이 춤추는 거를 넣었으면 좋겠는데 여기서 좀 해 줄래요?"

그녀는 동의도 구하지 않고 나를 스튜디오 안으로 밀어 넣었다. 그리고 잠시 후 보스턴에서 썼던 가면을 가져다 줬다.

"옷을 다 벗고 이걸 쓰고 춤을 추는 거예요. 옛날 보스턴에서 하던 대로……"

황금색 조명이 나를 동그랗게 집중해서 비추고 있었다. 가만히 서 있는 나는 황금색 조각품이 되었다.

"와! 다비드가 황금색으로 변했네요. 하하하."

그녀가 마이크로 내게 립서비스를 해 주었다. 나도 기분이 좀 풀렸다. 장난스러운 표정으로 이두박근, 삼두박근, 가슴, 엉덩이 등 온갖 근육들을 뽐내 보였고, 프리아포스를 잔뜩 세워 이리저리 흔들어 보였다.

"그런데 음악도 없이 춤을 추라구요?"

난 너무 어색해서 이렇게 말했다.

"기다려요. 라벨의 볼레로 음반을 틀 테니까 거기에 맞춰서 춤을 춰 봐요. 옛날 보스턴에서 했던 것처럼 해야 돼요. 알았죠?"

하지만 난 어떻게 췄는지 기억이 전혀 나질 않았다. 음악이 나오고 있었지만 어색하게 몸을 흔들어댔다. 그녀가 음악을 중단시키더니 잠시 밖으로 나갔다 술잔을 가지고 들어왔다.

"이거 압생트인데 한잔 마시고 잘해 봐요. 춤 잘 추면 아도니스 님이 원하는 거 해 줄게요."

그녀에 대한 기대감이 나를 흥분시켰다. 그녀는 스튜디오 밖으로 나가 촬영을 시작했다.

라벨의 볼레로가 스튜디오 안으로 흐르고 있었다. 목구멍으로 넘어온 술은 가슴에서 멈춰서 무엇인가를 기다리고 있었다. 그것은 음악이었다. 귓구멍으로 타고 들어온 음악이 압생트와 만나 온몸을 황홀하게 했다. 내 의지로 통제되지 않는 뭔가가 가슴속에서 꿈틀거리며 입 밖으로 튀어나왔다. 그것은 노랑나비였다. 나비는 우주로 날아가고 있었다. 캄캄하고 적막한 우주 속에서 노랑나비 한 마리가 힘찬 자유의 날갯짓을 하고 있었다. 나비는 날갯짓을 하고 있었지만 우주의 한 공간 안에 머무르고 있었다. 그녀는 자기 손바닥 안에 춤추고 있는 나비를 바라보고 있었다. 나비의 머릿속에는 그녀와 우아하게 탱고를 추고 있는 것 같았다. 음악이 멈추었다. 나비도 날갯짓을 멈췄다.

"좋았어요! 황금빛 다비드가 우주를 날아가는 것 같았어요. 하하하."

그녀는 내 춤에 만족감을 표현했다.

"아도니스 님 원하는 게 뭐죠?"

62

사랑 고백

우리는 저녁을 먹고 나서 프랑스 남부의 해변으로 산책을 나갔다. 아무 말 없이 모래와 자갈이 뒤섞인 니스의 해변을 무작정 걸었다. 자유로운 해변에서 모든 연인들은 그들만의 사랑을 나누고 있는 듯하다. 우리를 보고 있는 것은 단지 별들과 바다뿐이었다. 구름 한 점 없는 밤하늘의 별빛이 고혹적이다. 하지만 내 마음속에 들어온 별빛은 그녀의 눈빛이었다. 가슴이 뛴다. 그때 나는 알퐁스 도데의 '별'에 나오는 목동 같았다. 해가 진 뤼브롱 산의 목장에서 꿈에도 사모하던 스테파네트 아가씨와 단둘이 있는 상황……

그때 바람 한 점이 내게 다가와 속삭인다. '그녀에게 사랑한다고 고백해 봐요.' 그럴까도 생각해 봤지만 나는 마음을 쉽게 드러낼 수가 없었다. 아무도 없는 밤바다는 사랑을 고백하기에 좋은 장소 같았지만 말이 쉽게 나오지 않았다. 무슨 이유인지는 모르겠지만, 나는 이국의 밤바다로 둘러싸여 있는 심리적 무인도에 홀로 있다는 생각이 들었다. 사랑 고백이 받아들여지지 않을 경우, 더 이상 숨을 곳이 없다는 생각이 두려웠을 것이다. 어둑한 목장에서 주인 아가씨와 함께 있는 목동도 나와 같은 상황이었을까.

우리는 사람들이 안 보이는 해변의 한 자락을 찾아가 앉았다. 눈앞에는 검은 바다밖에 안 보였고, 가끔씩 날아가는 갈매기들의 시끄러운 소리들 이외에 아무 소리도 들리지 않았다. 몇 분간 지속된 참을 수 없는 적막감을 그녀가 먼저 깨트렸다.

"참, 아까 내가 했던 말에 대답해 줘야죠."

뭐라고 말해야 하나. 그냥 섹스를 원한다고 할까? 원하는 게 뭐지? 솔직한 심정은 '당신의 사랑을 원해요'라고 말하고 싶었다. 하지만 그 말이 입으로 나오지 않았다. 내 마음을 읽었을까? 그녀가 내 손을 잡는다. 그리고 나를 바라본다. 나도 그녀를 바라봤다. 우리는 서로 눈빛을 교환하고 있었다. 그녀의 눈빛에서 사랑이라는 감정을 느꼈다. 나도 사랑을 실어서 눈빛을 쏘아 보냈다. 우리는 그렇게 몇 분간을 마주 보고 눈빛을 교환했다.

"내가 당신에게 사랑을 달라고 하면 줄 수 있나요?"

심사숙고해서 생각해 낸 말이었다. 아주 조심스럽게 떨리는 입술로 나지막이 말했다. '당신을 사랑하니 당신도 날 사랑해 주세요'라는 말을 한 번 꼰 말이었다. 그녀는 그 말이 무슨 뜻인지 잠시 생각하더니 미소를 지어 보였다. 그리고 바로 장난스러운 표정을 지으며 얼굴을 돌려 천천히 내 얼굴에 근접시키고 있었다. 코가 마주 닿았다. 그녀는 다시 코를 살짝 비켜 얼굴을 더 가까이 대고는 약간 벌어져 있는 내 입술을 일방적으로 핥았다. 나는 그녀에게 입술을 내맡긴 채 그녀의 적극적인 행동을 그저 바라만 보고 있었다. 그녀도 눈을 뜨고 내 표정을 감상하고 있는 것 같았다. 그녀는 장난스럽게 내 입술을 희롱한 다음 입술을 떼고 고개를 돌리더니 심각한 표정으로 말했다.

"그런데 사랑이 뭘까요? 두 사람이 하나가 되고자 하는 동물적 욕망인가요? 사랑이 그렇게 천박한 것일까요? 사랑은 우주를 이루는 불변의 진리, 바로 하모니라고 생각해요. 그래야 오래 유지되거든요. 지금 우리가 느끼는 감정이 사랑일까요? 그것은 일시적인 욕망에 불과한 것이 아닐까요? 잘 모르겠어요. 지금 이 순간의 감정이 정말로 사랑이라면 나는 분명 당신을 사랑해요. 하지만 나로 인해 당신이 상처를 받는다면, 그리고 당신으로 인해 내가 상처받는다면 그때도 우리가 서로 사랑하는 감정을 유지하고 있을까요?"

그녀가 자신의 사랑론을 역설하고 있었지만 나는 무슨 말인지 잘 이해되지 않았다. 나를 사랑하고 있다는 말일까? 그녀가 말하고 있는 동안 나는 살짝 고개를 돌려 그녀의 매력적인 입술만 쳐다보고 있었다. 그 입술에 키스를 하고 싶다는 생각만 머릿속에 맴돌았다. 그녀의 말이 끝나기가 무섭게 나는 바로 그녀를 껴안고 입술을 포갰다. 이번에는 내 입술이 그녀를 희롱하고 있었다. 그러자 그녀는 내 혀를 삼킬 듯이 빨아들였다. 혀에서 통증이 밀려왔다. 어느 순간 그녀의 힘이 약해졌을 때 얼른 입술을 떼고 말했다.

"사랑이 뭐가 그렇게 어려워요? 로미오와 줄리엣은 첫눈에 반해서 사랑에 빠졌고, 아홉 살의 단테는 여덟 살의 베아트리체를 처음 보고 평생 사랑했어요. 사랑에 어떤 정의가 있을까요? 사랑은 신이 정해 놓은 운명 같은 것일지도 몰라요. 인간의 의지로 되지 않아요. 내가 지금 이 순간 당신을 사랑하고 있다는것, 내게는 그것이 바로 불변의 진리예요."

내 목소리에서 진실성을 느꼈을까? 르네가 다시 나를 두 팔로 힘껏 껴안았다.

"아도니스, 나도 당신을 사랑해요. 당신은 나의 운명인가 봐요. 보스턴에서 당신을 본 순간부터 한순간도 당신을 잊은 적이 없어요. 당신의 춤을 흉내 내기 위해서 아침마다 일어나서 얼마나 춤을 추었는지 몰라요. 당신의 벗은 몸을 상상하면서 늘 그 춤을 추었어요. 당신을 이런 데서 만나다니 꿈만 같아요."

그 말이 끝남과 동시에 그녀는 나를 뒤로 밀치고는 내 허리 위로 올라타고 키스를 퍼부었다. 난 아래에 누워서 그녀의 키스를 달콤하게 받고 있었다. 사랑에 불타오른 두 사람의 키스는 오래 지속되었다. 굵은 자갈들이 등에 붙어서 아픔이 느껴졌지만 달콤함이 더 컸다.

"촬영은 대충 끝난 거 같아요. 내일 모레는 관광을 좀 하고 글피 다시 파리에 가서 모델 한 번만 더 하면 돼요."

정열적인 키스가 끝나자 그녀가 일어나서 이렇게 말했다. 난 누워서 듣고 있었다.

63

물 위의 소나타

그녀의 저택으로 돌아와 휴식을 취했다. 소파에 몸을 기대고 있는데 라디오에서 알아들을 수 없는 가사의 프랑스 음악이 들려온다. 음악이 귀로 들리는 것이 아니라 마음으로 들린다. 선율을 타고 리비에라 지방을 한참 이리저리 떠다녔다. 어린 시절, 무지개를 타고 노는 상상이 현실화된 느낌이랄까. 내가 그녀를 진정 사랑한다는 느낌이 들었다. 한때 돌로레스로 채워진 내 공간에 그녀가 들어왔다는 신호일까. 모든 샹송이 로맨틱했으며, 그녀가 하는 말이면 어떤 것이라도 달콤하게 들렸다. 가까운 장래에 나는 그녀와 결혼할 것이며, 재벌가의 남자가 되고, 지금까지 누려보지 못한 모든 것들을 누릴 것이라는 상상. 그것이 그때 내 머리를 지배하고 있던 단 한 가지 생각이었다.

우리는 다음 날 신혼부부처럼 다정하게 한가로이 여행하고 다녔다. 우리는 스포츠카에 올라타고 좁은 길을 따라 마르세유, 칸, 모나코 등 관광지를 누비고 다녔다. 모나코의 카지노에서는 행운도 뒤따랐다. 그녀가 100달러를 베팅했는데 1만 달러를 땄다. 그것도 우리의 사랑을 축하해 주는 행운이라고 굳게 믿었다. 태어나서 처음으로 행복하다는 느낌이 들었다. 그녀와 함께하면 좋은 일이 많이 일어날 것 같은 생각이 들고, 행복의 눈물이 나도 모르게 눈가에 흘러내렸다.

그다음 날은 그녀가 빌린 요트를 타고 지중해로 세일링을 나갔다. 나는 생전 처음 타 보는 요트에 몸을 맡기고 그녀가 하는 대로 가만히 있었다. 우리는 두 사람이 머무르기에 충분한 실내 공간이 있는 배에 올라타고 멀리 바다 한가운데로 나갔다. 거의 나신이나 다름없는 수영복 차림으로 온몸을 이리저리 휘저으며 배를 조정하는 그녀의 모습에서 평소에 보이던 도도한 섹시미와는 완전히 다른 야성미가 풍겨졌고, 나는 색다른 그 모습에 반해서 지중해의 아름다운 바다를 볼 겨를도 없이 넋을 잃고 있었다.

"섹시해 보이나요?"

그녀가 배를 바다 한가운데에 멈춰 세우고는 가쁜 숨을 몰아세우며 한마디 했다. 마음을 들켜버린 아이처럼 아무 말도 못 하고 먼 곳을 응시하자, 그녀는 이어서 말했다

"이제는 당신이 보여줄 차례예요. 하하하. 이게 내 요트의 법칙이에요. '나는 조정하고, 너는 보여준다.' 하하하하."

그러면서 그녀는 호탕하게 웃었다. 그녀의 웃음소리가 파도 소리를 넘어서 멀리 퍼져나갔다. 그 웃음소리에 내 마음도 활짝 열리는 것 같았다.

"모델도 했는데 그까짓 거 못하겠어요?"

나는 삼각팬티를 벗어 내리고 요트의 뱃머리에 똑바로 서서 포즈를 취했다. 그녀는 카메라를 들이대더니 연방 셔터를 눌러댔다. 나는 우쭐해서 여러 가지 포즈를 취해 줬다.

그날은 하루 종일 요트에서 보냈다. 바다 위의 침대에서 우리는 하루 종일 몸을 섞고 뒹굴었다. 배고프면 샌드위치를 먹고, 목마르면 맥주 캔을 따서 마시면서 우리는 바다 위의 향연을 벌이고 있었다. 왜 부자들이 요트를 타는지 그때 이해가 되었다. 파도에 따라 움직이는 침대는 기분을 최고조로 만들어 줬고, 우리는 마음껏 교성을 질러댔다. 그녀에게 온몸을 바쳐 몸 서비스를 해 주면서 문득 이런 생각이 들었다. 이런 생활이라면 노예로 살아도 좋겠고, 그녀에게 나의 모든 것을 바칠 수도 있겠다고……. 해가 저물 때까지 거의 10시간 이상을 그렇게 뒹굴었다. 육체가 소진되어 버릴 것 같은

힘든 순간 그녀를 위해서라면 죽어도 좋겠다는 생각을 했다.

해가 저물자 그녀가 돌아가야 한다면서 배를 육지쪽으로 몰았다. 집에 돌아오면서 그녀가 문득 심각한 표정으로 내게 말했다.

"내일, 파리에서 중요한 전시회가 있는데 당신이 모델이라는 거 알고 있죠?"

나도 이미 마지막 날은 파리에서 전시회를 한다는 사실을 이미 인지하고 있었기 때문에 대수롭지 않게 여겼지만, 그녀의 표정에서 뭔가 중요한 일이 있을 것 같다는 예감이 들었다.

"무슨 모델이길래 표정이 그렇게 심각해요? 옷 벗고 서 있으면 되잖아요."

"……"

그녀는 파리에 도착할 때까지 모델과 관련해서 아무 말도 하지 않았다.

다음 날, 우리는 파리의 무슨 포스트모더니즘 작가전이 열리는 곳으로 갔다.

64

십자가에 들려지는 아도니스

그녀는 오전 9시 이전에 파리의 전시관에 도착해야 한다면서 새벽부터 일어나 날 깨우더니 서둘러 파리로 출발했다.

"이번 전시회는 매우 중요해요. 내가 세계적으로 유명한 예술가의 반열에 올라갈 수 있는 기회거든요. 그중에서도 모델이 잘해줘야 합니다. 일종의 퍼포먼스를 하면 그것을 비디오카메라로 찍어서 상연할 예정인데 아도니스의 역할이 중요해요."

"그런데 작품 이름이 뭐죠?"

"루벤스의 십자가에 들려지는 예수님과, 십자가에서 내려오는 예수님을 패러디한 것인데, 자세한 건 전시회장에 가서 알려드릴게요."

파리의 몽파르나스 근처였던 거 같다. 천 평은 돼 보이는 넓은 전시 공간 안에는 기존에 보지 못한 괴상한 회화들을 포함하여, 물체 등을 이용한 설치작품 등이 다양하게 전시되어 있었다. 전시관 안으로 한참 들어가자 '르네의 방'이 따로 마련되어 있었다. 햇빛이 차단된 100여 평의 어두운 공간에 여러 개의 스크린이 설치되어 있었고, 형형색색의 비디오 아트가 상연되고 있었다. 그녀는 공간의 중심에 놓여있는 2미터쯤 돼 보이는 나무 십자가로 나를 안내했다.

"아도니스가 십자가에 매달리는 것이 작품이에요. 못을 박는 것은 아니니까 걱정마시구요."

나는 옷을 다 벗은 채로 십자가에 누웠다. 그녀는 내 발목과 양 팔목에 수갑처럼 생긴 쇠고랑을 채워 꼼짝하지 못하게 만들고, 머리에는 베니스형 가면을 씌우고는 어디론가 가 버렸다. 그나마 햇빛이 없는 어둑한 공간에서 얼굴을 반쯤 가리게 되는 모델이니 다행이다 싶었다. 아무도 없는 공간에서 벌거벗은 나는 눈을 감고 죽은 듯이 누워 있었다. 다윗의 반지에 새겨졌다는 "이 또한 지나가리라"는 말을 되뇌이면서, 그녀와의 장밋빛 미래를 상상하는 순간 얼굴에 미소가 돌았지만, 어떤 일이 벌어질지 몰라 마음에는 두려움이 일고 있었다.

몇 분이 지났을까. 아니 몇 시간이 지났는지도 모른다. 갑자기 사람들이 웅성대는 소리가 들렸다. 프랑스 말, 영국 말, 여러 나라 말들이 지껄여지고 있었고, 무슨 말인지 하나도 이해되지 않았다. "봉주르. 뭐라고, 뭐라고……." 익숙한 목소리가 스피커로 크게 들리더니, 밝은 조명이 나를 집중해서 비추기 시작했다. 한쪽에서는 소프라노가 경건한 목소리로 '아베마리아'를 부르기 시작하고, 수녀복처럼 검은 옷을 입은 네 명의 여성들이 누워 있는 십자가를 들어올리기 시작했다. 그 순간 팔목이 늘어지면서 참을 수 없는 고통이 뒤따랐다. "앗!" 하고 크게 소리를 내 봤지만 아무도 대꾸를 하지 않았다. 그들은 십자가를 바닥의 홈에 고정시켰다. 벌거벗은 채 십자가에 매달려 고통스러워하는 모습이 스크린 안으로 들어왔다. 예수님처럼 거룩해 보였다.

"우리는 여기에 카사노바를 처형시키는 의식을 치르는 역사적인 순간을 목격하고 있습니다."

그녀의 목소리가 들려왔다. 그녀가 구석에 있는 단상에서 영어로 설명을 하고 있었다. 대충 이런 말을 한 것 같다.

"십자가에 매달린 카사노바를 보십시오. 잘빠진 몸매, 탄탄한 근육, 잘생긴 얼굴, 얼마나 아름답습니까. 하지만 우리 여성들은 저런 겉모습에 속아서는 안 됩니다. 오직 감각이 원하는 대로 사는 것은 신을 모독하는 행위이며, 여성의 이름으로 단죄돼야 마땅합니다. 이제 저놈을 처형시킴과 동시에 우리 여성들은 실질적인 평등의 시대를 맞이할 것입니다. 여러분들 중에서 저놈에게 매질을 하실 분 있으면 채찍이 준비되어 있으니 마음껏 때리세요."

그녀들은 진짜 스틱으로 나를 무지막지하게 때렸다. 스무 대까지 헤아린 후 정신을 잃은 것 같다. 그 후로 어떻게 됐는지 기억이 나지 않는다. 눈을 떠 보니 병원이었다.

프랑스 언론에서는 그녀의 퍼포먼스에 대해서 크게 다루었고, 덩달아 채찍으로 맞아 피 흘리는 내 사진이 유명해졌다. 그녀는 텔레비전과 신문에 등장해서 자신의 성공에 대해서 떠들었다. 하지만 나에 대해서, 내 고통에 대해서는 아무 말도 하지 않았다. 가슴의 통증보다는 이기적인 인간을 사랑했다는 사실이 더 고통스럽게 다가왔다. 이틀 정도 입원해 있다가 서울로 돌아왔다. 내가 서울로 간다고 하자 그녀는 공항의 탑승구까지 쫓아와서는 내게 한마디 던졌다.

"나와 사랑하려면 가치를 높여야 돼요!"

65

꿈꾸는 아도니스

가치를 높이라니……. 무슨 소리인지는 대충 알겠는데 가치가 뭘까. 내가 그렇게 가치가 없는 걸까? 집에 오면서 그 생각이 머리를 떠나지 않았다. 일주일 집을 비운 사이 어항에 있던 붕어 세 마리가 죽었다. 불쌍하다는 생각이 들었다. 버려졌다는 느낌. 나도 그렇고, 붕어도 그렇고……. 왠지 모를 우울이 엄습해왔다. 이럴 때 듣는 음악이 차이코프스키의 비창이나 드보르작의 첼로 협주곡이다. 재클린 뒤 프레가 연주하는 첼로협주곡 2악장, 아다지오 마논트로포, 너무 느리지 않게. 하지만 그날은 더 느리게 연주되는 것 같았다. 소파에 몸을 기대고 누워, 리모컨으로 오디오 볼륨을 크게 틀고 눈을 감았다. 중저음의 첼로 선율이 세포들을 하나하나 파고들어 온몸을 전율시킨다. 마침내 눈가에 눈물이 흐른다. 음악 때문이 아니라 남겨진 자의 서러움일 것이다.

"아도니스, 삐쳤어? 왜 그렇게 누워 있어? 아이처럼!"

우리는 지중해의 바다 한가운데 떠 있는 요트에 있었다. 우리는 수영복 차림으로 갑판 위의 비치베드에 나란히 누워서 먼 바다를 바라보고 있었다.

"아도니스는 아프로디테의 애인이고 지상에서 가장 잘생긴 남자잖아요. 이거 이상 뭐가 더 필요해요? 이거면 가치 있어요. 다만 내 말은 세상과 타협을 좀 하라는 말이에요. 당신이 순수한 사람인 건 알아요. 당신의 눈을 보면 알아요. 하지만 세상은 순수하지 않아요."

나는 아무런 대꾸 없이 눈 감고 듣고만 있었다.

그녀는 일어나서 내 쪽으로 다가오더니 자신의 얼굴을 내 얼굴에 가까이 들이밀며 말했다. "아도니스, 당신의 잘생긴 얼굴 이거 하나면 충분해요."

햇빛을 받은 그녀의 모습이 영락없이 미국의 영화배우 헬렌 헌트다. 제우스의 딸로 트로이 전쟁을 유발한, 지상에서 가장 아름답다는 여인도 '헬렌'이 아니던가. 그 아름다운 얼굴이 내 눈앞에서 어른거린다.

"우리 옷일랑 다 벗어 버릴까요?"

그러면서 그녀는 먼저 흰색 비키니 상의와 팬티를 벗어 버렸다. 에스라인 몸매의 바디가 햇빛에 반사되어 영롱하게 빛난다.

"아도니스! 나 요염하지 않나요? 올랭피아 같지 않아요?"

그녀는 비치베드에 비스듬히 누워 마네의 '올랭피아'에 나오는 모델처럼 요염하게 누워, 왼손은 음부를 가리고 오른손은 팔베개를 하면서 그렇게 말했다. 저 자신감은 어디서 나오는 걸까. 나는 아무 말 없이 그녀의 행동을 바라보고만 있었다.

"당신도 벗어 버려요. 인간들이 만든 위선, 가식들을 벗어내 버려요. 얼마나 좋아요?"

하얀 요트 한 척만이 지중해의 바다와 하늘을 가르고 있었고, 그 위에 움직이는 것은 그녀의 우윳빛 나신만이 전부였다. 아도니스는 그녀를 바라보며 르네를 사랑하고 있다고 생각했다. 그녀는 내 시선을 아랑곳하지 않고 계속 떠들었다.

"우리는 아마도 천상에서 내려온 사람들이 아닐까 싶어요. 아도니스를 처음 봤을 때부터 그런 생각을 했어요."

그녀는 플라톤의 아름다움에 대한 정의를 인용하는 것 같았다. 지상의 아름다움은 천상의 것들이 투영된 것이라는……. 그 말에 나도 기분이 좋아졌는지 수영복 팬티를 벗어 내렸다. 이미 프리아포스는 하늘을 향해 치켜들고 요동쳤다. 나는 그것을 가리지 않았다. 그녀의 시선이 거기로 쏠리는 것 같다. 그녀는 바로 내게 다가와 가슴을 쓰다듬으면서 내 입술에 키스를 퍼붓는다. 그리고 한 손으로 내 프리아포스를 부드럽게 만지작거리고 있다.

"이렇게 멋진 몸이 가치가 없으면 뭐가 가치가 있겠어요?"

그녀의 키스, 그녀의 달콤한 속삭임이 잠들었던 내 영혼을 일깨운다. 내 영혼은 내 육체를 벗어나 그녀에게 이탈해 들어간다. 내 영혼은 그녀의 입술을 타고 들어가 그녀의 혀 구석구석을 핥고 돌아다닌다. 그녀의 얼굴, 오뚝한 코, 호수 같은 눈. 그 영롱한 호수가 내 몸을 빨아들인다. 거기다 내 입술을 살짝 터치했다. 그녀가 눈을 감았다. 또 귓불에 입김을 불어 넣으며 사랑한다고 속삭였다. 그녀는 대답 대신 신음 소리를 냈다. 그녀가 누웠다. 나는 옆에 무릎 꿇고 앉아 그녀의 가슴을 바라봤다. 크지도 않고 적당히 솟은 가슴. 내 혓바닥은 그녀의 가슴에 원을 그리며 중심을 맴돌았다. 그녀가 내 머리를 움켜쥐며 신음한다.

"어서 내게 들어와요. 당신은 천국에 속한 사람이에요. 여기 있으면 상처받아요."

그녀는 눈빛으로 말했다. 순간 그녀의 다리 사이로 들어가고 싶다는 생각이 들었다. 미끈한 다리 사이에 있는 그것은 욕망의 덩어리가 아니라 나를 받아줄 바다였다. 거대한 배가 바닷속으로 천천히 침몰한다. 바다가 배를 다 삼키자 큰 물기둥이 솟아오르고 파문이 넓게 퍼져갔다 다시 중심으로 돌아오면서 증폭된다. 그녀의 몸과 내 몸이 함께 떨리면서 유전자가 결합되어 합체된 느낌이다. 그 순간 그녀는 이렇게 말했다.

"아도니스, 당신을 정말로 사랑해요. 영원히 당신과 함께 있을게요."

내 영혼이 다시 내 몸으로 들어왔다. 눈을 떴다. 어두운 밤이었다. 음악이 계속 흐르고 있었다.

66

나는 달린다

잠에서 깨어나 시계를 보니 새벽 2시쯤 되었다. 다시 잠자리에 들었지만 잠이 오지 않았다. 뭔가 모를 강력한 끈이 그녀와 연결되어 나를 조정하는 것 같은 느낌이 든다. 이런 것이 텔레파시라는 것일까. 그것이 격랑처럼 내 몸을 휩쓸고 지나간다. 머릿속을 한 바퀴 훑더니 발끝까지 휩쓸고 내려갔다가, 또 발끝에서부터 머리로 역류해 올라온다. 그녀를 보고 싶다는 생각이 응집된 어떤 에너지였을까. 그 에너지를 발산할 수 없는 억압된 현실 때문이었는지 내 눈앞에 아무것도 보이지 않았다. 눈가에 이슬이 촉촉이 젖어든다. 사랑에 빠진 것 같다. 내 사랑의 첫째 원칙이 깨지고 있는 순간이다. 내 사랑의 원칙, 첫째, 절대 먼저 사랑에 빠지지 않는다.

사랑에 빠진 사람의 눈은 촉촉이 젖어 있고 가끔 멍한 표정을 짓는다. 사랑에 빠진 사람은 커피를 자주 마신다. 사랑에 빠진 사람은 잠이 오지 않는다. 나는 그날 여독이 풀리지 않는 피곤한 상태임에도 불구하고, 초저녁에 잠깐 잔 것 외에는 더 이상 잠이 오지 않았다. 거울을 보니 눈물을 흘리는 것은 아닌데 눈가가 젖어 있었다. 잠은 더더욱 안 온다. 새벽에 커피 한잔을 타서 마셨다. 그녀가 자꾸 생각나고 가슴이 벌렁거린다. 그녀는 뭘 하고 있을까. 나랑 같은 생각을 하고 있을까. 나와 텔레파시가 통하고 있다면 그녀도 역시 잠이 오지 않겠지. 커피를 마시고 있을까. 전화기를 들었다 놨다 하면서 안절부절못한다.

회사에 가서는 상사들에게 먼저 입국 보고를 한 다음, 자료만 대충 정리하고 일찍 퇴근했다. 그동안 찍어둔 르네의 사진과 여러 가지 배경 사진들, 미술 관련 참고서적들을 준비해 놓았지만 기사 쓸 엄두가 나지 않았다. 부족한 자료는 스포츠신문에 있는 Y 선배에게 전화해서 자료를 확보했다. 그 여자 선배는 우리 신문사에 있을 때부터 연예나 예술 분야에는 일가견이 있었고, 지금도 그쪽을 담당하고 있다고 한다. 내가 르네 얘기를 했더니 자기도 몇 년 전에 그녀에 대해서 취재를 했지만 그녀의 아버지 회사에서 압력이 들어와 중단했다면서 갖고 있던 자료를 내게 이메일로 보내줬다. 르네의 한국 이름이 장다영이라는 사실을 알게 됐다.

기사는 매주 토요일 특집기사로 한 달간 연재하기로 했다. 프랑스에서 틈틈이 찍었던 그녀의 누드 사진들과 예술적인 사진들을 정리하다가, 그녀와 함께한 장면이 생각나면서 나도 모르게 눈물이 나왔다. 그녀가 너무 보고 싶다는 생각이 들었다. 눈물이 너무 나서 화장실에 가서 잠시 소리 내지 않고 울었다. 나답지 않는 행동이었지만, 그날은 어쩔 수가 없었다. 집에 오자마자 그동안 못 갔던 근처 헬스클럽으로 달려갔다. 여기저기 근육들이 아우성을 치고, 머리는 무조건 달리라고 재촉을 했다. 운동복으로 바로 갈아입고 헬스센터로 달려가 러닝머신을 탔다. 한 10킬로미터를 쉬지 않고 달린 것 같다. 머리가 하얗게 되면서 아무 생각도 나지 않고 오직 르네 생각으로 가득 찼다.

러닝머신을 탄 지는 몇 년 됐다. 독일의 전 외무장관 요슈카 피셔가 쓴 『나는 달린다』라는 책을 읽은 뒤부터 나도 운동을 해야겠다고 결심했다. 그는 몸 관리를 않고 나태하게 살다가 몸무게가 110킬로그램까지 나갔는데, 생활은 망가지고 아내도 이혼을 요구했다고 한다. 그래서 살을 빼기로 하고 달리기에 목숨을 건 결과, 75킬로그램까지 살을 뺐고, 나중에는 20세나 어린 여대생과 재혼했다고 한다. 나는 그 책을 읽자마자 그를 우상으로 받들고, 내 몸을 리모델링해야겠다고 결심했다. 건강 유지 목적도 있었지만 나도 20살 연하의 어린 여자와 사랑을 할 수 있다는 환상이 더 크게 작용했다.

지속적인 운동으로 몸을 가꾸자 뱃살이 들어가고 근육이 발달하면서 온몸이 조각상처럼 변해갔다. 거울에 비친 아름다운 몸을 바라보면서 그 안에 깃든 영혼도 아름답지 않을까, 라는 생각이 들었다. 몸이 만들어낼 수 있는 최고의 아름다움을 갖게 되면서 어느 순간 '몸은 영혼의 정수'가 아닐까, 라는 결론을 얻었다. 아름답게 가꾸어진 몸만이 정결한 영혼을 깃들게 하고, 정결한 영혼을 가진 몸에만 신이 육화되어 깃들수 있다고 믿었다. 그래서 더욱더 몸을 가꾸는 일에 열중하게 되었고 몸이 나의 종교가 되어버렸다.

오랜만에 헬스클럽에 가자 여러 사람들이 반갑게 맞이한다. 그중에서도 40대 중반의 미시 아줌마가 특히 나를 반긴다.

"아도니스, 일주일간 어디 갔었어?"

그녀는 내 대답도 듣지 않고 옆으로 다가와 운동을 한다. 그녀는 늘 내가 러닝머신에 올라타기만 하면 간단히 인사를 한 다음 내 주변에서 얼쩡거린다. 얇은 운동 팬티와 민소매 차림으로 다리를 들어 올려 팬티 속을 살짝 보여 주는가 하면, 허리를 뒤로 꺾어 둔덕이 드러날 정도로 요염하게 몸짓을 한다. 내가 관심을 보이지 않으면 내 뒤에 있는 헬스 사이클에 올라타서 내 엉덩이를 훔쳐본다. 그리고 헬스가 끝나면 어디 가서 맥주 한잔 하자고 날 유혹한다. 난 그녀와 한 번도 같이 나가지 않았다. 내 엉덩이가 그렇게 섹시한가?

운동을 하고 집에 왔다. 기분이 한결 업된다. 캔 맥주를 따서 들이켰다. 르네에게서 이메일이 한 통 와 있었다.

67

르네의 편지

여름 장맛비가 세차게 내리고 있었다. 빗소리가 사랑에 빠진 남자의 가슴을 후빈다. 가슴이 아린다. 그녀의 편지를 어떻게 열어 보지? 무슨 말을 했을까? 또 가슴이 방망이질한다. 그 소리가 빗소리를 상쇄한다. 아무 소리도 들리지 않는다. 그녀의 편지를 조심스럽게 열어봤다. 그녀는 그동안 보여줬던 지적이면서, 도시적인 까도녀의 모습과는 딴판으로 원색적인 언어와 감성적 표현들을 사용해서 나에 대한 사랑을 격정적으로 토로하고 있었다. 그러나 기분이 나쁘지 않았다. 사랑에 빠진 그녀의 모습이 상상되어 웃음이 나왔다. 여기 그 일부 내용을 소개한다.

아도니스야! 잘 있냐?

나 지금 취했다. 오늘밤 네가 너무 보고 싶어서 한잔 했다. 나쁜 놈아. 이렇게 그리움만 남겨놓고 가 버리면 나는 어떡하라고…… 너도 나랑 같은 기분이니? 나 울고 있다. 지금. 왜 이렇게 눈물이 나는지 모르겠다. 너란 사람을 왜 만나가지고 왜 이렇게 개고생인지 모르겠다.

너는 도대체 누구니? 아니, 너는 도대체 지구에서 무엇이니? 아니, 너는 도대체 우주에서 무엇이니? 너는 정말 다른 별에서 왔니? 지구에서 어떤 누구도 나를 이렇게 흔들어 놓은 사람이 없었거든…… 빨랑 말해. 우주에서 왔다고…… 안 그러면 너 정말 나한테 혼난다.

네가 여기 같이 있을 때는 몰랐는데 네가 떠나 버리니까 그 공간이 너무 크다. 텅 빈 가슴을 무엇으로도 채울 수가 없다 이거야. 돈으로 채울까? 성공으로? 누군가 그러더라. 세상에서 제일 중요한 것은 '해피니스'라고. 좋 까라 그래. 내게 제일 중요한 건 피너스야! 너의 위대한 피너스. 큭큭큭. 정말 위대해.

미안하다. 이상한 말 해서…… 아도니스 너를 너무 사랑해서 그런다. 용서해라. 아! 취한다. 이리 와라. 나랑 같이 한잔 하자. 키스해줄게. 너 키스하는 거 좋아하잖아. 너 프렌치키스 정말 잘해. 그건 인정해. 그러니까 빨랑 와.

여긴 밤이다. 지금. 창밖으로 지중해가 보인다. 우리가 요트에서 놀았던 장소 기억나냐? 지금 그쪽을 보고 있다. 너도 요트에서 우리 섹스한 거 기억나지? 난 자꾸 기억난다. 아니 기억이 떠날 줄을 몰라. 미치겠다, 증말. 그때 우리 천국에 있었던 거 아닐까? 너도 그러니? 하루에도 몇 번씩 생각난다. 다른 생각을 할 수 없다 이거야.

다시 돌아올 수 없니? 내가 비행기 표 보낼 테니까 다시 돌아와라. 안 그러면 나 죽어버릴 수도 있어. 만약에 내가 죽거든 아도니스를 그리워하다가 죽었다고 해 줘라. ㅋㅋㅋ

아, 이게 뭐냐. 난 성공하고 돈 많이 벌면 행복한 줄 알았거든. 근데 그게 아니라 누군가를 사랑하고 사랑받고 있다는 느낌 그 자체가 행복인 것 같아. 너도 그러냐?

아도니스야! 제발 내게 돌아와. 돌아와서 내 날개 밑의 바람이 되어줘. 그래야 난 날 수 있단 말이야. 우리 멀리 달나라로, 별나라로 함께 날자꾸나.

아도니스야! 뭐 하니?

너 떠난 뒤로 잠도 안 오고, 밥맛도 없고 커피만 마셔대고 있다. 살도 빠졌다. 그래도 배가 안 고프니 뭔 일이니? 사랑에 빠지면 이런 거니? 너도 그러냐? 너 좋아하는 거 다 사다 놨으니까 빨랑 와. 1분 내로 와. 너 좋아하는 스타벅스 커피 많이 사다 놨어. 그리고 너 좋아하는 아이스크림도 사다 놨어. 넌 내 치마 밑에 있는 아이스크림을 제일 좋아하잖아! 큭큭큭.

노래도 하고 싶은데 연주할 사람이 없어. 너의 부드러운 연주가 필요해. 부드럽게 프렌치 2번 스타일로 내 가슴을 연주해 봐. 그럼 나, 너 사랑한다고 노래할게. 그리고 밑에 부분은 프렌치 3번으로 연주해라. 난 그것이 너무 좋더라. 너의 솜씨 좋은 도구로 날 연주해 주란 말이야. 요트에서 하던 것처럼 날 또 미치게 만들어 보란 말이야. 나쁜 자식아!

눈물 난다. 너 생각해서 눈물 나고, 너랑 달콤한 순간 상상하다가 눈물 나고……

(중략)

참 그리고 모델료 너한테 보낼 테니까 받아라. 돈으로 주면 안 받을 게 뻔해서 사람 시켜서 차 한 대 줄 거야. 그건 받아줘!

당신이 사랑하는 것보다 더 사랑하는 르네로부터

그녀의 편지를 읽으면서 웃다가 울다가 그랬다. 프렌치 2번과 3번이란 말은 그녀가 내게 해 준 말인데, 프렌치라는 단어에 세 가지 뜻이 있다고 했다. 첫째, 프랑스의, 둘째, 부드럽고 감미로운, 셋째, 제멋대로 또는 격정적으로…… 사전에 이런 말이 있는지는 모르겠지만 우리는 그 단어를 이렇게 쓰고 있었다. 둘째 의미는 프렌치키스로, 셋째 의미는 프렌치섹스로. 그녀가 나와 같은 감정을 갖고 있다는 사실이 너무 행복하다.

그날 밤 Queen이 부른 'I want to break free'와 Collective Soul이 부른 'Shine'을 크게 틀어놓고 헤드뱅잉을 했다. 잠이 오지 않았다. 하지만 그녀에게는 기사 쓰는 한 달 동안 한 통의 답장도 하지 않았다.

기사는 그녀의 예술 세계와 인간적 매력, 프랑스에서의 작품활동 등에 초점을 두었고 사적인 감정은 최대한 배제하려고 노력했다. 하지만 다시 읽어 보면 문장 곳곳에 애절한 사랑의 편린들이 드러나 있다. 눈치 빠른 독자라면 기자와 르네가 사랑하는 사이라는 것을 알아챘을 것이지만, 아무도 그것을 발견하거나 이해하는 사람은 없어 보인다. 우리나라 사람들은 왜 남의 사랑에 관심이 많은지…….

매주 나가는 기사마다 프랑스에서 찍었던 그녀의 누드 사진과 배경사진, 나를 모델로 찍은 사진 등을 배열해서 선정성을 부각시켰다. 반응은 폭발적이었고, 판매 부수가 엄청 늘어났다. 여기저기서 남자 모델이 누구냐고 전화가 빗발쳤다. 그러나 모델이 나라는 사실을 밝히지 않았다. 그녀의 사생활을 일부 다룬 기사가 나갔을 때는 다음 날 그녀의 아버지 회사에서 기사 중단 압력이 들어왔지만 무시했다.

한 달 기간의 특집기사가 마무리된 어느 날 어떤 남자가 나를 찾아와 스포츠카 열쇠를 주고 갔다. 거절하지 않았다. 뚜껑이 열리는 2인승 BMW였는데, 늘 자유를 갈망하는 나에게 딱 좋은 차라는 생각이 들어서 만족했다. 르네가 그것까지 염두에 두고 선물을 한 것 같다. 어쨌든 그 차를 몰고 다니니 신분이 상승된 기분이었고, 르네에게 한 발 더 다가선 느낌이 들었다. 르네가 말한 가치의 상승이 이런 걸 두고 말한 걸까? 내가 잘못 이해하고 있는 걸까? 혼란스럽다.

르네는 내가 서울로 온 다음 날부터 거의 이틀 간격으로 이메일을 보내서 격한 사랑의 감정을 토해냈지만, 그것이 이성에 바탕을 둔 사랑이라기보다는 저녁에 쓴 편지처럼 감성적인 느낌을 표현한 것 같아서 시간을 좀 더 둘 필요가 있다고 생각하고 답장을 보내지 않았다. 좀 튕겨본다는 심산도 있었고, 기사 작성 때문에 마음의 여유도 없었다. 기사를 다 마감하고 나서야 르네, 그러니까 한국 이름 장다영에게 사랑하고 있다는 이메일 한 통을 보냈다.

보고 싶은 다영(르네)에게

당신과 함께 있을 때가 너무나 그립습니다. 당신과 함께하고 있던 공간이 축복이었음을 당신이 없는 지금에야 이해가 됩니다. 당신이 없는 공간은 아무것도 없는 공허 그 자체입니다. 마치 우주의 한 공간 안에 갇혀 있는 느낌입니다. 아무것도 할 수 없습니다. 아무것도 생각나지 않습니다. 오직 갈망하는 것은 빨리 당신을 만나고 싶다는 것뿐입니다. 신이 인간에게 사랑의 감정을 부여한 것은 아마도 함께함으로써 생명에 충실하라는 메시지가 아닐까 싶습니다.

그런데 우리가 함께 있는 것을 훼방하고, 질투하고, 우리 사이를 갈라놓으려고 하는 것은 악마가 아닐까 싶어요. 분명한 것은 그러한 악마도 언제가는 우리의 사랑 앞에 무릎을 꿇을 것으로 믿습니다. 우리는 서로 너무 간절히 사랑하고 있으니까요.

일할 때에도, 당신의 아름다운 눈이 컴퓨터 모니터 앞에 나타나서 나를 지켜보고 있는 것 같습니다. 그리고 나랑 놀자고 유혹합니다. 화장실에 갈 때에도, 밥 먹으러 갈 때에도 하얀 드레스를 이쁘게 차려입은 당신이 온통 나를 따라다닙니다. 너무나 당신이 보고 싶어 당신이 환상으로 나타나는 것 같아요. 나 어쩌면 좋아요. 이대로 며칠만 더 지나면 고통 속에 죽어버릴 것 같아요. 제발 나를 구해주세요.

당신은 지금 무엇을 하고 있나요. 무슨 생각을 하고 있나요. 당신도 나와 같은 생각이겠지요? 보고 싶다는 생각. 당신이 보고 싶을 땐 커피를 한잔 마시는 버릇이 생겼어요. 그래서 잠이 안 오나 봐요. 어젯밤에도 뜬눈으로 밤을 지새웠습니다. 당신도 그런가요?

당신을 파리에서 처음 만났을 때부터 내 가슴은 주체할 수 없이 뛰었다는 사실을 이제야 고백합니다. 당신은 내가 꿈에서 상상해오던 이상형, 헬렌이었습니다. 그 아름다움에 넋을 잃고 당신을 바라보던 내 모습 기억나나요? 그리고 니스 해변에서 당신에게 고백한 사랑은 내 진심에서 나온 말입니다. 당신의 사랑이 어떤 모습이든, 내 사랑은 오직 당신뿐입니다. 나는 어떠한 어려움이 닥치더라도 영원히 당신을 사랑하겠습니다.

(중략)

당신이 준 애마는 아도니스의 자유를 발산하면서 잘 다니고 있습니다. 옆자리에는 지금까지 아무도 태우지 않고 있습니다. 그 자리가 당신이 타야 할 자리니까요.

당신을 사랑하는 아도니스

우리는 며칠 간격으로 이러한 이메일을 계속 주고받았다. 별명이 레알 레걸인 스포츠 신문기자 Y 선배로부터 만나자는 연락이 왔다.

69

레알 레걸 2

한남동의 H호텔 커피숍에서 그녀를 만났다. 전에도 잠깐 언급했지만 Y 선배는 우리 신문사에서 기자로 일하다가 스캔들이 나는 바람에 스포츠 신문으로 옮겨서 일하고 있다. 레알 레걸은 진짜 걸레라는 뜻으로 남자들이 붙인 별명이었는데, 남자들끼리 있을 땐 레알로 통했었다. 나보다 입사는 3년 정도 빠르지만 나이가 비슷해서 말을 놓고 지낸다. 내가 수습기자 시절 그녀는 기사쓰기, 취재방법, 인간관계 등 초보적인 기자 되기 연습을 시켜줬던 멘토였다. 그녀와 나는 서로에 대해서 모르는 것이 없을 정도로 친한 사이다. 그녀의 가정사, 남자관계 등등. 그녀가 겨울에 즐겨 입는 검은색 가죽점퍼도 나만 아는 비밀이다. 등 부분에 흰색 실로 수놓은 별이 30개 정도 있는데 자기가 지금까지 관계한 남자들을 의미한다.

우리는 한강이 내려다보이는 창가 자리에 마주 보고 않았다.

"야! 오랜만이다."

그녀는 빨간색 미니스커트와 흰색 민소매로 가릴 데만 가린 채 요염한 모습으로 나를 뚫어지게 바라보며 말했다.

"안 보는 사이에 더 멋있어졌다, 아도니스. 사랑하는 사람이 생겼나 보지?"

"……."

"너는 얼굴이 아직도 그대로다. 나는 폭삭 할망구가 됐는데. 하하하."

"선배도 옛 모습 그대로네 뭐. 나이를 거꾸로 드시는 거 같아."

"그러니? 요즘 마사지 좀 받고 그런다."

"지금쯤 별이 50개는 넘지 않았어?"

"야! 요즘 별 따기 쉬운 줄 아니? 너같이 멋진 남자들은 다 어디로 가 버리고, 애송이들은 날 상대해 주려고도 하지 않고……. 하하하."

그녀는 아무렇지도 않게 자신의 내밀한 사생활을 내게 털어놓는다. 우리 사이가 그만큼 가깝다는 소리다.

"기다려, 아도니스. 마지막 별은 너로 채워 넣을 거니까. 하하하하."

"근데 왜 갑자기 만나자고 했어?"

내가 물었다.

"뭐 특별한 게 있어야만 보냐? 그냥 아메리카노 한잔 마시려고 한 거지. 아메리카노가 특별한 거 없을 때, 바람피우고 싶을 때 마시는 거라며?"

"……."

"네가 쓴 특집기사 봤어. 잘 썼더라. 문장력도 수준급이고, 문장 속에서 철학이 발견되는 거 같아서 감동적이었어. 내 밑에서 배운 게 엊그제 같더니 이제 다 컸구나, 하는 생각이 들더라구."

"그래요?"

나는 건성으로 맞장구를 쳤지만 속으로 웃음을 참았다. 그녀에게 르네에 대한 사랑을 들켜버린 심정이랄까.

"특히 프롤로그에 쓴 말이 괜찮았어. '인간의 특별해지고 싶은 욕망의 발현이며 섹스보다 앞선 진화론적인 생산 활동……'이라고 썼던데, 르네를 염두에 두고 한 말 같더라."

"사적인 감정을 자제하려고 했는데, 그렇게 보였나?"

"귀신을 속여라 야! 그런데 르네하고 어디까지 갔니?"

그녀는 커피를 한잔 마시더니 궁금한 듯 내 속을 치고 들어왔다.

"그럼 그렇지. Y 선배가 궁금한 게 그런 거지 뭐. 하하하."

"……."

"지금 마른 장작처럼 불타오르고 있어. 하지만 어떻게 될지 모르지 뭐. 쉽게 이뤄지면 사랑이 아니지."

"그런 거 같았어. 네 문장 속에 애틋한 감정이 숨 쉬고 있더라. 잘해 봐. 야, 혹시 아니? 결혼하게 될지. 하하하."

그녀는 내 기사 속에 숨어 있는 사랑의 감정을 캐치한 것 같았다.

"그런데 잘 모르겠어. 자기랑 사랑하려면 가치를 높이라고 하던데, 자신에게 어울리는 사회적 지위를 갖추라는 말일까? 선배가 철학적으로 분석 좀 해 봐."

"가치라면 사회적 지위, 돈, 이런 걸 말하는 건 아닐 거야. 아마 그런 것은 아주 낮은 단계의 품격일 뿐이야. 중국의 장자라는 사람은 세속의 지위라는 것은 마치 제사에 바쳐질 소가 비단옷을 입고 뽐내는 것이라고 하잖아. 차라리 자유로운 돼지로 사는 게 더 가치 있는 삶이라는 거지. 가치라는 것은 상대적인 것 같아. 가치는 그런 유형의 것이 아니라 보이지 않는 무형의 무엇이 아닐까?"

그녀는 철학과 출신답게 내가 고민하고 있던 부분을 분석하고 있었다.

"내가 생각하기로는, 너에게 부여된 자유의 달란트를 소중하게 생각하고, 다른 사람들을 위해서 써야 되고, 아니면 르네에게 더 쏟아 부어라, 이런 해석도 될 거 같고……. 사실, 신은 아도니스 너에게 너무 많은 자유를 준거 같지 않니? 그건 돈으로도 명예로도 바꿀 수 없는 무엇이야. 어떤 사람은 자유가 없는 사람도 있고, 조금 부여받은 사람도 있고, 너처럼 무한한 자유를 부여받은 사람이 있거든. 축복이지 뭐. 그걸 알고 그것을 낭비하지 말고 실천하는 삶을 살라는 소리 같아. 그런데 넌 그걸 잘 모르는 거 같아. 내가 보기에 너는 나르키소스적인 면이 없지 않거든. 그 큰 자유를 활용하지 않고 거울만 쳐다보고 있단 말이지. 그래서 아마 그녀도 안타까움에서 그런 자유를 활용해서 세상을 유익하게 만드는 데 써라, 그러니까 앙가주망을 좀 해 보라는 것 같아. 걱정해서 하는 말 같기도 하고. 나르키소스가 거울만 쳐다보다가 결국 호수에 빠져 죽었잖아. 안 그래?"

그녀의 철학적 분석을 듣고 있으니 그 말도 맞는 것 같기도 했다.

"그런데 내가 옛날에 취재한 바에 의하면, 카사노바하고 르네하고 혼담이 오갔었는데 깨졌다는 소리가 있더라구."

그녀는 내 친구 카사노바와 르네와의 관계에 대해서 뭘 아는 듯이 한마디 던졌다.

70

레알 레걸 3

레알은 늘 짧은 치마에 속살이 비치는 야한 옷을 걸치고 다닌다. 얼굴 화장도 진하게 하고, 머리도 좀 야시꾸리하게 하고 다니고, 빨간 립스틱을 짙게 바르고 다녀서 기자라기보다는 마치 창녀 같다는 생각이 들 때가 있다. 겨울에도 스타킹만 신었지 차림새는 별반 다르지 않다. 겉 차림뿐만 아니라 사고방식도 다른 여자와 좀 다르다. 이를테면 '한 번의 로맨스보다는 열 번의 섹스가 낫다'는 신조를 갖고 있다. 보편적인 시각으로 보면 좀 천박하다거나 부도덕하게 보일지도 모르지만, 내가 보기엔 혁명적이며 시대를 앞서 살고 있다는 생각이 든다.

그녀는 어쩌면 여자로서 가련한 생을 살아왔다. 내가 알기로는 그녀의 남편은 게이였다. 결혼해서 애 둘을 낳을 때까지 그 사실을 모르고 살았다. 언제부턴가 남편이 관계를 기피하더란다. 나중에 알고 보니 게이였다. 그때 그녀가 여자로서 느끼는 허탈감은 마치 아랫도리를 도려내고 싶은 심정이었단다. 결국 이혼하게 됐고 그 순간부터 남성 편력의 화려한 역사가 시작된다. 진정한 남자를 찾아나서는 모험이라고 해야 하나? 그녀의 별들은 그녀가 받은 상처에 대한 보상인 것이다. 그녀는 그것을 자랑스럽게 여긴다. 이런 사실을 알기 때문에 난 그녀가 내게 추파를 던지고 거리낌 없이 성적인 농담을 하는 것을 뭐라 하지 않는다.

르네와 카사노바가 보스턴에 있을 때부터 사귀고 있었다는 사실을 알고 있던 터라 둘 사이에 혼담이 오고갔다는 얘기는 레알이 호들갑을 떨 만큼 내게 있어서 특별한 사안이 아니었다. 그녀는 내가 반응을 보이지 않자, 르네가 회장의 사생아였다는 사실을 귓속말로 폭로했다.

"그래서 카사노바 집안에서 르네와 결혼하는 것을 반대했대. 결혼해 봐야 별로 득이 될 게 없다고 판단한 거지."

"그래서 그게 뭐 어때서?"

나는 좀 격한 반응을 보였다. 내가 사랑하고 있는 르네를 모욕하는 듯한 발언이었기 때문이다.

"사생아면 어떻고 고아면 어때?"

나는 크게 소리를 질렀다.

"아니, 나는 그냥 그렇다는 거지 뭐."

그녀는 꼬리를 내리고 말했다. "

오랜만에 이 호텔 J 나이트나 갈까? "

그녀는 오랜만에 몸 좀 풀자며 나이트를 가자고 했다. 나도 특별히 할 일이 없어서 그녀가 하자는 대로 했다. 홀아비로서 혼자 사는 여자의 유혹을 매몰차게 외면하는 것도 잘 아는 처지에 상처를 줄 게 뻔하기 때문이었다. 그녀는 나이트에 들어서자마자 스테이지로 나를 이끌더니 요란하게 춤을 추어댔다. 그리고 블루스 타임이 되자 기다렸다는 듯이 나를 잡아끌어 내 목에 두 손을 걸치고 허리를 바짝 붙여왔다. 나는 거부하지 않았다. 내 다리 사이로 자꾸 밀려 들어오는 그녀의 비너스 언덕이 말초신경을 자극해서 흥분이 됐지만, 나의 머릿속은 르네를 생각하고 있었다. 그녀는 나의 반응을 알아차리고 점점 더 내 허리를 양손으로 잡아당기면서 귓속말을 했다.

"야, 너 아직 쓸만하구나."

난 그때 르네와 춤추는 생각을 했다. 레알의 머리 냄새는 르네의 머리칼 냄새가 났고, 레알의 가슴은 르네의 가슴처럼 느껴졌다. 나는 레알의 허리를 두 손으로 힘껏 잡아당겨 몸을 밀착시키고 스테이지를 이리저리 돌아다녔다. 레알의 심장박동이 커지고 숨소리가 거칠어진다.

"아도니스, 오늘밤 나랑 같이 있을래?"

그녀가 귓속말로 나를 유혹했다. 나의 반응에 상관없이 레알은 내 손을 이끌어 자신의 가슴속으로 집어넣었다. 어두운 스테이지에서 우리의 행동을 이상하게 본 사람은 없는 것 같았다.

"나 가야 돼."

나는 단호하게 그녀의 유혹을 거절했다. 그러자 레알은 다른 제안을 했다

"그럼 우리 자동차 극장에서 영화나 보고 가자."

나는 그것이 처음에 무슨 말인지 몰랐다. 그녀는 나를 태우고 남산 쪽으로 차를 몰았다

레알 레걸 4

레알은 어렵게 새를 잡아 입에 문 사냥개처럼 의기양양한 자세로 콧노래를 흥얼거리면서 남산자락의 '드라이브 인 씨어터'까지 거칠게 운전을 해 갔다. 하지만 그날따라 차량들이 꽉 차서 들어갈 자리가 없었다. 그녀는 자기 머릿속에 그렸던 어떤 계획이 잘 안 되었는지 아쉬운 표정을 지으면서 극장 담당자에게 히스테릭한 반응을 보였다. 그리고 차를 급히 다른 방향으로 돌렸다.

"여기는 안 되겠다. 근방에 비디오방이 있는데 거기서 영화나 볼까?"

나는 영문도 모른 채 생전 처음 가 보는 비디오방으로 이끌려 들어갔다. 그녀는 제레미 아이언스, 줄리엣 비노쉬 주연의 '데미지'라는 야해 보이는 영화를 고르더니, 주인의 이상한 눈초리에 아랑곳하지 않고, 당당하게 내 손을 잡아끌고 방으로 향했다.

비디오방은 2001년 당시 유행하던 유흥업소였는데, 2평 남짓한 공간에 30~40인치 정도의 비디오 스크린이 앞쪽에 설치되어 있고, 뒤쪽에는 침대처럼 길이가 긴 소파가 놓여 있어서 두 사람이 비스듬히 누워서 영화를 볼 수 있도록 돼 있었다. 그녀는 가져온 테이프를 잽싸게 비디오 장치에 넣더니 뒤로 벌렁 자빠져 누웠다. 그리고 내게 옆으로 오라고 손짓했다. 그녀는 영화를 이미 본 것 같았지만, 처음 본 듯이 영화 평 어쩌고저쩌고 하더니 영화 내용을 대충 설명해 줬다. 영화가 시작되자 그녀의 손이 내 손을 더듬기 시작했다.

"야! 너는 아직도 손이 애들처럼 이쁘다? 고생을 안 해서 그러냐?"

"요즘 고생, 누가 손으로 하나? 머리로 하지. 머리 빠진 거 보라고!"

나는 가운데 부분이 약간 벗겨진 머리통을 그녀에게 보여줬다. 영화는 홀로 알아서 잘 돌아가고 있었고, 내 몸은 이미 그녀의 손길에 무방비 상태로 놓여 있었다. 하지만 영화 내용이 좀 충격적이라서 내 머리는 스토리를 열심히 따라가고 있었다. 야한 장면이 나오자 그녀는 갑자기 내 바지 지퍼를 내려 손을 넣고는 중요한 부분을 만지기 시작했다. 나는 그냥 그녀의 행동에 대해 모른 척하고 있었다. 그녀의 행동은 마치 수십 년 청상과부의 한풀이 같았다.

"야, 네 피너스는 아직도 멀쩡하니? 요즘 남자들 스트레스 받아서 그게 안 선다며?"

"만져 보면 알 거 아니야! 안 서잖아!"

난 좀 신경질이 났다. 이미 르네의 것이 되었는지 피너스의 반응이 없었다. 하지만 그녀는 집요하게 내 몸을 일으키려고 노력했다. 그녀는 지퍼 속으로 깊이 손을 넣더니 내 팬티를 끌어내리고 피너스를 펌프질했다. 그래도 반응이 없자, 내 바지와 팬티를 통째로 벗겨 내리고 아랫도리를 나신으로 만들었다. 그리고 머리를 내 사타구니 쪽으로 들이밀고는 블로잡을 시작했다. 그녀는 며칠 굶은 사자처럼 그것을 갈기갈기 찢을 듯이 이리저리 물고 늘어졌다.

피너스가 서서히 반응하기 시작했다. 하지만 머리는 아직도 식어 있었다. 그때 내 머리는 이성이 지배하고 있었다. 영화를 봐야 한다는 생각과, 르네를 사랑하고 있다는 생각이 몸의 반응을 저지한 것 같다. 그럼에도 불구하고 그녀는 신음 소리를 내면서 내 몸을 여기저기 핥고 돌아다녔다. 내가 그래도 반응이 없자, 옆으로 다시 누워서 자신의 겉옷과 속옷을 하나씩 벗기 시작했다.

　한편, 제레미 아이언스와 줄리엣 비노쉬도 스크린에서 우리처럼 잘 놀고 있었다. 우리는 서로 엄마 아빠 놀이를 흉내 내고 있었는지도 모른다. 왜 연인들이 비디오방을 오는지 이해가 되는 순간이다. 유아기 때의 아련한 기억을 되살려 어른들의 놀이 문화로 발전시킨 것이랄까. 그녀는 반 나신으로 누워서 내 손을 자신의 중요한 부위에 가져다 대고는 이리저리 문질렀다. 하지만 여자가 그렇게 원하는데 목석처럼 영화만 본다는 게 좀 미안했는지, 나는 그녀의 허리 리듬에 따라 가운데 손가락을 버자이너 속에 넣고 어루만져 주고 있었다. 아직도 나의 중심은 요동을 치지 않았다. 내 머리는 영화 내용이 주는 충격 때문인지 더욱 냉정해지고, 피너스도 조금씩 오그라들고 있었다.

　'데미지'의 주요 내용은 이렇다. 영국의 관리 스티븐(제레미 아이언스)은 프랑스 대사관 파티에서 아들의 연인인 안나(줄리엣 비노쉬)를 만나 첫눈에 필이 꽂힌다. 안나는 욕망에 사로잡힌 그의 눈빛을 알아차리고 자기 집으로 그를 불러들여 정사를 나눈다. 두 사람은 사랑하는 사이로 발전하게 되지만, 스티븐은 가족을 지켜야 한다는 생각에 안나와 헤어지기로 결심한다. 하지만 안나가 아파트 열쇠를 소포로 보내 주자 다시 찾아가 사랑을 나눈다. 때마침 아들이 두 사람의 정사를 목격하게 되고, 충격으로 계단 난간에서 떨어져 죽는다. 약간 충격적임.

　내가 영화 스토리를 따라가고 있는 동안 그녀는 자신의 감각을 따라가고 있었다. 영화가 중반을 넘어서자 그녀가 홀로 몸을 흔들면서 신음 소리를 크게 내지르더니 철퍼덕 옆으로 몸을 내던졌다.

- 스티븐: 너 이외엔 아무 것도 보이지 않아.

- 안나: 그 외엔 중요한 게 없었나 보죠?

- 스티븐: 우리 일을 생각해 봤어.

- 안나: 그래서요?

- 스티븐: 아내를 떠나겠어. 틀림없이 그게 모두를 위해 좋은 일이야.

　　　　더 이상은 못 견디겠어. 이렇게는 안 돼. 난 이성을 잃었어. 이런

　　　　기분 처음이야.

- 안나: 아내를 떠나면 뭘 얻겠어요?

- 스티븐: 널 얻잖아.

- 안나: 이미 갖고 있는 걸 얻는 거겠죠.

"제레미 아이언스의 저 대사 멋지지 않니? 안나를 위해서면 모든 것을 던지겠다는 저 말."

영화가 점점 클라이맥스로 들어가자 레알이 먼저 말문을 열었다. 나는 영화 내용이 약간 당혹스러워서 아무 말 없이 듣고만 있었다.

"남자가 사랑을 하려면 저렇게 모든 걸 포기할 정도로, 정열적으로 해야 돼. 이것저것 따지고 재는 것은 사랑이라는 이름으로 포장된 섹스 본능일 뿐이라고."

그녀는 많은 경험을 통해서 나름대로 정립한 자신의 사랑관을 내게 말했다.

하지만 나는 그 말에 동의할 수 없었다.

"저 사람은 가정을 가진 남자고, 설령 사랑에 빠졌다 하더라도 아들의 피앙세임을 알았을 땐 정신을 차리고 그만뒀어야 돼요. 안나도 모든 것을 걸겠다는 스티븐의 말을 반박하잖아요. 결국 스티븐이 원하는 것은 안나와 함께 살겠다는 건데 안나는 그걸 원치 않잖아요. 사랑하면 같이 산다는 건 잘못된 정형일 뿐이에요. 따로 살면서도 사랑을 할 수 있잖아요. 그러니까 불편한 사랑을 하려면 적절한 이성의 통제가 필요해요. 그게 서로에게 소중한 사랑을 지키는 길이거든요. 격정적으로, 감정적으로 하니까 아들이 죽고, 가정이 파괴되는 비극이 일어난 거 아닐까요?"

"글쎄, 나는 사랑에 이성이 개입하면 이미 사랑이 아니라고 봐. 사랑이라는 것은 때로는 성 충동이나, 육체적 이끌림, 따뜻한 감정에 의해 시작되는 건데, 이미 이성이 개입해 버리면 사랑의 싹조차 틀 수 없거든. 무미건조한 사회가 되는 거지. 오직 처녀 총각들만 사랑하라는 소리와 같아. 근데 세상이 어디 그러니? 나이나 신분에 구애되지 않고, 오직 사랑이라는 감정에 이끌리는 사랑이야말로 순수하고 진실한 사랑이 아닐까?"

그녀는 소리를 높여서 자신의 사랑관을 역설했다.

나는 내가 생각하는 '불편한 사랑'에 대해 내 나름대로 이론을 전개했다. 사실 나는 불륜이라는 말 자체에 어폐가 있다고 생각한다. 그것은 단지 다른 사람들에게 불편할 뿐이지, 본인들에게는 지고지순한 사랑이 아니던가. 그러니까 불편한 사랑이라는 것은 옳고 그르다는 선악 판단의 문제가 아니라, 할 것인가 말 것인가 선택의 문제일 뿐이라고 생각한다.

"여러 사람들이 불편해하는 사랑을 하는 건 좋다 쳐요. 하지만 아버지로서 페르소나가 있고, 어머니로서, 아내로서, 며느리로서의 페르소나가 있지 않나요? 그걸 깨트리면 안 되죠. 그걸 잃어버리면 세상의 질서가 무너지게 되고 동물들처럼 난장판이 되지 않겠어요? 가정을 깨거나 아들에게 들키는 비상식적인 일은 일어나지 않게 해야죠."

그녀는 또 반박했다.

"페르소나, 많이 듣던 말인데? 그런 페르소나라는 것도 인간이 자신들의 편리를 위해 제도화시킨 것은 아닐까? 사회질서를 유지하기 위한 방편으로 말이야. 지금은 21세기이야. 어떤 행동에 대해 본인이 선택하고 판단하고 책임지면 되는 거지, 무슨 페르소나에 속박되어 사랑하는 감정을 통제해 버리면 인생이 너무 초라하지 않을까? 그러한 페르소나에 매몰된다면 사회는 쇳덩어리처럼 차갑지 않겠어? 그게 진실로 신이 원하는 인간들의 삶일까? 사랑의 감정은 신이 인간에게 준 축복 중에 축복인데 말이야."

나는 다시 반박했다.

"그래도 인간이 인간인 것은 감정을 통제할 수 있는 이성을 가지고 있어서 그런 거 아니겠어? 감정만 가지고 있다면 동물과 뭐가 다르겠어. 감정이라는 '말'을 통제하기 위해 이성이라는 마부가 필요하고, 그래야 인간이라는 마차가 제대로 길을 갈 수가 있지 않겠어? 만약에 이성이라는 마부가 없다면, 통제를 벗어난 말들은 어떻게 되겠어? 미친 소처럼 날뛰다가 가족을 다치게 하고, 사람을 다치게 하고, 사회를 파괴하지 않겠어?"

그녀는 내 얘기를 잠자코 듣고 있다가 다시 큰 소리로 말했다.

"너 의외로 컨서버티브구나? 플라톤이 언제 적 플라톤인데 그런 구닥다리 이론을 써 먹냐? 지금은 21세기라고. 플라톤이나 아리스토텔레스 같은 철학자들의 이론은 이미 근대가 시작되면서 죽었다고. 니체에 의해서 신이 죽었다면, 사르트르에 의해서 신은 무덤에 들어갔어. 요즘 세상의 인간들은 신이 개입하지 않는 자유로운 세상에서 살고 있는 거지. 사르트르의 말대로 인간이 스스로 자기 행동을 선택하고 판단하고 앞길을 걸어가는 거야. 도덕관념 따위는 이미 쓰레기통 속에 들어갔단 말이지. 사랑도 마찬가지 아닐까? 서로 이끌리고 사랑하면 되는 것이지, 아들의 애인이든 뭐든 무슨 상관이 있겠어?"

비좁은 방에서 야한 옷차림으로 우리는 이상한 논쟁을 벌이고 있었다. 별로 치밀해 보이지 않는 적당한 논리들을 끄집어내서 서로 논박을 했지만 결론이 나지 않았다. 결국 합의에 도달한 것은 불편한 사랑도 소중한 사랑이라는 것, 그것을 유지하려면 머리를 잘 쓰고 감정을 잘 통제해야 된다는 것, 머리 나쁜 사람들은 절대로 불편한 사랑을 해서는 안 된다는 것, 스티븐과 같이 고삐 풀린 망아지처럼 날뛰면 여러 사람이 다친다는 것 등등이었다.

레알은 영화가 다 끝나자 옷을 주섬주섬 입었다. 그 모습이 무척 처량해 보였다.

"선배, 너무 외로운 거 같은데 카사노바 소개시켜 줄까?"

"누구라고? 카사노바? 야! 언제 적 카사노바냐? 내가 누구냐? 이미 서른 세 번째 별이 되었다. 르네 취재하다가 만났는데 하루 만에 관계를 가졌어. 그 사람은 나랑 사고방식이 비슷하더라."

나는 좀 놀랐다.

"빠르긴 빠르네. 근데 오늘 나랑 한 것도 별로 쳐주나?"

"야, 이건 내가 네 손가락만 빌려서 혼자 마스터베이션 한 거지, 네가 해준 게 뭐 있냐?"

그녀는 짜증 섞인 목소리로 따지듯이 말했다.

호텔에 세워둔 오픈카를 몰고 한남대교를 건넜다. 저녁 바람이 시원하게 들어온다. 르네가 보고 싶다는 생각이 들었다.

그동안 르네로부터 가끔 이메일이 왔지만 감정의 농도는 다소 흐려진 것 같았다. 어떤 때는 프랑스 남자 모델과 같이 찍은 사진을 보내오기도 했다. 그 사진을 볼 때는 눈이 뒤집힐 것 같은 분노가 치밀었다. 질투도 사랑일까. 그럴 땐 당장 르네에게 전화를 걸어 모델이 누구냐고 따졌다. 그녀는 그냥 웃으면서 여러 모델 중 한 명이라고 했다. 질투심을 유발해서 전화를 하게 하는 작전이었다나. 자기의 마음속에는 언제나 아도니스밖에 없다고 했다. 10월쯤 서울에 방문할 일이 있다며 그때 보자고 했다.

2001년 8월 말. 무슨 태풍이 한반도를 휩쓸고 지나가던 어느 날이었다. 오픈카를 타고 가는데 바람 한 점이 세차게 불어와 내 몸을 흔들어 놓았다. 그 바람이 뼛속까지 들어와 내 몸 어딘가에 숨어 있던 그리움을 마구 일깨웠다. 그것이 파도처럼 출렁거린다. 머리에서부터 발끝까지 그녀를 보고 싶다는 생각으로 가득 찼다. 가슴이 답답하고 명치끝에 통증이 느껴지면서 당장 보지 못하면 죽을 것만 같은 생각이 들었다. 그녀에게 전화를 했다.

"다영아, 너 보고 싶어서 잠도 안 오고, 입맛도 없고, 미치겠다. 당장 서울로 와줄 수 없니?"

그녀는 전화기 너머로 들리는 내 목소리에서 심상치 않음을 느꼈는지 내일 오겠다고 했다.

다음 날 저녁 11시쯤 됐을까. 다영이, 그러니까 르네를 생각하면서 침대에 누워 잠을 청하는데 갑자기 전화벨이 울렸다.

"지금 비행기 타고 있어요. 오늘 저녁 12시쯤 서울에 도착할 거 같아요. 마중 좀 나와요."

이건 상상이 아니라 현실이었다. 진짜로 다영이가 온다는 소리였다. 그 말을 듣자마자 내 가슴은 크게 방망이질쳤고, 머리는 멍한 상태가 되고, 온몸에서 짜릿한 전율이 일어났다. 허둥지둥 세수하고 대충 옷만 갈아입고 BMW를 몰았다. 우리 집에서 인천공항까지는 1시간 거리지만 성능 좋은 스포츠카의 엑셀러레이터를 최대로 밟아 30분 만에 주파해 버렸다. 내 마음은 이미 바람에 날리는 머릿결처럼 흥분하고 있었다. 저녁이라 사람들이 많지는 않았다. 공항 로비의 중심에 서서 그녀가 나타나기만을 기대하고 있는데 귀에 익숙한 소리가 들려왔다.

"아도니스!"

그 소리가 얼마나 컸던지 공항 대합실 전체 공간을 울릴 만큼 쩌렁쩌렁했다. 그녀를 기다리는 마음이 너무 애절해서 내 귀가 그렇게 큰 소리로 인식했는지도 모른다. 그녀가 마침내 나타났다. 그녀는 여행 가방을 팽개치더니 멀리서부터 달려와 나를 얼싸안았다.

"당신 정말 보고 싶었어요."

우리는 한참을 그렇게 그대로 포옹하고 서 있었다. 그러고 나서 그녀는 내 얼굴을 뚫어져라 쳐다보더니 내 의사와는 상관없이 내 입술에 프렌치키스를 퍼부었다. 다른 사람들이 그 장면을 봤다면 아마도 클림트의 키스를 연상했을 것이다. 남자는 완전히 황금색 롱드레스를 입은 여인에게 파묻혔다. 어깨와 갈비뼈에서 통증이 조금 느껴졌지만 그것은 머리로 전달되지 못했다. 그만큼 키스가 달콤했다. 그녀는 오랫동안 키스를 퍼붓고 나서는 다시 내 얼굴을 양손으로 받치더니 내 눈을 똑바로 바라보았다. 그리고 내 얼굴을 세밀하게 감상해 나갔다.

"사랑스러운 눈, 오뚝한 코, 잘생긴 귀, 키스를 부르는 입술, 얼마나 보고 싶었는지 몰라요."

그녀는 내 모습에 만족했는지 갑자기 다시 내 입술을 훔쳤다. 그 동작은 독수리가 먹이를 낚아채는 것처럼 빨랐다. 정신 차릴 새도 없이 그녀의 혀가 내 안으로 들어온다. 혀끝에서 달콤함을 넘어서는 간절한 욕망이 느껴진다.

그동안의 키스가, 말하자면 내가 혀를 들이밀고 그녀의 입속 구석구석을 탐험하면서 그녀를 소유하려는 행동의 표현이었다면 이번 것은 그 반대였다. 그녀의 혓바닥이 내 입속을 자유롭게 드나들면서 나를 소유하려 든다. 그녀의 강렬하면서도 억센 혀 놀림에 나는 그녀의 일부가 되기로 한다. 마침내 그녀가 입술을 떼더니 나를 소유했다는 듯이 크게 웃었다. 우리를 바라보던 사람들이 박수를 쳐 줬다. 창피한 생각보다는 그녀를 만났다는 기쁨이 더 컸다.

"아도니스, 우리 이 길로 바로 강원도 정동진에 가요, 거기 배처럼 생긴 호텔이 있는데 거기 가고 싶어요."

그녀는 내 의사와는 상관없이 거리낌 없이 자신의 말만 했다. 우리는 뚜껑 없는 스포츠카를 타고, 정동진으로 달리고 있었다.

강릉으로 가는 한여름 밤의 고속도로는 무서울 만큼 한적했다. 상대측에서 오는 차량의 헤드라이트만 가끔씩 우리를 스쳐 지나갈 뿐 칠흑 같은 어둠이 계속되고 있었다.

"야! 한국의 여름 밤하늘이 참 멋지네요. 저 별들 좀 봐요. 사랑스런 아도니스 눈빛 같아요."

그녀는 두 손을 번쩍 들고 하늘을 쳐다보면서 말했다. 그때 바람 한 점이 그녀의 머리카락을 흩날렸다. 샴푸 냄새가 코끝을 스치면서 내 가슴속을 파고 들어온다. 그것은 니스 해변에서 맡았던 그녀의 살결 냄새랑 똑 같았다. 오랜만에 맡은 그 향기가 나를 자극한다. 하지만 나는 숨을 멈추며 흥분을 가라앉혔다. 오랜만에 만난 그녀에게 그런 모습을 노출시키고 싶지 않았다. 그녀는 내 마음도 모른 채 천연덕스럽게 하늘을 바라보고 있다. 그녀의 눈빛이 너무나 매혹적이다.

"당신의 눈빛은 별빛보다 백 배나 더 영롱한데요 뭘!"

두근거리는 가슴을 진정시키느라 겨우 이 말밖에는 할 수가 없었다.

"그래요? 하하하하하."

나의 아부성 발언에 기분이 좋았는지 그녀는 바로 나를 쳐다보면서 크게 웃었다. 여자들이란……! 그러더니 내 얼굴을 양손으로 감싸며 말했다.

"이쁜 말을 어찌 그리 잘해요? 사랑스러운 아도니스! 당신은 정말 하늘이 내게 준 선물 같아요."

그것이 아부성 멘트인지 뻔히 알면서도 나도 기분이 좋았다. 내 얼굴에 미소가 돌았다.

"근데 나 정말 사랑해요?"

나는 뜬금없이 이 말을 했다. 긴장이 풀려서 그랬을까? 그녀의 마음을 또 확인하고 싶었다. 마침 라디오에서는 등려군의 '월량대표아적심'이라는 중국 노래가 흘러나오고 있었다. 그녀는 대답 대신 음악에 맞춰 부드럽게 몸을 이리저리 흔들더니 노래가 끝나자 한마디 했다.

"저 달이 내 마음을 대신하네요."

사실 그날 달은 없었다.

"내가 바쁜데 왜 온 줄 알아요?"

그녀는 다시 말을 이어갔다

"……"

"당신을 사랑하는 것은 당연하고, 당신이 내게 전화했을 때, 전화기 너머로 들려오는 목소리에서 당신의 어린 모습을 봤어요. 내가 없으면 어떻게 될지 모를 것 같다……. 당신 일부러 그런 거죠? 보호 본능 일으키려고!"

그녀는 나를 똑바로 쳐다보면서 따지듯이 말했다. 나는 별로 변명하고 싶지 않아서 그대로 운전대를 잡고 있었다.

"당신은 때로는 강한 것 같으면서도 아기 같은 면이 있나 봐요, 아도니스!"

그녀는 그렇게 말하고는 운전하고 있는 내 가슴에 얼굴을 파묻고 한참을 그대로 있었다.

"당신 냄새가 너무 좋아요. 이 냄새도 내가 여기에 온 이유 중 하나일 거예요."

그녀는 코를 킁킁거리며 내 가슴팍에다 이리저리 코를 들이댔다.

"이제는 내가 여기 있으니까 됐죠?"

그녀는 다시 머리를 들더니 내 옆모습을 바라보며 말했다. 나도 고개를 돌려 그녀를 바라보면서 말했다.

"당신이 너무 보고 싶은데 볼 수 없는 현실. 그래서 내 목소리가 그렇게 내 마음을 표현했나 봐요."

그녀는 알았다는 듯이 고개를 끄덕이고는 오른손으로 내 티셔츠를 들어올려, 밑으로 손을 넣어 가슴 부분으로 밀어 넣었다. 그리고 말했다.

"가장 중요한 것은 이 멋진 가슴을 만져보고 싶었어요, 아도니스."

그러면서 그녀는 손바닥으로 원을 그리면서 내 가슴을 부드럽게 터치했다. 그녀의 손이 젖꼭지에 닿는 순간 신음 소리가 터져 나왔지만, 바람 소리에 묻혀서 그녀는 인식하지 못했다. 그녀의 손길은 가슴에서 내려와 다시 아랫부분으로 간다. 부드럽게 혁대를 풀고 나더니 내 팬티 속으로 손을 들이밀었다. 피너스가 그녀의 손길에 잡히는 순간 '헉!' 하는 소리가 터져 나오고, 움찔했지만 운전 중이라 어떻게 해 볼 도리가 없었다. 그녀는 나를 옴짝달싹 못 하게 한 다음 그것을 노리개처럼 가지고 놀았다.

나를 꼼짝 못 하게 한 다음 그녀는 내 몸을 가슴에서부터 다리까지 더듬고 다녔다. 그때 내 몸은 수갑에 채워진 노예였고 그녀는 나를 산 공주와 같았다. 그녀의 손길에 내 몸이 달아오르기 시작한다. 운전을 해야 한다는 이성보다는 그녀와 사랑을 나눠야 한다는 감성이 앞선다. 그녀는 나의 거부 의사가 없음을 확인하고는 다시 내 바지와 팬티를 반쯤 더 끌어내렸다. 내 피너스는 이미 운전대 위로 솟구쳐 껄떡거리고 있다. 그녀는 아무런 거리낌 없이 그것을 잡고 이리저리 만지작거렸다.

"우리 여기서 한번 할래요?"

"뭐라구요? 고속도로 주행 중인데!"

나는 깜짝 놀랐다. 스킨십은 허락한다 해도 운전 중에 그것을 한다는 것은 너무 위험하기 때문이다. 하지만, 그녀는 내말이 끝나기도 전에 머리를 운전대 밑으로 넣고, 입으로 덥석 내 피니스를 물었다. 그리고 신음 소리를 내며 이리저리 물고 패대기치고 있었다. 다행히 차들이 별로 없어서 운전에는 지장이 없었다.

"당신! 미국에서 이런 짓도 많이 해 봤다면서요? 달리는 차에서 섹스하기. 하하하하."

그녀는 뭘 알고 있다는 듯이 말했다.

"뉴욕에서 애틀랜틱시티까지 섹스하면서 달렸다면서요?"

"누가 그래요?"

나는 우선 부인을 했다.

"누구긴요. 카사노바죠."

"……"

사실 이건 카사노바와 나만 아는 비밀이다. 뉴욕에서 저녁에 여자 둘을 꼬드겨서 각각 차에 태우고 애틀랜틱시티까지 가는데, 여자들의 옷을 다 벗기고 인증샷을 하면 이기는 게임이었다. 그때 나는 카사노바에게 졌던 걸로 기억이 난다. 나는 한국인 여자 유학생을 꼬드겨서 차에 태우고 아틀란틱시티로 갔는데, 가는 도중에 그녀를 아무리 설득하려 해도 할 수가 없었다. 그냥 그녀와 대화만 나누었던 기억이 있다. 하지만 카사노바는 파트너의 옷을 다 벗기고 카메라에 그 모습을 담아서 내게 보여줬다. 내가 졌다. 카사노바가 실제로 섹스까지 했는지는 아직도 모르겠다. 아마도 카사노바가 르네에게 거짓말을 했던지……

그녀는 거의 일방적으로 내 운전석 쪽으로 몸을 들이밀고는 나를 마주 보고 앉았다. 스포츠카의 운전석은 둘이 마주 보고 앉기에 좁지는 않았다.

정동진 3

우리는 아무 말 없이 그렇게 이상한 자세로 포옹을 한 채 정동진을 향해 드라이브를 하고 있었다. 따뜻한 느낌이 들었다. 그녀의 가슴에서 사랑이 전해지고 있었다. 나는 운전대를 잡고 있었고, 그녀는 내 목을 끌어안고 있었다. 그녀는 가슴으로 내게 따뜻한 사랑을 전해주고 있었고, 나는 그것을 받고 있었다.

"아도니스, 두려워 말아요. 내가 함께하잖아요."

그녀는 귓속말로 내게 속삭였다. 순간 그녀를 포옹하고 사랑한다는 말을 하고 싶었지만 어쩔 수 없이 그냥 고개만 끄덕였다.

그녀는 내 제스처를 읽었는지 내 목을 거칠게 끌어당겨 자기 입술에 갖다 대고 혀를 들이밀어 내 입속을 거세게 탐험해 나갔다. 질주하는 차에서 맛보는 키스가 이렇게 달콤한지는 그때 처음 알았다. 극한의 짜릿함이랄까. 그러고 나서 그녀는 상체를 조금 일으키더니 공항에서부터 입고 있던 얇은 금빛 롱드레스를 걷어 올려 벗어던졌다. "헉!" 순간 나는 외마디 비명을 질렀다. 갑자기 내 눈앞에 그녀의 완전한 나신이 나타났기 때문이다. 속옷이 하나도 보이지 않았다. 오직 그녀의 풍만한 가슴만이 내 눈앞에서 어른거렸다. 그때 나는 너무 놀라 눈을 어디에 둬야 할지를 모른 채 위험한 운전을 하고 있었다.

"뭘 놀라요? 나도 아도니스 따라 한 건데요. 속옷 안 입으니까 너무 편하다. 재밌죠? 하하하하."

그녀는 전라 상태로 나를 껴안으며 웃고 있었다. 차의 흔들림에 따라 그녀의 가슴이 내 입술 근처에서 출렁거린다. 순간 나는 운전하는 것도 잊어버리고 그녀의 가슴을 덥석 한입 물었다. 그리고 미친 듯이 그것을 빨아댔다. 사랑이라는 감정은 때로 두려움마저도 잊게 만들고, 공포를 전율로 바꾸어 놓는 무엇인 것 같다. 주행하는 차량 안에서의 섹스는 뭉크의 '절규'처럼 우리에게 두려움을 주고 있었지만, 한편으로 우리 뇌는 극도의 쾌락을 맛보고 있었다.

무개차 밖으로 희미하게 흘러가는 것들은 별빛이었다. 그것들은 시냇물처럼 천천히 무리를 지어 옆으로 사라지고 있었다. 내 차 역시 그 희미한 빛을 거슬러 어디론가 흘러가고 있었다. 내 뇌는 이미 멈춰 섰고 감각만이 운전대를 지배하고 있었다. 내 눈이 인식할 수 있는 유일한 것은 그녀의 뽀얀 가슴뿐이었다. 그것을 등대 삼아 어두운 터널을 지나가고 있었다. 내 머리는 빨리 공포스러운 어둠 속을 빠져나가기를 갈망하고 있었지만, 내 몸은 그대로 그녀의 가슴속에 파묻혀 있고 싶었다.

공포의 질주는 쉽게 끝나지 않았다. 그녀가 멈춰야 내가 멈추고, 내가 멈춰야 차도 멈출 텐데, 그녀는 내 몸을 더욱더 가속시키면서 쾌락의 나락으로 깊이 빠져들고 있었다. 우리는 시간 감각과 공간 감각을 잊어버리고 사차원의 시공간 어딘가를 날아가고 있었는지도 모른다. 그때 들려온 어떤 괴성은 이것이 꿈이 아니라 현실임을 알려 주었다. 날카롭게 스쳐 가는 휘파람 소리는 그녀의 신음 소리였다. 그것이 자동차의 경적 소리처럼 크게 내 귀로 들리고 세상으로 퍼져 나갔다. 그 소리를 인식하고 나서야 조만간 마지막 순간이 다가올 것임을 예감했다.

그녀는 뭔가 생각났다는 듯 깜짝 놀라는 표정을 짓더니 자신의 엉덩이 밑에 누워 있던 내 피너스를 더듬었다. 그동안 그녀로부터 소외당했던 나의 피너스는 제 주인을 만난 듯 힘차게 반가움을 표시했다. 그녀는 마치 그것이 자신의 소유인양 대가리를 손으로 비틀어 잡고는 자신의 버자이너로 밀어 넣었다. 버자이너 속에서 피너스는 편안한 안식을 취했다. 하지만 그녀는 그 것을 그냥 내버려두지 않았다. 그녀는 5단 기어를 넣은 스포츠카처럼 엉덩이 의 요분질을 급가속하기 시작했다. 내 피너스는 찢어질 듯 아프고 심장이 터 질 것처럼 헐떡거렸다. 그때 내 몸은 머리의 통제를 벗어나 버렸고, 내 몸을 제어하는 것은 그녀의 버자이너였다. 공포는 어느새 사라지고 머릿속에 만 들어진 새하얀 도로 위를 쾌락이라는 자동차가 달리고 있었다.

얼마나 달렸을까. 전력 질주하던 그녀의 엉덩이가 옆 좌석으로 벌렁 자빠 졌다. 그녀의 엉덩이 밑에 있던 검은 욕망 덩어리가 적나라하게 드러났지만, 그녀는 창피한 줄도 모르고 한참을 그런 모습으로 누워 있었다. 그리고 한마 디 했다.

"사랑은 두려움도 이기나 봐요. 하하하."

그녀는 홀라당 벗은 채로 옆 좌석에 비스듬히 퍼질러 누워 있었다. 잠시 후 그녀가 한마디 던졌다.

"당신의 피너스는 언제 봐도 멋져요. 꼭 순대 같아요. 하하하하."

나는 어이가 없어서 잠자코 듣고 있다가 한마디 던졌다

"아니! 좋은 표현도 많은데 하필 순대가 뭐예요? 그리고 다영 씨는 나랑 니스에서 관계할 때 처녀라고 했는데, 지금은 마치 여러 남자들이랑 관계한 것처럼 들리네요!"

"여자가 처음 관계했다고 하면 그게 처음이죠 뭐! 뭐 그런 거 가지고 따지고 그래요? 남자가 쪼잔하게."

그녀는 벌떡 자리에서 일어나 옷을 추슬러 입고 말했다.

"우리 그런 시시껄렁한 문제 가지고 싸우지 말고, 심심한데 재미있는 얘기 하나씩 하기로 해요. 당신 먼저 해 봐요."

그녀는 내 의사도 물어보지 않고 일방적으로 자신의 제안을 던져놓고는 내게 이야기를 하라고 재촉했다.

"내가 대학 다닐 때였어요. 서울 어느 지하철역에서 내렸는데 배가 너무 고픈 거예요. 그래서 지하철역과 연결된 쇼핑센터 식료품 시식코너가 생각나서 바로 달려갔어요. 맨 먼저 보이는 곳이 무슨 순대, 떡볶이 이런 음식이었는데, 몇몇 사람들이 모여서 맛있게 먹고 있는 거예요. 나도 바로 순대를 몇 점 손으로 집어서 허겁지겁 먹고 있는데, 옆에 서 있는 아가씨가 자꾸 나를 쳐다보는 거예요. 그래서 '날 좋아하나? 하긴 나같이 잘생긴 대학생이 옆에서 같이 먹고 있으니 얼마나 좋겠어?'라고 생각하면서 몇 점을 더 먹는데 그 아가씨가 그러는 거예요. '이봐요, 아저씨! 이거 제가 산 거거든요?' 알고 보니까 거기가 시식 코너가 아니라 분식 코너인 거 있죠. 주변 사람들이 깔깔대고 웃고, 나는 너무 창피해서 바로 뛰쳐나왔어요."

그녀가 내 이야기를 듣고 나서는 자지러지게 웃었다.

"그나마 당신이 잘생겨서 다행이네요. 못생겼으면 바로 싸대기 날아갔을 텐데. 하하하하."

누구에게 말하기도 창피한 가난한 대학생의 처절한 경험담이었는데 오랜만에 다시 생각해 보니 너무 웃겼다. 우리는 한참을 웃었다. 너무 웃어서 눈물이 다 날 지경이었다.

"그럼 나도 하나 할게요."

그녀도 이야기 하나가 생각났는지 웃음을 멈추고 말하기 시작했다.

"경상도 부부와 어린 아들 하나가 단칸방에 살았대요. 부부는 저녁에 그것이 하고 싶어서 아들이 자는 것을 확인하고는 그것을 시작했대요. 10분쯤 하고 나서 남편이 부인에게 물었대요. '니 뽕가나?' '아직 멀었심다.' 또 10분쯤 하고 나서 남편이 부인에게 물었대요. '니 뽕가나?' '어데애.' 남편은 마지막으로 10분을 더 열심히 하고 나서 물었대요. '니 뽕가나?' 그랬더니, 자고 있는 줄 알았던 아들이 일어나면서 이랬대요. "어무이, 빨리 뽕간다 하이소. 아부지 죽습니데이.' 그랬대요. 하하하하."

우리는 그다지 재미있어 보이지 않는 구닥다리 농담을 하면서 고속도로를 달리고 있었다.

"이번에는 가장 슬픈 얘기 하나씩 하기로 해요."

그녀가 또 제안했다.

"아도니스부터 해 보세요. 자! 마이크 여기!"

그녀는 만년필 자루를 내 입가에 바짝 가져다 대면서 말했다.

"여기는, 평창 주변을 지나고 있는 스포츠카 안입니다. 여러분 제가 지금 자칭 타칭 꽃미남 아도니스를 인터뷰하고 있습니다. 콧대 높은 프랑스 여자들도 아도니스의 누드 한 방으로 뻑 가게 만들어 버린 아도니스! 지금 제가 단독 취재하고 있습니다. 이렇게 잘생기고 멋진 남자도 슬픈 이야기가 있을까요? 너무 궁금하지 않으십니까, 여러분?"

그녀는 아나운서처럼 멘트를 날리더니 자못 궁금한 듯이 귀를 쫑긋 세우며 마이크를 내 입가에 가져다 대고 있었다.

"슬픈 얘기가 너무 많아서 어떤 게 슬픈지 잘 모르겠는데요?"

나는 성장 과정에서 겪은 너무나 많은 기억하고 싶지 않은 일들을 떠올리기 싫어서 말하기가 싫었다.

"아도니스 님은 좋은 집안에서 자라서 별로 슬픈 일이 없었나요? 그럼 뭐, 슬픈 가정부 얘기나, 슬픈 정원사 얘기, 슬픈 운전사 얘기, 아니면 강아지가 임신하다가 낙태한 슬픈 얘기라도 말해 보세요. 청취자들이 너무 궁금해하잖아요!"

그녀는 내 속도 모르고 계속 혼자서 만담을 하고 있었다.

"참, 슬픈 강아지 얘기 있어요."

그녀가 강아지 소리를 하는 바람에 갑자기 내 어릴 적 키우던 강아지가 생각났다.

"제가 시골에서 살 때인데, 그러니까 아마 초등학교 3학년 때인가 그랬어요. 아버지가 강아지 한 마리를 사 오셨어요. 나는 형제들과 그 강아지에게 밥도 주고 놀아주고 열심히 키웠어요. 한 1년 있으니까 큰 멍멍이가 되더군요. 그 개는 내가 학교 가면 잘 다녀오라고 인사하듯 꼬리를 흔들었고, 학교 갔다 오면 꼬리를 흔들고 드러누워 나를 반겨주곤 했어요. 말하자면 나의 가장 친한 친구였죠. 그런데 어느 여름날 개장수가 와서 아버지께 개를 팔라고 하는 거예요. 아버지는 내 생각은 물어보지도 않고 돈 몇 푼에 개를 팔더군요. 그런데 그 개가 영리했는지 개장수를 따라가려 하지 않았어요. 아버지는 나보고 '네가 개장수 집에까지 개를 좀 데려다주고 오너라.'라고 말하는 거예요. 나는 마음이 아파 죽을 지경인데 나보고 개를 데려다주고 오라는 것은 또 뭔지……. 하여튼 싫다고 했지만 그 당시 아버지들의 말은 무조건 따라야 하는 명령이었잖아요. 그래서 할 수 없이 내가 개를 끌고 개장수와 함께 개장수네 집으로 향하고 있었죠. 그런데 동네 어귀를 지날 쯤 개장수가 갑자기 개 목에 올가미를 걸더니 전봇대에 개를 매달아 버리는 거예요. 내가 바로 지켜보는 앞에서 말이죠! 내가 제일 사랑하는 개를 그 나쁜 개장수가 내가 보는 앞에서 개를 매달아 버리는 거예요.”

그 말을 마치자마자 나는 나도 모르게 속에서 눈물이 터져 나왔다. 그러고는 “그 나쁜 개장수가 내가 보는 앞에서 개를 매달아 버리는 거예요.”라는 말을 계속 반복했다. 한번 터져 나온 울음은 그칠 줄을 몰랐다. 지금까지 이 이야기는 오직 나밖에 모르는 일이다. 그런데 어찌된 일인지 한 20여 년간 가슴속 깊이 묻어뒀던 그 슬픈 얘기를 그녀에게 털어놓자마자 눈물이 함께 터져 나왔던 것이다. 나는 엉엉 울었다. 그깟 개 한 마리가 뭐가 대단해서 그렇게 눈물이 났는지는 모르겠지만 아마도 어렸을 때 받은 상처가 꽤나 깊이 내 가슴속에 묻혀 있었고, 그것이 처음 밖으로 터져 나오면서 눈물도 함께 나온 것 같다. 눈물과 함께 암 덩어리가 용해되어 나온 것 같았다. 속이 후련했다. 그녀는 내 눈물을 열심히 닦아주기에 바빴다. 그때 운전을 어떻게 했는지는 기억이 나지 않는다.

“당신 마음 이해해요. 아도니스! 너무 아파하지 말아요. 내가 여기 있잖아요!”

그녀도 내 얘기에 동조되었는지 함께 눈물을 흘리고 있었다. 우리는 슬픈 얘기를 하면서 영동고속도로를 달리고 있었다.

우리가 정동진에 도착한 시각은 토요일 새벽 4시였다. 휴가철이 끝나서인지 해변은 파도 소리만 시끄럽게 들릴 뿐 다른 소리는 들리지 않았다. 우리는 유람선 호텔에 우선 체크인을 하고, 대충 씻은 뒤 잠자리에 들었다. 그녀는 다 벗어 버리고 한 침대에서 껴안고 자자고 제안을 했다. 우리는 얇은 시트 안으로 알몸을 밀어 넣고, 서로 부둥켜안고 잠을 잤다. 그녀를 껴안고 있을 땐 세상을 다 가진 것처럼 행복한 느낌이 들었다. 얼마나 잤을까. 창문으로 들어오는 밝은 햇빛 한 가닥이 나의 눈을 깨웠다. 이미 시트는 침대 밖으로 던져져 있었고, 옆에서 자고 있는 그녀의 알몸이 햇빛에 노출되어 밝게 빛나고 있었다.

나는 몸을 반쯤 일으켜 그녀를 바라보았다. 그녀는 내가 있는 쪽으로 옆으로 누워 있었다. 왼팔은 팔베개를 하고 있었고, 오른팔은 허리에 자연스럽게 늘어뜨리면서 쭉 뻗은 왼 다리 앞으로 오른 다리를 기역 자로 꺾어 침대에 놓고 있었다. 그녀의 탄력 있는 엉덩이와 잘록한 허리, 풍만한 가슴, 부드러운 어깨선이 햇빛을 받아 예술사진을 만들고 있었다. 하얀 빛이 그녀의 몸을 휘감으면서 어떤 아우라를 형성하고 있다. 그 아름다움에 넋을 잃어버린 나는 나도 모르게 입을 벌리고 침을 흘리고 있었다. 그냥 바라보는 것 외에 무엇을 해야 할지 아무것도 생각나지 않았고, 어떤 행동도 할 수 없었다. 오직 눈빛만이 그녀에게 사랑을 쏘아 보내고 있었다.

어느 순간 나는 그녀의 나신이 빚어내고 있는 작품에 생기를 불어넣어 주고 싶었다. 그녀가 행복해하는 모습을 보고 싶었다. 그녀가 깨어나지 않도록 아주 부드럽게 그녀의 얼굴에 손을 뻗어 눈과 코, 입술과 귀를 부드럽게 터치해 보았다. 그녀의 숨소리가 거칠어진다. 내 손길은 다시 그녀의 가슴을 따라 허리와 다리를 천천히 지나가고 있었다. 부드러운 손길에 사랑을 느꼈는지 그녀가 살며시 미소를 지어 보인다. 나는 그 미소 속에 드러난 하얀 치아에 입술을 내밀어 조심스럽게 키스했다. 작품은 그대로 유지되고 있었다. 그녀는 그 자세 그대로 사랑받고 있는 아이처럼 행복한 미소를 지어 보였다. 그녀의 감은 눈에도 키스를 해 주었다. 드디어 작품이 살아났다. 그녀의 감은 눈이 부드럽게 열렸다. 그녀가 두 팔로 내 목을 껴안았다.

"벌써 일어났어요, 아도니스? 더 자지 않고……. 피곤할 텐데."

그녀가 눈을 뜨자마자 한마디 했다.

우리가 깨어난 시간이 오후 2시쯤 된 것 같았다. 우리는 일단 옷을 갈아입고 호텔 식당에서 점심을 먹은 뒤 바다 구경을 가기로 했다. 8월 말 해변은 한적했다. 우리는 다정하게 손을 잡고 아무 말 없이 해변을 무작정 걸었다. 한참을 걷고 나서야 그녀가 내게 말을 걸었다.

"한국의 파도는 너무 거칠지 않나요?"

나는 아무런 대꾸도 하지 않고 고개만 끄덕이고 있었다.

"나는 한국의 바다가 무서워요."

내 답변을 듣기도 전에 그녀는 말을 계속했다. 해변의 끝자락쯤 왔을 때 그녀는 잠시 앉아서 쉬었다 가자고 했다.

"참, 내 슬픈 얘기 안 들었죠?"

그녀는 무슨 얘기를 하려는 듯 심각한 표정으로 내게 말했다. 그러고 나서 노래를 부르기 시작했다.

엄마가 섬 그늘에 굴 따러 가면 아기가 혼자 남아 집을 보다가

바다가 불러주는 자장노래에 팔 베고 스르르르 잠이 듭니다…… (한인현 시)

그녀는 느린 가락으로 노래를 시작하더니 점점 노랫소리가 젖어들고 있었다. 내가 알기로 이 곡은 초등학교 다닐 때 불렀던 동요가 맞는 것 같은데 그녀가 구슬프게 부르니 전혀 다른 느낌으로 다가왔다. 그녀의 뺨으로 눈물이 흐르고 있었다. 나는 얼른 손바닥으로 그녀의 뺨에 흐르는 눈물을 닦아 주고 있었다. 한번 터진 그녀의 눈물은 그칠 줄을 몰랐다. 나는 무슨 사연이 있길래 그러나 궁금했지만 그냥 그녀의 행동을 지켜보기만 했다. 다만 그녀의 머리를 쓰다듬어 위로를 해 주었다.

"일곱 살 때까지 엄마랑 함께 바닷가에 살았어요."

그녀가 울음을 그치더니 다시 말을 이어갔다.

"이건 내가 누구한테도 말한 적 없는 나만의 비밀이에요. 아마 아도니스에게 처음 말하는 것 같아요."

그녀는 눈물을 훔쳐내더니 나를 똑바로 쳐다보면서 말했다. 그녀의 눈길에서 나를 믿는다는 확신을 느낄 수 있었다.

"내가 다 들어줄게요. 당신의 아픔, 슬픔, 내가 다 가져갈게요."

나는 그녀의 머리를 부드럽게 쓰다듬어주면서 안심을 시켰다.

"내가 어릴 적 살고 있던 곳이 부산이었던 거 같아요. 나랑 엄마랑 바다가 보이는 집에서 살았어요. 엄마는 나를 옆집에 맡겨놓고 일하러 갔다가 저녁 늦게 나타나서는 나를 찾아서 집으로 가곤 했어요. 그때 옆집에 맡겨졌을 때는 얼마나 엄마가 보고 싶었는지 바다만 바라보다가 울다가 그렇게 지낸 거 같아요. 저녁에 엄마만 나타나면 세상을 얻은 듯이 기뻤어요. 그때까지 난 아빠라는 말이 무슨 뜻인지도 모르고 살았어요. 일곱 살 때였던 거 같아요. 초등학교 들어가기 전이었으니깐. 아빠라는 사람이 갑자기 나타나서는 엄마랑 막 싸우더니 나를 승용차에 태우고는 서울로 데려갔어요. 엄마는 나를 붙잡고 안 보내려고 울고불고했던 거 같아요."

그녀는 차분한 말투로 가슴속에 담아 뒀던 지난날의 아픈 기억들을 하나씩 풀어놓고 있었다.

"우리 아빠가 사는 집은 서울 평창동의 대저택이었어요. 그 집에는 아빠와 새엄마, 오빠 둘, 그리고 언니 둘이 살고 있었죠. 나중에 안 사실이지만, 오빠 둘은 새엄마 친아들이었고, 언니 둘은 나처럼 다른 데서 낳아서 들어온 자식들이었대요. 그 집에 처음 갔을 때는 어린 마음에 부산의 엄마가 너무 보고 싶어서 보내달라고 떼쓰고 울고불고 그랬던 거 같아요. 내가 우리 친엄마를 다시 본 것은 초등학교 4학년 때인가 그래요. 학교를 마치고 집에 가려고 하는데 엄마가 나타났어요. 그런데 세월이 지나서 그랬는지 의외로 무덤덤하더라구요. 엄마는 나보고 조금만 기다리면 나중에 커서 함께 살게 될 거라고 했어요. 그런데 이미 부유함이 주는 안락한 생활에 길들여졌는지 엄마의 말이 무슨 뜻인지 이해가 안 갔어요."

그녀의 눈가에 다시 눈물이 사르르 흐르고 있었다. 나는 그녀의 뺨에 흐르는 눈물을 손등으로 닦아주고 있었다.

"그리고 내가 고등학생 때인가, 하루는 새엄마와 아빠가 싸우는 소리를 우연히 엿들었어요. 우리 엄마가 부산의 모 호텔 무희 중 한 명이었대요. 하도 예뻐서 아빠가 하룻밤 잠자리를 같이했는데 거기서 내가 생겨난 거였대요. 엄마는 너무 순진했고, 또 아빠를 사랑했는지 나를 지우지도 않고 혼자 키우고 있었다네요. 그 말을 듣는 순간 우리 엄마가 너무 싫은 거예요. 부잣집 막내딸이라는 특권의식으로 가득 찼던 때라서 그랬는지 그런 비천한 출신이 내 엄마라는 사실을 인정할 수 없었어요. 정체성에 혼란이 온 거죠."

그녀의 말은 점점 격해지고 눈물도 굵어지고 있었다.

"그때부터 난 철저하게 우리 아빠 딸이라는 생각만 머릿속에 담고, 우리 엄마에 대한 모든 것을 지워 버렸어요. 우리 엄마가 만나자고 해도 만나주지도 않았죠. 참 못된 딸이었죠. 나는 철저히 부잣집 딸이 되었어요. 이를 악물고 공부도 열심히 했고, 아빠에게 인정받기 위해 노력을 많이 했어요. 우리 집안에서는 공부도 꽤나 잘한 편이었죠. 우리 아빠는 그런 딸이 대견했는지 유학도 보내줬어요. 난 열심히만 하면 사업도 물려받을 수 있다는 생각에 MBA도 했구요.”

무슨 한이 맺힌 듯 눈물 젖은 목소리가 굵어지면서 파도 소리를 넘어서고 있었다.

“그런데 미국에서 카사노바를 만났어요. 그 집안도 사업을 하는 집안이라 자연스럽게 만나서 혼담까지 오갔는데 그만 그쪽 집안에서 내 출신을 알아 버린 거예요. 게다가 카사노바는 그런 나를 감싸주기는커녕 나를 집요하게 따라다니면서 내 육체만을 탐하고 있었으니…… 그래서 카사노바와 깨진 거예요. 그 일이 있은 후, 카사노바가 마지막으로 한 번 만나자 그래서 만났던 게 그때 그 보스턴에서 있었던 파티였어요. 아도니스가 볼레로 춤추던 그때 말이에요. 그때 아도니스의 춤을 보고 나서 난 피가 거꾸로 솟는 듯한 느낌이 들었어요.”

그녀는 더 이상 눈물을 흘리지 않았다. 눈에서 광채를 내뿜고 있었다.

“피는 못 속이나 봐요. 내 유전자 속에 꿈틀거리는 예술 본능이 숨어 있었나 봐요. 아도니스의 춤추는 모습은 한마디로 충격이었죠. 그 춤을 보고 있는데 내 몸이 함께 꿈틀거리는 거예요. 그날 당신의 춤을 보고 와서 집에서 볼레로라는 음악을 틀어놓고 밤새도록 춤을 췄어요. 아마도 우리 엄마로부터 물려받은 끼가 내 속에 살아 있었던 거 같아요. 그래서 MBA 때려치우고 프랑스로 유학을 떠난 거예요.”

그녀는 내 얼굴을 두 손으로 어루만지면서 경외스러운 눈으로 바라보면서 말하고 있었다. 나는 내 춤에 대해 좋게 평가해줘서 기분이 우쭐해져 미소를 지어 보였다. 사실 나도 부유한 집안에서 태어났더라면 예술을 했을 거라는 생각을 늘 하고 있었다.

“그 사건은 내 정체성을 다시 바꾸는 계기가 됐어요. 나 스스로 우리 아빠와 거의 절교를 했어요. 나는 그쪽 집안과는 어울리지 않는다는 걸 알았죠. 그리고 다시 엄마를 찾아야겠다는 생각을 갖고 있었죠. 파리에 유학 와서 노트르담 성당 옆에 있는 '셰익스피어 앤 컴퍼니'라는 유명한 헌책방을 자주 드나들던 중 어느 날 낙서 하나를 발견했는데, 그 말에 그만 내 가슴속에 담아뒀던 응어리가 터져버린 거예요. '네 엄마를 사랑해라. 그녀는 하늘에서 온 천사가 분명할 것이니…….' 그 글을 읽는 순간 내 머리가 깨지는 듯이 아프면서 엄마가 무지 보고 싶었어요. 그 글을 읽고 엄청나게 울었던 기억이 나요. 나중에 성공해서 한국에 올 때마다 전시회를 한다고 언론에 광고를 내는데 아직 엄마가 나타나지 않아요. 내 예술의 8할은 아마도 친엄마에 대한 그리움일 거예요. 그리고 나머지는 카사노바에 대한 분노구요."

나는 그제야 그녀의 예술 세계를 어렴풋이 이해할 수 있었다. 그리고 왜 카사노바를 주제로 그림을 많이 그리는지도…….

제3부

뉴욕의 가을

　다영이(르네)는 그날 밤 다시 파리로 돌아갔다. 중요한 행사가 그다음 날 약속돼 있다면서 서둘러 가방을 챙겼다. 나는 그녀의 전용 운전사처럼 공항까지 모셔다주고 왔다. 뭐가 그리 바쁜지, 겨우 하룻밤 함께하자고 그 멀리에서 왔는지, 그녀의 변덕이 도무지 이해되지 않는다. 예술가들은 다 그런 걸까. 하지만 물리적 시간으로는 매우 짧은 만남이었지만 서로 사랑을 확인할 수 있는 소중한 시간이었다. 우리는 잠시 만나서 함께했지만 그 순간 서로에게 필요한 모든 것을 주고받았다. 공항에서 그녀가 떠나는 모습을 보고도 눈물이 나지 않았다. 그녀가 내 가슴에 남아 있었기 때문이다.

　9월 초가 되었다. 닷컴기업 특집으로 강남의 실리콘밸리를 취재하고 있던 중 역삼동의 무슨 컨벤션센터에서 우연히 내 친구 카사노바를 만났다. 21세기가 시작되면서 여기저기 우후죽순처럼 생겨난 닷컴기업들을 취재하고 있었다. 그는 아버지 회사에서 독립해 새로운 사업체를 운영하고 있다고 했다. 오랜만에 본 그는 살이 좀 쪄 있었다.

　"카사노바! 요즘 신수가 훤하다. 사업은 잘되냐?"

　내가 먼저 다가가 어색한 미소를 지으며 인사했다. 겉으로는 반가운 체했지만 마음은 그렇지 않았다. 아마도 르네와 레알로부터 들은 카사노바에 대한 악평들 때문에 그를 경계하고 있었는지도 모른다.

　"요즘 21세기 아니냐, 닷컴기업이 유망하다고 해서 뛰어들었는데 만만치가 않다야!"

그는 내게 반가운 표정을 지어 보였지만 내가 느끼는 감정의 거리감을 알아챘는지 그도 사업적인 멘트만을 날렸다.

"참, 그 프랑스의 르네 화백 관련 특집 기사는 잘 봤다. 재미있게 썼던데……. 취재하면서 르네 화백이랑 썸씽 같은 거 없었냐?"

팽팽히 맞서 있던 심리적 거리를 그가 먼저 깨트리며 치고 들어왔다. 하지만 나는 그에게 내 진심을 말하기 싫었다. 르네를 사랑하고 있었기 때문에 그녀가 농담의 대상이 되는 것이 싫었다.

"그냥 취재 대상이었을 뿐이지. 이제 옛날의 아도니스가 아니다야!"

우리는 여기까지 대화를 하고 더 이상 이어가지 못했다. 내가 먼저 바쁘다는 핑계를 대고 서둘러 자리에서 벗어났다. 르네와 나와의 관계가 자꾸 그에게 노출되는 것이 부담이었을까? 아니면 그때 카사노바를 연적으로 생각하고 있었을까? 한때 르네와 혼담까지 오갔던 사이였다면 아직도 르네와의 감정의 고리가 남아 있을지도 모르고, 그것은 여차하면 나의 애정 전선에 불안 요인으로 작용할지도 모른다는 생각이 들었을까? 그리고 그는 나보다 돈을 많이 가지고 있다. 따라서 마음만 먹는다면 언제든지 르네의 마음을 사로잡을 수도 있다는 나의 피해의식이었을까?

"나는 여자를 위해 태어났고, 여자를 사랑했을 뿐이고, 여자들로부터 사랑을 받기 위해 최선을 다했다." 이 말은 실제 이탈리아 베네치아 출신의 역사적 인물 카사노바가 즐겨 언급한 좌우명이다. 통상적으로 카사노바 하면 수많은 여성들을 농락한 바람둥이로 알려져 있지만, 내가 볼 때 그는 음악, 법률, 예술 등에 박학다식한 천재였으며, 다만 많은 여성을 사랑했을 뿐이다. 아니, 많은 여성들의 사랑을 받았을 뿐이다. 그래서 자유로운 영혼을 가진 나는 카사노바를 형님쯤으로 생각한다.

그러나 내 친구 카사노바는 약간 다르다. 친구를 폄하하는 것은 아니지만,

그의 좌우명은 전에 SES 가면 만들 때 새겼던 '나는 섹스한다. 고로 존재한다.'쯤 되지 않을까. 그도 물론 자유를 추구한다. 하지만 그는 도스토옙스키가 말한 대로 주조된 자유, 즉 돈을 갖고 있다. 내가 온몸이 자유라면, 그는 돈으로 자유를 사 버린다. 내가 '울지 않는 새는 울 때까지 기다린다'는 도쿠가와 이에야스라면, 그는 오다 노부나가의 '울지 않는 새는 목을 친다'에 가깝다. 내가 '향기 나지 않는 꽃은 꺾지 않는다'라는 원칙이 있다면, 그는 향기 나지 않는 꽃도 꺾는다. 내가 로맨스를 추구한다면 그는 섹스를 탐닉한다.

카사노바는 돌아서는 내게 명함을 내밀더니 강남의 자기 사무실로 놀러 오라고 했다.

80

카사노바 2

카사노바는 전에도 잠깐 언급했지만, 미국에서 유학 중 동문회에서 만난 동창이다. 그는 부잣집 아들로 보스턴 모 대학에서 MBA를 하고 있었고, 나는 필라델피아에서 저널리즘을 공부하고 있었다. 그는 공부하는 데는 별로 관심이 없었고 노는 데 바빴다. 나는 공부하는 데 관심은 많았지만 그가 제공하는 돈의 유혹을 뿌리치지 못했다. 그래서 우리는 서로에게 필요한 공생의 관계였다고나 할까. 우리는 자유를 갈망한다는 점에서 뜻이 같았고, 성격도 비슷해서 유학 시절 뉴욕, 보스턴, 필라델피아 등 미국 동부 도시들을 돌아다니면서 잘 어울려 다녔다. 하지만 서로 속마음까지 털어놓을 정도는 아니었다.

우리는 친했지만 애정 사업에 있어서 서로 경쟁할 때도 있었다. 그도 얼굴이 잘생긴 편이라 많은 여자들이 따랐고, 또 돈이라는 무기를 가지고 있었기 때문에 나보다 쉽게 연애를 했다. 한 여자를 두고 경쟁을 할 때도 있었지만 서로 양보하는 편이었다. 말하자면 내가 로맨스 중인 여자에 대해서 그는 관심을 보이지 않았고, 그가 관심을 보인 여자에 대해서는 내가 무관심했다. 우리는 성적 취향이 약간 달랐기 때문에 겹치는 경우가 별로 없었다. 내가 오랜 기간 동안 사랑을 이뤄가는 과정을 즐긴다면, 그는 즉흥적인 섹스를 즐겼기 때문이다. 하지만 어떤 때는 한 여자를 두고 서로 누가 먼저 관계를 갖는지 내기를 할 때도 있었다. 그가 이길 때도 있었고 내가 이길 때도 있었다.

게임 방식은 즉흥적이며 기발했다. 예를 들면, 남편과 함께 있는 백인 여자와 몰래 키스하기, 다음 날 시험 보는 여학생 꼬드겨서 놀러 가기, 할머니 꼬드겨서 관계하기, 한 달 내에 백인 흑인 동양인과 관계 갖기, 모르는 여자 차에 태워서 옷 벗기기, 동일한 미국 여학생과 먼저 사귀고 관계 하기 등등등. 지금 생각해 보면 매우 유치하고, 도덕적으로도 용납될 수 없는 일탈된 행위였지만, 당시 혈기 방장한 20대의 두 자유주의자들은 자유의 나라 미국이라는 공간에서 못 할 것도 없고, 안 될 것도 없다는 생각을 공유하고 있었다.

사실, 윌버드와의 사랑도 이 게임의 일환이었다. 방학 때 카사노바가 필라델피아의 우리 하숙집으로 놀러와 한 달간 머물 때였다. 그는 윌버드를 보더니 한눈에 반한 눈치였다. 그는 내게 한 달 동안 윌버드를 꼬셔서 누가 먼저 관계를 갖는지 게임을 하자고 했다. 물론 당시에는 둘 다 실패했다. 윌버드라는 여자는 소위 말해서 사랑이 수반되지 않는 육체적 섹스를 혐오하는 보수주의자였기 때문에 우리의 작전은 전혀 먹혀들지 않았다. 그는 한 달 동안 헛물만 켜다가 아쉬운 표정을 지으며 "두고 봐라. 내가 저 여자랑 반드시 한 번 할 거다."라고 내게 말하고는 보스턴으로 돌아갔었다.

결과적으로 보자면 나중에 내가 미국을 다시 방문해서 윌버드와 관계를 가졌기 때문에 내가 승리한 셈이다. 카사노바는 내가 그녀와 관계를 가진 사실에 대해서 아직도 모르고 있을 것이다. 나는 이 얘기를 카사노바에게 말하지 않았다. 그는 게임에 있어서 늘 나보다 자기가 우월하다는 자만감을 갖고 있었다. 자기는 돈이라는 무기를 하나 더 가지고 있었기 때문이다. 그래서 그는 게임에 졌다고 생각되면 크게 분노했고 결과를 수긍하려 들지 않았다. 하지만 나는 그런 그의 태도에 개의치 않는다. 서로 애정 철학이 달랐기 때문이다. 내가 여자를 사귀는 것은 단지 섹스만을 하는 것이 아니라 로맨스를 하고자 하는 것이기 때문에 서로 차원이 다르다고 생각했다.

카사노바는 그날 인사만 나누고 지나쳐서 아쉬웠는지 다음 날 내게 전화를 했다

"아도니스, 내일 우리 사무실로 한번 와라! 로열클럽 모임 건도 있고, 차나 한잔 하자."

81

카사노바 3

그의 회사는 판옵티콘닷컴으로 강남의 실리콘밸리 중심가에 위치한 10층 짜리 건물 맨 꼭대기 층과 그 아래층을 사용하고 있었다. 내가 알고 있는 판옵티콘은 영국의 철학자 제레미 벤담이 제안한 것으로, 도넛 같은 원형 건물 둘레에 방을 만들어 죄수들을 수용하고 중앙감시탑에서 내부를 들여다볼 수 있게 하면, 죄수들은 감시자의 시선 때문에 스스로 복종하게 된다는 개념인데, 카사노바가 어떤 의미에서 이 같은 회사 이름을 지었는지 궁금해하면서 현관을 들어섰다.

내가 사장실에 도착하자, 비서가 나를 카사노바에게 안내했다.

"회사가 좀 어수선하지?"

그는 나와 마주 보고 앉더니 말했다.

"좋은데 뭐. 시설도 깔끔하고, 직원들도 다들 엘리트 같아 보이고. 그런데 판옵티콘은 또 뭐냐? 벤담의 그거냐?"

내가 궁금해서 물어봤다

"누구를 감시한다는 부정적인 뜻이 아니라, 여러 사람들을 한군데로 모아서 연결해 준다는 의미지 뭐, 말하자면 소셜네트워크라는 건데 사람들을 연결해 주고 돈을 버는 거야."

그는 회사에 대해서 대충 설명을 해 주었다.

"그런데 이런 게 돈이 되냐?"

나는 사업에 대해서 알지도 못하면서 한마디 던졌다

"지금은 시작 단계라서 뭐 이익이 나는 것은 아니야. 초기 투자 비용만 엄청 들었다. 서버나 컴퓨터 등 장비 설치비용이 많이 들었고, 박사급 연구원들도 스카우트하고……. 지금은 손해 보는 장사지만 앞으로 이게 미래의 트렌드가 되지 않을까 싶다."

그는 MBA 출신답게 미래의 산업 트렌드에 대해서 내게 열심히 설명을 해주고 있었지만, 나는 그게 과연 사업이 될까 의문을 품고 있었다.

차를 한잔 마시고 나자 그는 나를 사장실 옆에 설치된 육중한 방음문 쪽으로 안내했다. 방음문 안으로 들어서자 조명이 밝아지면서 벽에 설치된 스피커에서 장중한 음악이 흘러나왔다. 지름이 20미터 정도 되고, 높이가 2.5미터쯤 된 원형으로 된 방에는 도넛처럼 생긴 원형 책상이 중앙에 배치되어 있었고, 중심 부분에 의자가 배치되어 있었다. 책상 위에는 작은 컴퓨터 모니터들이 8개 정도 둥글게 놓여 있었다. 원형의 벽에는 대형 모니터 10여 개가 원을 그리며 배치되어 있었다.

"여기는 내 사적 공간인데 직원들 아무도 모른다. 너한테만 보여 주는 거야."

그는 무슨 비밀을 털어놓는 것처럼 내게 귓속말로 속삭이더니, 도넛의 한 부분을 위로 젖히고 가운데 부분으로 들어가 자기 의자에 앉았다. 나도 따라 들어가 남은 의자에 앉았다.

그가 컴퓨터 키보드를 조작하자 원형 벽에 있는 모니터 한 대에 포르노처럼 난잡한 장면이 나타났다. 그러고는 책상 앞에 있는 모니터를 내게 보여줬다. 그 모니터에는 남녀 간의 대화가 오가고 있었다.

"이게 우리 회원들이 지금 채팅이라는 것을 하는 건데, 남녀 둘이 서로 화상채팅을 하는 장면이야."

나는 대화창을 들여다보면서 깜짝 놀랐다. 그들은 야한 대화를 하고 있었

고, 화상으로 이상한 장면들을 연출하고 있었다. 남의 화상채팅을 구경하는
것이 재미는 있었지만 내가 하는 것을 누군가 엿보고 있다고 생각하니 소름
이 돋았다.

"야! 이거 남의 대화 엿보는 거, 정보통신법 위반 아니냐?"

나는 그의 모니터링에 대해서 거부반응을 일으키면서 한마디 던졌다.

"내가 사장이고, 회사 운영 차원에서 보는 건데 어떠냐? 그리고 세상에 법
제대로 지키고 사업하는 사람 봤냐?"

그는 아무렇지도 않는 듯 소리를 크게 지르면서 반박하고 있었다. 나는
그냥 듣고만 있었다.

"사실, 내가 이 사업을 하게 된 것은 돈을 버는 것보다는 사람들의 속마음
을 훔쳐보고 싶었어. 내가 뭐 돈이 부족하냐, 뭐가 부족하냐. 이거 보고 있
으면 마치 내가 신이 된 거 같거든. 이건 돈 주고도 못 사는 거야."

그는 자신의 행위에 대해 변명하면서 의기양양하게 떠들었다.

"20-40방은 또 뭐냐?"

나는 그 회사가 제공하는 여러 방들 중 신기한 게 있어서 물어봤다.

"이건 말 그대로 20대와 40대를 연결해 주는 서비스야. 이게 요즘 제일 잘
나가는 방이지."

"……"

"그러니까 20대 남자와 40대 여자를 연결해 주고, 또 20대 여자와 40대
남자를 연결해 주는 방이야. 지금 이게 인기 짱이다."

"20대하고 40대가 관계가 이뤄질까?"

나는 상식적으로 이해가 안 가서 다시 질문했다.

그는 대답했다.

"20대 남자나 여자는 에너지는 있지만 돈과 경험이 필요하고, 돈과 경험이
있는 40대 여자나 남자는 20대의 에너지가 필요하고……. 그래서 서로 교환

가치가 있는 거 아니겠냐? 이거 엄청나다. 이거 들여다보고 있으면 정말 재미있다. 세상은 이렇게 돌아가고 있다. 이거 보고 있으면 앞으로 미래에는 가족이라는 제도가 해체될지도 모른다는 생각이 들어. 그러니까 21세기 사람들은 이미 가정이라는 것을 하나의 형식에 불과하다고 생각하고, 마음속에서는 이미 가정을 해체시키고 있는 거 같아."

나는 아무 말 없이 그의 설명을 듣고 있었다.

"20대와 40대의 만남은 어떻게 보면 가장 이상적인 관계가 아닌가 싶어. 내가 어느 책에서 읽은 건데, 아마존의 어느 부족들은 이런 결혼 제도가 있었다는 거야. 10대 때는 남녀가 같이 어울리게 하고 애를 낳는 거야, 그리고 낳은 자식은 50대 이상의 부족 구성원들이 키워주는 거지. 그리고 20대가 되면 40대와 결혼을 해서 즐기는 거지. 그리고 10년간을 사는 거야. 그리고 30대가 되면 다시 30대끼리 결혼하고 10년을 새롭게 살고. 또 40대가 되면 다시 20대와 결혼을 해서 10년간 생활을 하는 되지. 그리고 다시 50대가 되면 다시 50대끼리 결혼을 하고, 50대 이상의 세대는 10대가 낳은 애들을 키운다는 거야. 결국 결혼을 의무적으로 다섯 번을 하는 거지. 그러면 사회가 다툼이나 이혼, 이런 것 없이 모두가 행복한 이상적인 사회가 된다는 거야."

그는 어디서 읽은 이상한 책을 예로 들어 설명했지만 쉽게 수긍이 가지 않았다.

그는 판옵티콘 룸에서 나와 다시 사장실로 나를 이끌더니 한마디 던졌다.

"요즘 돌로레스는 안 만나냐?"

내가 대답을 머뭇거리는 사이, 그는 비서에게 양주 한 병과 글라스 두 개를 가져오게 한 다음 잔을 반쯤 채웠다.

"한잔 마셔라!"

그의 목소리가 날카로웠다. 나는 카사노바의 갑작스러운 질문이 너무 당혹스러워서 안주도 나오기 전에 일단 술을 한잔 들이켰다. 독한 술이 목을 타고 들어가는 순간, 어떻게 그럴듯한 거짓말을 해서 이 위기에서 벗어날까 생각했다. 무조건 아니라고 부인하는 것이 최선의 방법일 거라 생각하고 큰 소리로 대답했다.

"누, 누구를 만났다고? 도, 돌로레스? 야! J 박사 부인 말이냐?"

나는 그의 질문에 대해 일단 부인을 했지만 목소리는 떨리고 있었다. 그가 내 거짓말을 눈치챘을지도 모르지만 나는 시치미를 뚝 떼고 취기 때문에 말을 더듬는 것처럼 위장했다. 왜냐하면 이 문제가 자칫 사실로 알려질 경우 돌로레스가 난처해질 뿐만 아니라, 로열클럽 내에도 적지 않은 문제가 발생한다. 클럽 내에서는 서로 와이프에 대해서는 섹슈얼한 행동을 하지 않는다는 것이 불문율인데 만약 이것을 어겼을 경우 해당 회원은 당번 코디네이터가 직권으로 내리는 벌칙을 받아야 한다.

어찌 됐든, 카사노바의 질문은 마치 나와 돌로레스가 관계를 가졌을지도 모른다는 예리한 추측이 담겨 있었다. 그의 표정만 봐서는 진짜로 사실을 알고 물어본 것인지, 아니면 그냥 넘겨짚었는지 도무지 종잡을 수가 없었다. 카사노바가 그동안 나의 행동이나 취재 활동, 기사 등을 통해 그냥 넘겨짚었을지도 모른다. 나는 술기운을 이용해서 소리를 크게 질러 나의 거짓말을 정당화했다.

"야! 아무리 그래도 그렇지. J 박사 부인인데 어떻게 내가 그럴 수 있냐? 내가 짐승이냐? 말이 되는 소리냐?"

"하하하하, 너 왜 그렇게 당황하냐?"

카사노바도 단숨에 잔을 비우더니, 마치 나의 거짓말을 알고나 있다는 듯 나를 쏘아보며 웃었다.

"당황하기는……. 야! 말이 되는 소리를 해야지. 그리고 돌로레스 같은 귀부인이 나 같은 기자 나부랭이에게 관심이나 두겠냐?"

나는 계속 논리를 개발하면서 변명을 늘어놓았다. 그러나 카사노바는 마치 피의자를 조사하는 경찰관처럼 나를 계속 몰아붙였다.

"지난번 로열클럽 모임 때, 아도니스를 향한 돌로레스의 눈빛이 심상치 않더라. 내 눈은 못 속이거든. 그래서 아도니스가 이미 돌로레스와 섬씽이 있지 않았을까, 그냥 추측해본 거다."

그의 추궁이 조금 누그러졌다.

"내가 그렇게 능력이 있어 보이냐? 여자 꼬드기기라면 돈 많은 카사노바가 최고지 뭐. 내가 너를 당하겠냐?"

나는 카사노바를 추켜세우면서 그런 능력이 없다는 것을 강조하고 있었다. 하지만 그는 다시 나를 몰아세웠다.

"아도니스, 너는 흔들리는 여자들의 눈빛을 낚아채는 데는 선수야! 내가 다른 건 몰라도 너의 그 눈빛 낚아채는 것은 못 당하겠더라. 너는 그게 타고났거든. 아마 세계에서 둘째가라면 서러울걸! 그래서 이미 돌로레스와 관계를 가졌다는 생각을 했지. 네가 아무리 변명해도 내 육감은 못 속일걸?"

그는 계속 나와 돌로레스와의 관계를 의심했다.

"야! 넘겨짚지 마라야! 그리고 나는 그때 J 박사가 데려온 여자가 그의 부인이라는 사실도 몰랐어. 솔직히!"

나는 계속 아니라고 잡아뗐다.

"그래? 사실이 아니라면 아도니스답지 않은데? 하하하하하하."

그는 나의 강력한 부인에 마지못해 내 말에 수긍을 하는 것 같았다. 그가 내 말을 믿은 것 같아서 안도의 한숨을 쉬었다. 아무리 친구라지만 이 문제는 비밀로 해 둬야 할 것 같았다. 그는 내 말을 믿었는지 화제를 돌렸다. 그는 여자가 생겼다면서 조만간 결혼할 것이라고 말했다. 하지만 약혼자가 누구라는 사실은 말하지 않았다.

"이거 피스톨 들어 있는 가방인데 이번에 로열클럽 모임에서 네가 당번 코디네이터잖아. 이거 보관하고 있어라."

그는 가방 하나를 내게 넘겨주었다.

83

우아한 아도니스

우아한 음악이 들리고 있었다. 소프라노 두 명이 카나리아 같은 목소리로 사랑을 속삭이듯 부르는 그 음악은 모차르트의 오페라 '피가로의 결혼'에 나오는 '편지의 이중창'임이 분명했다. 나는 주로 이 음악을 내가 가장 순결하다고 느낄 때 즐겨 듣는다. 격렬하게 헬스 운동을 마치고 샤워를 하고 나면 내 몸과 마음은 가장 깨끗한 상태가 되고 이때 이 음악을 들으면 청량음료를 마신 것처럼 시원하고 영혼이 맑아짐을 느낀다. 그리고 아무도 없는 깊은 산속, 오직 새소리와 물소리밖에 들리지 않는 한적한 곳에 혼자 있으면 영혼이 맑아지면서 이 음악을 찾는다.

나는 우아하게 누워 그 음악에 취해 있었다. 문득 '여기가 어딜까'라는 생각이 들었다. 눈을 떠 보니 우리 아파트 지하 주차장이었다. 내 BMW가 주차장 2층 통로에 시동이 걸린 채 멈춰 서 있었고, 차량 오디오에서 그 음악이 들리고 있었다. 나는 차에서 5미터쯤 떨어진 구석 음침한 바닥에 쓰러져 있었다. 얼굴에서 물이 흘러내리고 있었다. 그것은 붉은 피였다. 그것을 손으로 닦아 눈으로 확인하는 순간 뭔가 잘못됐다는 생각이 들었다. 그것은 머리에서도 흐르고 코에서도 흐르고 있었다. 몸을 일으키려고 해 봤지만 발을 움직일 수가 없었다. 나는 그대로 누워 음악을 들을 수밖에 없었다.

르네를 사랑한 죄? 아니면 돌로레스를 사랑한 죄? 뭘까? 왜 내가 이렇게 됐을까? 지금까지 내가 살아오면서 벌을 받을 만큼 큰 죄를 지은것도 없었거니와, 힘이 부족해서 누구에게 폭행을 당해본 적이 없었는데……. 죄라면 유부녀를 사랑한 죄, 돈 많은 여자를 사랑한 죄밖에 없는데 도대체 이유가 뭘까? 신이 인간에게 준 선물이라는 사랑이 어떤 사람들에게는 상처가 되는 것일까? 당연하지. 그 사랑을 소유하고 있는 사람에게는 상처가 되겠지. 아! 사랑하는 것도 죄가 되는구나. 그것이 이해되는 순간 갑자기 웃음이 터져 나왔다. 그때 피 흘리며 웃고 있는 내 모습이 꽤 우아하다는 생각이 들었다.

그런데 우아함이란 뭘까? 사전적 정의는 '고상하고 기품 있고 아름답다'는 뜻인데 도대체 이게 뭘까? 장미 정원에 피어 있는 꽃들이 우아한 걸까? 그 꽃들은 스스로 우아할까? 거친 들판에 조심스럽게 홀로 피어 있는 들꽃은 어떨까? 스스로 우아할까? 겉모습이 멋진 여자가 우아할까? 아니면 스스로 아름답다고 생각하는 여자가 더 우아할까? 깨지고 얻어터지고 피 흘리는 이 상한 몰골이었지만 사랑을 담고 있는 영혼만은 우아한 것일까? 다른 사람도 지금 내 모습을 우아하다고 느낄까?

이건 전적으로 내 생각이지만, '쇼생크 탈출'이라는 영화에도 우아한 장면이 나온다. 옥외 스피커를 통해 감옥 내에 '편지의 이중창'이 울려 퍼지자, 운동장에 흩어져 있던 죄수들은 음악이 들려오는 하늘을 올려다보며, 마치 신의 음성을 듣는 듯 경건한 포즈를 취하고 있다. 그 순간 그들의 표정에는 흉악한 모습은 온데간데없이 사라지고, 자신의 인생에 있어서 가장 우아해 보이는 모습을 보여 주고 있다. 추악해 보이는 겉모습 속에도 가장 순수하고 아름다운 영혼이 숨겨져 있었던 것이다. 그들 자신이 우아함을 느끼는 순간, 동시에 관찰자들도 그들의 우아함을 느꼈던 것일까?

지하 주차장에서 흉한 얼굴로 쓰러져 있었지만 나는 그 순간이 자신의 인생에서 가장 우아한 때가 아닐까, 라고 생각했다. 그것은 아마도 몸은 망가져 있지만 누군가를 사랑하고 있는 영혼만큼은 온전하게 남아 있으며, 그것은 이 세상에서 가장 아름답고 우아할 것이라는 자기최면이었는지도 모른다. 어쨌든 그때 나는 마음속으로 어떠한 논리로도 설명할 수 없는 우아함을 느끼고 있었다. 착각이 도가 지나쳤나? 갑자기 머리가 깨질 듯이 아팠다. 음악이 멈췄다.

나는 오늘 있었던 일을 다시 머릿속으로 재구성해 봤다. 그러니까 카사노바 사무실에서 양주 한 컵을 원샷으로 들이켜고, 음주 상태로 운전을 해서 회사에 갔다. 그때가 오후 5시쯤 됐다. 대충 원고를 정리하고 있는데 누군가가 내게 전화를 해서는 다짜고짜 "르네와 만나지 마라. 더 이상 만나면 가만두지 않겠다." 뭐, 이런 협박을 거칠게 했지만 늘 기자들에게 걸려오는 이상한 전화라고 여기고, 저녁 6시쯤 퇴근해서 집으로 차를 몰았다.

석양을 바라보면서 차를 몰고 있었다. 나는 미국 서부영화의 건맨이라도 되는 것처럼, 옆 좌석에 있는 가방 안에서 리볼버 권총을 꺼내서 서쪽 하늘의 태양을 향해 총구를 겨누었다. 노란색 태양 안으로 몇몇 사람들이 들어왔다. 나는 그들의 머리를 향해 총구를 겨누고 방아쇠를 당기는 시늉을 했다. 그때 나는 세상에 두려울 것 없는 서부의 사나이처럼 의기양양했다. "다 비켜, 짜식들아!" 차량이 많지 않은 도로 위에서 나는 무개차 밖으로 그렇게 소리치고 있었다. 아마도 그때 술기운 때문에 호기를 부렸을 것으로 짐작이 된다.

우리 집 아파트 지하 주차장에 도착한 시간이 저녁 7시. 지하 1층이 차량들로 꽉 차서 한 층을 더 내려가 차를 주차하려고 하는데, 검은 정장을 입은 건장한 사내 네 명이 내 차를 둘러쌌다.

84

뉴욕의 돌로레스 1

우아하다는 생각을 하면서 밤새 누워 있다가 잠이 들었다. 나중에 눈을 떠 보니 병원이었다. 병실에 누워서 다시 그 순간을 떠올려 봤다. 내 차를 네 명이 에워싸고 있었고, 순간 나는 위기감을 느끼고, 오픈카에서 뛰어내려 도망을 치려고 했다. 하지만 술 취한 나는 몇 걸음 못 가서 그들에게 포위되고 말았다. 두 놈이 먼저 내게 달려들어 주먹과 발을 휘둘렀지만, 헛손질과 헛발질이었다. 나는 비틀거리면서도 그들의 공격을 피하면서 뒤돌아서서 주먹으로 두 놈의 턱 쪼가리에 각각 일격을 가했다. 하지만 건장해 보이는 다른 한 놈이 내 뒤에서 허리를 감싸 안았다. 나는 더 이상 어쩔 도리가 없었다. 세 놈이 내 몸을 무지막지하게 팼다. 내가 기억하고 있는 것은 여기까지다.

일주일 동안 병원에 있다가 퇴원했다. 그때가 2001년 9월 초였다. 집에 돌아와 컴퓨터를 열어보다가 깜짝 놀랐다. 르네로부터 몇 통의 편지들이 와 있었고, 그 중간에 뜻밖에 돌로레스가 보낸 이메일이 한 통 섞여 있었다. 돌로레스와 헤어진 지가 벌써 작년 이맘때니까 한 1년도 더 지났는데, 이제 와서 이메일을 보낸 건 뭘까? 신변에 무슨 큰일이라도 일어나지 않았을까, 라는 생각이 머리를 때리고, 그래도 한때 사랑했었던 여인이었는데 무슨 일일까 너무 궁금해서 그것부터 열어봤다.

아도니스에게!

몇 번을 방설이다가 마지막이라는 심정으로 편지를 써 봅니다. 헤어진 남자에게 편지를 쓴다는 것이 이렇게 큰 용기가 필요할 줄 몰랐습니다. 혹시 미친 여자 취급받지 않을까 너무 걱정하면서 글을 씁니다. 하지만 아도니스 님은 쿨한 사람이라는 것을 알기에 내 마음 이해해 주리라 믿고, 자판을 두드려 봅니다. 큰일 아니니까 너무 걱정하지 마세요. 하하하. 아도니스 님 지금 표정 다 읽고 있어요. 걱정하는 듯한 표정……

여기서 질문 하나…… 아도니스 님, 아직 애인 없을까요? 아도니스라면 아마도 지금쯤 나보다 더 젊고 아름다운 여자를 사귀고 있을 테지요? 안 봐도 뻔해요. 하하하. 나랑 사랑했던 감정은 이제 사라져 버린 건가요? 아니면 가슴 한구석에 조금 남아 있나요? 무지 궁금함. 나는 어떻게 지내고 있었는지 궁금하지 않았나요? 하기야 아도니스 님은 헤어진 다음에는 절대 다시 연락하지 않는 셀피쉬라서 뭐 이해는 합니다.

여기는 뉴욕입니다. 뉴욕에 온 지는 한 6개월쯤 되네요. 석사과정 해 보려고 혼자 왔는데, 나이가 들어서 그런지 영어가 너무 달려서 랭귀지코스만 6개월째 다니고 있어요. 그런데 이게 내게 잘 맞는 거 같아요. 학위 따야 할 부담도 없고, 비자도 해결되고, 영어만 배우니까 공부 부담도 없고, 마음껏 여행 다닐 수 있어서 좋고, 건강도 관리할 수 있고, 마음만 먹으면 멋진 백인 남자랑 연애도 할 수 있고……. 뉴욕에 있는 콜롬비아 대학교에 다니고 있는데 젊은 애들하고 같이 공부하니까 다시 처녀로 돌아간 기분이 들고 정말 좋네요.

센트럴파크 근처에 아파트를 하나 얻어서 생활하고 있어요. 수업 있는 날은 학교 가서 대충 영어 배우고, 수업 없는 날은 맨해튼으로 뉴저지로 쇼핑을 가거나, 브로드웨이에서 연극을 보거나, 스타벅스에서 죽치고 앉아서 친구들과 수다 떨어요. 여기 랭귀지코스에 프랑스 출신, 남미 출신, 일본 출신 등등 나랑 비슷한 또래가 몇 명 되는데 그녀들과 잘 어울려 다닙니다. 우리가 만났던 애틀랜틱시티도 몇 번 다녀왔어요. 거기 가서 카지노도 하고, 해변에서 백인 남자들이랑 노닥거리기도 하고…… 이상한 짓은 안 했으니까 걱정은 마세요! 그때 우리가 사랑을 나누던 해변도 몇 번 가 봤어요. 해변의 낭만은 사랑하는 사람과 함께할 때만 존재하더군요. 그냥 쓸쓸한 모래밭이더군요. 하하하.

그리고 좋은 습관이 하나 생겼어요. 매일 아침 센트럴파크로 조깅하러 다니는 것이요. 혼자 있으니까 배울 것도 많고, 할 것도 많고 너무 좋아요. 그중에서도 아도니스 님이 그렇게 내게 해 보라고 권했던 조깅을 여기서 하고 있어요. 뉴욕은 조깅의 천국인 거 같아요. 하하하. 매일 아침부터 센트럴파크의 나무숲 그늘 사이로 나 있는 조깅 코스를 달리는 맛은 이 세상 어떤 것보다 재미가 있어요. 내가 왜 이제야 뉴욕에 왔는지 정말 후회돼요. 암튼 조깅의 즐거움을 내게 가르쳐 주셔서 정말 감사해요. 심지어 비 오는 날에도 비옷 입고 조깅을 나가요.

하하하. 나 미쳤나 봐요. 헤어진 남자에게 이런 시시콜콜한 이야기를 다 하다니. 매일 아침 6시에 운동복으로 갈아입고 조깅을 나섭니다. 달리기는 아도니스 님이 가르쳐준 대로 천천히 걷다가, 조금씩 뛰다가 또 걷다가 하면서 페이스 조절을 하면서 1시간 반가량 하는데, 한 6개월 하니까 몸무게가 6킬로그램 정도 빠지고, 몸매도 처녀 적 몸매로 돌아갔어요. 정말 좋아요.

특히 조깅하고 나서 하는 샤워의 맛. 아도니스 님은 이 맛을 게 맛보다 좋다고 했잖아요. 하하하. 맞아요, 이 맛이에요. 상쾌하다는 느낌보다는 행복하다는 느낌이랄까. 아도니스 님 덕분에 완전 뉴요커가 다 됐어요. 내게 젊음을 다시 찾게 해 주셔서 너무 고마워요. ㅎㅎㅎ

제가 이메일을 보낸 것은 다름이 아니라 우리의 사랑에 대해서 다시 한 번 생각해 봤으면 해서요. 우리 아직 끝난 거 아니지 않나요? 어떤 상황 때문에 잠시 떨어져 있었을 뿐, 그만 만나자는 말은 누구도 안 했던 거 같아요. 날 미친 여자라고 생각해도 좋아요.

85

뉴욕의 돌로레스 2

편지는 계속되고 있었지만 여기까지 읽고 도저히 다음 구절로 넘어갈 수가 없었다. 관계를 회복해 보자는 그녀의 제안이 처음에는 장난스럽기도 하고 당혹스러웠지만, 정신을 차리고 다시 읽어보는 순간 가슴속에 남아 있던 아픈 감정이 소용돌이쳐 올라와서 분노로 바뀌었다. 떨리는 마음을 진정시키기 위해 소파에 앉아 눈을 감고 먼 곳을 응시했다. 그녀와 함께 사랑을 나눴던 장면들이 파노라마처럼 뇌를 스캔하고 지나갔다. 특히 해변의 차 안에서 관계를 가지는 장면과 그녀의 집 앞에서 마지막 키스를 나누는 장면이 떠오를 때는 굵은 눈물이 비 오듯 쏟아지고 가슴이 쿵쾅거리면서 결국 임계점을 넘어서 버렸다.

"사랑 가지고 나랑 장난치자는 거야, 뭐야!"

분노에 찬 목소리가 아파트 창문을 통해 멀리 퍼져나갔다. 한 시간가량 그렇게 눈물을 흘리며 앉아 있었다. 사랑보다 돈이 좋다면서 나를 거부하고 떠날 때는 언제고, 이제 와서 우리는 사랑하고 있을지도 모르니 다시 관계를 회복할 수 없을까, 라는 말인 것 같은데 이게 말이 되는 소리인가. 정신 나간 여자 아닌가? 왜 내 감정에 대해서는 아무런 배려도 없이 자기 생각만 말하고 자기 입장만 말하는가. 술을 한 병 꺼내왔다. 가끔 혼자 홀짝거리며 마시는 시바스리갈의 병뚜껑을 딴 다음 병째로 몇 모금 들이마셨다. 술기운에 마음이 조금 진정되면서 그래도 사랑하던 여인이었는데 무슨 사정이 있

지 않았을까, 하는 연민이 일었다. 다시 노트북을 열고 편지를 계속 읽어나
갔다.

지금 뉴욕은 밤입니다. 뉴욕의 야경이 참 멋지네요. 창밖을 바라보면 멀리
엠파이어스테이트 빌딩이 보입니다. 내가 이 아파트를 얻은 이유이기도 하구
요. 야경이 정말 멋지거든요. 다른 쪽을 바라보면 센트럴파크가 보여요. 세
계 문명의 정점에 있다는 도시 풍경과 신이 빚어 놓은 듯한 자연 풍경을 모
두 만끽할 수 있으니 세상에 이렇게 팔자 좋은 여자가 어디 있겠어요. 하지
만, 이렇게 아름다운 풍광을 구경하는 것이 사랑하는 사람과 함께하지 않으
면 무슨 유익이 있겠어요. 아무리 좋은 옷을 입고 명품 가방을 들고 폼 내
고 다녀도, 함께 손잡을 남자가 없으니 가슴이 너무나 공허하네요.
엠파이어스테이트 빌딩을 보니까 '러브 어페어'라는 영화가 생각나는군요.
비행기가 불시착한 섬에서 서로 사랑을 느낀 마이크와 테리는 정말 사랑한
다면 석 달 후 뉴욕의 엠파이어스테이트 빌딩 전망대에서 만나기로 약속하
잖아요. 그런데 마이크만 전망대에 나왔고, 테리는 도중에 교통사고를 당하
는 바람에 못 갔죠. 나중에 마이크는 그날 테리가 교통사고로 인해 약속 장
소에 나오지 못한 것을 알게 되고, 결국 사랑을 이루게 된다는 내용이죠.
이건 내 생각인데, 두 사람이 영영 헤어질 수도 있었지만 사랑의 여신은 마
이크의 적극성에 손을 들어준 것 같지 않나요? 그는 테리가 약속 장소에 나
타나지 않자, 그녀가 자기를 사랑하지 않을지도 모른다는 생각을 하면서도
계속 테리를 찾아다니고 이유를 알아보려고 했어요. 결국 테리가 사고로 불
구가 되었다는 사실을 알게 되죠.
내가 갑자기 이 영화 스토리를 말하는 것은 '마이크'와 '아도니스' 당신이 너
무 비교돼서 그래요. 내가 '사랑보다는 돈이 더 중요하다'면서 당신의 사랑
을 외면한 것은 사실이지만, 내 속마음은 당신이 나를 붙잡아 주기를 바랐

는지도 몰라요. 당시 상황에서 '당신의 사랑을 받아들일게요. 좋아요, 같이 살자구요.' 이렇게 말할 수는 없는 거잖아요. 당신과 결혼을 다시 하려면 남편과 이혼을 해야 하고, 사회적인 관계들도 정리해야 하고 등등 복잡한 문제들을 해결해야 합니다. 사실 난 당신의 사랑을 믿고 있었지만 이런 문제들이 더 두려웠어요. 그래서 당신에게 갈 수 없고 돈이 더 좋다고 거짓말을 했는지도 몰라요.

당신은 지금 무지 혼란스럽겠죠? 당신은 섹스를 하는 데는 공격적이고 저돌적인데 왜 사랑을 얻는 데서는 소극적이죠? 난 솔직히 말해서, 우리가 해변에서 마지막으로 만나고 헤어진 다음 당신이 내게 나타나기를 기대했어요. 우리 집에 당당히 와서 J 박사와 담판을 짓든가, 아니면 내게 매달리면서 결혼해 달라고 요청하기를 바랐어요. 진정 사랑한다면 모든 것을 걸고 그렇게 해야 마땅한 거 아닌가요? 하지만 당신은 전혀 그럴 기미가 보이지 않더군요. 그래서 당신의 사랑에 대해서 의심을 하게 되고, 또 버리도 복잡한데 불루명한 사랑을 계속할 이유는 없었겠죠. J 박사와 나는 사랑으로 맺어진 관계는 아니지만 그래도 그가 제공하는 안락함에 길들여져 있었거든요.

당신은 이 점에 대해서 명확히 해명해야 되지 않나요? 그냥 '나는 나르키소스다. 절대로 사랑을 구걸하지 않는다.' 이런 건가요? 한 번쯤 무릎을 끓고 사랑을 쟁취해 보고 싶지 않나요? 당신이 진정 나를 사랑했다면, 그리고 지금도 나를 사랑하고 있다면 말이에요. 물론 지금 다른 여자랑 사랑하고 있을지도 모르지만. 나도 다시 당신에게 한 번 더 기회를 주고 싶어요. 당신의 사랑을 시험해 보세요. 지금 사랑하는 여자가 당신의 여자인지, 내가 당신의 여자인지…… 난 무지 기대되네요.

뉴욕에서 돌로레스

그녀의 이메일은 부담 없는 가벼운 내용으로 시작되었지만, 끝부분으로 갈수록 진지하게 논리를 전개해서 깨진 사랑에 대한 책임을 내게 돌리는 것 같았다. 결국 나의 적극성 부족이 소중한 사랑을 깨트렸을지도 모른다는 그녀의 논리가 틀린 말은 아니라는 생각이 들고, 마음속에 미안함이 들기 시작했다. 아도니스! 이 무슨 변덕인지……. 길길이 날뛸 때는 언제이고 벌써 설득을 당해서 그녀의 말에 수긍을 하고 있다니……. 이러니까 적극성이 없다는 둥 그런 말을 듣는 걸까? 아도니스 너, 뭐 하고 있냐? 르네는 어떡하라고? 돌로레스의 이메일을 긍정한다는 것은 그녀에 대한 마음이 남아 있다는 것일 텐데 뒷감당을 어떻게 하려고 하지?

그때, 내 마음속에는 여러 가지 생각들이 어지럽게 교차되고 있었다. 미궁에 들어선 느낌이랄까. 뒤에서는 여러 마리의 사자들이 뒤를 쫓아오고, 가야할 길은 하나밖에 없고, 어느 길을 선택해야 잡아먹히지 않고 생명을 유지할 수 있을까? 그 생각이 머리를 가득 채우고 있었다. 그런데 왜 그녀는 1년이 지난 후에 이런 글을 내게 보냈을까. 좀 더 일찍 아니, 르네를 만나기 전에라도 이런 글을 보냈다면 내 마음은 흔들렸을 것이고, 아마도 J 박사를 만나서 담판을 지었든지, 그녀에게 무릎이라도 꿇고 사랑을 애원했을지도 모르는데……. 왜 그녀는 이제야 이 글을 써서 내 마음을 혼란스럽게 하는 것일까? 무슨 사정이 있었을까? 그게 너무 궁금해서 잠이 오지 않았다.

그 메일을 읽은 후 여러 가지 궁금한 점이 많아서 답장을 보내고 싶었지만, 돌로레스에 대한 감정의 응어리가 아직도 풀리지 않았는지 내 마음은 그것을 행동으로 옮기지 못했다. 내가 그녀에게 답장을 보낸다는 것은 그녀의 주장에 항복한다는 것을 의미하고, 또 르네를 속이는 것 같아서 양심상 메일을 보낼 수가 없었다. 물론 친구 관계라면 글을 써 보낼 수도 있었지만, 그녀가 요구하는 것은 사랑을 다시 할 수 있는가를 묻고 있는 것이 아닌가. 그녀도 더 이상 내게 후속 메일을 보내지 않았다. 아마 내 이메일 답장을 기다리고 있는 것 같았지만 우리는 마치 사정권 내로 먼저 들어가면 공격을 당할 수도 있는 격투기 선수들처럼 서로 눈치만 살피고 있었는지도 모른다.

그동안 내 마음은 르네와의 사랑에 집중하고 있었다. 나는 르네에 대한 사랑을 유지하기 위해 열심히 이메일을 보냈다. 하지만 르네는 시간이 지날수록 메일 보내는 횟수를 점점 줄이고 있었다. 그녀는 나에 대한 사랑보다는 일이 더 중요한 것 같았다. 그녀의 글은 늘 루틴했고, 그전처럼 사랑의 감동을 주지 못했다. 내가 프랑스어로 'tu me manques(보고 싶다)'라는 말을 써 보내면, 그녀는 늘 'bon courage(힘내요)'라고 말하면서 10월 중순에 서울에서 전시회가 개최되니까 그때 보자고 했다. '눈에서 보이지 않으면 마음은 멀어진다'는 말이 맞는 것일까?

2001년 9월 11일, 신문사에서 야간 당직을 하고 있을 때였다. CNN 채널에서 뉴욕의 세계무역센터가 테러 분자들의 항공기 공격을 받았다는 뉴스가 나오고 있었다. 전에도 잠깐 언급했지만 비행기가 새처럼 날아서 거대한 건물을 뚫고 지나가는 장면을 본 순간, 나는 거의 몸을 가누지 못할 정도로 충격을 받았고, 다리에 힘이 풀려 털썩 주저앉았다. 도저히 상상할 수 없는 장면이 현실화되고 이것을 목격하는 데서 오는 심리적 충격. 다른 기자들은 내가 쓰러진 모습을 보고 이렇게 해석했을지도 모른다. 하지만 당시 나의 심리 상태는 그것과는 좀 달랐다. 그 장면은 마치 무역센터 빌딩에서 떨어져 자살한 '윌버드'라는 여인의 원혼이 새처럼 날아서 건물에 부딪치는 것처럼 머릿속에서 해석이 되었다. 내가 쓰러진 이유는 이렇게 해야 설명이 된다.

어찌 됐든, 9·11테러 사건은 전 세계적으로 충격을 주었고, 뉴욕에 상주 특파원이 없는 우리 신문사에서도 그 테러 현장만큼은 취재를 해야 한다는 결론에 도달했다. 영어를 잘하는 기자가 나밖에 없어서 내가 또 특파원으로 선정이 되었다. 그때가 9월 중순쯤이었다.

뉴욕의 가을 2

2001년 9월 중순, 간단히 짐을 꾸려 뉴욕행 비행기를 탔다. JFK 공항에 비행기가 도착하는 순간부터 뉴욕의 자유로움이 느껴졌다. 파리에서는 공기가 자유로운 느낌이라면, 뉴욕은 사람들의 시선이 자유롭다. 뉴요커들의 시선은 평등하다. 많이 가진 사람이나 적게 가진 사람이나, 백인이나 흑인이나 동양인이나, 많이 배운 사람이나 적게 배운 사람이나 그들의 시선은 위아래가 없이 동등함을 느낀다. 서울 사람들은 어딘가 모르게 시선이 불평등하다. 어떤 사람은 권위적이고 어떤 사람들은 위축되어 있고, 어떤 사람은 지배하려 들고, 어떤 사람은 그런 시선에 불안을 느낀다.

택시를 타고 센트럴파크 인근에 위치한 호텔로 가고 있었다. 창밖으로 스치는 뉴욕의 스카이라인은 거대한 건축물들이 사라졌음에도 세계 경제의 중심부답게 여전히 장엄한 위용을 드러내고 있었다. 사실 나는 그 빌딩들이 붕괴하고 많은 사람들이 죽은 것에 대해 크게 슬프거나 가슴이 아프지 않았다. 그 엄청난 사건을 유발시킨 것은 미국과 미국인들이며, 그들의 잘못된 행동에 대한 일종의 응징일 뿐이라고 단순하게 생각했다. 너무 이기적인가? 나는 오히려 영화 속에 멋지게 등장하는 엠파이어스테이트 빌딩은 무사한지, 타임스퀘어가 잿더미로 덮히지 않았는지 등에 더 관심이 있었던 게 사실이다.

저렴한 경비 때문에 럭셔리한 방은 잡지 못했지만 10층에서 내려다보는 뉴욕의 전경은 예술 작품처럼 경탄을 자아내기에 충분했다. 돌로레스가 표현한 대로 뉴욕이라는 도시는 인간이 만든 최고의 작품과 자연이 만든 최고의 작품이 누가 더 위대한지를 겨루고 있는 것 같다. 아니, 인간이 만든 거대한 성벽이 신의 예술품을 보호하고 있다는 표현이 맞을까? 화창한 9월, 고층 빌딩에서 내려다보이는 센트럴파크는 가까이에서 느껴지는 것과는 또 다른 어떤 위대함을 느끼게 한다. 창문을 열고 뉴욕의 하늘을 바라보다가 갑자기 현기증이 났다. 멀리 센트럴파크의 끝자락과 맞닿아 있는 하늘은 천국의 문이 아닐까, 라는 생각이 들었다.

1940년대 사르트르는 뉴욕의 아름다운 하늘을 고독하고 순수한 야생동물에 비유했다. 인간의 탐욕스런 마천루들이 자꾸 하늘을 위로 밀어 올리므로, 하늘이 더 높게, 아름답게 보였다는 것이다. 이 말은 한편으로 미국 문명의 이기심을 풍자한 표현 같지만, 뉴욕에서 만난 사랑하는 여인 '돌로레스 바네티'에 대한 메타포가 아니었을까. 그 당시 사랑에 빠진 사르트르의 눈에는 뉴욕의 도시, 하늘, 그 무엇인들 아름답지 않았겠는가!

사르트르와 돌로레스, 아도니스와 돌로레스, 비슷한 이름과 뉴욕이라는 동일한 공간……. 참으로 아이러니하다. 어쨌든 지금 돌로레스는 뉴욕에서 무엇을 하고 있을까. 사실, 이번 사건 취재를 떠나면서 그녀에게 절대로 연락하거나 만나지 않겠다는 결심을 하고 왔다. 왜냐하면 지금 르네를 사랑하고 있는데 다시 돌로레스를 만난다면 옛 감정이 되살아날지도 모르고, 그럴 경우 내 감정이 어떻게 변할지 나도 모르기 때문이다. 그냥 르네와 돌로레스 중 마음이 더 가는 상대를 사랑해 버릴까? 일주일간의 취재 기간에 혹시 조깅하다가 센트럴파크에서 돌로레스를 만나면 어떡하지? 그냥 만나서 대화나해 볼까? 여러 가지 생각들이 머리를 복잡하게 했다.

그런데 한 사람만 사랑하겠다고 굳게 결심했다고 해서, 어떤 우발적 만남으로 인한 또 다른 사랑의 시작이 불가능할까? 사랑이라는 것이 어떤 정형이 있는 것일까? 내가 르네를 사랑하고 있다면 그것이 나의 유일한 사랑인가? 나도 사르트르처럼 다양한 사랑을 하면 안 될까? 그러니까 르네를 사랑하면서도 돌로레스에 대한 사랑의 감정을 느낄 수도 있는 거 아닌가? 사랑하고 결혼하고 애 낳고 평생 부부로 함께하는 지고지순한 사랑만이 가치 있는 사랑일까? 여러 가지 생각을 하다가 혹시 돌로레스가 옛 전화번호를 사용하고 있을지도 모른다는 생각이 들어 전화를 한번 해 보기로 했다.

"헬로! 돌로레스입니다."

휴대전화 너머로 근 1년 만에 듣는 그녀의 목소리가 낯설지 않았다.

나: hi. (안녕하세요.)

돌로레스: who is this? (누구세요?)

나: guess who? (누군지 맞혀 보세요.)

돌로레스: 혹시 아도니스?

나: 네, 오랜만이네요. 잘 지내고 있는 거죠?

돌로레스: 네, 아도니스! 정말 반가워요! 나야 잘 지내고 있죠.

나: ……

돌로레스: 그런데 제가 보낸 메일 받고 전화한 거죠?

나: 네, 읽어봤는데 너무 부담돼서 차일피일 미루다가 이제야 연락을 하게
됐네요.

돌로레스: 그럴 줄 알았어요. 남자가 왜 부담을 갖고 그래요? 우리가 뭐 사
랑한 거 말고 죄지은 거라도 있나요?

나: ……

돌로레스: 그런데 지금 서울인가요?

나: 맞혀 보세요!

돌로레스: 뉴욕에 왔군요! 정말로!

나: 하하하하. 돌로레스를 당할 수가 없네요.

돌로레스: 하하하하. 세상에 기가 막혀서…… 사실이라구요?

나: 내가 왜 거짓말을 하겠어요?

돌로레스: 뉴욕 어디 있어요? 당장 만나요.

나: 만나는 게 문제가 아니고 지금 우리 관계부터 정리하고 만나야 순서 아니가요? 헤어진 지 1년이나 지났는데……

돌로레스: 관계요? 하하하하. 친구면 어떻고 애인이면 어때요? 우리가 그런 거 따지고 만났나요? 우리 둘 다 자유롭고 개방적인 사람들이잖아요, 뭐 촌스럽게 그런 걸 다 따지고 그래요? 아도니스 님 많이 변했나 봐요?

나: ……

돌로레스: 만나는 게 죄인가요? 설령 사랑이 식어서 아무런 감정이 없다 한들, 다시 만나보니 사랑이 불타오른다 한들 그게 뭐가 대수인가요? 그때의 감정에 충실하면 되잖아요. 아도니스 님 사고방식도 나랑 같잖아요. 아닌가요?

나: 참 편하게 생각하네요. 하하하. 그래도 우리 사랑하다가 헤어졌었잖아요. 난 무지 아팠어요.

돌로레스: 난 헤어지자고 말한 적도 없고 잠시 사라졌을 뿐이에요. 아프게 했다면 미안하지만요.

나: 그런 말이 쉽게 나오나요? 나는 그때 당신 떠나고 나서 얼마나 상처받았는데……

돌로레스: 미안해요. 하하하. 아도니스 님은 가끔 애 같아요. 상처받을 게 따로 있지. 만날 때는 뜨겁게 만나고, 헤어질 때는 쿨하게 헤어지고, 또 다시 만날 때는 처음 만난 것처럼…… 나란 여자 잘 알면서 그래요? 근데 뉴욕은 어쩐 일이죠? 아 쌍둥이 빌딩 공격 사건 때문에 왔군요?

나: 맞아요. 연락할까 말까 하다가 궁금해서 전화했어요.

돌로레스: 지금 오후 4시인데 우리 저녁이나 먹을까요?

나: 그러지 말고 내일 만나죠 뭐. 내가 오늘 좀 할 일이 있어서……

돌로레스: 지금 묵고 있는 호텔 말해 봐요. 내가 찾아갈게요.

나: ……

돌로레스: 왜 그래요? 갑자기. 우리 사이가 그 정도도 안 되는 사이인가요?

나: 그런 건 아니고 헤어졌다 1년 만에 만나는 건데…….

돌로레스: 난 보고 싶어 미치겠는데 당신은 보고 싶지 않나요? 우리 아파트로 올래요?

나: 글쎄, 내일 취재 때문에 인터뷰 준비도 해야 하고…….

돌로레스: 인터뷰 그까짓 거 하루면 다 끝낼 수 있는 능력 있잖아요. 그전에 애틀랜틱시티에서 만날 때도 일은 금방 마쳤잖아요.

나: 그래요. 그럼 우리 호텔 커피숍으로 오세요.

돌로레스: 아, 그러지 말고 우리 센트럴파크에서 만날까요? '뉴욕의 가을'이라는 영화에 나오는 '보우 브릿지' 있잖아요. 호수를 연결해 주는 다리. 거기로 지금 나와요.

나: 나 센트럴파크 지리를 잘 모르는데…….

돌로레스: 사람들에게 물어보면 금방 알 수 있어요.

나: ……

돌로레스: 그럼 오후 5시 정각에 만나요.

내가 일방적으로 당한 것 같다. 돌로레스라는 여자는 아직도 그 속을 모르겠다. 술에 물 탄 듯 물에 술 탄 듯, 비어 있는 듯 채워져 있는 듯. 나를 사랑했을까 아니면 그냥 장난친 걸까? 지금 대화하면서도 아무 감정도 없는 로봇이랑 말한 것 같다. 마치 감정 조절에 문제가 있는 환자와 대화를 한 것 같다. 그래도 한때 사랑했던 여자가 만나자고 하고, 또 오랜만에 보고 싶기도 해서 그녀를 만나러 나갔다.

89

뉴욕의 가을 4

그녀를 만나기 위해 들어선 센트럴파크는 시간이 지날수록 내 머릿속에서 복잡한 생각들을 비워내고, 자신이 갖고 있는 아름다움을 하나씩 풀어놓고 있었다. 어느 순간 돌로레스를 만나야 한다는 생각도 잊어버리고 내가 왜 여기에 있는지조차 모를 정도로 무아지경의 상태가 되었다. 내 마음속에 들어찬 더러운 생각의 덩어리들을 비워낸 후에야 그 위대한 조각품은 수줍은 모습으로 내게 자신의 질감을 터치하도록 허용했다. 그 조각품의 디테일이 하나씩 눈에 들어오기 시작했다. 길 위에 놓인 작은 돌 하나, 이름 모를 새소리, 벌레 먹은 작은 나뭇잎 하나, 멀리 보이는 호수, 그 위를 노니는 한가로운 오리들, 스쳐 지나가는 뉴요커들이 아름답게 느껴졌다.

사실 센트럴파크의 방문은 이번이 처음은 아니다. 95년에 유학 왔을 때 카사노바와 나는 몇 번 뉴욕을 방문했는데, 걷는 것도 싫어서 마차를 타고 대충 둘러봤던 적이 있었다. 그때 느낀 센트럴파크는 나무와 호수가 어우러진 일반적인 공원에 불과했을 뿐 아무런 감동도 주지 못했다. 차라리 여자친구랑 놀 수 있는 플로리다의 놀이공원이 훨씬 더 좋을 것이라는 생각을 했었다. 위대한 자연은 더러운 욕망으로 가득 찬 젊은이들에게는 아직 그 순결을 허용하지 않는 것인가? 온통 여자와 술이라는 단어로 머리를 가득 채우고 다녔으니 신에게는 얼마나 화나는 일이었을까.

나무들은 아직 여름 티를 벗어나지 못한 애송이들 같아서 볼품이 없었다.

물론 초록 나무도 나름대로 멋진 모습을 뽐내지만, 역시 빨강, 노랑, 갈색의 단풍이 든 가을나무들이 가장 아름다운 한때가 아닐까. 나는 계절보다 먼저 홀로 가을을 느끼고 싶어서 마음속으로 그들에게 총천연색으로 옷을 입혀 보았다. 그러자 그들은 놀랍게도 살짝 치마를 치켜든 마릴린 먼로처럼 섹시한 속살을 보여 주었다. 아마도 내 눈에만 그렇게 보였을지도 모른다. 순간 나는 카메라를 들이대고 줌인을 해서 그 모습을 몇 커트 찍었다. 작품 '센트럴파크의 속살'. 기사에 내도 될 것 같은 황홀한 모습이었다.

한참을 이리저리 헤매다 '보우 브릿지'로 가는 길을 찾았다. 호수 가운데를 가로지르는 하얀색 아치형 다리가 아름답게 눈에 들어오고, 거기 중간쯤 한 여자가 서 있었다. 한눈에도 도발적 포스가 느껴지는 그 여자는 돌로레스임이 분명했다. 그녀를 붙잡고 있는 것은 빛이었다. 오후 5시의 태양은 그녀에게 부드럽게 다가와 뽀얀 얼굴과 가슴에 머무르고 있었다. 그녀의 강렬한 에너지가 빛을 잡고 있었을까? 그녀의 얼굴이 온통 진주처럼 반짝거리고 있었다. 그녀는 오른손으로 다리난간을 붙잡고 내가 오는 방향으로 가슴을 내밀고 있었고, 머리는 왼쪽으로 90도 돌려서 나의 시선을 피하고 있었다. 나는 그녀의 옆얼굴을 바라다보고 있었다.

1년 만에 헤어졌다 만나는데 아무리 강심장의 여인이라도 내가 오는 모습을 직접 바라볼 수 있는 용기는 없었을 테지. 사실 나도 100여 미터 앞에서 그녀를 확인하고 나서 바로 다가가지 못했다. 부끄러웠을까? 아니면 다시 사랑이라는 감정이 들어올까 봐 부담돼서? 아니면 사랑하는 르네를 배신하는 것 같아서? 암튼 나는 잠시 멈춰서 나무 그늘에 몸을 숨기고 빛이 만들어내고 있는 예술 작품을 감상하기로 했다. 빛은 그녀의 옆얼굴을 따라 흘러가다가 멈춰서, 다시 목을 타고 내려와 가슴께로 내려가고 있었다. 그리고 다시 반쯤 노출된 볼록한 가슴 선을 휘돌더니 다시 위로 가느다란 목을 타고 올라가서 그녀의 오른쪽 뺨을 밝게 비춘 다음 그녀의 눈을 통해 호수로 빠져나가고 있었다.

빨간색 드레스는 진주를 감싸고 있는 벨벳이었다. 그 드레스는 언뜻 보면 공원의 자유로운 분위기와는 전혀 어울릴 것 같지 않았지만, 그녀의 얼굴을 보석처럼 빛나게 해 준다는 면에서는 탁월한 선택이었다. '센트럴파크의 진주, 찬란한 신비감'이 오늘의 콘셉트였을까? 베르메르의 명화 '진주 귀고리를 한 소녀'가 떠오르는 순간이다. 난 멍하게 서서 도무지 알 수 없는 신비로운 여자를 바라다보고 있었다. 나는 그녀의 모습을 자세히 감상하고 싶어서 그녀가 알아챌 수 없도록 나무 그늘 사이로 천천히 이동해 들어가 카메라를 들이댔다. 빛이 만들어내는 인물화가 카메라 뷰파인더로 들어와 확대되었다. 그것은 숨 막히는 아름다움이었다.

이제 나와 그녀의 거리는 50미터도 채 떨어지지 않았다. 나는 여전히 피사체에 카메라를 들이대고 촬영을 하면서 앞으로 나가고 있었다. 어느 순간 줌인 된 그녀가 고개를 내 쪽으로 돌리더니 나를 쳐다봤고, 그 순간 우리는 서로 눈빛을 교환했다. 카메라 렌즈를 통해 들어온 그녀의 눈빛은 여전히 나를 흥분시킬 만큼 매력적이었다. 그녀는 나를 확인하자마자 한달음에 뛰어와서 나를 껴안았다.

"아도니스!"

나는 떨어진 카메라를 주워들 겨를도 없이 나무토막처럼 멀뚱히 서서 그녀에게 몸을 맡겼다. 그녀는 두 팔로 온 힘을 다해서 나를 껴안고 한참동안 그대로 서 있었다.

"그대로네요. 하나도 안 변했어요."

그녀가 내 얼굴을 바라보면서 말했다.

90

뉴욕의 가을 5

마음이 떠나버린 여자의 가슴은 차갑다. 멀리서 느꼈던 신비로움도 가까이 다가오는 순간 사라져 버렸다. 분명 그녀에게서 1년 전 사랑하고 있을 때와는 다른, 뭔가 설명할 수 없는 묘한 느낌이 감지된다. 아마도 그녀의 모습은 그대로인데 내 마음이 변했을지도 모른다. 그녀는 늘 하던 식으로 독한 향수를 뿌리고 진한 화장을 하고 있었다. 하지만 지금 그녀의 향수는 역한 냄새가 났고, 진한 화장도 창녀의 그것처럼 천박하게 느껴졌다. 그녀가 포옹을 풀고 내 눈을 똑바로 쳐다봤을 때 나는 눈을 마주칠 수가 없었다. 그녀의 눈빛이 아직도 사랑을 갈구하고 있었기 때문이다. 다시 사랑의 감정이 타오르면 어쩌나 걱정했었는데 다행이라는 생각이 들었다.

하지만 나는 속마음을 드러내지 않고 포커페이스를 유지했다. 다시 관계를 회복해 보자는 생각으로 나를 만나고 있는 그녀에게 내가 냉정하게 대한다면 얼마나 실망이 클까. 우선 그게 걱정이 되었다. 그래도 한때 사랑했었던 여자였는데 매몰차게 대하는 것은 예의가 아니라는 생각이 들었다. 나는 예전처럼 반갑게 웃으면서 말했다.

"빨간 드레스와, 백옥 같은 피부하며, 1년 전하고 똑같네요. 아니 몸매는 더 날씬해지고 얼굴도 예뻐졌는데요! 뉴욕 물이 좋나 봐요."

그녀는 내 립서비스에 기분이 좋았는지 치아를 다 드러내놓고 호탕하게 웃었다.

우리는 보우 브리지를 건너서 북쪽으로 걸으면서 대화를 계속 이어가고 있었다.

"한 6개월간 아무 생각 없이 먹고 자고, 운동하고……. 너무 편해서 더 예뻐졌나 봐요. 하하하."

"……."

"당신 사진 찍는 거 아까부터 봤는데 모른 척했어요. 하하하하. 내 매력을 누군가가 훔쳐보고 있다고 생각하니까 묘한 흥분이 일어나더라구요. 게다가 한때 사랑했던 애인이 아직도 내 모습에 반해서 사진을 찍고 있다고 생각하니 얼마나 기분이 좋겠어요. 한껏 멋지게 포즈를 취하고 있었죠 뭐. 하하하. 어때요? 아직도 카메라에 담을 만큼 매력 있는 몸매죠?"

그녀는 내 생각에는 아랑곳하지 않고 계속 자기 말만 지껄이고 있었다.

"센트럴파크의 가을을 느끼고 싶었는데 마침 돌로레스의 하얀 얼굴과 빨간 드레스, 그리고 파란 호수와 하얀 다리가 어우러져 한 폭의 그림이 나오더라구요. 그래서 나도 모르게 셔터를 눌렀죠 뭐."

이번에는 립서비스가 아니라 진심이었다. 그녀는 내 마음을 읽었는지 얼굴이 빨개지면서 흥분하는 것 같았다.

"루이비똥 드레스 이거 금년 4월에 산 거예요. 예쁘죠?"

그녀는 목소리가 커지면서 때때옷을 자랑하는 아이처럼 천진난만한 표정으로 내게 말했다. 그동안 얼마나 자랑이 하고 싶었을까? 공원에까지 이런 비싼 드레스를 입고 나온 걸 보면……. 피식 웃음이 나왔다.

"예쁘긴 한데 애틀랜틱시티에서 입었던 드레스랑 비슷한데요."

"에이! 그건 분위기가 좀 달라요. 그때 입었던 건 하얀색 장미가 수놓아진 드레스이고, 이건 그냥 아무 무늬가 없는 거잖아요. 어떤 게 더 좋아 보여요?"

참 이상한 여자다. 헤어졌다 1년 만에 만나는데 드레스 자랑이나 늘어놓고……. 도대체 머릿속에 무슨 생각이 들어 있는지…….

"글쎄요, 나는 둘 다 비슷해 보이는데……. 돌로레스는 어떤 옷을 입어도 멋져요."

나는 그 상황에서 이렇게밖에 달리 할 말이 없었다.

그녀는 기분이 좋았는지 앞으로 한 발짝 나가 몸을 한 바퀴 돌면서 내게 옷 자랑을 했다. 천천히 몸을 돌리자, 그녀의 가슴이 살짝 드러나 보였고, 치마 옆트임 사이로 허벅지가 노출되었다. 그 순간 애틀랜틱시티에서 봤던 그녀의 드레스 입은 엘레강스한 모습이 떠오르면서 무덤덤한 내 마음이 조금씩 열리기 시작했다. 내 가슴이 다시 뛰기 시작했다.

근데 이게 돌로레스의 매력이다. 천진난만함. 한순간에 남자들을 무장해제시켜 버리는 기술이랄까? 그녀는 자신의 무기가 내 얼어붙은 심장을 관통했다는 것을 확인했는지 계속해서 나를 코너로 몰아넣었다.

"금년 4월에 카네기홀에서 랑랑의 연주가 있었어요. 백인 남자랑 공연 보러 가기로 했는데 입을 옷이 있어야죠. 그래서 한 벌 했어요. 하하하. 요즘 랑랑이라는 중국 피아니스트가 센세이션을 일으키고 있잖아요. 그래서 구경하러 갔는데 그 남자는 느낌이 없더라구요. 역시 나를 알아주는 사람은 아도니스밖에 없나 봐요. 하하하하."

"아니, 그 백인 남자랑 사귀고 사랑하지 왜 내게 이메일을 보내고 그래요?"

나는 침착하려고 했지만, 나도 모르게 목소리가 크게 터져 나왔다.

"아도니스 님, 질투하는 거 맞죠? 하하하하."

질투였을까? 아님 화가 났을까? 아마도 그녀의 작전이었는지도 모른다. 질투를 유발해서 내가 질투를 느끼는지 시험해 보는 전략이랄까. 그런데 내가 왜 질투가 나지? 이제 내가 사랑하는 여자도 아닌데 이상하다.

"콜롬비아 대학 박사과정에 있는 학생인데 자꾸 쫓아다니지 뭐예요. 그래서 음악회 한 번 간 것뿐이에요."

그녀는 자신의 질투 작전이 성공한 것을 알고는 한 발 물러서는 것 같았다.

"그런데 랑랑이 누구죠?"

나는 마음속에서 다시 타오를 준비를 하는 사랑의 불을 꺼트리지 않으면 안 될 것 같아서 이성적인 질문을 했다.

"미국 커티스 음대를 졸업한 중국인 피아니스트인데 손가락이 안 보일 정도로 잘쳐요. 그때 슈만의 아베크 변주곡인지 뭔지를 쳤는데, 클래식 음악을 들으면서 전율을 느낀 건 처음이에요. 하하하."

하마터면 돌로레스에게 빼앗길 뻔한 내 마음이 다시 평정을 찾았다.

"그런데 미국에는 J 박사랑 같이 안 왔나요?"

내가 이 질문을 하자, 그녀는 드디어 올 것이 왔다는 듯 심각한 표정을 지으며 멀리 호수를 바라보았다. 그녀의 눈가에 이슬이 촉촉이 젖어들고 있었다.

"우리 그림 구경하러 갈래요?"

그녀는 내 질문에 답하는 대신 잠시 고개를 한 바퀴 돌려 눈물을 삼켜낸 다음 아무 일 없었던 것처럼 밝은 표정으로 말했다.

"메트에 당신 그림이 있어요. 같이 보러 가요."

그녀는 일방적으로 내 팔을 잡아끌며 앞장서 갔다.

"지하철에 내 그림이 있다구요?"

"하하하, 아니요. 메트로폴리탄 뮤지엄을 뉴요커들은 '메트'라고 불러요. 그리고 아도니스를 그린 그림이 있어요. 아도니스 님은 뉴욕에 와 봤다면서 그것도 몰라요? 헬렌 켈러가 『3일을 볼 수 있다면』에서 두 번째 날 와보고 싶었던 미술관이에요."

나는 메트로폴리탄 뮤지엄이 센트럴파크 중간쯤에 위치하고 있다는 것은 알고 있었지만 창피하게도 한 번도 들어가 본 적이 없었다.

그녀는 고대에서 현대까지 시대별로 정리돼 있는 방들을 이리저리 지나치더니, 어떤 화가의 그림 전시실로 나를 이끌었다. 그녀가 바라보고 있는 그림은 루벤스가 그린 '아프로디테와 아도니스'라는 작품이었다. 루벤스의 진짜 작품을 보게 되다니! 내 마음은 벌써부터 흥분하고 있었다. 왜냐하면 내가 제일 좋아하는 화가는 피카소도 아니고 고흐도 아닌 루벤스였기 때문이다. 사실 나는 피카소의 찌그러져 보이는 그림이나 고흐의 색이 선명하지 않은 그림보다는 웅장한 느낌을 주는 루벤스의 그림을 최고로 여기고 있었다. 그래서 언젠가 벨기에 앤트워프 성당에 있는 '십자가에 들려지는 예수님'과 '십자가에서 내려지는 예수님'이라는 그림을 꼭 보고야 말겠다는 생각을 갖고 있었다.

어쨌든, 나는 그 그림을 슬로우비디오로 아주 천천히 감상해 보기로 했다. 창문을 통해 들어온 빛은 그 위대한 작품을 왼쪽부터 비춰나가면서 순차적으로 내 눈 속으로 영상을 보내고 있었다. 그런데 내 눈은 그 빛이 보낸 단 한 프레임의 영상만을 받아들이고 더 이상 들어오는 걸 거부했다. 아마도 이제까지 느껴보지 못한, 세상에서 가장 아름다운 색채가 무더기로 들어오는 것에 대한 눈의 방어기제가 아니었을까? 망막이 불타는 듯한 뜨거운 느낌이 들고, 순간 정전이 된 것처럼 눈앞이 캄캄해졌다. 갑자기 눈이 보이지 않았고, 대신 뇌가 그림을 감상하고 있었다. 한 프레임의 그림이었지만 그것이 뇌의 전부를 꽉 채워 버리고, 내가 관능적인 아프로디테와 사랑을 나누고 있다는 황홀한 환상을 만들어내고 있었다. 다른 감각은 들어올 자리가 없었다. 온몸이 얼음처럼 얼어붙었다.

"아도니스가 저기 있네요! 어때요? 당신이랑 똑같이 생겼나요?"

갑자기 귓구멍으로 그녀의 목소리가 들려오기 시작했다.

"……"

"생긴 모습은 약간 다르지만 분위기는 정말 똑같은 거 같지 않나요?"

"……"

"이태리 갔을 때는 당신 닮은 '다비드'가 보고 싶어서 한달음에 피렌체로 달려갔는데 뉴욕에 오니까 또 다른 아도니스가 나를 꼼짝 못 하게 하네요. 하하하. 일주일에 한 번은 꼭 이 그림을 봐야 마음이 편안해져요."

"……"

"사냥을 떠나려는 아도니스 보세요. 아프로디테의 붙잡은 손을 매몰차게 뿌리치고 떠나려는 저 사람 봐요. 꼭 당신 닮지 않았나요?"

그녀의 말을 무심코 듣고 있다가 내가 떠나려 했다는 그녀의 말에 갑자기 정신이 돌아왔다.

"누가 떠나려고 한다구요? 나를 떠난 건 돌로레스 아닌가요?"

뇌가 감각을 찾자, 그동안 마음속에 담아뒀던 진실의 말이 입 밖으로 터져 나오기 시작했다. 나는 그녀를 바라보면서 크게 소리쳤다. 나의 갑작스런 반응에 그녀는 놀라는 표정으로 멍하게 내 말을 듣고만 있었다.

"뭔가 착각하고 있는 거 아닌가요? 나를 떠날 때는 언제고, 이제 와서 내가 떠나려 한다니 그게 무슨 논리입니까? 그게 명품으로 치장하고 좋은 차 타고 다니는 여자들의 이별에 대한 생각입니까?"

그녀는 나의 항변을 잠자코 듣고 있다가 고개를 떨구고는 엉엉 울음을 터트렸다. 그녀는 서럽게 울기 시작했다. 관람객들이 우리의 싸우는 모습을 바라보며 수군거리고 있었지만, 내 눈에는 그런 게 들어오지 않았다. 그녀는 울먹거리면서 내게 미안하다는 표정을 짓더니 내 눈을 똑바로 쳐다보며 말하기 시작했다.

"엉엉엉. 미안해요, 아도니스. 내가 잘못했어요. 지금 내 모습이 너무 처량해서 그냥 당신 탓을 해 봤어요. 지금 내게는 남아 있는 게 아무것도 없어요. 저 아프로디테처럼 난 벌거벗은 몸이에요. 아프로디테에게는 아들이라도 있죠. 내게는 이제 아무 것도 남아 있지 않아요. 당신을 떠나게 한 건 정말 내 실수예요. 정말 잘못했어요, 아도니스. 엉엉엉! 이제라도 당신이 내게 돌아온다면 난 당신을 붙잡고 싶어요. 사실, J 박사랑 별거 중이에요. 남편이 이혼하자고 그래요. 이제 나 혼자라구요. 엉엉엉."

그녀는 울먹이며 내게 하소연하듯 말하고 있었다. 하지만 J 박사와 왜 그렇게 됐는지에 대해서는 말하지 않았다. 그녀가 왜 이 그림을 내게 보여 주고자 했는지 이제야 알 것 같았다. 하지만 나는 지금 그녀를 동정할 때가 아니다.

내가 지금 사랑하고 있는 사람은 르네가 아닌가.

"왜 그림 속에 감정이입을 해서 슬퍼하고 그래요? 아도니스가 떠난다 해도 아프로디테는 또 다른 애인이 많잖아요!"

내 목소리는 냉정했다.

그녀는 내 말에 아무런 대꾸도 하지 않고 고개를 숙이고 있었다. 인정한다는 뜻인가? 갑자기 그녀가 나를 감싸 안았다. 그리고 얼굴을 내 어깨에 파묻고 다시 서럽게 울기 시작했다.

"다 내 잘못이에요, 아도니스! 돈이 좋다면서 당신의 사랑을 외면했으니 떠나버린 내가 잘못이지요."

울먹이며 고백하는 그녀가 조금 불쌍해 보였다. 나는 두 팔로 그녀를 안아서 위로해 주었지만 다시 옛 감정이 되살아나지는 않았다.

우리는 어색하게 미술관 밖으로 나와서 곧장 각자의 길로 걸어갔다. 마음 속 깊이 숨겨져 있었던 감정의 우물을 퍼내서 그런지 몸의 에너지가 고갈된 듯한 느낌이 들고, 온몸에서 힘이 쭉 빠지면서 아무 생각도 나지 않았다. 아마 돌로레스도 나랑 같은 심정이었으리라. 우리는 '잘 가요'라는 인사만 나눈 채 나는 미드타운 쪽에 위치한 호텔로 걸어가고 있었고, 그녀는 어퍼웨스트 사이드 쪽으로 걸어갔다. 한참 걷다가 좀 미안한 생각이 들어 고개를 돌려 봤다. 비틀거리는 그녀의 뒷모습이 바람에 흔들리는 빨간 장미 같았다. 마음이 아팠다.

돌로레스에 대한 미안함 때문이었는지 밤새 이리 뒤척, 저리 뒤척 잠을 잘 수가 없었다. 눈을 떠 보니 아침 6시였다. 바로 일어나서 운동복으로 갈아입고 센트럴파크로 조깅을 나갔다. 실내 러닝머신만 달리던 내게 있어서 뉴욕의 센트럴파크를 달리는 것은 늘 꿈꾸던 로망이었다. 나는 준비해 온 하얀 운동화와 반바지, 가벼운 셔츠를 착용하고 밖으로 나섰다. 벌써부터 많은 뉴요커들이 새벽 공기를 마시며 달리고 있다. 돌로레스와 우연히 마주치면 어떡하지? 미안하다고 사과를 할까? 여러 가지 생각을 하며 센트럴파크를 뛰기 시작했다.

초가을 아침 공기는 신선했다. 이어폰을 귀에 꽂고 경쾌한 음악에 발맞춰 나무 그늘 사이를 뛰어간다. 처음은 가볍게 뛰지만 점점 몸은 고통스럽고 가슴이 터질 것 같다. 하지만 그것을 넘어서면 가슴이 벅차오르면서 몸이 감동을 느낀다. 좋은 예술 작품을 감상할 때 느끼는 것이 마음의 감동이라면, 몸을 고통 속으로 몰아넣은 다음 최악의 상황을 견뎌냈을 때 뇌가 느끼는 것이 몸의 감동이다. 신이 인간에게 부여한 감정이 마음의 감동이라면, 몸의 감동은 순전히 인간의 의지에 의해서 스스로 느끼는 실존의 감동인 것이다.

나는 점점 더 멀리 북쪽으로 뛰어갔다. 심장박동 소리와 다리의 움직임, 음악의 박자가 절묘하게 일치되어 무아지경의 상태가 되는 순간, 발이 말발굽처럼 경쾌하게 움직인다. 내 눈에는 오직 내가 갈망하는 아름다운 것들로 가득 찬다. 운동장을 파랗게 채우고 있는 잔디들, 바람에 흔들리는 나무들, 잔잔한 호수들이 스쳐 지나간다. 아름다운 배경이 흘러간 다음 아름다운 추억들이 하나씩 떠오른다. 마지막으로 기억 속에 감춰진 가장 아름다운 인간들이 떠오른다. 초등학교 때 첫사랑 경옥이, 필라델피아의 윌버드, K 화백, 르네, 돌로레스 등등등……. 순간 내가 천국에 와 있는 느낌이 들었다.

그랜드 아미 플라자 입구에서 시작해서 이스트 드라이브를 따라 위쪽으로 4킬로미터를 달려 북쪽 끝부분 할렘가 인근에서 좌측으로 한 바퀴 턴을 한 다음 8번가를 따라 남쪽으로 내려오고 있었다. 셰익스피어 정원을 지날 때였다. 내가 생각하고 있는 천국의 중심으로 빨간 점이 하나 들어오기 시작했다. 그것은 빨간 운동복을 입은 여자였다. 그녀는 겨우 가릴 데만 가린 채 날씬한 다리와 허리를 요염하게 흔들면서 힘차게 달려오고 있었다. 우리는 서로 얼굴을 인식할 사이도 없이 순간적으로 스쳐 지나갔다. 직감적으로 돌로레스라는 생각이 들었다. 10여 미터를 통과한 후 멈춰 서 뒤돌아봤다. 그녀도 멈춰 서서 나를 쳐다봤다.

"아도니스?"

"돌로레스?"

우리는 동시에 소리쳤다. 다시 10여 미터를 되돌아와 얼굴을 마주 보고 서서 반갑게 인사를 나누었다.

"여기서 또 만날 줄이야. 하하하."

돌로레스는 미술관에서 울고불고하던 생각은 다 잊어버렸는지 천진난만하게 웃고 있었다. 나도 그녀의 표정을 보고 밝게 웃고 있었다. 사실 사랑했던 사이였는데 그런 식으로 헤어진다는 것에 약간의 죄책감이 들었고, 다시 만나서 뭔가 해명을 해야 될 것 같다는 생각이 밤새 떠나지 않았다. 지구의 반대편 공간에서 같은 시간에 우연히 만난다는 것. 이런 게 인연이라는 것일까?

우리는 근처 벤치에 마주 보고 앉았다. 떠오르는 햇빛에 그녀의 얼굴이 밝게 빛났다.

"어제 내가 좀 너무 심한 말을 했죠?"

내가 먼저 사과의 말을 했다.

93

뉴욕의 가을 8

동쪽 건물 숲 사이로 해가 떠오르고 있었다.

"우리 아파트 가서 아침이나 먹을래요?"

그녀는 이렇게 제안하더니 내 팔을 이끌었다.

"우리 이제 친구잖아요!"

친구……. 남녀 간에 친구가 가능할까? 하지만 서로 감정만 없다면 괜찮은 관계 같아서 아무 말 없이 동의를 했다. 사랑이 식어버린 남녀의 관계는 보통 친구보다 못한 관계로 전락하거나 아니면 원수지간처럼 멀어지는데, '우리는 친구'라고 관계를 정립해 주는 센스 있는 돌로레스. 도대체 그녀의 속마음은 어떻게 생겼을까? 정말 감정 통제에 문제가 있는 환자일까? 아니면 포스트모던 시대를 살아가는 여자일까?

그녀의 아파트는 넓은 거실과 방 두 개가 딸려 있는 투베드룸으로 전면에 센트럴파크가 조망되고, 측면으로 빌딩들 사이에 엠파이어스테이트 빌딩 끝부분이 보이고 있었다. 나는 뉴욕에서 이 정도의 아파트에서 살려면 임대료가 적지 않을 것이라는 생각이 들어서 물어봤다.

"이런 아파트에서 살려면 임대료 꽤나 나갈 텐데 이거 누가 대나요? J 박사와 별거 중이라면서……."

"나도 물려받은 재산이 좀 있어요. 미국 오기 전에 우리 아빠가 돌아가셨어요. 자식도 나밖에 없어서 내가 다 물려받았죠 뭐."

그녀는 덤덤하게 아버지 얘기를 했다.

"아니 어머니는 어떡하고?"

"내가 얘기 안 했나요? 우리 엄마는 나 낳다가 돌아가셨어요. 그래서 우리 아빠가 혼자 날 키웠어요."

"그랬군요."

그녀의 말에 건성으로 대답을 하는 순간, 그녀가 그동안 보여줬던 약간 불안정한 심리 상태를 이해할 것 같았다. 이게 맞는지는 모르겠지만 내가 알고 있는 심리학 상식으로는 편모나 편부의 가정에서 자란 아이들이 성인이 됐을 때 성장기의 부족한 사랑을 보상받기 위해 여러 이성에게 호감을 보이거나, 상대 이성으로부터 관심을 받지 못할 경우 불안정한 행동을 보이는 경우가 있다고 한다. 그녀는 더 이상 집안사에 대한 얘기를 중단하고, 땀에 젖은 내 운동복을 보더니 샤워를 하라고 했다.

"갈아입을 속옷도 없고 운동복도 없는데 무슨 샤워를 해요? 그냥 음료수나 마시고 갈게요."

"남자 속옷 있어요. 그리고 운동복도 여분이 있어요. 그건 걱정 마시고 샤워부터 하세요. 땀 많이 나잖아요."

그녀는 마치 내 부인이라도 되는 것처럼 내게 샤워를 하라고 재촉했다.

"속옷 여기요. 요즘은 속옷 챙겨 입고 다니나 봐요."

화장실에 딸려 있는 반투명 샤워부스에서 샤워를 하고 있는데 갑자기 그녀가 노크도 없이 들어와서 팬티와 러닝셔츠, 운동복을 거치대에 걸어놓고 나갔다. 서로 사랑하는 감정이 식어서 그런지 그녀가 야한 운동복 차림으로 욕실로 들어온 것을 보고도 내 몸은 반응이 없었다. 그녀도 반투명 유리를 통해 내 벗은 몸을 봤을 텐데도 크게 동요한 것 같지는 않았다.

내가 샤워를 마치고 거실로 나오자 그녀는 내가 보는 앞에서 윗옷을 홀러덩 벗어 젖가슴을 노출시키고 화장실로 들어가면서 한마디 했다.

"아도니스 님 몸은 아직도 탄탄하네요. 내 가슴 어때요? 아직 쓸 만하죠?"

남자가 목욕하고 있는 욕실로 막 들어오질 않나, 내 앞에서 홀러덩 옷을 벗질 않나. 이런 경우는 어떻게 해석을 해야 할까? 창피하지도 않을까? 이럴 땐 뭐라고 답해야 할까?

"가슴이 뭐가 그리 중요해요? 마음이 중요하지."

그냥 할 말이 없어서 이렇게 대답했다.

그녀는 샤워를 마치고 나와서는 간단하게 아침을 준비했다. 크림드비프에 밥 한 스푼, 베이컨 한 조각, 프렌치토스트, 시리얼, 오렌지주스……. 미국식 식단이었는데 나름대로 정성스럽게 준비를 했다. 나도 평소 호텔식 식사를 자주 해서 그런지 그녀의 식단에 거부감이 없었다.

"그런데 남자 속옷은 왜 갖고 있어요? 애인이라도 생겼나 보죠?"

내가 궁금해서 물어봤다.

"내가 누구예요? 하루라도 남자가 없으면 돌로레스가 아니죠. 하하하하."

그녀는 아무렇지도 않게 말했다.

"……."

난 하도 어이가 없어서 대꾸를 하지 않았지만 눈살을 약간 찌푸려 불편한 심기를 대신했다.

"9·11사건 후 젊은 뉴요커들 사이에 '테러' 섹스라는 게 유행이에요. 언제 죽을지도 모르는 세상에서 이 순간을 즐기자는 풍조가 만연돼 있다고나 할까요. 그래서 백화점에 콘돔, 피임약, 야한 속옷 등등 성 관련 상품들이 날개 돋친 듯 팔리고 있어요. 나도 혹시 남자가 생길지 몰라서 여러 가지 준비해 놨죠 뭐. 하하하."

"그래서 몇 명이나 사귀었어요?"

난 약간 질투가 나서 물어봤다.

"에이! 내가 아무리 돌로레스지만 아무 남자하고 원나잇스탠드나 하고 그럴까 봐요? 나이트클럽 가면 남자들이 유혹을 해 오는데 한 명도 마음에 드는 남자가 없었어요. 나, 저렴한 여자 아니라구요!"

"그걸 내가 믿으라구요?"

"안 믿으면 어쩔 건데요? 하하하하."

그녀는 호탕하게 웃었다.

"그런데 J 박사와는 왜 그렇게 됐어요?"

이 질문을 하자, 그녀는 갑자기 웃음을 멈추고 심각한 표정을 지어 보였다.

"다 아도니스 때문이에요."

그녀가 내 눈을 똑바로 쳐다보면서 말했다.

"나 때문이라구요?"

나는 순간 너무 놀라서 막 삼키려던 시리얼을 토해내고 말았다. 하얀 우유 방울들이 그녀의 얼굴에 튀었다.

94

뉴욕의 가을 9

우리는 식사를 마친 후 센트럴파크 쪽으로 놓여 있는 카우치에 나란히 앉아 커피를 마시고 있었다. 5층에서 내려다보는 센트럴파크는 고층에서 느끼는 웅대한 전망과는 달리 사람들의 움직임이 보이는 아기자기한 맛이 있었다. 동향의 아파트 베란다로 가을의 부드러운 햇빛이 깊이 들어와 그녀의 얼굴을 밝게 비추고 있었다. 나는 그녀를 옆으로 비스듬히 바라보면서 말했다.

"이렇게 밖을 보고 있으면 심심치 않겠어요."

부담스러운 이야기를 듣기 전에 우선 분위기 전환이 필요할 것 같아서 한마디 던졌다.

"혼자 사는 여자가 이런 낙이라도 있어야죠. 여기서 센트럴파크를 보고 있으면 시간 가는 줄도 몰라요. 하하하."

"참 아까, 그 얘기. 나 때문에 J 박사와 이혼하게 됐다는 건 뭐예요?"

그녀는 내 질문을 받고서 다시 표정이 어두워졌지만, 커피 한잔을 들이키더니 단호한 표정으로 이야기를 시작했다.

"그러니까 어떻게 설명을 해야 할까요. 1년 전 애틀랜틱시티에서 돌아오고 나서 한 달쯤 지났을 때였어요. 남편이 갑자기 사진 한 장을 가져 오더니 이게 뭐냐는 거예요. 사진을 보고는 첨엔 뭔가 했어요. 밤에 해변에서 두 남녀가 옷을 벗고 정사를 나누고 있는 장면이 흐릿하게 찍혀 있었는데, 누구인지 알아보기 힘들겠더라구요. 남자는 하늘을 보고 아래에 누워 있고, 여자가 남자의 허리 위에 앉아 머리를 젖히고 있는 모습인데 자세히 보니까 여자의 실루엣이 나랑 비슷했어요. 남자는 얼굴 확인이 안 되고……. 생각해 보니까 당신과 내가 아틀란틱 해변에서 사랑을 나누던 그 장면이더군요. 그러니까 우리가 사랑을 나누고 있을 때 불빛이 몇 번 비쳤던 적이 있었잖아요. 기억 안 나요? 아마도 누군가가 우리의 섹스 장면을 촬영하고 있었던 거 같아요. 내 생각으로는 남편이 우리 사이를 의심했었던 거 같아요. 남편이 '섹스투킬' 이라는 칵테일을 설명할 때 'SEX TWO KILL'이라면서 두 사람이 죽는다는 둥 이런 말을 했었잖아요. 그게 아마도 우리 관계를 의심해서 한 말인 것 같았어요. 그 후로 남편은 내 얘기는 들어보려고 하지도 않고 집을 나가버렸어요. 나도 남편 집에서 살 이유가 없어서 우리 아빠 집으로 가 버렸죠. 우리 아빠는 이런 사실을 알고는 충격을 받았는지 뇌졸중으로 쓰러졌고 결국 돌아가셨어요. 난 정말 나쁜 딸인가 봐요. 하지만 당신과 사랑했던 건 후회하지 않아요. 그때부터 결혼 생활이 끝났죠 뭐. 사실 J 박사의 배경이 좋아서 결혼한 거라 그렇게 되고 나니까 차라리 잘됐다 싶더라구요. 이제부터 자유라는 생각이 들고……."

그녀는 담담하게 아픈 이야기를 하고 있었다.

그녀의 이야기를 들으면서 그때 애틀랜틱시티에서 있었던 일을 생각해 보니까 그녀의 추측이 맞는 것 같기도 했다.

"이제 어떻게 하실 거예요?"

나는 그녀가 갑자기 불쌍해 보여서 한마디 했다.

"아도니스 님이 걱정할 필요 없어요. 내가 남자가 한둘인가요? 하하하."

그녀는 다시 표정이 밝아지면서 천진난만하게 웃었다.

"사실 뉴욕에 오기 전에 한국에서 날 좋아하는 남자가 생겼어요. 배경도 좋고 잘생겨서 내 마음이 흔들리고 있었죠. 그런데 그 남자를 선택하기 전에 당신에게도 기회를 줘야할 것 같더라구요. 내가 당신에게 못되게 군 것도 있고……. 이혼해서 재산 분할받으면 돈도 많이 생기고, 당신에게 돈타령 같은 거 안 해도 되고, 다시 당신과 사랑할 수도 있지 않을까 생각했던 거죠. 그래서 여유를 갖고 생각 좀 해 보려고 뉴욕에 온 거예요. 당신에게 편지한 이유를 이제 알겠죠?"

여기까지 듣고 나서 더 이상 말을 듣고 싶지 않아서 한마디 했다.

"나 애인 생겼어요!"

자기가 무슨 공주나 되나? 둘 중에 하나를 간택하고 싶다는 건가? 하지만 분노가 치밀기보다는 상처받은 영혼이 불쌍하다는 느낌이 들었다.

"그래요? 아도니스 애인은 어떤 사람이에요? 돈 많아요?"

그녀는 이 말을 듣더니 놀라는 표정으로 내게 물었다.

95

천국과 지옥

돌로레스의 그 질문에 솔직히 르네에 대해서 말하고 싶었지만 웃음으로 대신하고 답하지 않았다. 내가 현재 사랑하는 여자가 부잣집 딸이고, 잘나가는 화가라고 자랑을 한들 어쩌겠는가. 나랑 르네랑 아직 잘된다는 보장도 없고, 단지 사랑일지도 모르는 작은 감정의 교감을 하고 있을 뿐인데 마치 결혼할 사이인 것처럼 말한다는 것도 좀 낯간지러웠다. 그리고 옛 애인에게 그런 자랑을 늘어놓아 봐야 흘러간 사랑이 다시 올 리 만무하고, 그렇잖아도 별거 중이라 상처를 받고 있는 데다 소금을 뿌리는 것은 도리가 아닐 것 같았다.

취재는 우선 맨해튼의 그라운드 제로를 확인하고, 9·11테러 사건에 대한 시민들의 반응을 알아본 다음, 마지막으로 뉴욕 인근 대학의 정치학 교수들을 인터뷰하는 순서로 진행할 계획을 세웠다. 옐로캡을 타고 월드트레이드 센터 근처에서 내려서 붕괴된 건물 속으로 터벅터벅 걸어 들어갔다. 이미 사고가 발생한 지 며칠이 지났지만 아직도 도시는 회색빛 먼지가 자욱했다. 나는 근처 숍에서 마스크를 사서 쓰고는 쓰레기 더미들을 헤치고 다니며 무너진 것들과 아직 살아 있는 것들에 카메라 렌즈를 들이댔다. 렌즈를 통해 들어온 맨해튼은 지옥이었다. 회색빛 먼지들 사이로 보이는 파괴된 잔해들은 지옥 같았고, 근처에 높이 솟아 있는 건물들은 저승사자처럼 보였다. 나는 카메라를 통해서 뉴욕이 이미 세계 최정상의 자리를 내주고 어두운 미래로 추락하고 있다는 느낌을 받았다.

나는 다시 인근 고층 빌딩으로 올라가 하늘 아래 펼쳐진 뉴욕 시를 내려다 봤다. 내가 신이 된 것 같았다. 늘 대형 사건 사고를 취재하면서 느끼는 것이지만, 신은 처참한 모습 속에 가끔 그 존엄을 드러내 보인다. 데카르트 이후 신의 존재가 개별화되어 육신에 임재하면서, 더 이상 세상일에 무관심하게 보이는 것 같지만, 신은 가끔 인간들이 잘못된 방향으로 나갈 때 경고의 메시지를 보내는 것 같다. 신은 인류의 발전하는 모습들을 내려다보며 '그냥 내버려둬도 보기에 참 좋구나'라며 만족해했을지도 모른다. 그러나 그들이 과학기술을 통해 자신에게 도전하고, 정신적 오만함으로 바벨탑을 쌓으면서, 타락함이 소돔과 고모라보다 더한 모습을 보여 주고 있을 때 신은 뭔가 역할을 찾고 싶지 않았을까. 새로운 밀레니엄이 시작되는 시점에서 마치 2,000년 전 예수를 세상에 보낸 것처럼 인류에게 어떤 알레고리를 주고 싶지 않았을까?

니체는 이렇게 말했다. "인간은 동물과 초인 사이에 놓인 깊은 연못 위의 밧줄이다. 앞으로 나가는 것도, 중간에 서는 것도, 뒤돌아 가는 것도 위태롭다." 분명 오만해진 인간은 신이 잠자고 있는 사이에 밧줄을 타고 초인의 영역을 넘어서 신의 영역까지 도전하고 있었던 것이다. 우연일지도 모르지만 그것을 상징적으로 보여 주는 것이 바로 뉴욕의 110층짜리 쌍둥이 건물이다. 인간들은 마천루 두 기둥에 밧줄을 걸고 위태롭게 신에게 도전을 하고 있었던 것이다. 그들이 자신의 영역에 다다랐다고 환호를 부르고 있을 때, 신은 더 이상 그들을 내버려 둬서는 안 된다고 생각했을지도 모른다. 그것이 내가 생각하는 9·11사건의 인과관계이다. 또 하나의 바벨탑이 무너졌다. 마치 악마를 통해서 인간의 오만을 응징한 것 같은 사건이었다.

하지만 뉴요커들과 인터뷰하면서, 버려진 지옥 속에서도 꽃이 피어나고 있음을 보았다. 그들의 얼굴에서 이기적인 모습이 사라지고, 공동체 의식, 희망 같은 것들로 가득 차고 있었다. 희망찬 얼굴로 생의 의지를 불태우는 인간들. 그것은 바로 육화된 신의 모습이었다. 2001년 9월을 기점으로 뉴욕은 신에게 도전하는 탐욕스러운 도시에서 젖과 꿀이 흐르는 땅으로 변모하고 있는 것 같았다. 단 한 사람일지라도 신의 의지를 가지고 있는 자들이 생명을 이어갈 것이며, 번성하여 땅에 충만할 것이다. 뉴욕은 다시 아름다운 도시가 될 것이며, 새로운 천국이 만들어질 것이다.

이틀 동안 쉬지 않고 뉴욕 시내 건물들을 오르락내리락하면서 사진 촬영도 하고, 거리의 뉴요커들을 인터뷰하면서 돌아다녔다. 그리고 셋째 날과 넷째 날은 뉴욕 인근의 콜롬비아 대학교, 뉴저지 주에 있는 럿거스 대학교, 필라델피아의 펜실베이니아 대학교 등을 방문해 저명한 정치학과 교수들을 인터뷰해서 취재 일정을 거의 마무리했다. 본사에는 "20세기 바벨탑이 무너지다" 제하로 일부 기사를 송고했다. 필라델피아를 방문하고 돌아오는 길에 유학 시절 공부하던 하숙집에 들러 죽은 월버드의 넋을 위로하고 왔다. 그녀의 아들이 거기 살고 있었는데 내게 월버드의 수기 편지 한 통을 전해 줬다.

마지막 날, 월스트리트에서 소호 쪽으로 걷고 있는데 돌로레스로부터 전화가 왔다.

"저예요. 이제 취재도 거의 끝나지 않았나요? 나, 소호 인근에 와 있는데 저녁이나 같이 먹을까요?"

그녀의 목소리가 발랄했다.

96

악마의 올개슴 1

우리는 하우스턴 거리와 소호가 만나는 길모퉁이에서 만났다. 그때가 저녁 6시쯤 되었다.

"여기서 소호 쪽으로 올라가면 '악마의 올개슴'이라는 레스토랑이 있는데 거기 가요. 저녁 사 줄게요."

그녀는 나를 보자마자 내 의견은 들어보지도 않고 밝게 웃으며 내 팔을 이끌고 소호 쪽으로 걸어갔다. 얇은 베이지색 바바리코트를 입고, 머리는 쇼트커트에 웨이브를 해서 마치 영화배우 '멕 라이언'을 보는 것 같았다.

그녀의 머리칼에서 나는 상큼한 냄새, 오늘따라 귀여워 보이는 얼굴, 갈망하는 듯한 눈길이 그동안 취재하느라 접어두고 있었던 아도니스의 리비도를 자극해왔다. 때로는 육체의 끌림이 사랑이라는 거창한 말보다도 더 마음을 동요시킬 때도 있는 것 같다. 분명 그녀에 대한 사랑은 흘러가 버린 것 같은데 그녀의 겉모습이 내 육체를 자극시키고 있었다. 아마도 이것은 돌로레스의 작전이었는지도 모른다. 사랑하는 애인이 있는 아도니스를 다시 자기와 사랑하는 관계로 만들려는 것보다는, 나의 완강함을 허물어뜨릴 만큼 자신의 매력이 아직 남아 있는지를 시험하고자 했을까. 한편, 나도 이성으로 무장을 하긴 했지만 아무도 알아보는 사람이 없는 이국의 땅에서 돌로레스의 유혹에 슬그머니 넘어가는 것도 나쁘지 않다는 생각을 했다.

"오늘의 콘셉트는 멕 라이언인가요?"

나는 차분하게 말하고 있었지만 목소리에 가느다란 떨림이 묻어났다.

그녀는 내 목소리의 떨림을 알아챘는지 갑자기 내 팔짱을 끼고 몸을 밀착했다.

"발랄하고 예쁘죠? 하하하."

그녀는 얼굴을 내 얼굴에 바짝 갖다 붙이면서 말했다.

그녀는 어떤 식당으로 나를 이끌고 들어갔다. 그런데 그 레스토랑은 '악마의 올개슴'이라는 이름 대신 다른 간판이 붙어 있었다.

"뭐가 악마의 올개슴이죠?"

나는 식당 테이블에 앉으면서 그녀에게 물어봤다.

"아! '해리가 샐리를 만났을 때'라는 영화 봤어요? 그 영화에 보면 멕 라이언이 가짜 올개슴 연기하는 장면이 나오는데, 그것 때문에 악마의 올개슴이라는 별명이 붙었나 봐요."

"여기가 그 영화에 나오는 장소예요?"

"정확히 그 장소는 아니지만 그것을 패러디했어요, 여기서는 꽤 유명해요."

우리는 샐러드, 스테이크, 파스타 등 몇 가지 서양 음식을 주문하고 대화를 계속 나누고 있었다.

"좀 있다 저녁 7시쯤 올개슴 연기 콘테스트가 열려요. 그거 보고 있으면 정말 재밌어요. 하하하. 그거 보여 주려고 여기 온 거예요."

"……"

"사실 나도 여기서 몇 번 1등한 적이 있는데 어떻게 1등한 줄 알아요?"

"……"

"우리 처음 만났을 때 기억나요? 안면도 리조트에서 불 끈 채 처음 만났던 거요. 지금 생각해 보면 너무나 기발하고 재미있는 아이디어였어요. 아도니스 님은 어떻게 그런 생각을 다 했어요? 불 끄고 만날 생각."

이것도 작전일까? 과거의 섹스 장면을 연상시키면서 날 흥분시키려는? 아도니스의 피너스가 조금씩 홍분하기 시작했다. 하지만 차분하려고 노력했다.

"내가 얘기하지 않았나요?"

"이메일로 잠깐 언급했는데 다시 듣고 싶어요. 어떻게 그런 기발한 생각을 다 했는지……."

"그러니까 우리가 머릿속으로 사랑을 나누던 사이였는데, 갑자기 밝은 대낮에 마주 보게 되면 상상 속의 모습과 현실의 모습이 차이가 날 것이고, 그동안 쌓아왔던 사랑이라는 것이 물거품이 될 수도 있지 않겠어요? 그래서 본질과 현상 간의 차이를 줄여보려고 한 거죠 뭐. 인간은 대개 겉모습에 크게 마음이 흔들리잖아요."

"하하하. 맞아요. 아도니스가 그런 식으로 불 꺼진 방의 미팅을 설명했었던 거 같아요. 나는 거기 속아주는 척했구요. 하하하."

"……."

"어쨌든 난 그때 불 꺼진 방 이불 속에서 아도니스와 나누던 섹스를 평생 잊을 수가 없어요. 그리고 여기 레스토랑에서 내가 몇 달 전에 올개슴 대회 1등을 했는데, 그때 그 생각하면서 연기했어요. 하하하."

"……."

"그때 여기 모여 있던 사람들이 기립 박수를 쳤어요. 하하하."

그녀는 부끄럽지도 않은지 하얀 치아를 다 드러내놓고 크게 웃었다.

하지만 나는 안면도의 그 장면을 다시 떠올리고 싶지 않아서 아무 말 없이 얼굴을 찌푸리고 있었다.

"그런데 가짜 올개슴이 왜 악마의 올개슴이죠?"

내가 궁금해서 물어봤다.

"글쎄요, 그러니까 사랑이 전제되지 않는 오직 육신만의 쾌락을 말하는 게 아닐까요? 마치 마음은 악마에게 점령당하고 있는 상태에서 몸만 쾌락을 느끼고 있는 상태랄까. 나도 잘 몰라요."

그녀는 열심히 설명하더니 한 발 물러섰다.

저녁 7시가 되자, 모든 테이블에 연인들로 보이는 손님들로 가득 들어찼고, 레스토랑 한켠에 있는 무대에서 슈트를 빼입은 남자가 마이크를 잡고 뭐라고 떠들었다. 아까 돌로레스가 말한 그 콘테스트를 시작한다는 소리로 들렸다.

"나, 이번에도 나가 볼래요. 여기서 1등 하면 식사비 공짜예요."

97

악마의 올개슴 2

미국이라는 나라는 자유의 한계가 어디까지일까? 올개슴 같은 성적인 말은 동양적 사고방식으로는 너무 음란해서 겨우 이불 속에서나 꺼내야 될 말 같은데 방송에서 거리낌 없이 논의되지를 않나, 다운타운에서는 발가벗은 여자들이 춤을 추지를 않나, 레스토랑에서 '올개슴대회'를 개최하지 않나. 어쨌든 미국이라는 나라는 신이 인정하는 자유의 선이 어디까지인지를 시험하고 있다는 생각이 든다. 아니면 인간에게 부여된 자유는 한계가 없으며, 이제는 신의 통제 영역이 아님을 신에게 시위하는 걸까?

식사가 거의 끝나자, 레스토랑의 조명이 어두워지고 반라의 금발 미녀들이 테이블 사이를 돌아다니면서 '데블스 올개슴'이라는 칵테일을 와인 잔에 한잔씩 따라주었다. '악마의 올개슴? 무슨 맛이지?' 나는 그 술의 이름에 일단 호기심이 발동해서 먼저 잠시 잔을 들어 냄새를 맡아보고, 혀로 맛을 음미해 보았다. 그런데 그것은 옛날 어디선가 맛보았던 익숙한 맛이었다. 맞다. 작년에 애틀랜틱시티에서 마셨던 '섹스투킬'과 느낌이 거의 비슷했다. 그 맛이 너무 독특해서 다시 마셔보고 싶었던 술이 바로 거기 있었던 것이다.

"이거 '섹스투킬' 하고 맛이 비슷한데요?"

나는 특이한 것을 발견한 듯이 눈을 크게 뜨고 돌로레스에게 동의를 구했다.

"맞아요. 이름은 다르지만 맛이나 취했을 때 나타나는 특징이 비슷한 것 같아요. 우리 애틀랜틱시티에서 이거 먹고 한참 붕 떴던 거 기억나죠?"

그녀도 내 말에 동조하는 것 같았다. 잠시 후, 스테이지에 있던 사회자가 모든 커플들에게 건배를 제의했다. 우리는 잔을 부딪치고 원샷으로 그 술을 들이켰다. 갑자기 감미로운 음악이 흐르면서 분위기가 마치 나이트클럽에 온 듯했다.

5분 정도 지났을까. 몸속에 들어온 술기운이 마음을 흔들기 시작했다. 내 속에 들어차 있던 부정과 두려움을 모두 사라지게 해 주고 긍정과 기쁨을 채워 넣기 시작했다. 내 마음속 깊이 침잠해 있던 돌로레스에 대한 아픈 감정과 미운 감정도 증발시켜버렸다. 기분이 좋아지면서 갑자기 그녀의 눈을 바라보고 싶었다. 우리는 동시에 서로 마주 보고 눈빛을 교환했다. 그것은 불타오르는 사랑의 감정을 감출 수 없는 뜨거운 눈빛이었다. 순간 우리는 사랑하고 있다는 생각이 들었다. 우리는 동시에 테이블 위로 몸을 쭉 뻗어 입술을 내밀었다.

1년 만에 다시 느껴보는 돌로레스의 달콤함이다. 그 달콤한 기억이 그동안 나를 얼마나 애태웠던가! 르네를 사랑하고 있음에도 불구하고, 가슴 밑바닥에 늘 억눌려져 왔던 숨겨진 달콤함. 그것이 다시 밖으로 튀어 나온 것이다. 그것은 그냥 밖으로 나온 게 아니라 폭발했다는 표현이 맞을 것 같다. 그녀의 입술과 내 입술이 맞닿았을 때 뇌 속에서 폭발이 일어나는 느낌이 들었다. 돌로레스도 아마 같은 느낌이었을 것이다. 우리는 그 황홀한 키스를 중단할 수가 없었다. 그 순간 다시 사랑이 불타오르면 어쩌나 하는 두려움은 사라지고 없었다.

참가자들의 연기는 그들의 침대 위에서나 볼 수 있는 사적인 감정과 에로틱한 동작을 표현하고 있었지만, 음란함이라는 선입견을 배제하고 다시 보면 그것은 마치 신이 만들어내는 예술행위를 보는 것 같다. 신은 그런 예술적 행위를 혼자만 감상하기 위해 인간들에게 섹슈얼한 행위의 노출을 금했을까? 어떤 여자는 혼자 올라와서 과거 여러 남자들과의 경험을 다양한 신음 소리로 표현을 하면서 청중을 웃겼고, 어떤 커플은 간단한 옷가지만 걸친 채 무대 위로 올라와서는 절정의 느낌을 격렬하게 표현하고 있었다. 어떤 커플은 탱고 음악에 맞춰서 멋지게 섹시한 춤을 췄고, 어떤 커플은 삼바 리듬에 맞춰서 현란하게 춤을 추고 있었다. 올개슴대회라기보다는 차라리 섹시댄스대회라는 표현이 더 어울릴 것 같다는 생각이 들었다

다섯 번째로 돌로레스 차례가 돌아왔다. 그녀의 이름이 호명되자 우리는 그때야 붙어 있던 입술을 뗐다. 그녀는 내 손을 잡고 무대로 함께 나가자고 했지만 나는 그럴 수 없다고 했다. 술기운 같아서는 그녀와 함께 나가 섹시하게 춤을 추면서 달콤한 느낌을 환상적으로 표현하고 싶었지만 갑자기 다시 두려움이 엄습해왔다. 술기운이 떨어졌을까? 다시 이성이 내 몸으로 돌아오고 그녀와의 이별에 대한 추억이 나를 아프게 만들었다. 그녀는 늘 나랑 섹스를 하고 나면 사라져 버렸기 때문이다.

"난 여기 있을게요. 돌로레스 춤추는 거 볼게요."

그녀는 하는 수 없이 혼자 무대 위로 올라갔다. 그녀는 마이크를 잡고 반주에 맞춰서 '오 대니 보이'라는 노래를 하면서 천천히 몸을 움직이고 있었다. 구슬픈 가락과 에로틱한 동작이 전혀 어울릴 것 같지 않았지만, 그녀는 진심에서 우러나는 사랑의 감정을 표현하고 있었고 그것이 예술로 승화되는 느낌이 들었다. 그녀는 노래를 부르는 내내 촉촉이 젖은 눈빛을 내게 쏘아보내고 있었다. 그것은 마음이 떠나버린 나에 대한 마지막 갈망이었는지도 모른다. 내 눈동자가 파르르 떨리면서 동요했다. 나는 피하지 않았다. 점점 몸이 격하게 반응하더니 결국 마음이 조금씩 그녀에게로 기울었고, 마침내 눈에서 눈물이 나기 시작했다. 이루어지지 못할 사랑에 대한 아픔의 표시일까? 아니면, 옛사랑이 회복되고 있다는 기쁨의 신호일까?

그녀는 노랫가락에 몸을 싣고 구름 위를 떠다니는 것처럼 연기를 했고, 감정이 고조될 때마다 신음 소리를 섞어 넣어 올개슴을 적나라하게 표현하고

있었다. 그것은 안면도에서 쾌락의 순간 내지르는 신음 소리를 닮아 있었다. 나는 불을 끈 채 그녀와 나누던 사랑 장면이 떠오르면서 나도 모르게 같이 신음 소리를 내고 있었다. 노래가 최고조에 이르자 그녀는 바바리코트의 단추를 풀고 그것을 벗어던졌다. 조명을 받은 하얀 가슴이 출렁이며 드러났다. 순간 안면도의 그 방에서 만지던 그 가슴이 생각나면서 나도 모르게 신음 소리를 크게 내지르고 말았다.

내 머리는 이미 그녀가 연기하는 섹시한 춤을 안면도의 섹스로 바꿔서 생각을 하고 있었고, 그녀도 이미 나와 같은 감정을 느끼고 있는 듯했다. 노래 1절이 끝나고 반주가 나가자 그녀가 나를 뚫어져라 쳐다봤다. 그리고 손가락으로 내게 올라오라는 신호를 보냈다. 청중들이 나를 주목하면서 무대로 올라가라고 박수를 쳐 줬다. 그때 나는 이미 나를 잃어버리고 있었다. 나는 내가 아니었다. 나는 돌로레스와 한 몸이 되어 안면도의 그 불 꺼진 방 안에서 함께 있었던 것이다. 그녀가 무대에서 내려와 내 손을 잡아끌었다.

98

악마의 올개슴 3

그녀가 나를 무대로 이끌었지만 나는 일어설 수가 없었다. 눈물이 앞을 가려 어디로 가야 할지를 몰랐다는 표현이 맞을까? 눈물이 그냥 줄줄 흘러내리고 있었다. 그것은 분명 노래가 슬퍼서 그런 건 절대 아니었다. 그때 나는 그녀의 이름이 말해 주듯 '슬픈 돌로레스'의 깊이 감춰진 속마음을 보았다. 늘 내게 사랑한다고 장난스럽게 말하고는 훌쩍 떠나 버리곤 했는데, 이번만은 진심이 느껴지는 듯했다. 그 슬픈 가사와 애절한 연기는 죽음도 불사하는 비장한 구애를 연상시켰고, 그것을 느끼는 순간 눈물이 터져 나왔던 것이다.

테이블 앞에 서서 노래하고 춤추는 돌로레스와 의자에 앉아 있는 아도니스는 무슨 오페라의 주인공들 같아 보였다. 청중들은 우리가 보여 주고 있는 사실적인 연기에 감동을 받았는지, 쥐 죽은 듯이 조용하게 우리의 몸동작 하나하나를 바라보고 있었다. 그녀가 영어로 부르는 노래 가사는 구슬펐다. 특히 "당신은 가야만 하고 나는 머물러야 하나요"라는 부분을 부를 때 나를 쳐다보는 그녀의 눈빛을 잊을 수가 없다. 그것은 처절한 몸부림이었다. 마치 벼랑 끝에 서서 나의 사랑을 받든지 아니면 몸을 던져 버리겠다는 의미로 다가왔다. 나는 여기서 도저히 그녀의 슬픈 눈빛을 볼 수가 없어서 눈을 감았다. 눈물이 마구 쏟아져 내리고 있었다.

지금까지 나는 돌로레스의 진가를 알지 못했다는 말이 맞을 것이다. 사실 그녀를 알게 된 건 벌써 2년이 넘었지만 실제로 만난 것은 너댓 번밖에 안 된다. 만날 때마다 그녀는 늘 새로운 모습으로 나타나서 도대체 이 여자가 어떤 여자인지를 종잡을 수가 없었다. 때로는 정숙한 귀부인 같기도 하고, 어떤 때는 섹시한 요부처럼 보이기도 하고, 때로는 천진난만한 아이처럼 보이는가 하면, 또 어떤 때는 좌충우돌하는 말괄량이처럼 보이는 등 늘 신비로웠다.

그런 돌로레스가 마지막으로 내게 진심을 보이면서 사랑을 고백하고 있는 것이다. 그것이 진심이라는 것은 내 몸이 먼저 알아차렸다. 내 눈에 들어온 그녀의 몸짓과 눈빛은 거짓을 말하고 있는 것 같지 않았다. 하지만 내 마음은 아직도 그녀에게 관대하지 않았다. 넘어갈 듯 넘어갈 듯하다가 다시 그 자리로 돌아왔다. 그것은 가슴 찢어지는 고통이었다. 몸과 마음 간의 갈등이 첨예하게 대립하고 있었을까? 가슴은 쿵쾅거리고 침이 꼴깍꼴깍 넘어가고, 목이 마르기 시작했다. 그 술을 몇 번 더 리필시켜 연거푸 들이켰다. 세상이 빙글빙글 돌고 그녀의 가슴도 돌기 시작했다. 나는 그 소용돌이에 들어가 아이처럼 그것을 입으로 빨았다. 그리고 정신을 잃어버렸다.

'악마의 올개슴'이라는 레스토랑에서 있었던 기억은 여기까지다. 눈을 떠 보니 아침이었고, 옆에 돌로레스와 내가 옷을 벗은 채 누워 있었다. 다시 지난밤에 일어났던 일을 생각해 봤지만 잘 기억이 나지 않았다. 오직 기억나는 건 돌로레스와 황홀하게 사랑을 나눈 꿈밖에 없다. 그것은 사실이 아니라 꿈이었을지도 모른다. 그 꿈은 안면도의 불 꺼진 방에서 둘이 나누던 사랑과 비슷했다. 꿈속에서 내 몸은 완전히 그녀에게 점령을 당해서 황홀했지만 의식은 다른 곳에 있었던 것 같다. 내 몸은 천국에 있었지만, 마음은 불편한 어딘가에 붙들려 있었고, 찢어질 듯 아팠던 기억밖에 없다. 마음이 악마에게 붙들려 있었던 것일까? 이런 게 '악마의 올개슴'이라는 걸까?

그녀의 아파트 베란다를 통해 따뜻한 아침 햇살이 들어와 전라로 엉켜 누워 있는 우리들을 비추고 있었다. 나는 먼저 눈을 떠 의식이 있었지만 그냥 창밖으로 펼쳐진 센트럴파크를 바라보면서 자는 체했다. 먼저 일어나 어찌 된 상황인지를 묻는다면 돌로레스가 얼마나 난처할까? 나는 그냥 그녀가 일 어날 때까지 모른 척하고 있었다. 한 시간쯤 지났을까? 돌로레스가 먼저 일 어나는 것 같았다. 그녀는 흠칫 놀라더니 수건으로 몸을 대충 가리고 허겁 지겁 거실로 나갔다. 그 순간 피식 웃음이 나왔다. 그녀는 아무 일도 없었던 것처럼 속옷만 입고 다시 방으로 들어왔다.

"아도니스! 얼레리꼴레리. 옷을 다 벗고 잔대요. 하하하. 일어나요. 아침 해 가 중천에 떴네요."

그녀는 나신으로 누워 있는 내게 다가오더니, 입술을 내 귀에 가까이 대고 는 부드럽게 속삭였다.

침대 시트로 알몸을 칭칭 감고 어젯밤 돌로레스와 나눈 에로틱한 장면을 떠올리려고 몸부림을 치면서 눈을 찌푸리고 있었지만, 술 때문이었는지 무의식속에 들어가 버린 그 장면들은 쉽게 떠오르지 않았다. 침실까지 깊이 들어온 햇살과 함께 귀를 타고 들어온 음악이 눈을 뜨게 했다. 재즈풍의 그 음악을 듣자 어젯밤의 베드신이 어렴풋이 생각나면서 그녀의 벌거벗은 몸이 상상되었다. 아무것도 걸치지 않은 나신을 일으켜 세워 음악이 들려오는 방향으로 몸을 향했다. 방문을 조금 여는 순간 그녀는 아무것도 걸치지 않은 나신으로 브라이언 페리의 'I'm in the mood for love'라는 노래의 리듬에 맞춰 춤을 추고 있었다.

그녀의 관능적인 몸짓과 몽환적인 음악이 만들어내는 하모니는 마치 한 송이 장미가 춤을 추는 것처럼 아름다웠다. 나는 다시 흥분하기 시작했다. 그런데 아이러니하게도 흥분되어 있었던 내 몸이 얼음처럼 차갑게 변하고 있었다. 몸의 반응은 차갑게 가라앉고 있었지만 어찌된 영문인지 마음에는 불이 붙기 시작했다. 뇌 속에 깊이 감춰졌던 돌로레스에 대한 사랑이 다시 시작되고 있었을까? 돌로레스를 바라보는 눈빛이 이미 사랑하는 남자의 그 것처럼 빛나기 시작했다. 나는 그때 아무 생각도 나지 않고 그저 마음이 느끼는 대로 돌로레스에게 사랑의 눈빛을 보내고 있었다. 이미 르네는 마음속에서 사라져 버렸다.

"보고 있지만 말고 이리 와서 같이 춤출래요?"

어느 순간 우리는 눈을 마주쳤고, 그녀는 미소를 띤 채 이렇게 말했다.

내가 보내는 사랑의 눈빛을 알아챘을까? 어제 레스토랑에 있을 때와는 다른 양상이었다. 어제는 그녀가 종이고 내가 주였다면, 오늘은 그녀가 주고 내가 종이었다. 그녀의 웃음이 이미 주객전도된 사랑의 관계를 말해주고 있었다. 나는 이미 그녀의 종이 된 것 같았다. 잘못을 하다 들킨 아이처럼 깜짝 놀라 문을 닫고 침대 머리맡으로 가서 마음을 추슬렀다. 분명 어제와는 달랐다. 그리고 옷을 챙겨 입고 음악이 끝날 때까지 그대로 그자리에 앉아 있었다. 창피했을까? 아니면 그녀를 사랑하고 있다는 느낌을 들켜버린 데서 오는 심리적 공황 상태? 음악이 멈추고 나서야 나는 옷매무새를 추스르고 조심스럽게 방문을 열고 거실로 나갔다.

음악이 끝나자 그녀는 속옷만 걸친 채로 거실 소파에 몸을 던졌다. 나도 그녀 옆으로 가서 앉았다.

"춤 어때요?"

그녀는 미소 띤 얼굴로 다정한 눈빛을 내게 보내면서 말했다. 이미 심리적으로 주인이 돼버린 그녀는 아이를 다루듯이 여유 만만한 표정이었다. 나는 마치 선생님 앞에 선 아이처럼 무표정하게 대답했다.

"정말 잘 추는데요? 발레 배웠나 봐요."

사랑하는 감정을 최대한 숨기면서 사무적으로 답했지만 이미 가슴은 콩닥거리고 있었다.

"발레는 여기 미국 와서 시간 날 때 배운 거구요, 사실은 정통 발레라기보다는 내 식으로 약간 변형시킨 거예요. 재즈 음악에 발레를 한다는 게 좀 우습지 않나요?"

"우습기는요. 오히려 백조의 호수에 나오는 발레리나보다도 훨씬 더 예술적인데요 뭘."

나는 발레에 대해서 아는 것도 별로 없으면서 일단 그녀에게 칭찬을 늘어 놓고 있었다. 그렇게 해야만 선생님에게 만족스러운 대답이 될 것 같았다.

"이 음악 너무 좋아하는데 여기 맞춰서 춤을 추고 싶었어요. 사실 발레 배운 것도 이 음악에 맞는 춤이 뭘까 생각하다가 발레가 제일 비슷할 것 같아서 배운 거예요."

그녀는 카우치에 비스듬히 옆으로 앉아서 한손을 등받이 위에 걸친 채 나를 똑바로 바라보면서 말하고 있었다. 나는 그녀의 눈을 똑바로 바라보기가 겁나서 베란다 쪽을 바라본 채로 대화를 이어가고 있었다.

"전문 발레리나보다도 훨씬 더 우아하고 멋진데요. 그런데 이런 춤을 아무에게나 보여 주나요?"

"미쳤어요? 아도니스에게 보여 주려고 준비한 거예요. 하하하하."

"에구, 돌로레스 말을 어떻게 믿어요?"

나는 고개를 돌려 그녀의 눈을 한번 쳐다보고 여전히 무표정하게 말했다. 그녀는 미소를 띤 채로 내 얼굴을 똑바로 바라보면서 말을 이어나갔다.

"음악에는 세 가지 종류가 있어요. 하나는 마음을 감동시키는 음악, 또 하나는 몸을 감동시키는 음악, 그리고 세 번째는 뭘 거 같아요? 맞혀보세요."

"글쎄, 음악의 종류가 클래식, 재즈, 록, 가요 이런 거 아닌가요?"

나는 어깨를 한 번 으쓱하곤 그녀의 눈을 바라보며 모른다고 말했다.

"기자가 그것도 몰라요?"

"……."

"사랑하는 사람을 생각하면서 춤추고 싶은 음악이에요. 하하하하."

이렇게 말하곤 그녀는 자지러지게 웃었다. 나는 전혀 웃기지 않아서 멀뚱하게 창밖을 바라보고 있었다.

"우리 같이 살래요?"

그녀가 다정한 눈빛으로 내게 말했다.

데자뷔였을까? 처음 본 사건인데 전에 본 것처럼 느껴지는 것 말이다. 나는 돌로레스의 춤추는 모습을 보면서 이상하다는 생각이 들었다. 처음에는 아침 햇살을 받은 돌로레스가 강렬하게 빛을 뿜어내고 있었지만, 시간이 갈수록 빛이 흐릿해지면서 돌로레스와 르네가 겹쳐지고, 나중에는 르네가 도시의 네온사인에 반사된 실루엣으로 은은한 빛을 발하고 있었다. 술기운 때문에 르네의 환영이라도 본 것은 아닐까 생각해 봤지만, 그것은 머릿속에 기억된 분명한 사실이었다. 몇 달 전 파리에서 르네도 비슷한 모습으로 춤을 추고 있지 않았던가. 그렇다면……. 오 마이 갓! 이게 대체 뭘까? 이런 게 인연이라는 것일까?

암튼 두 개의 개별적 사건이 시간 간격을 두고 내게 똑같이 일어났다는 것은 분명 기이한 일이고, 인연이라는 말 외에는 달리 설명할 길이 없을 것 같다. 르네가 클래식 음악에 맞춰 사랑의 감정을 이성적으로 표현했다면, 돌로레스는 재즈 음악에 맞춰 감성적인 춤을 추고 있었다는 것이 다를 뿐, 사랑을 얻기 위한 상처받은 영혼들의 처절한 몸짓이라는 점에서는 두 개의 춤이 똑같은 느낌이었다. "고통스러운 것들은 저마다 빛을 뿜어내고 있다."는 고흐의 말처럼 그들의 춤은 (내 착각일지도 모르지만) 고통스런 몸부림이었고, 그것이 내 눈에 빛으로 보인 것 같다. 그 두 개의 빛이 내 안에 들어와 심장처럼 파닥이고 있다.

그런데 두 사람을 동시에 사랑한다는 말이 가당키나 할까? 그것은 사랑의 감정이 아니라 단지 두 여자에 대한 육체적 욕망을 사랑이라고 착각하는 것은 아닐까? 그러나 내가 느끼고 있는 두 사람에 대한 감정은 그런 천박한 것과는 거리가 멀었다. 분명 르네와 돌로레스는 내 속에 들어와 두 개의 심장처럼 뛰고 있고, 어느 하나를 외과적으로 분리해 버린다면 내 몸이 죽을 수도 있다는 생각이 들었다. 돌로레스와 르네와 나는 전생에 한 몸이었을까? 그래서 이생에서 분리되어 서로를 그리워하면서 주변을 맴돌고 있는 것은 아닐까? 왜 자꾸 비슷한 일들이 반복되고 있을까?

"무슨 생각을 그렇게 골똘히 해요? 나랑 같이 살자는데……."

그녀는 내 눈빛에서 사랑을 감지했는지 확신에 찬 어조로 내게 말했다.

"돌로레스는 돈을 좋아하지만 난 돈도 없는데 같이 살 수 있겠어요?"

나는 약간 시큰둥한 표정을 지어 보이며 약간 시니컬하게 반문을 했다. 나에게는 아직도 애틀랜틱시티 해변에서 그녀로부터 받은 상처가 남아 있었던 것일까?

"에구, 아직도 내가 했던 말을 기억하고 있군요. 남자가 왜 그리 쪼잔해요? 이제 나 그런 속물스러운 여자 아니에요. 나도 이제 돈 많다구요. 사랑이 중요하지 돈 그까짓 거 없으면 어때요?"

"같이 산다는 것은 무슨 말이죠? 결혼하자는 말인가요?"

난 약간 당혹스러운 표정으로 그녀에게 역으로 질문을 했다. 돌로레스와 같이 살 수 있다는 희망으로 표정은 조금 밝아졌지만, 갑자기 르네의 얼굴이 떠오르면서 복잡 미묘한 표정으로 바뀌었다. 그녀는 내 얼굴에 나타난 이상한 표정을 읽었는지 다시 부연 설명을 해 주었다.

"에구, 요즘 세상에 같이 산다는 게 꼭 결혼을 의미하나요 뭐? 우리 두 사람 다 상처받은 사람들이잖아요. 난 이제는 새처럼 자유롭게 살고 싶어요. 다시는 새장 속으로 들어가고 싶지 않아요."

"그렇다면 동거를 하자는 말인가요?"

내가 다시 물었다.

"에이, 아도니스 님은 아직도 좀 컨서버티브인가 봐요. 내 말은 그냥 만나고 싶을 때 만나고, 사랑하고 싶을 때 사랑하고, 서로의 시간을 존중하면서 사랑하는 감정을 유지하자는 말이에요. 하하하."

J 박사와 헤어져서 그런지 그녀의 생각은 그 전과는 좀 달랐고 자유분방함이 느껴졌다.

"하하하하, 그런 거라면 뭐 나로서도 찬성이죠."

나는 그제야 웃음이 터져 나오면서 그녀의 제안에 동의했다.

"근데 참, 나랑 사랑하는 건 좋은데 아도니스 애인이랑은 어떻게 하실 거예요?"

자기와의 사랑에 방해물이라고 여겼을까? 돌로레스가 뚱딴지같이 내 애인, 그러니까 르네에 대해서 질문을 해 왔다.

"사랑하고 있지만 나도 결혼 같은 거 생각하고 있지 않아요."

"그럼 잘됐네요. 하하하하."

그녀는 내 애인에 대한 생각을 슬쩍 떠보고는, 다행이라는 표정을 지으며 크게 웃었다.

여기서 대화가 끝났다. 우리는 그냥 사랑하고 있다는 사실만 확인했을 뿐 미래에 대한 계획 같은 거에 대해서는 서로 말을 아꼈다.

"여기서 아침 먹고 가요. 공항까지는 내가 태워다 줄게요."

"돌로레스가 그렇게 해 주면 고맙죠."

"참, 이따 공항 가는 길에 내 후배가 하는 갤러리에 좀 들렀다 가요. 오늘 만나기로 했는데……. 잠시면 되거든요."

돌로레스의 아파트에서 우리는 마치 부부라도 된 것처럼 다정하게 식사를 했다. 며칠 전 운동하고 나서 아침 얻어먹을 때와는 차원이 다른 어떤 따뜻한 느낌이 들었다. 그때 우리는 막 신혼여행에서 돌아온 행복한 부부 같았다. 나는 비록 시리얼에 피넛버터를 바른 빵 한 조각에 불과했지만 식사를 제공해 준 그녀에게 진심으로 고마움을 표했고, 그녀는 다정한 눈빛으로 나의 감사함에 화답했다. 또 서로 관심을 갖는 것들에 대해서 아주 즐거운 표정으로 대화를 나누었고……. 이런 것들이 낭만적인 결혼 생활이라는 걸까? 내가 아직 한 번도 겪어보지 않은…….

"참 서울행 비행기가 몇 시라고 했죠?"

그녀는 아쉬운 표정으로 내게 물었다.

"오후 2시 비행기 예약해 놨어요."

"그럼 우선 호텔로 가서 짐을 챙겨야겠네요."

그녀는 차를 운전해서 내가 체류하고 있는 호텔까지 데려다주고는 체크아웃해서 나올 때까지 밖에서 기다려줬다. 그때가 오전 10시쯤 됐다. 그녀는 곧장 차를 몰아 뉴욕의 갤러리들이 모여 있는 소호 지역으로 운전해 갔다. 그녀는 뉴요커가 다 됐는지 거칠게 운전하고 있었지만, 나의 사랑을 확인했다는 의미였는지 얼굴에는 부드러운 미소를 띠고 운전하는 내내 콧노래를 흥얼거리고 있었다.

그녀는 소호 지역의 어떤 허름한 4층짜리 건물 앞에 차를 세웠다. 우리는 무슨 '아방가르드'라는 간판이 조그맣게 붙어 있는 건물 입구로 들어가 엘리베이터를 타고 2층으로 곧장 올라갔다.

"아방가르드 아시죠?"

엘리베이터 안에서 그녀가 내게 질문을 던졌다.

"현대미술의 일종이 아닌가요?"

나는 예술에 대해서 깊이 아는 바가 없어서 대충 대답했다.

"맞아요. 프랑스에서 활동하는 대학 후배가 있는데 여기 갤러리에 작품을 전시하고 가끔 들러요. 어제 도착했다는데 어제 아도니스 님 만나느라고 오늘 약속을 잡았어요. 여기서 잠깐 후배 만나서 차 한잔 하고 점심 간단히 먹고 공항으로 가면 될 거 같아요."

전시 공간은 100여 평쯤 되었고, 회화, 설치작품 등 현대적인 미술품들이 여기저기 전시되어 있었다. 그녀는 나보고 잠시 그림을 구경하라면서 혼자 전시실 옆의 사무실로 들어갔다. 나는 우선 벽에 걸려 있는 작품들을 하나씩 둘러보고 괜찮다 싶은 그림에 카메라를 들이댔다. 그런데 전시관 중간쯤에 걸려 있는 특이한 그림이 시선을 잡아끌었다. 가로 2미터, 세로 3미터쯤 돼 보이는 대형 작품이었는데 금빛 남자가 무거운 돌멩이를 어깨에 짊어지고 언덕을 오르는 장면을 추상적으로 묘사하였고, 그림 아래 부분에 붙어 있는 비디오에는 한 남자가 푸른 물결을 가르며 헤엄치는 모습이 상연되고 있었다. 너무 신기해서 가까이 다가가 그림 제목을 확인하는 순간 깜짝 놀라 넘어질 뻔했다.

작품 제목: 시시포스의 신화

작가: 장 프랑수와 르네

'오 마이 갓! 이럴 수가……. 그렇다면 돌로레스의 대학 후배가 르네? 어떻게 이럴 수가…….'

그때 내 머리는 바로 블랙아웃이 돼 버렸다. 아무 생각도 나지 않고 어떻게 해야 할지 모르고 그냥 멍하게 그 자리에 서 있었다. 그때 내 뇌는 인간의 뇌가 아니라 파충류의 뇌로 변해 있었다. '도망가야 하나? 아니면 공격해야 하나?' 단 두 가지 생각. 여기서 벗어나기만 하면 르네와 마주칠 일도 없고, 돌로레스와 르네와 내가 만날 일도 없고, 그러면 르네와의 관계도 크게 문제될 것이 없고, 돌로레스와의 관계도 문제없고, 돌로레스와 르네와의 관계도 그냥 유지될 것이고……. 파충류의 뇌는 가까스로 여기까지 생각하고는 본능적으로 '공격하면 질 게 뻔해. 도망가!'라고 말했다.

"아도니스 이쪽으로 오세요."

막 고개를 돌려 출입구를 찾는 순간 돌로레스의 목소리가 들려왔다.

돌로레스가 내 손을 잡고 사무실로 이끄는 순간 공격하기로 전략을 바꿨다. '그래, 내가 뭐 르네에게 죄지은 거라도 있나? 사실대로 말한다 해도 떳떳하잖아. 다만 돌로레스와 어젯밤 같이 잤다는 것이 조금 걸리지만, 돌로레스와 어젯밤 나눈 사랑은 어쩌면 사실이 아니라 꿈이었을 거야. 돌로레스에 대한 사랑의 감정이 다시 일어났다는 것도 아마 알코올로 인한 착각일 수 있어.' 사무실까지 들어가는 짧은 순간이었지만 재빨리 공격 대응 논리를 개발하고 취재기자처럼 카메라를 어깨에 메고 최대한 자연스럽게 걸어갔다. 그러나 내가 도망가지 않고 순순히 돌로레스를 따라 간 것은 진짜 사랑하는 르네가 너무 보고 싶다는 생각이 더 컸기 때문이다. 일단 보고 나서 혼나면 되지 뭐.

그런데 참 아이러니하게도, 그날따라 르네가 파리에서 사준 아르마니표 양복을 쫙 빼입고 있었으니……. 아도니스! 너의 운명도 참 가련하다. 사실 그날 호텔에서 체크아웃할 때, 평소 취재하던 모습대로 청바지에 셔츠 하나 걸치고 나오면 됐는데 돌로레스의 후배를 만난다는 생각이 그만 아도니스의 수컷 남자 본능을 일깨웠던 것이다. 하여튼 잘생긴 남자들의 쓸데없는 기대감이라니! 자기가 사 준 양복을 입은 남자가 다른 여자와 함께, 그것도 선배 언니와 함께 있는 모습을 보았을 때 르네는 도대체 어떤 반응을 보일까? 아니, 도대체 이런 상황을 어떻게 설명하고 변명을 해야 하는지 참으로 난감했다. 순간 선글라스를 끼면 잘 못 알아 볼 것이라는 생각이 퍼뜩 스치면서 호주머니에 있던 선글라스를 얼른 썼다.

사무실 문을 열고 돌로레스와 내가 바로 들어서자 10여 미터 앞에서 온몸을 하얗게 물들인 귀족적인 여자가 꼿꼿한 자세로 서서 우리를 기다리고 있었다. 멀리서 봐도 르네가 분명했다. 그녀는 우리가 파리에서 처음 만났을 때 입고 있었던 똑같은 드레스와 모자를 쓰고, 미소 띤 얼굴로 우아하게 우리가 오는 모습을 바라보고 있었다. 전시실의 은은한 간접조명을 받아서 그런지 그녀의 하얀 얼굴과 전체적인 풍모가 입체적으로 빛나면서 영락없이 여신의 조각상을 보는 듯했다. 순간 나의 죄가 매우 크게 느껴져 돌로레스의 손을 슬며시 뿌리쳤다.

한 발 한 발 앞으로 나갈 때마다 사랑하는 르네의 모습이 선글라스 안으로 점점 확대되었다. 지금 그녀에게 다가가는 것이 사랑하는 사람을 만나러 가는 것이 아니라, 돌로레스의 후배를 만나러 가는 기자일 뿐이라는 사실도 잊어버린 채, 나는 홀로 다시 사랑의 감정에 빠져들고 있었다. 그렇게 보고 싶던 얼굴, 번득이는 눈빛, 가지런한 입술, 가슴…….

'한 달 전에 본 모습과 하나도 안 변했어. 약간 살이 쪄 보이지만 정동진에서 마지막 보던 그 모습 그대로야.'

순간 가슴이 방망이질 쳤다. 이마엔 식은땀이 나고…….

'뭐라고 말하지? 다시 도망가 버릴까? 아니야, 선글라스를 끼고 있어서 날 못 알아봤을 거야.'

마치 파리에서 그녀를 처음 볼 때와 비슷한 상황이었다. 그녀는 그냥 서 있기만 한데 내 발은 왜 이리 무거운지……. 그래도 발길이 멈춰지지 않고 그녀에게 다가가고 있는 것은 뭘까? 우리는 1미터 정도 간격을 두고 마주 보고 섰다. 그런데 그녀는 날 알아봤을까? 전혀 동요하는 기색이 보이지 않았다. '날 다른 사람으로 생각하고 있겠지. 아무려면 아도니스라는 사람이 뉴욕에

서 자기 선배와 같이 나타나리라는 생각이나 했겠어? 설사 날 알아본다 해
도 아도니스와 비슷한 사람이라고 생각하겠지 뭐.' 그녀의 미소를 보자 나도
마음이 조금 누그러지면서 다시 기자의 본분으로 돌아왔다. 그리고 미소를
띠고 그녀를 바라보고 있었다.

　"반가워요, '아도니스' 기자님. 언니에게 어제 얘기 들었어요."

　르네가 내 이름을 부르면서 내게 악수를 청했다.

그녀가 내 이름을 알고 있다는 것은 이미 나의 정체에 대해서 알고 있다는 의미일 텐데, 그녀는 왜 아무렇지도 않은 듯 처음 만난 사람처럼 나를 맞이하고 있는 것일까? 이미 나에 대한 사랑의 감정이 사라져 버렸던 것일까? 그래서 아무렇지도 않게 나를 만나고 있는 것일까? 아니면 너무 화가 나서 머리가 어떻게 돼 버린 것은 아닐까? 돌로레스는 우리의 관계를 어디까지 말했을까? 친구라고 말했을까? 애인이라고 말했을까? 어젯밤 같이 잤다고 했을까? 나는 도무지 알 수 없는 르네의 표정을 바라보면서 처음 만난 사람처럼 인사를 했다.

르네가 분노하고 있다는 것을 안 것은 그녀와 악수를 나눌 때였다. "안녕하세요. 반갑습니다."라고 말하며 악수를 하는 순간 르네의 표정이 돌변했다. 돌로레스가 알아채지 못할 만큼 짧은 순간이었지만 그녀는 마치 성난 맹수처럼 무서운 표정을 지어 보였고, 나를 잡아먹을 듯이 사나운 눈빛을 쏘아 보냈다. 세상 살면서 여자의 표정이 이렇게 무섭게 변하는 것은 처음 보았다. 그것이 너무 무서워서 시선을 돌려 버렸지만 그녀의 손은 나를 가만 놔두지 않았다. 강한 악력으로 내 손을 쥐어짜듯 움켜잡더니, 뾰족한 손톱으로 내 손등을 무자비하게 찌르면서 흔들고 있었다. 그것은 분명 분노였다.

그때 돌로레스가 끼어들었다.

"미남 손 처음 잡아보냐? 그만 놔줘라야. 우리 애인 손 떨어지겠다. 하하하."

그때야 르네는 잡았던 내 손을 풀어주었다.

"야! 너무 오랜만이다. 어제 너한테 연락받고 만나려고 했는데 글쎄 우연히 옛날 애인을 만났지 뭐니. 그래서 이 사람이랑 저녁 먹고 우리 아파트에서 함께 보냈어. 이 사람 잘생겼지?"

돌로레스가 말하는 동안 나는 르네의 반응을 살폈다. '우리 아파트에서 함께 보냈어'라는 부분에서 특히 르네의 얼굴이 다시 찌그러지고 나를 뚫어져라 쳐다보았다. 나는 시선을 돌려 버렸다.

르네는 다시 아무렇지도 않은 듯 우리를 원형 테이블로 안내하더니, 큐레이터에게 화이트 와인을 한잔씩 가져다 달라고 했다. 우리는 테이블을 사이에 두고 정삼각형의 꼭짓점에 각각 자리를 했다. 하얀 드레스를 입은 르네는 백합 한 송이 같았고, 빨간 드레스를 차려입은 돌로레스는 장미 같았다. 우열을 가리기 힘들 정도로 아름다운 두 송이의 꽃이 나를 도취시켰다. '이렇게 아름다운 여인들과 동시에 사랑을 하고 있는 사람은 세상에 나밖에 없을 거야.' 잠시 황홀한 몽상에 빠져 있는데 돌로레스의 목소리가 들려왔다.

돌로레스: 전시회 내일부터 시작된다며?

르네: 응, 이번에는 시시포스의 신화라는 작품 하나만 출품했어.

돌로레스: 아까 잠시 그 작품 봤는데 너무 멋지더라. 그 작품 속의 모델은 누구야? 추상화인데도 몸매가 장난이 아닌데……

르네: 한국에서 섭외한 모델인데, 몸은 멋지게 생겼지만 영혼이 텅 빈 것 같아서 요즘 실망하고 있어.

돌로레스: 작품만 좋으면 되지 뭐 모델의 사생활까지 따져야 하니?

르네: 난 그림과 모델의 가치가 일치해야 한다는 생각을 갖고 있거든. 저 모델이 처음에는 괜찮다 싶더니 요즘 행동하는 것을 보니 좀 저열해. 이번 전시회만 끝나면 저 그림 폐기 처분해버릴 거야.

그녀는 이 말을 한 다음 나를 힐끗 쳐다봤다. 난 뜨끔했다. 모델이 난데, 나를 욕하고 있는 것이다.

돌로레스: 에이! 무슨…… 그림도 너무 멋지고 모델도 너무 멋진데 폐기 처분을 한다고 그래? 비싸게 팔면 되지.

나: 맞아요. 그림하고 모델의 사생활과 무슨 관계가 있을까요? 그럼 창녀를 그린 그림들은 모두 나쁜 그림인가요?

술을 몇 모금 마셨더니 금세 르네에 대한 죄책감이 사라졌을까? 나도 그들의 대화에 한마디 끼어들었다.

르네: 보통 인간의 벗은 몸이라도 일정한 형식을 갖추고 거기에 어떤 의미를 부여하고 질서를 나타내면 누드라고 말하는데, 내 그림에는 한 가지가 더 붙어요. 난 모델의 영혼도 거기에 포함시키거든요.

돌로레스: 니 그림은 좀 어려워.

르네: 근데 언니는 이렇게 잘생긴 아도니스 기자님을 어떻게 만났어?

르네는 그 질문을 던진 다음 검은색 샤넬 핸드백 속에서 빨간색 말보로 담뱃갑을 꺼내서는 한 개비를 꼬나물었다. 그리고 궁금한 표정으로 돌로레스를 뚫어져라 쳐다보고 있었다. 순간적으로 본 그 눈빛에서 무서운 질투의 광기가 서려 있음을 느꼈다. 나는 얼른 호주머니를 뒤지기 시작했다. 파리에서 르네를 처음 봤을 때처럼 그렇게 해 줘야 공주에 대한 예의를 지키면서 약간이라도 노여움을 풀 수 있지 않을까 생각했다. 사소한 행동이었지만 그 전략은 먹혀들었다. 르네는 우스꽝스러운 내 모습을 힐끗 한 번 쳐다보더니 측은한 표정을 지어 보였다. 내가 잘못을 저질러 놓고 아양 떠는 강아지처럼 보였을까?

어쨌든 나는 재빨리 '제시카'라는 큐레이터에게 손짓을 해서 라이터를 가져다 달라고 했다. 그리고 라이터의 불을 켠 다음 번개처럼 두 손으로 그녀의 담배에 불을 붙여줬다. 그녀의 표정이 처음보다 많이 누그러졌다. 르네는 담배 연기를 한 모금 깊이 빨아들이더니 돌로레스에게 뱉어내고 있었다. 르네의 무례한 행동은 내가 보기엔 연적에 대한 도발이었지만, 돌로레스는 그것을 후배의 장난기 어린 행동쯤으로 이해하는 듯했다. 돌로레스는 천진난만하게 담배 연기를 두 손으로 이리저리 휘저으며 코를 찡그렸다.

"아도니스하고 나는 아무래도 인연인 것 같아. 글쎄, 1년 전에 이 사람하고 헤어졌는데 어디서 다시 만난 줄 아니? 며칠 전, 미국 땅하고도 여기 뉴욕,

센트럴파크에서 우연히 만났잖니. 그것도 아침에 공원을 마주 보고 달리다가 스쳐 갔는데 이 사람이지 뭐니. 얼마나 놀랐던지……."

돌로레스는 자기의 이메일 편지에 대해서는 생략하고 우리의 만남이 마치 신이 개입한 필연적인 만남인 것처럼 떠들고 있었다.

"이 사람은 9·11사건 취재하러 미국에 왔고, 나는 뉴욕에 체류하고 있었는데 어떻게 이렇게 만날 수가 있니, 글쎄? 이거 웃기지 않니?"

그때 무표정하게 담배를 연거푸 피워대면서 돌로레스의 이야기를 듣고 있던 르네가 날카롭게 반격했다.

"그래서 아도니스 기자님이랑 사랑하는 사이인가요? 아니면 친구인가요?"

돌로레스는 의기양양한 표정을 지으며 "야, 넌 별걸 다 물어본다. 사랑하는 사람이면 어떻고 친구면 어때? 어젯밤 나랑 함께 밤을 보냈고 지금 여기 나랑 같이 있다는 게 중요하지."라고 답변했다. 그녀의 얼굴에서 승자의 여유가 보였다. 그 말을 듣는 순간 르네의 얼굴이 찌그러지면서 담배 한 모금을 깊이 빨아들이고는 허공을 향해 길게 내뿜었다.

"아도니스 기자님도 언니를 많이 사랑하나 봐요?"

그녀가 다시 내게 창을 겨루었다. 그것은 내가 정신적으로 돌로레스를 사랑하고 있지 않은가, 라는 질문인 것 같았다. 나는 즉시 대답했다.

"사랑이라구요? 1년 전에 흘러가버린 물이 물레방아를 다시 돌릴 수 있을까요? 그냥 편한 이성 친구예요. 만나면 반갑고 얘기하고 싶은 오래된 친구. 어젯밤에 함께 있었던 것도 그렇게 이해하면 될 것 같네요. 난 사랑이란 육체적 욕망을 뛰어넘는 어떤 숭고한 감정이라고 생각해요. 안 보면 미칠 것 같은 그런 감정을 넘어서 서로 사소한 것들에 대해서 관심을 갖고 챙겨주고, 같이 밥을 먹으면서 일상적인 일들에 대해 대화를 나누고, 상대의 아픈 점까지도 보듬어주고 매일매일 정서를 공유하는 등등등."

자기를 사랑하고 있다는 말을 듣고 싶었던 돌로레스는 약간 기분이 상했는지 표정을 찌그러트리며 와인을 벌컥 들이켰다. 이미 자신의 사랑의 한계를 깨닫고 체념하는 듯했다. 하지만 르네는 듣고 싶던 대답을 들었는지 만면에 미소를 띠면서 안도의 한숨을 쉬는 것 같았다. 그녀도 와인 잔을 입술에 갖다 대고 한 모금 들이켰다. 그녀의 얼굴에 승자의 여유가 보였다. 나는 나를 사이에 두고 사랑 논쟁을 벌이고 있는 그녀들이 너무 웃긴다는 생각이 들어서 웃음을 참으며 와인을 한 모금 마셨다.

"그런데 시시포스의 신화에서는 바위를 언덕에 굴려 올리는데, 그림에서는 바위를 들고 걸어가고 있네요?"

나는 사랑 논쟁이 이미 끝났다고 판단하고 그림 이야기로 화제를 돌렸다.

"예술이라는 게 한마디로 말하면 익숙한 것을 낯설게 만드는 거잖아요. 내 그림 속의 모델은 보통 사람과 좀 달랐어요. 그 사람은 그냥 신의 명령을 따르는 소극적인 사람이 아니라, 뭐랄까, 신에 대해 도전하는 사람이랄까? 끊임없이 언덕 위로 바윗돌을 올려야 하는 소명을 거스르지 않으면서 그것을 초월하려는 어떤 특별함이 있어요. 그게 삶의 방식의 차이일 수도 있고, 생각의 차이일 수도 있고, 아님 에너제틱한 근육일 수도 있고…… 사실 난 그냥 그 남자를 그렸을 뿐인데 그게 예술이 되었네요."

르네는 나를 똑바로 쳐다보면서 싱긋 웃었다.

모델에 대해서 좋은 평가를 해 주고 있다는 점, 얼굴에 미소를 띠고 다정한 눈길로 나를 바라보고 있다는 점 등을 감안하면, 이미 르네는 나에 대한 분노를 풀고 다시 사랑하는 감정으로 되돌아온 것처럼 보였다. 나도 바로 미소를 지으며 그녀에게 화답했다. 아직도 나와 르네의 대화가 어떤 의미인지 모르고 있는 돌로레스가 멋쩍게 대화에 끼어들었다.

"그렇게 멋진 모델이 과연 누굴까? 언제 한번 내게 소개시켜 주라야"

이렇게 말하고 그녀는 홀로 박장대소를 했다. 나와 르네는 웃지 않았다.

그 상황에서 돌로레스는 나에 대해 질투심을 유발시키려는 것 같았다. 하지만 이미 르네에게로 기울어 버린 내 마음에 질투는 일어나지 않았다. 오히려 돌로레스의 그 말이 저질스럽게 느껴졌다. 난 다시 르네에게 질문을 던졌다.

"다른 화가들과는 다른 어떤 그림 철학이 있을 것 같은데……."

르네는 나를 쳐다보며 설명을 이어갔다.

"평범함 속에서 진실을 보는 눈을 좀 길렀다고 할까요? 사실 예술이라는 게 멀리 있지 않아요. 가까이 보면 모든 게 다 예술이죠. 그것을 조금 다르게 보면 특별해지는 거죠. 그런데 사람들은 가까이 있는 소중한 것들을 보지 못하고 멀리서 그것들을 찾아 헤매잖아요. 그리고 다 늙고 병들어서야 그것이 주변에 있었다는 걸 깨닫게 되죠."

나와 르네의 대화가 지루했는지 돌로레스는 하품을 하며 잠시 화장실을 다녀온다면서 자리를 떴다. 사무실엔 르네와 나만 남았다. 잠시 무서울 만큼 조용한 정적이 흘렀다. 먼저 정적을 깨트린 건 르네였다. 그녀는 내게 살짝 미소를 지으며 오른손 검지를 끄덕거려 자기 쪽으로 오라는 신호를 보냈다. 내 뇌는 달콤한 키스를 상상하고 그녀 쪽으로 허리를 굽혀 얼굴을 가까이 가져갔다. 갑자기 그녀가 왼손으로 내 넥타이를 낚아채서 천천히 끌어당겼다. 나는 눈을 감으며 내 입술을 그녀에게 바쳤다. 순간 눈이 번쩍하며 "찰싹!" 하는 소리가 났다. 그녀가 내 뺨을 갈긴 것이다.

"어때! 아프지? 내 마음도 그렇게 아팠어."

그녀의 냉정한 목소리가 나지막이 들려왔다.

그녀는 다시 내 넥타이를 바짝 잡아 끌어당겨 내 얼굴을 자기 가슴께로 가져갔다. 난 아무 힘도 못 쓰고 그녀의 가슴에 얼굴을 파묻었다.

"돌로레스 가슴이 그렇게 좋았다며? 어젯밤에 하던 대로 한번 해 보지그래."

"르네, 왜 그래? 그건 오해야, 난 술 취해서 아무것도 모른다고."

"아도니스 당신이 미국으로 취재 간 건 이해해. 하지만 왜 잠수를 타니? 핸드폰도 안 받고, 이메일도 안 보고……. 도대체 뭐 하고 다닌 거야?"

그녀의 목소리가 조금 커지면서 오른손이 다시 한 번 내 뺨을 세게 후려 갈겼다.

"르네, 이거 풀어주고 얘기해. 난 취재할 때 전화 꺼놓고 다닌다고. 그리고 이메일 볼 시간도 없었어."

"나 사랑해?"

그녀가 내 눈을 똑바로 쳐다보면서 물었다.

"당연하지. 내가 사랑하는 사람은 이 세상에 르네 너밖에 없어. 알잖아."

나는 거의 애원하다시피 그녀에게 변명하고 있었다.

"사랑한다는 사람이 이렇게 바람이나 피우고 다니고 누가 믿겠어? 내가 그랬잖아! 나랑 사랑하려면 가치를 높이라고. 그 말도 다 잊어버렸지? 이 바람둥이야!"

그 말을 듣는 순간 아차 싶었다. 그녀가 가치를 높이라는 게 피델리티를 지키라는 말이었을까?

"르네, 내 말 좀 들어 봐. 어젯밤 돌로레스와 함께한 것은 분명 사실이지만 내 마음은 오직 하나야. 난 내 마음을 당신 외에 다른 여자에게 준 적이 없다고."

이 말을 마치자마자 내 눈가에 눈물이 흐르고 있었다.

"난 지난 두 달 동안 아도니스 너만 생각했어. 네가 너무나 보고 싶을 땐 미칠 듯이 그림을 그렸어. 전시회 하려면 그림 스무 개를 그려야 하는데 내가 얼마나 힘들었는지 모르지? 넌 그것도 모르고 바람이나 피우고 다니고 있었어. 너, 정말……. 돌로레스 언니가 어제 자기 애인이 '아도니스 기자'라고 말했을 때 설마 했어. 근데 너였어. 너무 화가 나서 그냥 파리로 돌아가 버릴까 했어. 근데 내가 왜 오늘 여기 나온 줄 알아?"

"르네, 왜 이래. 이거 풀어주고 말해. 정말 미안해."

내가 울먹거리며 용서를 빌었다.

"내가 파리로 돌아가지 않고 널 만난 건 내가 널 사랑하기 때문이야. 알아? 그래도 네가 보고 싶었어. 나쁜 자식아!"

그녀가 내 넥타이를 놓아주었다. 그녀의 눈에 눈물이 고여 있었다. 나는 그 눈물이 그녀가 진심으로 날 사랑하고 있다는 징표로 보였으며, 그것을 확인하자마자 내 눈에서도 굵은 눈물이 쏟아져 나왔다. 잠시 정적이 흘렀다. 나는 손수건을 꺼내서 그녀의 눈물을 훔쳐 주고, 내 눈물도 훔쳤다. 이때 돌 로레스가 다시 들어오는 기척이 났다. 우리는 옷매무새를 추스르고 다시 자 리를 잡았다.

돌로레스가 다시 들어와 자기 자리에 조용히 앉았다. 눈이 빨갛게 충혈되어 있는 것을 보니, 아까 내가 한 말 때문에 충격을 받고 화장실에서 울었던 것 같다. '친구면 어떻고 애인이면 어때!'라면서 자신만만해하더니 역시 여자라는 동물은 남자의 사랑을 먹고 사는 걸까? 근데 아까 왜 내게 항의라도 해 보지 않았을까? '어제 나랑 같이 잔 건 사랑이 아니고 뭐냐?'라고, 아니면 '나도 너 사랑하지 않아. 내가 사랑하는 사람은 따로 있어'라고……. 여린 성격 때문이었을까? 아님 후배 앞에서 추태를 부리는 것 같아서? 고개를 떨구고 있는 그 모습이 측은해 보였다.

르네도 힘없이 고개를 떨구고 있었다. 자기가 사랑하는 사람을 쥐 잡듯 추궁하고, 또 뺨을 때린 것이 가슴 아팠을까? 하지만 그 속을 모르겠다. 나도 고개를 떨구고 있었다. 그녀에게 맞았다는 사실이 창피해서가 아니라 빨갛게 부어오른 뺨을 두 미녀들에게 보여 주기가 싫었다. 우리는 셋 다 엄숙하게 고개를 숙이고 있었다. 그때 미국 여자 '제시카'가 나타나서 와인을 조금씩 리필해 줬다.

"술을 앞에 두고 기도하고 계신 건 아니겠죠? 오! 주님!"

제시카의 농담이 분위기를 조금 전환시킨 것 같았다. 우리는 동시에 웃으면서 고개를 들었다.

내가 먼저 말을 꺼냈다.

"그런데 돌로레스는 르네 화백을 어떻게 만났죠? 전공이 같았나요?"

내가 그녀에게 말을 걸자 돌로레스는 금세 표정이 바뀌면서 말하기 시작했다.

"우리가 명문 여대를 졸업했잖아요. 난 영문과 4학년이었고, 르네는 경영학과 1학년이었죠. 내가 '베누스'라는 미술 서클 회장을 맡고 있었는데, 4월인가? 라일락 향기가 한창때였으니까……. 어느 날 서클 룸으로 신입생 한 명이 들어오더니 미술을 배우고 싶다는 거예요. 처음 봤는데 몸매도 늘씬하고 얼굴도 어찌나 예쁘게 생겼던지, 글쎄 영화배우를 보는 것 같았어요. 얼굴도 서구적으로 생기고……. 그래서 속으로 누드모델 시키면 되겠다 싶어서 테스트도 안 해 보고 내 마음대로 받아들였죠. 하하하."

"선배도 참……. 나도 고등학교 다닐 때 그림 꽤나 그렸어요 뭘. 모델 시키려고 하는 줄 알았으면 안 했을 거예요."

르네가 약간 빈정거리면서 끼어들었다.

"그래서 르네 님은 누드모델을 해 봤나요?"

내가 궁금해서 물어봤다.

"진짜! 이제야 말하는 거지만 사실 베누스가 날 끌어들인 건, 날 누드모델로 이용해서 멋진 남학생들과 연애하려고 그랬던 거예요. 그중에서 돌로레스 선배가 제일 남자들을 많이 만났죠 뭐."

"하하하. 그럼 남학생들이 르네에게도 관심을 많이 보였겠네요?"

내가 궁금해서 물어봤다.

"에구, 내가 얼마나 눈이 높았는데요. 내가 누드모델을 하면 소문을 들은 남학생들이 벌떼처럼 몰려들었지만 난 그냥 그들의 시선을 즐겼어요. 하하하."

르네가 과거를 회상하며 밝게 웃었다.

"어쨌든 르네와 나는 너무 죽이 잘 맞아서 선후배가 아니라 친구처럼 거의 1년을 같이 다닌 것 같아요. 내가 졸업하고 선생님이 되면서 헤어지긴 했지만…… . 안 그러니, 르네야?"

그녀들이 밝게 웃었다. 나도 덩달아 기분이 좋아져서 웃었다. 하지만 가슴 한켠이 조금씩 아프기 시작했다. 두 개의 심장 중에 하나가 죽어가고 있는 느낌이랄까? 내 안에 힘차게 박동치고 있던 두 개의 심장 중에 돌로레스라는 심장이 서서히 멈춰가는 느낌이 들었다. 돌로레스는 그것도 모르고 르네와 재미있게 수다를 떨고 있다.

가슴이 자꾸 저려왔다. 앞으로 르네와 돌로레스의 관계가 지금처럼 친하게 유지될 수 있을까? 나와 돌로레스가 잠잤던 사실을 알고 있는데, 르네는 과연 여자로서 돌로레스를 용서할 수 있을까? 나와 르네의 관계를 돌로레스가 만약 알게 된다면 어떻게 될까? 그래서 두 사람의 관계가 파탄난다면 그건 모두 내 책임이겠지? 아, 아도니스, 저렇게 착하고 예쁜 여자들에게 도대체 무슨 짓을 한 거니? 죄책감이 밀려들면서 온몸에 소름이 쫙 돋고 있었다. 나는 도저히 그 자리에 앉아 있을 수가 없어서 잠시 화장실에 다녀온다며 밖으로 나갔다.

107

저 낮은 곳을 향하여 1

화장실에 가자마자 찬물로 세수를 했다. 온몸이 터져버릴 것처럼 달아올랐기 때문이다. 돌로레스의 심장이 멈추자 르네의 심장이 빠르게 요동치면서 온몸을 뜨겁게 달구었을지도 모른다. 거울을 쳐다봤다. 거울 속에 비친 내 얼굴이 심장박동의 리듬에 따라 규칙적으로 흔들리고 있었다. 르네에게 맞은 뺨 자국이 술 취한 것처럼 비틀거린다. 그것이 르네의 거대한 손처럼 움직이면서 나를 때릴 것만 같았다. 순간 두려움이 일어나 한 발 뒤로 물러섰다. 눈을 감았다가 정신을 차리고 다시 거울을 쳐다봤지만 여전히 얼굴이 흔들거리고 있었다.

그런데 나는 왜 르네 앞에만 서면 작아지는 것일까? "욕망은 결핍에서 비롯된다."는 프로이트의 말처럼 내 안에 들어찬 수많은 결핍들이 모든 것을 다 가진 그녀를 위대해 보이게 하는 것일까? 왜 나는 그녀의 손찌검 앞에서 강아지처럼 아무 저항도 못 해 봤을까? 어쩌면 맞으면서 쾌감을 느끼고 있었던 것은 아닐까? 내가 혹시 피학적 성애를 갖고 있는 매저키스트는 아닐까? 나는 흔들거리는 왼쪽 뺨을 지켜보면서 이것저것 생각했다. 아도니스가 매저키스트? 그 생각을 하는 순간 참을 수 없는 웃음이 터져 나왔다. 그리고 홀로 낄낄낄 웃고 있었다.

갑자기 천둥소리가 들리더니 몇 초 후 번개가 쳤다. 조그만 창으로 들어오던 햇빛이 더 이상 들어오지 않았다. 소낙비가 후드득 소리를 내며 세차게 내리기 시작했다. 다시 한 번 번개가 번쩍 치고 지나가면서 화장실의 전등도 꺼져 버렸다. 대낮인데도 칠흑 같은 어둠속으로 빠져들었다. 나는 아무것도 볼 수 없는 캄캄한 공간에 홀로 서 있었다. 좁은 빗소리 가운데로 다시 한 번 번개가 '번쩍' 치고 지나갔다. 순간 거울 속에 하얀 것이 내 뒤에 나타났다가 사라졌다. 술에 취해서 헛것이 보였을까? 눈을 한 번 감았다 다시 떠서 거울을 보았지만 아무것도 보이지 않았다.

"아까는 미안했어요, 아도니스!"

뒤에서 나를 껴안고 있는 것은 르네였다. 잠시 후 화장실에 붉은 비상등이 켜지면서 그녀의 모습이 희미하게 드러났다. 약한 조명에도 밝게 빛나는 그 것은 천상에서 내려온 천사 같았다. 존엄은 드러내지 않아도 스스로 빛을 발하는 것일까? 하지만 그러한 존엄의 입에서 튀어나온 '미안'하다는 단어가 나의 마음을 흔들었다. 나에게 그 말은 자신을 천상의 여자가 아니라 지상의 여자로 봐 달라는 의미로 다가왔다. 갑자기 붉은 빛을 띤 르네의 얼굴이 홍등가의 천한 여인처럼 느껴지면서 아도니스의 야수적 본능을 일깨웠다. 르네는 그것을 원했을지도 모른다. 가장 고귀한 여자가 가장 낮은 신분의 남자로부터 지배받기 위해서는 스스로 낮고 더러운 곳으로 들어가야 한다는 의미였을까?

아도니스는 르네의 행동이 무엇을 의미하는지 바로 알아차렸다. 아도니스는 순간적으로 몸을 돌려서 그녀를 양손으로 껴안았다. 그리고 그녀를 번쩍 들어 올려 반대편 벽에 몰아세웠다. 그녀는 자신의 몸을 무방비 상태로 내버려둔 채 내 의지에 맡기고 있었다. 이미 그것은 존엄이 아니라 아도니스의 지배를 받는 여체일 뿐이었다. 그녀의 붉은 눈빛만이 살아서 내게 말하고 있었다. '어서 들어와요, 아도니스.' 그 말을 알아차리자마자 아도니스는 입을 그녀의 입에 포개고 혀를 밀어 넣었다. 혀로 나누는 대화는 단순히 감각의 교감이 아니라 사랑의 대화였다. 그것은 '사랑한다'는 말로는 표현할 수 없는 최상의 대화였다.

감각은 심장에서 시작해서 혀끝으로, 손끝으로, 가슴으로, 팔다리 근육으로, 온몸을 이리저리 휘저으며 돌아다녔다. 내 손은 더 이상 참을 수가 없었다. 억센 손으로 그녀의 드레스 브이라인을 잡고 쭉 찢으면서 허리 아래까지 걷어냈다. 그녀의 알몸이 붉게 드러났다. 그녀는 속에 아무것도 걸치지 않고 있었다. 정동진 가는 고속도로에서 정사를 나눌 때에도 그녀의 옷차림은 이랬다. 겉으로는 가장 고귀한 신분인 것처럼 꾸미지만 한 꺼풀만 벗겨내면 참을 수 없는 정념으로 가득 찬 요부에 불과하다는 의미였을까? 나는 붉게 빛나는 전라의 비너스를 넋을 잃고 바라보고 있었다.

108

저 낮은 곳을 향하여 2

그녀의 눈이 나를 부르고 있었다. 하지만 나는 서두르지 않았다. 이미 자기 손에 들어온 사냥감이라는 생각이 들었기 때문이다. 먼저 두 손을 들어 그녀의 머리를 받치고는, 엄지와 검지로 그녀의 귓바퀴를 천천히 어루만지면서 가끔씩 그녀의 머리를 뒤로 쓸어내렸다. 어깨까지 내려오는 긴 생머리를 뒤로 쓸어 넘겨주자 그녀는 그것이 달콤한지 눈을 감았다가 다시 뜨기를 반복했다. 마침내 그녀가 입을 열었다.

"당신이 나를 불렀나 봐요. 파리에서, 니스에서, 그리고 뉴욕에서 당신이 부르는 소리가 들려왔어요."

아마도 우리는 그동안 서로를 부르고 있었을지도 모른다. 서로 간절히 부르고 있었다는 사실을 인식하는 순간 나의 야수적 감성이 다시 불타올랐다. 순간 나는 그녀의 몸속으로 들어가 한 몸이 되고 싶다는 생각이 들었다. 검지와 중지를 모아 그녀의 입술을 한 번 터치하고는, 가슴을 부드럽게 지나서 아래로 내려갔다. 그녀의 다리 사이에 검은 숲이 느껴지자 잠시 멈칫했다. 그녀의 목소리가 들려오는 것 같았다. "안 돼요. 나 처녀예요." 파리의 수영장에서 했던 그 말. 나를 멈추게 할 만큼 강력한 그 말. 하지만 이번에는 아무 말도 하지 않고 다리를 더 벌리고 있었다.

나는 그것을 '날 거칠게 다뤄줘요'라는 의미로 해석했다. 오른손 손가락 두 개에 힘을 주고 그녀의 속으로 천천히 밀어 넣고 이리저리 유린하기 시작했다. 그녀의 몸이 파르르 떨리기 시작했다. 그것은 나의 손가락이 그녀를 떨게 한 것이 아니라, 그녀 속에 잠재된 '마음바람'에 홀로 떨었는지도 모른다. 그녀의 모습이 바람에 흔들리는 벚꽃 나무 같았다. 하얀 나신에 붉은 조명이 반사되면서 꽃이 산개했다. 그 꽃잎들은 바람이 부는 방향에 따라 때로는 거칠게 때로는 약하게 흩어지고 있었다. 그것은 꽃비였다.

청소년기에 나는 화장실에 자주 갔었다. 한 평도 안 되는 작은 공간이었지만 그곳은 내게 사색의 공간이면서, 신문 쪼가리라도 읽을 수 있는 독서의 공간이었고, 때로는 짝사랑하는 여학생과 사랑하는 장면을 상상하며 자위를 하는 에로틱한 공간이었다. 바다가 모든 생명체의 고향이라면 내게는 화장실이 나의 고향이었다. 그곳은 내가 배설하는 더러운 것들을 언제라도 받아주는 바다와 같은 존재였으며, 거기 있으면 나는 늘 평안을 느낄 수 있었다. 나만의 공간속으로 그녀가 들어온 것이다.

내가 더 깊이 그녀의 은밀한 곳을 탐험해 들어가자 그녀는 두 손으로 내목을 잡고 머리를 뒤로 젖혀 벽에 기대면서 오른쪽 다리를 들어올려 내 허리를 감싸 안았다. 나는 왼손으로 그녀의 오른쪽 다리를 붙잡고 지탱하고 있었다. 누군가 그 장면을 봤다면 아마도 백남준의 작품 '인간 첼로'를 연상했으리라. 나는 첼리스트 '미샤 마이스키'처럼 벌거벗은 여체를 부드럽게 감싸 안고, 오른손 손가락 두 개를 활처럼 사용하여 그녀의 중심을 연주했다. 내 활의 움직임에 따라 그녀의 몸이 이리저리 요동을 쳤고, 그녀의 입에서는 깊고 고운 소리가 터져 나왔다. 그때 그녀의 목소리는 세상의 어떤 악기보다 더 아름다운 소리를 내고 있었다.

포르테의 속도로 활이 움직이자 그녀의 목소리도 더 크고 빠르게 터져 나왔다. 곧 연주의 피날레가 다가오고 있다는 것을 직감했다. 그녀는 온몸으로 몸서리치는 쾌락을 느끼고 있는 것 같았다. 그 쾌락은 손끝으로 전달되어 내게 공명을 일으켰다. 마침내 그녀가 크게 울부짖었고 나도 따라 소리

질렀다. 우리는 둘 다 짐승처럼 이상한 소리를 내질렀다. 그녀의 샘에서 물이 쏟아져 나와 바닥으로 흩어졌다. 그 샘물은 생명의 바다에서 역류해 온 것은 아닐까? 일찍이 현대미술가 '마르셀 뒤샹'은 남자의 변기를 거꾸로 세우고는 '샘'이라는 제목을 붙여 작품으로 출품했다.

그녀는 가쁜 숨을 몰아치더니 다시 자세를 바로잡고 나를 쳐다봤다. 나는 그녀의 눈빛이 뭘 의미하는지 알았다.

109

저 낮은 곳을 향하여 3

조그만 창을 통해 빗소리와 바람 소리가 음악처럼 들려왔다. 빗소리가 후드득 후드득 소리를 내며 창문을 거세게 때리자, 이에 발맞춰 바람 소리가 휙휙 지나가며 창문을 흔들어대고 있었다. 그러나 그 소리는 내 마음속에 일어나는 바람 소리를 넘지 못했다. 이미 내 마음속에는 폭풍처럼 바람이 일어나면서 내 온몸을 전율케 하고 있었다. 가을이면 늘 나에게 일어나는 마음바람. 그것이 뉴욕의 한 공간에서 일어나 르네의 온몸으로 전이된 다음 멀리 우주 공간으로 확산되고 있었다.

르네는 갑자기 돌아서며 나를 벽 쪽으로 몰아세우고는 속삭였다.

"당신도 옷 벗어 버려요. 뉴욕은 슈트가 안 어울려요."

그녀를 이렇게 거칠게 몰아붙이는 것은 뭘까? 아마도 마음속에 일어나는 바람이 아니었을까? 하지만 난 스스로 옷 벗기를 거부했다. 사랑을 받고 싶은 아이처럼 그녀가 내 옷을 벗겨주기를 기대하며 그대로 서 있었다. 내 생각을 알아차렸는지 그녀는 잠시 뜸을 들이면서 수줍게 웃었다. 그녀가 다시 양손을 들어 올려 내 귀를 어루만지고 있었다. 그때 나는 아이처럼 그녀의 손길을 달콤하게 받고 있었다.

"당신은 귀가 잘생겼어요. 파리에 있을 때 이 귀를 얼마나 만지고 싶었는지 몰라요."

그녀가 내 귀를 잡고 있는 동안 나는 그녀의 가슴을 만지고 있었다. 그때 나는 그녀를 진심으로 사랑하고 있다는 느낌이 들었다. 사랑이라는 말의 근원적 의미는 서로 따뜻한 눈길을 교환하면서 상대방의 몸을 만져주는 것이 아닐까? 그녀는 내 귀를 어루만지면서 내 눈을 바라보며 속삭였다.

"이제 당신은 내 거예요. 알았죠?"

난 아무 말도 않고 고개만 끄덕거렸다. 그러자 그녀가 내 귀를 꽉 잡아줬다. 머리가 쭈뼛 서며 기분이 좋았다. 그것은 아마도 나를 믿으며, 자신도 다른 남자를 만나지 않겠다는 약속의 표현인 것 같았다. 그녀가 또 밝게 웃었다.

2미터 정도 앞에 놓인 거울 속으로 그녀의 벌거벗은 뒷모습이 그대로 들어왔다. 긴 생머리, 자그마한 어깨, 풍만한 엉덩이와 통통한 허벅지, 길쭉한 다리가 만들어내는 각선미가 꼭 관능적인 헬렌의 벌거벗은 몸을 보는 것 같았다. 내게 있어서 여자의 가슴이 기분 좋은 느낌을 제공하는 것이라면, 허리와 엉덩이가 만들어내는 뒤태는 참을 수 없는 욕정을 불러일으키는 무엇이다. 나는 순간 그녀의 몸을 갖고 싶다는 생각이 들었다. 바로 억센 두 팔로 그녀를 와락 껴안고 그녀의 입속으로 혀를 깊이 들이밀었다.

그런데 그녀도 기다렸다는 듯 내 입술을 날름 삼켰다. 두 입술은 옥신각신 앞뒤로 밀당을 하면서 누구의 사랑이 더 강한지 기 싸움을 벌이고 있었다. 그때 그녀는 나를 소유하려고 하는 것 같았다. 배고픈 아이처럼 죽을힘을 다해 내 혀를 쪽쪽 빨아 당겼다. 그녀가 이겼다. 나는 그녀에게 내 혀를 그냥 내 주고 가만히 있었다. 혀에서 통증이 느껴졌지만 그것을 거부하면 그녀가 떠나버릴지도 모른다는 생각이 퍼뜩 스쳤다. 그러나 어느 순간 그녀의 이빨이 야수의 그것처럼 느껴지면서 힘껏 고개를 돌려 그것을 뱉어냈다. 그러자 그녀는 양손으로 내 머리카락을 움켜쥔 채 '넌 나의 먹잇감이야. 내게서 도망칠 수 없어.'라고 말하는 듯 강력한 눈빛을 쏘아대며 다시 내 입술을 덮쳤다. 나는 더 이상 저항하지 않았다.

긴긴 키스가 끝나자, 그녀는 숨 돌릴 사이도 없이 거친 숨소리를 몰아치며 빠른 손놀림으로 내 넥타이를 풀어내고는 와이셔츠 윗부분을 잡고 허리까지 쭉 찢어 내렸다. 그 에너제틱한 팔뚝에서 나오는 힘에 눌려 나는 꼼짝없이 서서 그녀가 하는 것을 바라볼 수밖에 없었다. 마침내 나의 탄력 있는 가슴이 알몸으로 그녀 앞에 드러났다. 그녀는 미소를 띤 채 두 손으로 젖꼭지를 희롱했다. 그러나 가슴에서 아무런 감각도 느껴지지 않았다. 감각은 중심으로만 집중되고 있었다. 바지 속에서 피너스가 심장처럼 팔딱거렸다. 나는 그녀에게 눈빛으로 말했다. '네 속에 들어가 하나가 되고 싶어.' 그녀가 내 말을 알아들은 것 같았다.

그녀는 다시 빠른 손놀림으로 내 바지 혁대를 풀어내고는 오른손을 팬티 속으로 집어넣고, 피너스를 잡고 이리저리 흔들었다. 피너스는 좁은 팬티 속에서 힘차게 꼬리를 치며 그녀를 맞이했다. 그러나 그것은 전혀 음란해 보이지 않았다. 마치 새로운 생명을 탄생시키기 위해 강을 거슬러 올라가는 연어들의 몸부림처럼 신성해 보였다. 그녀의 손끝이 나의 민감한 부분을 건드리며 지나갈 때마다 나는 "악!" 소리를 내며 몸서리를 쳤고, 그녀도 같이 소리를 질렀다.

그녀는 다시 내 바지와 팬티를 한꺼번에 잡고는 무릎까지 끌어내려 버렸다. 휴몽거스한 붉은 피너스가 밖으로 노출되며 껄떡거리고 있다. 그녀는 무릎을 꿇고 그것을 입으로 물고 늘어졌다. 그때 르네의 모습은 도도한 예술가가 아니라 며칠 굶은 불쌍한 여인처럼 보였다. 파리의 리츠호텔에서 꿈을 꿀 때도 르네는 나의 중심에 집착했다. 그것은 구강기의 결핍 때문이었을지도 모른다. 아마도 유아기 때 엄마의 젖을 충분히 빨지 못해서 어른이 되어서도 그것을 탐닉하는 것인지도 모른다. 나는 그녀가 측은하다는 생각이 들면서 내 중심을 마음껏 그녀에게 내 주고 있었다. 얼마나 시간이 지났을까. 그녀가 다시 일어났다.

그녀는 내 눈을 한 번 바라보더니 두 손으로 내 목을 잡고 두 다리를 박차며 내 허리에 올라탔다. 나는 두 손으로 그녀의 엉덩이를 받쳐주고 있었다. 그녀의 몸이 가벼웠다. 거울에 비친 그녀의 엉덩이가 거꾸로 된 하트처럼 보였다. 그 하트의 오목한 부분이 내 중심을 끌어당겼다. 그녀는 하트를 위아래로 움직였다. 그때마다 하트가 하나씩 허공으로 날아가고 있었다. 그때 거울 속에 비친 그녀의 엉덩이 모습이 뒤상의 '샘'과 비슷하다는 생각이 들었다. 그 샘은 내 몸의 움직임에 따라 물을 퍼 올리고 있었다. 그럴 때마다 그녀는 나를 사랑한다고 말했다. 사랑해, 사랑해, 사랑해, 몇 번을 말했을까. 갑자기 그녀의 샘에서 물이 흘러넘치기 시작했다. 그녀가 소리를 크게 질렀다. 나도 함께 소리를 질렀다.

그런데 분명 두 사람이 소리를 질렀는데 목소리는 세 사람의 것이었다. 눈을 들어 오른쪽 출입문을 바라보는데 돌로레스가 서 있었다. 그녀도 비명을 지르고 있었다.

제4부

아르키디아

돌로레스가 떠나 버렸다. 그녀는 화장실 정사 장면을 보고 충격을 받았는지 비명 소리와 함께 사라져 버렸다. 옷을 추슬러 입고 바로 그녀를 뒤쫓아 갔으나 이미 차가 떠난 뒤였다. 핸드폰도 받지 않았다. 르네는 돌로레스가 어찌 됐는지에는 관심이 없다는 표정으로 오후에 만날 사람이 있다면서 큐레이터에게 나를 JFK 공항까지 데려다 줄 것을 부탁했다. 나는 르네가 너무 이기적이라는 생각이 들어서 그냥 혼자 가겠다고 했다. 모호해 보이는 뉴욕의 비 오는 거리를 우산도 없이 홀로 걸어서 지하철을 타고 공항으로 갔다. 우리 세 사람은 그렇게 모호하게 헤어졌다.

2001년 10월 중순 서울. 돌로레스가 떠나 버렸다는 사실이 너무 가슴 아팠지만 프랑스에 머무르고 있는 르네가 아직 가슴에 남아 있다는 사실을 위안 삼으며 고독한 가을을 나고 있었다. 그때 난 고독의 의미가 심장이 느리게 뛴다는 것임을 깨달았다. 두 개의 심장이 뛰던 때와는 달리 하나밖에 없는 심장은 너무 약하게 내 생명을 지켜내고 있었다. 가을바람과 함께 고독이 밀려 들어왔다. 가끔 르네가 보내는 이메일로 감정을 나누고 있었지만 그녀는 늘 얼마 남지 않은 한국의 전시회 준비가 바쁘다면서 좀 기다려 달라고 했다.

가늘 하늘이 푸르던 어느 일요일, 윌버드가 내게 남긴 편지가 생각나서 그것을 꺼내봤다. 사실은 이렇다. 9·11 관련 취재를 하러 필라델피아 시에 있는 펜실베이니아 대학교에 갔다가 시간이 좀 남아서 윌버드의 집을 방문했었다. 나 때문에 세상을 떠났음에도 불구하고 장례식에도 참석하지 못한 것이 늘 짐으로 남아 있었는데, 이번 기회에 그녀의 집을 둘러보면서 속죄하고 싶은 생각이 들었었다. 그런데 놀랍게도 20대로 보이는 그녀의 아들이 거기 살고 있었고, 윌버드의 하숙생이었던 아도니스라고 말하자 내게 수기 편지 한 통을 전해 줬다. 그때는 읽어볼 시간이 없어서 그냥 가방에 넣어 뒀었다. 편지의 주요 내용은 이렇다.

사랑하는 아도니스에게!

이메일에 못다 한 말이 있어서 한 줄 남깁니다. 아마 이 편지를 읽을 때쯤이면 나는 세상에 없겠지요. 이런 글을 남기는 것이 너무 창피하지만 그래도 사실을 알려드려야 될 것 같아서 이렇게 글을 씁니다. (중략) 아도니스 님이 그때(2000년 9월) 한국으로 떠나고 나서 10여 일이 지난 후에 당신의 친구 카사노바가 찾아왔습니다. 그는 사업차 필라델피아를 왔다가 들렀다면서 슈트를 멋지게 차려입고 나타났습니다. 나는 홀로 외롭게 지내던 차에 당신 소식이나 들어볼까 하고 그에게도 점심식사를 대접했습니다. 그런데 그는 포도주 몇 잔을 들이켜더니 내가 당신과 관계를 가졌었는지에 대해 묻더군요. "하늘에 맹세코 절대 그런 일 없다."고 잡아떼자, 카사노바가 나를 유혹했습니다.

아, 나는 참으로 어리석은 여자가 분명해요. 술 몇 잔을 마시고 나니 카사노바가 남자로 보였습니다. 아마도 당신이 길들여놓은 내 육신은 이미 창녀가 되어버렸는지도 몰라요. 사랑 따위는 아무 상관도 없이 내 육신은 카사노바에게 반응하고 있었더군요. 그리고 그의 유혹에 넘어가 버렸습니다. 아니, 내가 그를 유혹했는지도 몰라요. 아도니스, 나를 욕해 주세요. 사실을 말하면 당신이 떠난 후 나는 욕방의 노예로 살았어요. 밤이면 밤마다 당신을 그리워하며 잠을 이룰 수가 없었지요. 그런데 그때 마침 카사노바가 나타난 거예요. 당신의 사랑에 목마르던 나는 그만 카사노바가 준 물을 마셔 버렸어요. 그것이 독약인 줄도 모르고……

당신이 너무나 원망스럽습니다. 아니 나 자신이 너무나 밉습니다. 그리고 당신에게 정말 미안해요. 카사노바가 떠난 후, 나는 내 육신을 책망했습니다. 어리석은 나를 방치한 신을 책망했습니다. 머리는 당신을 사랑하는데 육신은 다른 남자를 욕망했던 내 육신이 너무나 저주스럽습니다. 그 후 입맛도 없이 며칠 동안 끙끙 앓았습니다. 더 이상 살아갈 용기가 나지 않더군요. 당신에 대한 원망, 나 자신에 대한 원망, 끝없는 죄책감, 사랑하지 않는 남자와의 치욕적인 섹스. 내 육신은 죄를 지어 먼저 떠나지만 영혼만은 늘 당신과 함께할게요. (이하 생략)

나는 이 편지를 읽고 너무 화가 치밀어 바로 당장 카사노바에게 전화를 해서 만나자고 했다.

주조된 자유 1

　퇴근 후 저녁 8시쯤. 카사노바는 강남에 있는 '로맨틱 아일랜드'라는 룸살롱에서 기다린다며 거기로 나오라고 했다. 내가 알기로는 이 룸살롱은 주로 부유층 2세들이 은밀히 이용하는 회원제 사교클럽으로 그동안 언론에 한 번도 등장한 적이 없었으며, 기자인 나로서도 한 번도 가본 적이 없었다. 카사노바로부터 이런 곳이 있다는 이야기를 얼핏 듣기는 했지만 그는 지금까지 한 번도 나를 초대한 적이 없었다. 아무리 친구이지만 그들만의 리그에 평범한 기자를 끼워 넣는다는 것은 존심 상하는 일이 아니었을까?

　그런데 오늘은 이상하게 카사노바가 처음으로 자신들만의 세계로 나를 끌어들이고 있었다. 전화 통화에서 내가 윌버드에 관한 이야기는 꺼내지 않았지만, 아마도 나의 심상치 않은 목소리에서 어떤 공격성을 느꼈을지도 모르며, 자신을 방어해야 한다는 생각이 들면서 자신에게 가장 유리한 장소로 나를 유인했는지도 모른다. 카사노바는 내게 대충 위치를 설명해 주고 출입문으로 들어갈 때 필요하다며 암호를 알려줬다.

　나는 물어 물어서 로마의 콜로세움처럼 보이는 5층짜리 건물 앞에 도착했다. 입구로 들어서자, 검은색 슈트를 차려입은 남자가 내게 암호를 묻고 확인한 다음 나를 안으로 들여보냈다. 키가 훤칠하고 잘생긴 얼굴의 웨이터가 나를 안으로 이끌었다. 실내에 들어서자 마치 내가 남태평양의 어느 섬에 와 있는 것 같은 착각이 들면서 온몸이 황홀감으로 가득 찼다. 나는 아무 말도 못 하고 그 남자가 이끄는 대로 야자수 나무 사이로 나 있는 길을 이리저리 따라갔다. 지름 50미터쯤 되는 둥근 바닥의 반은 인공적으로 바다를 만들어 파도가 치고 있었으며, 반은 해변처럼 모래사장을 만들어 놓고 그 위에 각종 열대 나무들이 심어져 있었다. 그 공간은 원통형으로 5층 천장까지 이어졌으며, 지붕에는 투명 돔이 설치되어 하늘을 바라볼 수 있는 구조였다. 둥근 정원 바깥쪽에는 각 층마다 방들이 둥글게 배치되어 안쪽의 정원을 조망할 수 있는 구조였다.

그 섬의 한쪽 무대에서는 밴드가 경쾌한 라틴 음악을 연주하고 있었고, 그 음악에 따라 반라의 무희들이 춤을 추고 있었다. 그리고 그 섬을 비키니를 입은 쭉쭉 빵빵의 미녀들이 이리저리 분주히 움직이고 있었다. 웨이터는 나를 데리고 섬의 오솔길을 지나 엘리베이터를 타고 2층에서 내려 어떤 방으로 안내했다. 10평쯤 되는 네모난 방의 한쪽은 통유리로 되어 있어서 정원이 보였고, 나머지 3면은 안락의자가 배치돼 있었으며, 중앙에는 길다란 테이블이 놓여 있었다.

내가 들어서자 정원 쪽을 바라보고 있던 카사노바가 나를 반갑게 맞이했다.

"야! 아도니스, 오랜만이다. 너는 나이를 거꾸로 먹냐?"

"무슨……. 같이 늙어가는데. 너야말로 잘 먹고 잘 사니까 열 살은 젊어 보인다야, 사업은 잘되냐?"

나도 일단 분노를 누그러트리고 그와 반갑게 악수를 나누며 인사를 했다.

"나 폭삭 늙은 거 안 보이냐? 요즘 사업하느라 골치 아파 죽겠다. 10년은 더 늙어버린 것 같아. 일단 앉자."

그는 나를 자기 옆자리에 앉으라 하고 웨이터에게 여자 두 명을 불러 달라고 했다.

"그런데 어쩐 일이냐? 아도니스 네가 나를 다 만나자고 하고?"

"야, 우리 사이에 무슨 일이 있어야 만나냐? 그냥 가을도 됐고, 마음에 바람이 불어서 너랑 한잔 하려고 했지 뭐."

우리가 인사를 나누는 사이에 웨이터는 비키니를 입고 있는 20대 초반의 늘씬한 아가씨 다섯 명을 데리고 들어왔다.

"아도니스가 오늘의 주인이니까 네가 먼저 골라 봐라."

카사노바는 내게 선택권을 줬다. 늘 이런 자리에 오면 자기가 먼저 선택을 해야 직성이 풀리는 카사노바가 오늘 따라 내게 양보를 했다. 오늘은 카사노바에게 따지러 왔기 때문에 아가씨들의 얼굴이 눈에 들어오지 않아서 그냥 얌전해 보이고 아담하게 생긴 여자를 골라서 내 옆자리에 앉도록 했다.

카사노바는 나의 선택이 의외라는 표정을 지으며, 다섯 명 중 가장 잘생겨 보이는 여자를 선택해서 자기 옆자리에 앉도록 했다. 나머지 세 명의 여자들은 웨이터를 따라 나갔다. 아가씨 두 명이 술과 안주를 세팅하고 있는 사이에 잠시 침묵이 흘렀다. 카사노바는 내 입에서 무슨 말이 나올지 자못 궁금한 표정을 지으며 내 얼굴을 쳐다보고 있었다.

아도니스: 다른 게 아니고 연말에 로열클럽 모임이 있잖아. 내가 코디네이터
인데 어떻게 할까 고민이 돼서. 네가 지난번 코디네이터 했으니까 조언 좀 구
할까 하고⋯⋯.

카사노바: 난 또 뭐라고. 야, 넌 별걸 다 걱정한다. 내 생각에는, 장소는 우
리 회원이 갖고 있는 강남의 20층 빌딩 펜트하우스에서 하면 될 거 같고, 이
번 모임은 비회원들 빼고 정회원 여섯 명에다가 파트너 여섯 명 합해서 열
두 명만 하는 게 좋겠어.

아도니스: 갑자기 비회원들을 빼는 건 또 뭐냐?

카사노바: 아니, D시에 사는 J 박사가 모임을 탈퇴했다는 말이 있더라고. 가
정 문제라나. 자세히는 모르겠는데. 그래서 이번엔 원년 멤버만 한번 모일
필요가 있을 것 같아. 보스턴에서 모였던 원년 멤버들끼리 한번 놀아보자고.

아도니스: 그럼 그렇게 하지 뭐.

카사노바: 아! 그리고 이번에는 가면을 베니스형 반 가면으로 하지 말고, 온
가면으로 준비하는 건 어떠냐?

아도니스: 얼굴을 다 가리는 온 가면 말이냐? 카사노바 너 이번에도 무슨 꿍
꿍이라도 있는 거냐? 얼굴을 가려야 될 여자라도 데리고 오는가 보지?

카사노바: 하하하. 눈치 빠르긴. 다른 게 아니고, 내가 여자를 하나 꼬드겼는
데 이번 기회에 좀 친해지고 싶걸랑. 이번에도 아도니스 네가 좀 도와주라야.

아도니스: 누구? 너 결혼한다는 그 여자 말이냐?

카사노바: 야! 아무리 카사노바라도 그렇지, 결혼할 여자를 그런 데 데려오는 게 말이 되냐? 그건 알 필요 없고…… 그 여자가 좀 도도한데 아직까지 이 카사노바가 키스밖에 못 해봤거든. 분위기 적당히 띄워서 한번 얼레리꼴레리 하게 말이다.

아도니스: 그럼 보스턴에서 했던 것처럼 댄스 대회를 개최하면 되겠네. 내가 일등 먹은 다음에 너랑 파트너랑 섹스하라고 하면 되겠냐?

카사노바: 그래, 바로 그거야. 그렇게 좀 해 주라. 부탁이다.

여기까지 대화를 나누고 우리는 도우미들이 따라준 양주잔을 들어 건배를 한 다음 원샷을 했다. 도우미 아가씨들이 잽싸게 빈 잔에 술을 채워 넣고는 우리의 대화에 끼어들었다.

"사장님들, 무슨 대화가 그렇게 재미없어요? 우리 노래 하나 해도 돼요?"

"그래, 흥겨운 걸로 한 곡 뽑아 봐."

카사노바의 말이 떨어지자마자 그녀들은 앞으로 나가서 신나게 노래하며 춤을 췄다. 한창 가무가 고조되고 있는 동안 우리는 술잔을 몇 번 교환했다. 그가 박수 치며 노래를 따라 부르고 있을 때 내가 기습적으로 질문을 던졌다.

아도니스: 그건 그렇고 한 가지 물어볼 게 있는데, 혹시 작년에 윌버드 만났었냐?

카사노바: 뭐라고? 윌버드? 네가 필라델피아에서 하숙하던 그 집 주인 말이냐? 어, 작년 가을쯤 뉴욕 출장 갔다가 애틀랜틱시티 갔다 오면서 그 집에 들렀지. 내가 만나면 안 되냐?

아도니스: 아니. 올해 내가 9·11 취재하러 뉴욕 갔다가 그녀의 집을 갔었는데 그녀가 네 안부 묻더라고.

카사노바: 하하하. 나 사랑한다고 안 하디?

아도니스: 너를 무지 보고 싶어 하더라.

카사노바: 하하하. 내가 그럴 줄 알았어! 사실, 이런 말 안 하려고 했는데 우리가 옛날 유학생 시절에 누가 먼저 윌버드를 따먹나 내기 했었잖아. 내가 그 도도한 금발의 백마를 타고 비너스 언덕에 깃발을 꽂았다 아이가. 넌 나한테 안 돼.

아도니스: 나 이겨서 좋겠다. 암튼 축하한다. 그런데 윌버드도 돈으로 먹은 거냐?

카사노바: 야! 너는 문제가 뭐냐면 사랑 먼저 하고 관계를 맺으려고 하니까 항상 늦는 거야. 평생 살 것도 아닌데 사랑이 밥 먹여 주냐? 여자의 육체, 그런 건 돈으로 사면 돼. 먼저 돈으로 육체를 사면, 그다음에 사랑은 저절로 따라오거든. 그 여자가 진심으로 나를 사랑하는가 안 하는가는 관계없어. 설사 그녀가 내 돈에 빠졌다 해도 겉으로 드러나는 모습은 분명 날 사랑하고 있다는 거거든.

아도니스: 좋겠다, 너는. 사랑도 돈으로 살 수 있어서.

카사노바: 돈은 모든 것을 얻을 수 있는 권력이라는 걸 모르는구나. 잘 봐봐.

그의 진심을 알아보기 위해서 윌버드가 살아 있는 것처럼 말했는데, 역시 그는 거짓말로 자신의 비열한 행위를 숨기고 있었다. 어쨌든 그는 나를 이겼다는 승리감 때문이었는지 매우 기분이 좋아 보였고, 그 권력을 다시 한 번 아무것도 가진 게 없는 자들에게 마음껏 휘두르고 싶어 하는 것 같았다. 그는 의자 위로 올라간 다음 안주머니에서 10만 원권 수표 열 장을 꺼내서 도우미 여자들에게 "야! 너네들, 홀딱 벗어 봐. 이거 다 줄게."라고 외쳤다. 그녀들은 그 말을 듣자 호기심 어린 표정을 지어 보였지만 선뜻 나서지 못하고 그냥 노래만 부르고 있었다. 그러자 카사노바의 표정이 일그러지면서 수표를 열 장 더 꺼내고는 크게 소리 질렀다.

"먼저 옷 벗은 넌에게 이거 다 준다!"

카사노바의 말이 떨어지자, 그녀들은 경쟁하듯이 비키니의 윗도리와 아랫도리를 벗겨 내리기 시작했다. 그는 그녀들의 우스꽝스러운 모습을 지켜보면서 키득키득 웃고 있었다. 마침내 옷을 먼저 벗은 내 파트너가 카사노바에게 달려가 손에 쥐고 있는 돈을 낚아채려고 하자, 카사노바는 허공에 돈을 뿌려버렸다. 그녀들은 '꺅!' 소리를 내며 전라의 몸으로 바닥을 뒹굴면서 돈을 줍기 시작했다. 나는 사람을 무시하는 듯한 그의 행동이 너무 역겨워서 소리쳤다.

"그만해, 인마. 불쌍한 애들이잖아!"

그는 나의 공격적인 말투에 당황했는지 의자에서 내려와 나를 째려봤다.

"윌버드 자살했어. 다 너 때문이야!"

나는 더 이상 그 사실을 숨길 수 없었다.

"윌버드가 죽었다고? 나랑 한 번 하고 나더니 내가 너무 보고 싶었나? 하하하하."

그는 아무렇지도 않은 듯 자지러지게 웃었다. 그는 마치 죽음이 돈 없는 자들의 전유물이라도 되는 것처럼 말하고는 나를 한심하게 쳐다보고 있었다. 내 마음속에는 이미 그가 친구로 생각되지 않았다. 그는 내가 응징해야 할 살인자일 뿐이었다. 나는 "나쁜 자식!"이라고 소리치며, 순간적으로 주먹을 날려 그의 얼굴을 후려갈겼다. 그가 바닥에 쓰러졌다. 그는 천천히 일어서서 내게 주먹을 날려보았지만, 나는 왼쪽으로 피하면서 오른 주먹을 그의 명치에 한 방을 날렸다. 그가 고통스러워하며 꼬꾸라졌다. 그가 다시 일어나려는 순간, 다시 발로 그를 걷어차 버렸다. 그가 바닥에 뻗었다. 입에서 피가 흐르고 있었다. 윌버드의 복수를 대신했다고 생각하니 후련했다. 내가 그대로 나가려 하자 그가 크게 외쳤다.

"넌 돈의 위력이 뭔지 몰라, 자식아! 사랑도 살 수 있고, 자유가 없는 사람들에게는 생명과도 같은 거야! 너 같은 게 뭘 알겠어! 하하하하."

나는 뒤도 돌아보지 않고 룸의 문을 열고 나와 버렸다.

113

나비의 꿈 1

2001년 10월 말, 파리에서 르네로부터 전화가 왔다. 일주일 후 서울 코엑스에서 전시회가 잡혔다면서 신문에 기사를 내 달라고 부탁했다. 메이저 언론사에는 다 홍보 요청을 했지만 우리 같은 작은 신문사는 개인적으로 부탁한다고 했다. 그러면서 나에게는 개막 당일 10시까지 정장 차림으로 와 달라고 했다. 이미 특집기사를 써서 좋은 반응을 얻은 우리 신문사는 그녀의 전시회 기사를 1면 하단에 싣기로 결정하고 내게 기사 작성을 맡겼다. 나는 그녀의 사진들과 관련 자료들을 적당히 섞어서 '주불 화가, 한국 전시회(나비의 꿈) 개최' 제하로 대서특필을 했다.

그런데 퉁명스러운 그녀의 목소리가 자꾸 거슬렸다. 내가 '보고 싶었다'는 말을 해도 그녀는 별로 반응이 없었다. 물론 그녀의 이성적인 성격을 감안한다면 비즈니스 차원의 전화에서 애정 표현을 기대한다는 것이 무리였을 것이지만 난 그래도 아직 사랑하는 관계인데 적어도 '사랑해요'라든지 아니면 '보고 싶었어요'라는 상투적인 표현이라도 해 주기를 은근히 기대했었다. 뉴욕에서 돌로레스와 관계를 가진 것이 그녀에게 크게 상처를 줬을까? 피델리티를 지키지 못한 데 대한 그녀 나름대로의 응징이었을까? 아마도 그동안 작업하느라 피로가 쌓여서 잠시 기분이 다운되었을 것이라고 생각했다.

전시회 개막 당일 나는 새벽부터 일어나 샤워를 한 다음 그녀가 선물해 준 아르마니 슈트를 차려입었다. 나의 잘못 때문에 그냥 화가 난 것이라면 멋진 모습을 보여줌으로써 분위기를 반전시킬 수 있다는 생각을 했다. 전시 회장에 도착한 시각이 오전 9시 50분. 입구에서부터 모차르트 바이올린 협주곡 3번의 선율이 흐르고 있었다. 밝고 경쾌한 모차르트의 음악이 그녀의 천재성과 참 잘 어울린다는 생각이 들었다. 이 음악도 아마 그녀가 골랐을 것이다. 천상의 멜로디를 그대로 받아 적은 듯한 모차르트의 음악과 천국의 모습을 그대로 캔버스에 재현해 놓은 듯한 그녀의 그림은 같은 부류라는 의미였을까?

그녀를 만나러 전시관 안쪽으로 들어가는데 중간쯤 바닥에 배치된 설치 작품 하나가 눈길을 끌었다. 가로 1미터, 세로 2미터, 폭 1미터쯤 되는 직육면체의 블랙박스였는데 윗부분에 '안을 들여다보면 눈이 멀어집니다. 나비의 꿈'이라는 제목이 붙어 있었다. 이미 여러 사람들이 호기심을 보이면서 그 주변에 모여들었다. 나는 순번을 기다렸다가 내 차례가 되자 전면에 설치된 구멍 두 개에 눈을 밀착하고 안을 들여다봤다. 갑자기 내부가 밝아지면서 앞 화면에 벚꽃이 활짝 핀 영상이 나타났다. 잠시 후 그 나무 주변을 전자적 형상의 화려한 나비들이 입체적으로 날아다니고 있었다. 전자 영상이 만들어내는 찬란한 빛들이 매우 멋지다는 생각이 드는 순간 벚꽃 나무 가운데 부분에 원이 그려지면서 분홍빛 조명 아래 남녀 한 쌍이 전라로 사랑을 나누기 시작했다.

격렬한 사랑을 나눌 때마다 벚꽃들이 화려하게 피어났고, 꽃잎들은 나비로 바뀌어 사방을 날아다녔다. 그 장면들은 너무나 환상적이며 황홀했고 계속 보다간 눈이 멀어질 것만 같았다. 그런데 남자 모델과 여자 모델의 몸매와 얼굴이 낯이 익었다. 내가 꿈을 꾸고 있는 것은 아닐까? 생각하는 순간 "으악!" 소리가 터져 나왔다. 바로 그 장면은 뉴욕의 화장실에서 르네와 내가 정사를 벌이던 장면이었던 것이다. 물론 붉은 조명 아래 촬영된 영상이라 남자 모델의 얼굴을 잘 알아볼 수는 없었지만 분명히 그 남자는 나였고, 그 여자는 르네였다. 그렇다면 그녀가 화장실에 몰래 들어온 것도, 전기가 나간

것도 르네의 연출이었을까? 날 알아보는 사람이 있으면 어쩌지? 나는 너무
나 당황스러워서 안주머니에서 선글라스를 꺼내서 끼고 주변을 살폈다.

전시회장에는 회화와 설치 작품, 조각, 비디오아트 등 100여 점이 전시되어
있었는데, 나는 혹시 다른 작품에도 내 얼굴이 공개되어 있지 않나 싶어서
영상이 포함된 작품들을 이리저리 찾아다녔다. 다행히 내 몸을 주제로 그린
회화 작품 20여 점에는 모델의 얼굴이 드러나지 않아서 크게 염려가 되지는
않았다. 하지만 '나비의 꿈 2'라는 작품에서는 니스에 있는 그녀의 저택에서
함께 나눈 사랑 장면이 고스란히 드러나 있었고, '물 위의 소나타'라는 영상
작품에서는 푸른 바다를 배경으로 하얀 요트 위에서 사랑을 나누고 있는 나
와 르네의 벗은 몸과 얼굴이 여과 없이 그대로 나타나 있었다. 얼굴이 너무
화끈거려서 고개를 숙인 채로 르네가 있을 만한 곳으로 쳐들어갔다.

마음속에 여러 가지 생각들이 일어났다.

'모델 계약서가 없으니 따질 수도 없잖아. 사랑을 나눈 것도 예술행위에
불과한 걸까? 우리 사랑하는 관계 맞잖아! 이런 내용이라는 것을 사전에 내
게 좀 알려줬어야 하지 않나? 이제 어떻게 얼굴을 들고 다니지?'

군중들을 헤치면서 안쪽으로 들어가 보니 그녀가 작은 단상 위에 서서 기
자들의 질문을 받고 있었다. 나는 더 이상 나갈 수가 없었다. 방송국과 신문
사에서 나온 기자들은 그녀를 둘러싸고 질문 공세를 퍼붓고 있었다. 나는
선글라스로 얼굴을 가린 채로 그녀의 인터뷰 장면을 바라볼 수밖에 없었다.

"작품 속에 등장하는 남자 모델이 너무 멋지던데 누구인가요?"

어느 여기자가 질문을 던졌다.

114
나비의 꿈 2

"사실 제 작품에 등장하는 모델은 전문성을 갖춘 프로페셔널은 아니지만 오히려 그 점이 리얼리티를 잘 살려준 것 같아요. 화가의 의도가 뭔지를 알았고, 화가와 커뮤니케이션을 할 줄 아는 똑똑한 모델이었어요. 제 작품은 아마도 그 모델이 없었으면 불가능했을 거예요. 그 사람과 함께 프랑스 니스에서 며칠 동안 생활을 하면서 많은 작품을 완성했는데 거의 사랑에 빠질 뻔했죠. 아마 사랑을 했을지도 몰라요. 여기 그 모델이 와 있어요. 그를 소개합니다. 아도니스! 앞으로 나오세요."

'사랑에 빠질 뻔했다'와 '사랑했을지도 모른다'는 그녀의 말이 내 마음을 혼란스럽게 했다. 전자는 과거에는 사랑했지만 지금은 사랑하지 않는다는 부정적인 의미가 크고, 후자는 사랑했을 것이며 지금도 사랑하고 있는지도 모른다는 긍정적 의미가 큰 것 같은데 어떤 게 진실이지? 그림을 감상하느라 약속 시간을 어기고 좀 늦게 와서 잠시 빈정이 상했을까? 아니면 그녀는 단지 나를 작품의 모델로서 이용했던 것일까? 이미 카메라와 조명이 내 쪽을 비추고 있어서 나는 어쩔 수 없이 단상으로 올라갈 수밖에 없었다.

단상으로 올라가 르네 옆에 섰다. 그녀는 파리와 뉴욕에서 나를 만날 때 입었던 그 하얀색 드레스를 입고 하얀색 모자를 쓰고 우아하게 서 있었다. 그녀는 당혹스러워하는 내 표정을 읽었는지 만면에 웃음을 띠고 말했다.

"선글라스 좀 벗고 잘생긴 얼굴을 좀 보여 주세요, 아도니스!"

그녀의 미소가 얼어붙은 내 마음을 녹여주고 있었다. '그럼 그렇지, 기자들에게 모델과 자신이 사랑하고 있다는 사실을 밝힐 수가 없었겠지. 아까 그 말은 그냥 농담이었을 거야.' 그 생각이 드는 순간 아도니스는 다시 그녀의 명령에 순종하는 모델이 되어 있었다. 선글라스를 벗어 안주머니에 집어넣고 기자들에게 꾸벅 인사를 했다.

그 여기자가 다시 질문을 던졌다.

"여기서 멋진 몸매를 보여 주실 의향은 없나요? 그림과 영상을 보면 모델의 눈빛이 사랑에 빠진 것 같던데 화가를 사랑하나요?"

나는 즉시 대답했다.

"여기서 제가 옷을 벗으면 여기자님도 내게 빠져버릴 텐데 괜찮겠어요? 나는 사랑하는 사람 앞에서만 옷을 벗습니다."

나는 르네와 내가 사랑하는 사이임을 기정사실화하고 르네의 반응을 살폈다. 그녀도 내 대답이 만족스러웠는지 얼굴에 미소를 띤 채로 나를 한 번 쳐다보고는 수줍게 웃었다. 그때 그녀의 표정은 분명 사랑하는 여자의 그것이었다. 나는 계속해서 대답을 이어갔다.

"화가는 리얼리티를 추구했고 모델은 거기에 맞춰줬어요. 화가가 내 몸을 원하면 난 몸을 서비스했고, 사랑을 원하면 나는 사랑을 해 줬어요. 회화나 영상을 보신 분은 알겠지만 분명 거기에 나타난 모델의 눈빛은 사랑에 빠진 사람이 분명해요. 사랑하지 않으면서 사랑하는 척하는 눈빛은 금방 거짓이 드러나거든요."

르네는 다시 자기의 왼손을 뻗어 내 허리를 감싸 안았다. 나도 오른손을 뻗어 그녀의 허리를 감싸 안았다.

여기자는 계속 질문 공세를 퍼부었다.

"르네 화백님에게 묻겠습니다. 두 분이 사랑하신다면 결혼하실 계획인가요?"

르네는 그 질문에 당황하는 표정이 역력했다. 그녀는 내 허리를 잡고 있던 손을 슬며시 내려놓고 마이크를 잡고 말했다

"글쎄요. 사랑을 결혼으로 연결하는 것은 지나친 비약인데요? '나비의 꿈'이라는 작품을 보신 분은 아시겠지만, 그것은 일종의 판타지입니다. 작품 속에서 남녀가 사랑하는 모습은 물론 진실일 것이지만 밖에서 보고 있는 사람은 그것이 단지 꿈에 불과할 수도 있거든요. 밖에서 보는 사람은 나비일 수도 있어요. 나비가 사랑하는 사람들을 꿈꾸고 있었는지도 몰라요. 분명한 것은 작품 속의 사실과 그것 밖에 있는 현실은 다릅니다. 결혼에 대해서는 코멘트하지 않겠습니다."

그녀의 과민 반응이 특별할 것도 없다는 생각을 하면서 군중들을 훑어보는데 기자들 뒤편으로 K 화백, 카사노바, 돌로레스 등 낯익은 얼굴들이 눈에 들어왔다. 카사노바와 돌로레스는 나란히 옆에 서 있었다.

"이상으로 기자회견을 마치겠습니다."

르네는 90도 각도로 머리를 숙여 관중들과 기자들에게 인사를 했다. 그러고 나서 기습적으로 몸을 돌려 양손으로 내 허리를 껴안고는 내게 딥키스를 퍼부었다. 기자들과 관중들이 환호성을 지르면서 박수를 쳐 줬다. 그녀의 입술과 혀끝에서 느껴지는 짜릿한 감촉보다는 가슴에서 느껴지는 온기가 나를 사랑하고 있음을 말해주고 있었다. 그녀가 어떤 말을 하든 간에 나는 그것이 진심이 아님을 그녀의 몸을 통해서 알 수 있었다. 나도 그녀의 가슴을 양손으로 꽉 껴안았다. 순간 그녀의 몸이 움찔했고, 그 떨림이 내 몸으로 전달되면서 행복감이 밀려들어 왔다.

하지만 몸에서 느끼는 달콤한 감각과는 달리 내 눈은 돌로레스와 카사노바를 따라가고 있었고, 머리는 혼돈 속으로 빠져들고 있었다. 어떻게 둘이 함께 여기 있는 걸까? 르네가 돌로레스를 초대했을까? 아니면 옛 남자 친구인 카사노바를 초대했을까? 돌로레스가 내게 사귀는 사람이 있다고 했는데 그 남자가 카사노바라구? 그렇다면 카사노바는 돌로레스를 돈으로 매수했단 말인가? 언제부터 두 사람이 사귀었을까? 카사노바가 역삼동의 자기 회사에서 날 만날 때도 돌로레스에 대해 얘기하면서 날 견제했는데. 그렇다면 이미 그때부터 사귀고 있었단 말인가? 여러 가지 생각이 눈앞에 어른거렸다.

카사노바는 갑자기 돌로레스를 껴안더니 살짝 키스를 나누고는 다시 나를 바라봤다. 순간 우리는 눈이 마주쳤다. 이글거리는 그의 눈동자 속에서 뭔지 모를 긴장감이 묻어나는 것을 느낄 수 있었다. 그의 눈동자가 말하고 있는 메시지는 두 가지 같았다. 하나는 자신의 옛 연인인 르네와 키스를 나누고 있는 나에 대한 분노 같았고, 다른 하나는 돌로레스를 쟁취했다는 승리감 같은 것이었다. 우리의 키스가 길어지자 그는 당황했고 표정이 일그러지는 것 같았다. 그가 다시 돌로레스의 얼굴을 당겨서 키스를 하고 나를 바라봤다. 카사노바와 내가 서로 질투하고 있는 것일까? 과거의 애인들을 차지하고 있는 데 대한 질투심?

잠깐 스친 돌로레스의 눈빛은 여전히 고혹적이었지만 모호한 느낌이 들었다. 돈 많은 남자를 차지했다는 것을 뽐내는 듯한 표정이 얼핏 보인 한편으로 르네에 대한 질투와 나에 대한 갈망이 뒤섞인 듯했다. 흐릿한 조명임에도 불구하고 그녀의 모습은 여전히 아름다웠고 카사노바의 품속에서 빛나는 눈빛은 행복감을 보여 주고 있었다. 하지만 그녀의 모습에서 뭔가 조작된 느낌을 지울 수 없었다. 떠나버린 애인에게 '나 행복해요'라는 모습을 보여 주기 위한 연출이랄까? 카사노바가 그녀의 가식적인 행복을 돈으로 매수했을 것이라는 생각에 이르자 나는 갑자기 그의 면상을 주먹으로 쳐버리고 싶은 충동이 일어났다. 그러나 르네의 키스는 생각보다 길게 지속되었고, 나는 그녀의 가슴에 묻혀서 어떻게 해 볼 수가 없었다.

마침내 르네가 내 입술을 놓아주었다. 기자들과 군중들이 다시 박수를 쳐댔다. 그녀는 밝게 웃으면서 "와 줘서 정말 고맙다"는 말을 하고는 전시실 한 켠에 마련된 사무실 쪽으로 급히 가버렸다. 그런데 그녀와 잠시 인사를 나누는 사이에 돌로레스와 카사노바를 놓쳐 버렸다. 그들은 기자들과 군중들이 흩어진 사이로 사라져 버렸다. 나는 재빨리 단상에서 내려와 방송국 촬영 기자재와 군중들을 헤치면서 그들이 떠난 방향으로 따라갔지만 이미 지하 주차장으로 사라지고 없었다. 돌로레스에게 핸드폰으로 전화를 걸어봤지만 그

너는 답하지 않았다.

다시 전시회장에 들어서자 '레알' 선배가 갑자기 나를 맞아줬다.

"야, 아도니스! 반갑다."

"아니, Y 선배도 왔었네?"

"야, 스포츠 신문기자는 기자도 아니냐? 너 정말 섭섭하다. 아까 내가 질문한 것도 몰랐지? 르네하고 잘 어울리더라야. 잘해 봐라. 근데 내가 보기엔 아직 그녀를 꽉 잡은 것 같지는 않아. 내 직감인데. 네가 좀 더 노력을 해야 될 것 같다. 야, 근데 너 누드 다 까발려졌는데 앞으로 기자 생활 할 수 있겠냐?"

"······."

내 누드가 공개되었다고 레알 선배가 걱정을 해 주고 있었지만 나는 무슨 소리인지 이해되지 않았다. 내 머릿속에는 돌로레스가 왜 카사노바와 함께 있는지 그것이 궁금할 뿐이었다. 르네의 사업을 방해하고 싶지 않아서 그대로 나와 버렸다.

사랑하는 남녀 간의 이별은 도대체 어디서부터 시작되는 것일까? 남녀의 속성 차이 때문은 아닐까? 여자들의 사랑이 연속적인 흐름을 보이는 아날로 그식이라면 남자들의 사랑은 디지털식의 물리량처럼 불연속적인 것은 아닐 까? 다시 말하면 남자들의 사랑은 디지털의 1일 때는 격정적이지만 0일 때 는 사랑이 없는 것처럼 보일 수 있다. 하지만 그것은 멀리서 보면 중단된 것 이 아니라 연속적인 흐름과 차이가 없다. 아날로그와 디지털의 차이……. 여자는 사랑이 잠시라도 중단되는 것을 참지 못하고, 남자들은 가끔씩 모든 감정을 비운 채 홀로 있기를 원할 때가 있다.

르네의 서울 전시회는 성황리에 마무리됐고, 거장으로서의 명성에 다시 한 번 방점을 찍는 계기가 되었다. 파리, 뉴욕 등 세계적인 것에 비하면 다소 늦은 감은 있지만, 그녀는 이번 전시회를 통해 한국의 현대미술계에 넘어설 수 없는 존재감을 과시했다. 언론에서도 그녀를 크게 다루었고, 어느덧 그녀 는 유명인사가 되어 있었다. 전시회 기간, 그리고 그 후에도 그녀는 연일 방 송의 미술 관련 프로그램에 출연하여 현대미술을 설명하면서 자신의 작품 을 홍보하는 일에 몰두하고 있었다. 그녀는 내가 보낸 사랑 문자에 답장도 못 보낼 정도로 바쁜 것 같았다.

한편 나도 기자로서의 본분에 충실하지 못할 만큼 바쁘게 이리저리 방송 에 불려 다녔다. 르네의 작품 속에 등장하는 잘생긴 얼굴이 아도니스라는 사실이 알려지면서 여러 방송국에서 출연 섭외가 빗발쳤다. 팀장에게 양해를 구하고 여기저기 출연을 했지만, 너무 번거로워서 내심으로는 기자 그만두고 전문 모델로 나가면 어떨까 하는 생각이 들 정도였다. '앙' 선생의 의류 모델 제의가 들어와서 연예인들과 함께 레드카펫을 밟기도 했고, 여러 텔레비전 방송국의 쇼프로그램에도 출연하기도 했다. 나는 이미 기자 직함보다는 무슨무슨 모델로 더 명성을 얻고 있었다.

그런데 우리가 서로 바쁘게 활동하고 있는 동안 사랑의 틈이 조금씩 벌어지는 것 같았다. 서로에 대한 믿음이 굳건했기 때문에 굳이 애정 표현 같은 것은 안 해도 서로 이해해 줄 것이라는 생각이 착각이었다. 감정의 교감이 없는 상태에서 섭섭함들이 쌓이면서 그 틈새가 점점 커졌고, 그것이 우리들 마음속에 이별을 준비하도록 했는지도 모른다. 때로는 같은 방송국에서 오가다 마주칠 때도 있었지만, 예전과는 달리 '잘 지내죠?'라는 한마디 외에 다른 말이 얼른 생각나지 않았다. 그녀가 다른 남자와 함께 있는데도 별로 질투가 나지 않았다.

물론 그녀의 눈빛은 아직도 나를 간절히 원하는 듯했고, 밤마다 지독한 고독이 밀려온다고 내게 경고를 보내고 있었지만, 나는 한계상황이 올 때까지 그 문제를 크게 인식하지 못했다. 가끔씩 서로 핸드폰으로 문자를 주고받았지만 짧은 문장 속에 나타난 언어는 깊이가 매우 얕았다. 그럼에도 불구하고 르네에 대한 나의 사랑은 변함이 없을 것이고, 르네도 나와 같은 생각이라고 굳게 믿었다. 하지만 연속적인 사랑을 원하는 여자들에게 있어서 남자의 무관심은 바로 이별의 터널로 들어가는 입구임을 나중에야 깨달았다. 전시회가 끝나고 한 달 정도 지난 어느 날, 그녀가 내게 짧은 이메일을 보내왔다.

아도니스에게!

전시회 하느라 너무 에너지를 쏟아서 그런지 탈진 상태가 돼 버렸어요.

이제 사람 만나는 것도 싫고 모든 것이 귀찮아요. 저 잠시 잠수 좀 할게요.

그녀의 이메일을 읽는 순간 나는 뒤통수를 얻어맞은 것처럼 충격을 받았다. 그녀의 언어는 이별을 말하지 않았지만 내게는 그것이 이별로 해석이 되었기 때문이다.

팜므 파탈 2

약간의 징후가 나타나긴 했지만 갑자기 다가온 그녀의 이별 선언은 내게 너무나 큰 충격을 주었고 하루하루가 지옥 같았다. 모든 생각과 행동이 하나의 점에 머물러서 더 이상 앞으로 나갈 수도, 뒤로 돌아갈 수도 없었다. 시간이 멈춰버린 세상이 지옥일까? 그때 나의 생각은 오직 르네에게 집중되어 있었다. 나는 아직도 르네를 사랑하고 있는데 어떻게 나를 떠나버릴 수가 있을까? 내 머리는 오직 그 생각으로 가득 차 멍하게 하루하루를 지내고 아무런 의미도 없이 회사와 집을 왔다 갔다 했다. 이별은 그렇게 천천히 나를 잡아먹고 있었다.

그해 겨울은 유난히 추웠다. 아마도 사랑이 떠나버린 내 가슴이 더 춥다고 느꼈을 것이다. 운동도 하기 싫어서 거의 한 달 동안 살이 2킬로그램이 쪄버렸다. 그녀가 생각날 때마다 먹을 것을 이것저것 주워 먹었다. 르네라는 세포들이 빠져나간 자리를 메꾸기 위한 내 몸의 반응이었을까? 모습도 점점 변해가고 있었다. 샤프한 도시 남자 스타일에서 다시 힘센 마초맨 스타일로 변해갔다. 약간 삐져나온 뱃살과, 긴 생머리를 뒤로 묶은 꽁지머리, 덥수룩한 수염……. 전형적인 마초맨이 되어버렸다. 하지만 사랑을 잃은 대신 내 본성을 되찾았다는 면에서는 약간 위안이 되었다.

하루는 르네가 너무 보고 싶어서 '할리' 오토바이를 타고 무작정 집을 나섰다. 청바지에 검은 가죽점퍼를 걸쳐 입고, 긴 생머리를 날리며 한강 다리를 넘어 강북으로 달려갔다. 아마도 르네가 평창동의 아버지 집에 있을지도 모른다는 생각이 났기 때문이다. 변해버린 내 모습을 그녀에게 보여준다는 것이 조금 두려웠지만, 오토바이를 탄 자유로운 남자는 그녀가 보고 싶다는 생각을 거침없이 행동으로 바꾸고 있었다. 저녁 7시쯤 그녀의 아버지 집 앞에 도착해, 용기를 내서 초인종을 눌렀는데 뜻밖에 안에서 들어오라고 했다.

가정부로 보이는 젊은 여자가 나를 거실로 안내했다. 르네의 계모로 보이는 중년의 여자가 소파로 나를 안내했다. 그녀의 아버지 장 회장은 1인용 소파에 앉아서 나를 지켜보고 있었다. 계모가 차를 내왔다.

"어떻게 오셨나요?"

장 회장이 나를 날카롭게 쏘아보며 말했다.

"모 신문사 기자인데 회장님 따님을 사랑합니다."

그는 나를 찬찬히 쳐다보더니 놀라는 표정을 지어 보였다.

"혹시 다영이(르네)의 모델을 하지 않았나요?"

"예, 맞습니다."

"요즘 텔레비전에 가끔 등장하는 아도니스라는 모델 맞죠?"

"예, 그렇습니다."

그가 나를 확인하더니 껄껄껄 웃었다.

"허우대는 멀쩡하군요. 그런데 우리 다영이가 당신을 사랑한다고 합디까?"

"예, 모델 하면서부터 사랑하게 됐습니다."

"그런데 왜 여기로 오셨나요? 다영이를 찾아가야지."

"……"

"혹시 다영이가 이별을 고하던가요?"

"……"

"팜므 파탈이라는 말 들어보셨죠? 자신의 욕망을 채우기 위해 남자를 유혹하고 파멸시켜 버리는 치명적인 여자. 죄송한 얘기지만 더 상처받기 전에 다영이를 빨리 잊어버리는 게 좋을 겁니다. 우리 다영이가 어렸을 때 마음에 상처를 받아서……."

나는 그 말을 믿고 싶지 않았다. 단지 자기 딸과 이상해 보이는 놈을 떼어놓기 위한 수작이라는 생각이 들었다.

"우리 정말 사랑하는 관계입니다. 다영이를 만나고 싶습니다."

그가 표정을 바꾸면서 큰 소리로 말했다.

"아니, 이 사람이 말귀를 못 알아듣네. 그동안 다영이 모델이라는 사람들이 몇 명이나 찾아 온지 아시오? 다영이가 당신을 사랑한다고 생각하나 본데 빨리 꿈에서 깨기 바라오. 그리고 우리 다영이와 당신이 어울린다고 생각하시오?"

그는 나를 측은한 듯이 바라보고는 내게 봉투 하나를 내밀었다.

"몇 푼 안 되지만 그동안 다영이를 사랑한 대가라고 생각하고 받아주시오. 그리고 다시는 찾아오지 마시오. 다영이는 정혼한 사람이 있소."

"돈 많은 사람들은 돈으로 사랑을 매수하거나, 사람을 동원해서 사랑을 막을 수 있다고 생각하나 보죠?"

그 돈 봉투를 보자 나는 몇 달 전 지하 주차장에서 내게 테러를 가한 장본인이 장 회장이라는 생각이 들어서 큰 소리로 받아쳤다.

"내 집에서 당장 나가시오. 경찰 부르기 전에."

그가 일어서면서 방으로 들어가 버렸다. 나도 더 이상 할 말이 없어서 그 집에서 나왔다.

2001년이 12월 말로 향하고 있었다. 르네와의 이별로 고통스러운 나날이 지속되고 있었지만 나는 언젠가는 그녀가 돌아올 것이라 굳게 믿고 있었다. 그동안 나는 '압생트 로열' 클럽의 금년도 코디네이터로서 모임을 준비하기 위해 분주히 움직였다. 파티에 사용할 가면 열두 개를 주문 제작해서 회원들 주소로 두 개씩 보내 줬다. 가면은 성직자들의 근엄한 얼굴을 형상화했고, 서로 누구인지 알 수 있도록 이마 부분에 회원들의 이니셜을 새겨 넣었다. 입 부분은 작은 구멍을 내서 음료수와 음식을 먹을 수 있도록 했다. 회원들에게 아래와 같이 파티 안내장을 작성해서 이메일로 보내줬다.

≪2001년도 '압생트 로열클럽' 모임 안내≫

▶ **모임 주제:** 최후의 만찬
▶ **모임 일시:** 2001년 12월 31일 20시
▶ **모임 장소:** 강남 소재 모 빌딩 펜트하우스(무대, 조명, 가수 및 밴드
　　　　　　 섭외 등은 P 사장이 준비)
▶ **참석 인원:** 정회원 6명 및 파트너 6명
　* 금번에는 즉석 파트너는 없으므로 각자 조달할 것.

▶ **복장 코드**: '최후의 만찬' 주제에 맞게 회원은 성직자 복장, 여성 파트너는 드레스 권고.

▶ **주요 일정**

　- 저녁 식사: 일식 코스요리(6개 지정 테이블 착석)

　- 초대 가수: 소프라노 1명, 록 가수 1명, 댄스 가수 1명

　- 개회 선언: 아도니스

　- 축시 발표: 니체 교수

　- 댄스 경연: 회원 6명 전원 참여, 파트너와 함께 댄스.

　- 디오니소스 축제(밤새도록)

▶ **참고사항**

　- 행사 서비스 도우미로 20대 아르바이트 여대생 5명을 고용

　　(안내 및 요리 서빙만 참여)

　- 댄스 경연에 사용할 음반은 행사 1주일 전까지 P 사장에게 제출

　- 행사장에는 마스크와 복장을 완전히 갖추고 입장

로열클럽 행사 준비를 거의 마치고 한가한 나날을 보내던 어느 날, 뜻밖에 돌로레스로부터 이메일 한 통이 왔다.

아도니스에게!

잘 지내시죠? 이게 아마도 마지막 편지일 것 같네요. 지난번 서울 전시회에서 당신과 르네가 키스하는 것 봤는데, 질투 나도록 너무 잘 어울리더군요. 뉴욕에서 내가 당신에게 너무 짓궂게 굴었던 것 용서하세요.^^ 어쨌든 우리의 인연은 여기까지인가 봐요. 당신이 전시회에서 카사노바와 나를 목격한 바와 같이 우리도 잘 지내고 있습니다. 우리 내년에 결혼해요. 내가 뉴욕에서 말했었죠? 나를 따라다니던 남자가 있다구요. 그 사람이 카사노바였어요. 카

사노바와 내가 이렇게 된 과정을 말씀드리는 것은 좀 그런데, 암튼 그렇게 됐네요. 어쨌든 당신과 나, 르네, 카사노바가 이상한 운명으로 얽혀 있다는 느낌이 드는군요. 하지만 이제는 다 지난 일이 되어 버렸죠? 당신과 나눴던 사랑은 좋은 추억으로 간직할게요. 당신도 르네와 행복하기를 바랍니다.

나는 그녀에게 '결혼을 진심으로 축하하며, 잘 살기를 바란다'는 내용으로 짤막하게 답문을 발송했다. 생각해 보니까 돌로레스가 J 박사의 파트너로 로열클럽 파티에 처음 왔을 때부터 카사노바도 그녀를 내심 좋아하고 있었던 것 같았다. 물론 그녀가 나에게 먼저 사랑에 빠지긴 했었지만……. 어쨌든 돌로레스를 가로챈 카사노바에 대한 배신감으로 그를 증오하고 있었는데, 그들이 결혼한다는 소식을 듣자 나는 갑자기 마음이 너그러워졌다. 정처 없이 떠돌아다니는 영혼인 카사노바가 드디어 정착을 하게 됐다는 생각이 들어서 그를 용서해 주기로 했다. 나도 진심으로 그들이 잘 살기를 기원해 줬다.

최후의 만찬 2

2001년 12월 31일. 아침부터 먹구름이 음산하게 깔리더니 오후부터 함박눈이 내리기 시작했다. 저녁에는 이미 온 세상이 하얗게 덮혀 있었다. 나는 줄무늬 아르마니 슈트 위에 검은색 수도승 옷을 걸쳐 입은 다음, 피스톨이 들어있는 007가방을 들고 밖으로 나섰다. 애마 BMW를 타고 서울 거리를 내달려 레알 선배가 사는 동네 근처로 달려갔다. 그녀는 지난번 전시회에서 만났을 때 어디서 들었는지 우리 파티에 참석하고 싶다는 의사를 표명했고, 나는 그녀에게 내 파트너가 되어줄 것을 요청했다. 그녀에게 하얀색 드레스를 준비하라고 했더니 정말로 공주처럼 하얀 옷을 입고 나왔다. 그녀와 함께 가면을 쓰고 파티장으로 향했다.

늘 설레는 기분으로 파트너를 고르고, 어떤 춤을 출까를 생각하며 로열클럽의 모임을 기대해 왔었는데, 이번 파티는 별로 흥이 나지 않았다. 돌로레스도 떠나 버리고, 르네도 떠나 버리고, 카사노바와의 관계도 멀어지고, 이 모임으로 인해서 내가 얻은 것이 아무것도 없지 않은가? 그런 생각이 들면서 이번 파티를 끝으로 모임에서 탈퇴할 생각을 했다. 최후의 만찬이라는 주제를 정한 것도 사실 이런 의미였다. 니체 형님에게 이번 주제를 '최후의 만찬'이라고 정했다고 했더니 그는 '20세기를 끝장내고 새로운 세기를 열어나간다는 의미에서 괜찮은 주제'라며 나를 치켜세웠다. 꿈보다 해몽인가? 어쨌든 이런 비밀 클럽은 나 같은 평범한 사람에게는 어울리지 않는다는 생각이 들었다.

7시쯤 파티 장소에 도착해서 P 사장을 만나 고맙다는 인사를 하고, 코디네이터로서 테이블 위의 회원 명패는 잘 배치됐는지, 밴드는 준비됐는지, 음식이 준비됐는지, 초대 가수들과 도우미들은 준비되었는지 등을 P 사장과 함께 체크했다. 파티장 준비는 P 사장이 담당했다. 그는 자신이 소유한 여의도 근처 20층짜리 건물 펜트하우스를 파티장으로 개조했다. 200평 정도 되는 넓은 공간 중앙에 직경 10미터 정도의 원형 무대를 설치하고, 그 주변으로 둥근 테이블 여섯 개를 배치했는데 고급 극장식 레스토랑에 와 있는 듯했다. 나는 도우미들과 초대 가수들에게 준비해온 나비형 가면을 나눠주면서 주의 사항을 알려주고 일당을 미리 계산해 줬다.

나는 서울 야경이 제일 잘 보이는 곳에 자리를 정한 다음, 007가방을 테이블 위에 올려놓고 레알과 함께 앉았다. P 사장도 파트너와 함께 내 옆 테이블에 앉았다. 저녁 8시가 되자 카사노바, 니체, K, L 등이 파트너와 함께 차례로 와서 지정 좌석에 착석했다. 카사노바는 C라는 이니셜이 새겨진 가면을 쓰고 붉은 망토를 걸쳐 입고 파트너와 함께 나타나서 내게 손만 흔들고는 자기 자리에 앉았다. 나는 그가 좀 불편해서 일부러 나의 반대편에 앉도록 자리를 배치했다. 우리는 무대를 가운데 두고 20여 미터 떨어진 거리에서 서로 마주 보고 있었다. 카사노바의 파트너도 빨간색 드레스를 입고 왔는데, 걸어가는 폼이나 우아한 자태로 보아 아마도 돌로레스일 것으로 짐작이 되었지만 일부러 알은체하지 않았다.

식사가 서빙되는 동안 초대 가수들이 차례로 등장해서 노래를 부르고 갔다. 가수 섭외는 P 사장이 했지만, 소프라노, 록 가수, 댄스 가수를 혼합하자는 내 의견을 반영했다. 처음 등장한 소프라노 가수는 '세상에 참 평화 없어라'라는 노래를 불렀는데, 성당에서 찬송가 소리가 울려 퍼지는 것 같았다. 그녀는 가면 속에 숨어 있는 열두 명의 방탕한 인간들을 향해 '그렇게 살지

마라. 신이 노하신다.'라고 설교를 하듯이 무대를 돌면서 한 명 한 명씩 바라보며 노래를 불렀다. 한동안 좌석이 숙연해졌다. 이어서 나오는 가수는 경쾌한 록을 신나게 불렀고, 세 번째로 등장한 가수는 백댄서 두 명과 함께 무대에 올라와서 현란한 음악에 맞춰 노래를 부르며 춤을 췄다. 분위기가 점점 고조되었다.

소프라노 가수가 노래를 부르는 동안 고개를 돌려 창밖을 바라봤는데 함박눈이 펑펑 내리고 있었다. 눈들이 유리창을 뚫고 들어와 내 마음속에 녹아내리는 것 같았다. 가슴이 아팠다. 아마도 노랫가락과 눈송이들이 하모니를 이루며 이별한 남자의 가슴을 아프게 파고들었을지도 모른다. 갑자기 텅 빈 가슴으로 르네가 들어왔다. 눈가에 눈물이 고였다. 아직도 날 사랑할까? 여기 함께 왔다면 얼마나 좋았을까? 내가 너무 이기적인 인간을 사랑했나? 다시 눈을 돌려 앞쪽을 바라보는데 빨간 옷을 입은 돌로레스도 창밖의 눈 내리는 광경을 바라보고 있는 것 같았다. 그런데 가면 속으로 보이는 그녀의 눈빛이 별로 행복해 보이지 않았다.

초대 가수의 노래가 끝나고 식사가 모두 끝난 후 나는 도우미와 초대 가수들을 물러가게 한 다음 출입문을 잠갔다. 디오니소스 축제가 이제 본격적으로 시작되고 있었다.

스팟 조명이 마치 하늘에서 내려온 계시처럼 성스럽게 무대를 비추자, 다른 공간은 그 빛에 압도되어 어둠 속으로 빠져들고 있었다. 신성한 빛으로 가득 찬 둥그런 무대는 천국처럼 보였고, 음산하면서 소름 돋는 음악이 낮게 깔리고 있는 어두운 공간은 지옥처럼 느껴졌다. 어두운 공간에서 빨강, 파랑, 노랑 원색의 화려한 의상을 차려입은 열두 명은 그 빛을 경외롭게 바라보고 있었다. 그것은 마치 레오나르도 다빈치의 그림 '최후의 만찬'에서 예수를 바라보는 12사도들 같았다.

빛과 어둠이 극명하게 대비되면서 음악이 절정에 이르자, 그 빛이 내 가슴 속으로 들어와 이렇게 말했다. "아도니스야! 두려워 마라. 내게 가까이 오라!" 나는 그 빛이 시키는 대로 천천히 일어섰다. 갑자기 열한 개의 가면이 내 쪽으로 고개를 돌려 나를 주시하기 시작했다. 나는 압생트 술병과 양고기를 담은 쟁반을 들고 레알과 함께 천천히 무대 위로 올라갔다. 그리고 준비된 작은 테이블 위에 쟁반을 올려놓은 다음, 위엄 있는 목소리로 말했다.

"사도들은 잔을 들고 모두 무대 위로 올라오라."

그들은 차례로 무대 위로 올라와 둥글게 원을 그리며 섰다. 나는 하늘을 향해 두 팔을 벌리고 고개를 쳐들고 엄숙하게 축제가 시작되었음을 선언했다. 이어서 P 사장이 디오니소스 신께 기도했다.

구름보다 더 높은 곳에 계신

생명의 신이시며, 또한 부활의 신

디오니소스여!

이제 당신이 깨어날 때가 왔나이다.

어둠의 장막을 걷어치우고,

빛으로 오소서.

당신이 잠들어 있는 사이,

세상은 차가운 이성과 사악한 교만으로 가득 차

빛은 사라지고, 어두운 밤만이 지배하나이다.

21세기가 시작되는 해, 여기 12사도들이 모여

당신을 새롭게 맞이하는 축제를 준비했사오니,

오셔서 가장 큰 영광을 받아주시고

당신의 전능함으로 새로운 시대를 열어주소서.

그리하여,

본능과 욕망으로 충만한 따뜻한 세상을 만드시고

땅에는 다시 생명으로 가득 차게 하소서.

우리에게 새로운 에덴동산을 주소서.

기도가 끝나자 나는 계속 순서를 진행했다.

"다음은, 디오니소스 신과 인간이 하나 되는 시간입니다. 사도들은 한 분씩 앞으로 나아와 양고기 한 점과 술잔을 받으시기 바랍니다."

회원들은 P 사장을 시작으로 무대를 돌면서 한 명씩 내 앞에 와서 술과 고기를 받고는 무대 위에 둥글게 섰다.

"12사도들이여, 술잔을 높이 들고 디오니소스 신께 영광을 드리자!"

내가 포도주 잔을 높이 들고 소리 높여 "디오니소스 신께 영광을!"이라고 외치자 그들도 잔을 들고 함께 복창했다.

술과 고기는 디오니소스 신의 피와 살로,
우리는 그것을 나눔으로써 신과 합일을 경험하게 될 것이며,
디오니소스 신이 우리에게 임재함으로
영혼은 태초의 순수함으로 돌아가 영원한 복락을 누리게 될 것이며,
육신은 죽음에서 벗어나 영원한 쾌락을 누리게 될 것입니다.
자! 이제 모든 사도들은 술잔을 비우고 고기를 먹기 바랍니다.

그들은 다시 내 명령에 따라 술잔을 단숨에 비우고, 고기를 먹고 그대로 자리에 서 있었다. 압생트를 와인 잔에 가득 따라줬는데 여성 파트너들도 모두 거부하지 않고 잔을 비우고 있었다. 어떤 때는 파트너로 온 여자가 술 마시기를 거부하고 밖으로 뛰쳐나갈 때도 있었는데 오늘은 다들 내 말을 따르고 있었다. 레알 선배도 신기한 듯이 이리저리 힐끗거리면서 재미있어 하는 눈치였다. 나와 정면으로 마주 보고 있는 카사노바와 돌로레스도 말없이 의식을 따르고 있었다.

"마지막으로 사티로스와 마이나데스가 되는 의식입니다. 남자들은 바지와 팬티를 벗겨내 버리고, 여자들은 속옷을 벗겨내 버리시기 바랍니다."

이 말이 떨어지자 남자들은 그대로 바지와 팬티를 벗겨내서는 무대 밖으로 던져버렸다. 나도 바지와 팬티를 함께 벗어서 밖으로 던졌다. 하지만 몇몇 여성 파트너들이 당황한 듯이 머뭇거리고 있었다.

"디오니소스 신의 진정한 제자가 되려면 우리는 본능과 욕망에 충실한 사티로스와 마이나데스가 되어야 합니다. 디오니소스는 여러분이 사티로스와 마이나데스가 되신 것을 기뻐하실 것입니다."

속옷을 벗겨내는 의식은 전혀 예상치 못한 것이라 회원들이 좀 놀라는 표

정이었지만 술기운 때문이었는지, 아니면 코디네이터의 명령을 거부해서는 안 된다는 불문율 때문이었는지 그들은 재빨리 아랫도리를 나체로 만든 다음 손으로 음부를 가리고 있었다. 여성 파트너들도 드레스를 입은 채로 하나씩 속옷을 벗어서 내던졌다. 레알도 꽤 당황한 눈치였지만 아무렇지 않은 듯 태연하게 속옷을 벗겨내고 있었다. 돌로레스와 눈이 마주쳤는데 그녀는 웃고 있는 것 같았다. '역시 아도니스다운 아이디어'라고 생각했을까?

"이제 우리는 디오니소스의 진정한 사도인 사티로스와 마이나데스가 되었습니다. 모두 무대 아래 자리로 돌아가시기 바라며, 이어서 니체 교수의 축시가 있겠습니다."

모든 회원들이 각자 테이블로 돌아가 앉았다. 니체 교수가 일어서서 '디오니소스를 위한 노래'를 낭독했다.

오, 생명의 정오, 축제여
여름의 정원이여
나는 불안한 황홀 속에서 기다리며, 서서 바라보며 기다린다.
그대 친구들이여 어디에 있는가?
내가 밤낮으로 준비하고 기다린 것은 그대들이다
지금 오라! 그대들이 올 때가 되었다.

회색 빙하가 오늘 장미로 바뀐 것은
그대들을 위한 것이 아니었던가?
시냇물은 그대들을 찾고, 바람과 구름은 더 높이 창공으로 올라
떼를 지어 더 높은 곳에서
길밤의 시선으로 그대들을 찾는다

그대들을 위해 가장 높은 봉우리에 식탁을 준비했다.

그 누가 나만큼 별 가까이 살고 있고 있는가?

그 누가 나만큼 심연의 바닥 가까이 살고 있는가?

나의 제국, 지금껏 어느 제국이 그렇게 멀리 뻗어갔는가

나의 꿀, 누가 그 달콤함을 맛보았던가?

이제 우리는 승리를 확신하고

축제 가운데 축제를 한다.

친구 차라투스트라가 왔다, 손님들 가운데 손님이!

이제 세계는 웃고 끔찍한 커튼은 찢기고

빛과 어둠을 위한 결혼식이 다가왔도다

최후의 만찬 4

디오니소스 축제 의식이 모두 끝나고 이어서 댄스 경연 대회가 시작되었다. 경연 순번은 P 사장에게 음반이 먼저 도착한 순서대로 정했지만, 나는 P 사장에게 말해서 내 순번을 첫 번째로 하고 카사노바의 순번을 맨 마지막으로 하자고 했다. P 사장은 지난번 댄스 대회에서 1등을 한 내가 마지막 순서가 돼야 한다고 우겼지만, 나는 카사노바와 돌로레스가 나보다 먼저 외설스러운 춤을 추는 것이 마뜩잖아서 그들을 맨 마지막 순서로 돌려 버렸다. 음악은 요한 스트라우스의 왈츠 '봄의 소리'와 존 트라볼타와 올리비아 뉴튼 존이 부른 '섬머 나잇' 그리고 어니그마의 '리턴 투 이노센스' 세 곡을 적당히 편집해서 10분짜리로 만들었다.

스팟 조명이 꺼지고 나이트클럽 조명으로 바뀌면서 무대가 번쩍거렸다. 박수 소리와 함께 나와 레알이 무대 위로 올라갔다. 레알과 나는 무대에 올라가 관중들에게 정중히 인사한 다음, 왈츠 곡에 맞춰 무대 위를 빙글 빙글 돌았다. 이번 파티를 위해서 우리는 1주일 정도 따로 만나 연습을 했는데 별로 틀리지 않고 음악을 따라가고 있었다. 음악이 중반쯤 지나갔을 때 하얀 드레스를 입은 그녀가 우아한 르네의 모습으로 보이면서, 그녀를 안아주고 싶다는 생각이 들었다. 레알도 내 마음을 알아차렸는지 내 허리를 잡아당겼다. 음악은 경쾌하게 흐르고 있었지만 우리의 춤은 점점 속도가 느려지면서 무대의 가운데서 머물러 있었다. 우리는 겉으론 춤을 추고 있었지만 두 사람의 몸은 사랑을 나누고 있었다.

그때 내 머릿속에는 다시는 르네를 떠나보내지 말아야겠다는 생각이 들면서 그녀를 꼭 껴안고 있었다. 나는 관중들의 관음증을 은근히 즐기는 한편 여러 가지 섹시한 포즈를 취하면서 레알을 달아오르게 했지만 선을 넘지는 않았다. 레알은 나의 피너스가 솟구쳐 망토를 삐져나오려는 것을 느끼고는 그것을 끌어당겨 어떻게 해 보려고 자꾸 이리저리 움직였지만 내 허리는 음악에 따라 흔들면서 그것을 거부하고 있었다. 마음은 르네에게 가 있었기 때문일까? 그런데 우리의 동작을 뚫어져라 쳐다보고 있는 눈빛이 느껴졌다. 빨간 드레스를 입은 돌로레스였다. 그녀가 술 한잔을 단숨에 들이켰다. 그녀는 하얀 드레스를 입은 레알을 질투하고 있는 것 같았다.

이어서 '섬머 나잇'이라는 노래가 나오자 우리는 얼른 몸을 추스르고 경쾌하게 디스코 춤을 췄다. 마치 존 트라볼타와 올리비아 뉴튼 존처럼 몸을 흔들었는데, 관중들이 환호성을 울리며 박수를 쳐 줬다. 흥거운 리듬에 맞춰 몇몇이 일어서서 춤을 따라 췄다. 마지막으로 나오는 '리턴 투 이노센스'라는 노래는 사실 춤을 추기에는 너무 난해한 곡이었지만 나는 가사가 너무 좋아서 이 곡을 편집해 넣었다.

"친구여, 그저 너의 마음속을 들여다 봐. 그렇게 하는 것이 바로 자신에게 회귀하는 것이 될 거야. 순수함으로 돌아가는 거지."

노랫말처럼 나는 순수함으로 돌아가고 싶었다. 레알은 처음엔 나를 따라 춤을 추다가 나중엔 그냥 서서 박수를 치며 나를 바라보기만 했다.

두 번째로 니체 교수가 파트너와 무대에 올라왔다. 작은 키에 땅딸막하고 머리가 큰 니체는 황금빛 노란 옷을 입었고, 키가 크고 비쩍 마른 그의 파트너는 주황색 드레스를 입고 있었다. 오펜바흐의 '천국과 지옥' 서곡이 흘러나오자 그들은 기다렸다는 듯이 캉캉 춤을 추기 시작했다. 그들은 망토와 드레스를 얼굴까지 들어 올려 그것을 좌우로 흔들며 아무것도 걸치지 않은 아랫도리를 적나라하게 보여 주고 있었다. 허리 아래는 천국이고 머리 위는 지옥이라는 의미였을까? 아니면 그 반대였을까?

그들의 아랫도리가 노출되자 관중들이 낄낄거리며 웃었다. 부부라면 침대 위에서 늘 보는 것들인데 왜 본인들 것은 안 웃고 남들 것은 그렇게 웃기는지……. 니체 교수는 늘 이렇게 주장했다.

"파라다이스라는 게 따로 있지 않아. 아담과 이브처럼 성에서 해방된 인간들이 자유롭게 살고 있는 게 파라다이스지."

그의 춤은 인간의 근원적인 욕망과 그것을 숨겨야 하는 사회의 이중성을 조롱하고 있는 것 같았다. 춤이 격렬해지면서 노출 수위가 높아지자 분위기가 점점 우스꽝스럽게 되어버렸다. 나는 왠지 모르게 약간의 수치심을 느꼈다.

이어서 정해진 순서에 따라 P 사장, K, L의 춤에 이어 마지막으로 카사노바의 차례가 왔다.

다른 회원들이 춤을 추고 있는 동안 나는 압생트를 홀짝거리면서 르네만을 생각했다. 아니 정확히 말하면 돌로레스와 카사노바가 무대에 올라오기 전까지 나는 르네와 함께 행복하게 사는 상상을 했다. 바다가 내려다보이는 언덕 위에 하얀 집을 짓고, 아이들을 낳고 오손도손 살아가는 상상을 했다. 매일 하얀 드레스를 입은 르네가 퇴근하는 내게 뽀뽀를 해 주고, 나는 우리의 아이들을 번쩍 들어 올려 뺨에 입맞춤을 해 주고, 그녀는 맛있는 요리를 준비하고, 아이들에게 책을 읽어주는 현모양처의 모습.

"잠시 잠수 좀 할게요."라고 말하고는 어디론가 잠적했지만, 나는 '잠시'라는 단어에 약간의 희망을 걸고 있었다. 그녀의 아버지가 그녀를 '팜므 파탈'이라며 모독하고 있었지만 나는 그 말을 믿을 수가 없었고, 전혀 가당치 않다고 여겼다. 그러나 나의 상상은 그리 오래가지 않아서 깨져 버렸다. 돌로레스와 카사노바가 무대 위에 오르고 얼마 지나지 않아서 나의 상상은 깨져 버렸다. 아, 가련한 아도니스의 운명이여! 그때 나는 돌로레스와 카사노바의 춤을 보지 말고 파티장을 그냥 나와 버렸어야 했다. 나는 그들의 가증스러운 춤을 보지 말았어야 했다.

스팟 조명이 무대를 둥그렇게 비추자 마지막 순서로 돌로레스와 카사노바가 올라와서 인사를 했다. 돌로레스는 미리 준비해 둔 피아노 앞에 앉아 '가브리엘의 오보에' 곡에 노래를 붙인 '넬라판타지아'라는 노래를 소프라노로 부르고 있었다.

"나는 항상 자유로운 영혼을 꿈꾸네. 저기 떠다니는 구름처럼……."

마치 사라 브라이트만이 부르는 것처럼 아름다운 목소리가 관중들을 집중시키고 있었다. 카사노바는 그녀 옆에 서서 다정스럽게 그녀를 바라보고 있었다. 그런데 노래를 들으면서 점점 이상한 느낌이 들었다. 돌로레스의 목소리는 약간 허스키한데 돌로레스가 아니야,

카랑카랑한 목소리며, 늘씬한 몸매, 그리고 소프라노로 그런 노래를 소화할 수 있는 여자는 누구지? 순간 나는 가슴이 탁 막히면서 숨이 멎는 것 같았다. 내 아내일까? 목소리도 비슷하고, 몸매도 그렇고……. 아내도 노래를 잘 불렀지. 내가 별거하고 있다는 사실을 알고 있는 카사노바가 또 아내마저 꼬드긴 것일까? 나는 잠시 정신을 가다듬고 다시 그녀를 자세히 들여다봤다. 아니야. 그럴 리가 없어. 아무리 카사노바라도 그 정도의 상식이 없는 사람은 아니야. 내 뇌는 도저히 그녀가 내 아내라는 사실을 받아들이지 못했다. 창밖으로 고개를 돌렸다. 여전히 함박눈이 쏟아지고 있었다. 나는 머리를 한 번 흔들고는 고개를 돌려 그들의 공연을 바라보았다. 내가 술 취해서 목소리를 분간 못할지도 몰라. 그리고 카사노바가 지금 사귀고 있는 여자는 돌로레스잖아. 나는 정신을 가다듬고 이성적으로 따지고 있었다.

그녀는 노래 1절을 마치더니 빨간 드레스를 벗어 버렸다. 찰랑찰랑한 하얀 실크 드레스가 그녀의 아름다운 몸매를 따라 흐르고 있었고, 그것은 이미 돌로레스가 아님을 증명하고 있었다. 돌로레스보다 약간 가냘픈 몸매. 나를 바라보는 눈빛. 분명해. 내 마누라야. 오, 이런! 어찌하여 너는 카사노바와 함께 있느냐? 나에 대한 마지막 복수로 네가 먼저 카사노바에게 꼬리를 친 것이냐, 아니면 카사노바가 너를 유혹한 것이냐? 그런데 나는 왜 별로 사랑하지도 않는 아내를 질투하고 있지? 참으로 이상한 일이었다. 아니야, 아내를 닮은 몸매와 목소리를 닮은 여자가 한둘인가? 얼굴을 확인 안 했잖아. 아

직도 내 머리는 한 가닥 희망을 버리지 않고 있었다. 마음속으로는 이미 그녀를 아내로 상상하면서도 머리는 그 사실을 거부하고 있었다.

음악이 라벨의 볼레로로 바뀌자, 그녀는 다시 옷을 벗어던졌다. 그녀의 완전한 나신이 하얗게 드러났다. 그녀의 대담한 노출에 관중석에서 놀라는 소리가 들려왔다. 하지만 그녀는 아무렇지도 않은 듯 당당하게 무대 중앙으로 나갔다. 이어 카사노바도 붉은 망토를 벗어던지고 그녀 옆에 섰다. 줄무늬 아르마니 슈트 재킷과 맨살의 아랫도리. 관중들의 웃음이 터져 나왔지만 그도 자신만만하게 무대 중앙으로 나아갔다. 그리고 다시 재킷까지 벗어던졌다. 순간 그가 나를 흉내 내고 있다는 생각이 들었다. 그는 나를 흉내 내고 있는 사티로스가 틀림없었다. 아무리 감추려고 해도 시꺼먼 털로 가득 찬 더러운 아랫도리는 어찌할 수 없는 사악한 사티로스. 그가 또 돈으로 내 아내를……?

나는 연거푸 압생트를 들이켜며 그들의 춤을 보고 있었다.

한 쌍의 나비가 꽃밭 위에서 춤을 추는 것 같았다. 멀어졌다가 가까이 다가와서 한 몸이 된 다음 천천히 날아올랐다가 다시 함께 수직으로 떨어져 한참 동안 꽃밭에 누워 사랑을 나누고, 다시 일어나 랜덤한 동작으로 무대를 종횡으로 휘저으며 움직이는 그들은 사랑을 나누는 한 쌍의 나비들이었다. 볼레로 음악이 점점 고조되자, 그녀는 가슴과 엉덩이를 현란하게 흔들면서 카사노바에게 구애하는 듯한 춤을 추었고, 카사노바는 몸을 이리저리 흔들며 한참을 망설이더니 마침내 그녀에게 다가가 가슴과 엉덩이를 움켜잡고 입으로는 키스하는 시늉을 했다. 그가 그녀의 사랑을 받아들이는 것 같았다.

그녀의 춤이 계속되자 나는 가슴이 찢어질 듯 아려왔다. 그녀의 춤은 아름다운 몸짓이 아니라 광기였으며 욕정의 다른 표현이었다. 색기로 가득 찬 눈빛, 실룩샐룩 흔들어대는 엉덩이, 전라의 뽀얀 가슴은 분명 남자들을 흥분시켰으며 섹스를 상상하게 했다. 겉으로 보기에 그것은 분명 카사노바에 대한 구애의 춤이었을 것이지만, 내게는 아도니스의 정신을 파멸시키려는 사악한 춤으로 보였다. 나는 온몸이 떨리며 분노가 머리끝까지 치밀어 올라왔다. 세례 요한의 목을 얻기 위해 헤롯 왕 앞에서 춤을 추는 살로메가 이렇지 않았을까? 그녀의 춤은 분명, 더 이상 남편으로서 필요 없어진 나를 파괴해 버리려는 목적성, 바로 그것이었다.

카사노바는 나를 흉내 내고 있는 것 같았다. 내가 입은 아르마니 슈트를 똑같이 차려입는 것도 그렇고, 나신으로 섹시한 댄스를 추는 것도 그렇고, 내가 가장 잘 추는 볼레로 춤을 따라 추는 것도 그렇다. 그는 나의 춤이 부러웠을까? 내가 가진 작은 재능이 부러웠을까? 나보다 더 많은 것을 가진 카사노바가 뭐가 부족해서 내가 가진 것을 가로채려 할까? 오, 이런! 내가 사랑했던 여자들도 차례로 빼앗아갔어. 돌로레스, 윌버드, 그리고 내 아내마저…… . 나는 술 한잔을 벌컥 들이켜고는 다시 그들의 가증스러운 춤을 바라보면서 생각했다. 그는 내게 "넌 세상에서 둘째가라면 서러운 눈빛을 타고 났어."라고 말했었지. 내가 유일하게 가진 그것마저 탐이 났을까?

라벨의 '볼레로' 음악이 멈추고, 조명이 어두워지면서 빠른 비트의 록 음악이 흐르자 그들의 춤도 격렬하게 바뀌었다. 그들은 한 몸이 된 것처럼 바짝 밀착하여 현란한 몸 댄스를 추고 있었다. 아내의 하얀 허벅지와 사티로스의 아랫도리가 하나로 엉겨 붙어 흔들어대고 있는 모습은 춤이 아니라 난잡한 섹스처럼 보였다. 그들은 원형 무대 중앙에서 그런 자세로 흐느적거리며 엉덩이와 허리만을 흔들고 있었다. 내 눈이 파르르 떨리면서 그들을 보는 것을 거부했다. 눈을 감아버렸지만 머릿속에 계속 잔상이 남아 참을 수 없는 분노를 일으켰다. 어떻게 착해보이는 내 아내가 이럴 수가…… . 저 악마들을 없애 버려야 해!

나도 모르게 내 손은 테이블 위에 놓인 007가방을 반쯤 열었다. 내 눈은 피스톨 한 자루에 고정되고 있었다. 음악의 비트가 점점 거세지자, 두 나신들은 한 몸이 되어 빠르게 몸을 움직였다. 어느 순간 아내의 가면이 뒤로 반쯤 벗겨지면서 얼굴의 아랫부분이 드러났다. 그런데 드러난 코와 갸름한 턱선은 아내가 아닌 것 같았다. 그럼 누구지? 순간 나는 안도의 한숨을 쉬고 그녀의 코와 아래턱, 목선을 자세히 들여다보고 있었다. 르네일까? 르네라고? 르네일 리가 있나? 그녀는 카사노바를 지독히도 혐오하잖아.

다시 한 번 생각해 보자. 그러니까 그녀가 르네라면, 그동안 르네가 카사노바를 증오했다는 것은 이루지 못할 사랑에 대한 갈망을 반어적으로 표현한 것이었을까? 말하자면 그들은 보스턴에서부터 사랑하는 관계였지만 집안의 반대로 헤어졌을 뿐이고, 카사노바에 대한 르네의 사랑은 다만 마음속에 숨어 있었을 뿐이었다. 르네가 예술가로서 명성을 얻기 위해 노력한 것도 이루지 못한 사랑을 다시 찾기 위한 것이다. 그녀는 결국 나를 이용해서 작품을 만들어 성공했고, 다시 카사노바의 관심을 끌어 과거의 연인 관계를 회복했다.

그런데 이상하다. 그동안 그녀가 나를 만나면서 내게 사랑한다고 말했을 때 그것은 모두 진심이라고 느껴졌는데……. 어떤 말들은 장난처럼 들리기도 했고, 어떤 말들은 단지 사랑에 대한 정의를 역설하고 있었지만, 특히 뉴욕의 갤러리에서 돌로레스와 같이 만났을 때, 그녀가 내 뺨을 때리고 나서 눈물을 보이면서 내게 한 말 "내가 파리로 돌아가지 않고 널 만난 건 널 사랑하기 때문이야." 그때 그녀의 눈물에서 느껴지는 감정은 100% 사랑하는 여자의 그것이었어. 눈물까지 속일 수 있는 여자는 드물거든. 나는 다시 혼란에 빠지기 시작했다. 어떤 게 진심일까?

잠시 후 카사노바는 손으로 자신의 가면을 벗겨내 버리고, 반쯤 벗겨진 가면 아래 입술에 키스를 퍼부었다. 열려진 입술로 치아가 살짝 드러나 보였다. 그녀는 르네가 분명했다. 그러자 그녀는 카사노바를 두 팔로 끌어안으며 그의 혀를 깊이 받아들이고 격하게 키스를 나누고 있었다. 그 모습이 로댕의 조각 '키스'를 연상시켰다. 그때 르네의 행동은 단순이 연기를 하는 것이 아니라, 누가 봐도 카사노바를 진실로 사랑하고 있음을 보여 주고 있었다. 오, 네가 르네라면 너는 어찌하여 내 사랑을 배신하고 카사노바와 함께 있느냐. 나는 가슴에 더 큰 분노가 치밀어 올랐다.

음악이 피날레를 향해 달려가자 마침내 르네는 춤추는 동작을 유지하면서 천천히 바닥에 드러누웠다. 그녀는 전라의 몸으로 발을 가지런하게 오므려 무대 앞쪽으로 하고 머리는 뒤쪽에 놓여 있는 피아노 근처로 향해서 누였다. 그러자, 카사노바는 더욱 격렬하게 춤을 춰댔다. 마치 희생 제물을 앞에 둔 사이비 종교의 사제처럼 마지막 의식을 치르고 있는 것 같았다. 그는 르네가 누워 있는 앞쪽에 서서 몸을 좌우로, 아래위로 움직이며 현란하게 몸을 흔들어댔다. 그는 가끔 머리를 들고 두 팔로 V 자를 그리며 승리감에 도취된 듯한 표정을 지어 보였으며, 나를 바라보면서 의기양양한 표정을 지어 보이곤 했다. 카사노바는 마지막 춤을 추고 르네 위로 올라타려고 하는 것 같았다.

나는 그들의 음란한 공연을 보면서 거의 이성을 잃어버렸다. '저 여자는 내가 사랑한 르네가 아니야. 카사노바는 더 이상 친구가 아니야. 나쁜 자식! 어떻게 내가 보는 앞에서 내가 가장 사랑하는 르네와 저런 짓을……' 내 손은 이미 가방 속의 피스톨로 향하고 있었다. 눈을 무대로 고정시키고 떨리는 오른 손을 가방으로 넣어 천천히 피스톨을 잡았다. 다른 친구들은 숨을 죽이며 카사노바가 르네를 어떻게 할지 지켜보고 있었다. 나는 살짝 총을 뽑아들고 총구를 카사노바를 향해 겨눴다. 그때 막 방아쇠를 당기려는 순간, 누군가가 내 총을 낚아챘다. 눈 깜짝할 사이에 벌어진 일이었다.

"나쁜 것들!"

탕!

갑자기 실내가 어두워지면서 창밖으로 별들이 터지고 있었다. 탕. 탕. 탕…….

2002년 1월 1일을 알리는 축하의 폭죽이 서울 하늘을 수놓고 있었다.

124

최후의 만찬 7

눈이 더 이상 내리지 않았다. 창밖으로 별들이 하나씩 터지고 있었다. 별 하나가 터질 때마다 어두운 공간 속으로 빛이 들어왔다 사라졌다. 그 빛들은 카메라의 플래시처럼 간헐적으로 들어와 사람들의 놀라는 표정과, 움직이는 모습들을 스틸 사진으로 보여 주고 있었다. 친구들은 총 소리에 놀라 우왕좌왕하며 밖으로 나가 버렸다. 그 틈에 총을 쏜 범인도 함께 어둠 속으로 사라져 버렸다. 범인이 누구일까는 내 관심 밖이었다. 리볼버 권총에는 총알이 한 방만 장전되어 있었는데 그 총알은 누구를 향했을까? 그가 죽었을까? 아니면 르네가 죽었을까? 그것이 궁금했다. 그러나 무대 위에서는 아무런 기척이 없었다.

시간이 얼마나 흘렀을까. 비장한 음악이 흐르기 시작했다. 말러의 부활 교향곡 피날레 부분인 것 같았다. 음악이 흐르는 동안 빛과 어둠이 교차하는 사이로 하얀 비둘기 한 마리가 무대 위에 나타나 천천히 움직이는 것 같았다. 순간 나는 그것이 죽은 자들의 영혼을 데려가기 위해 하늘에서 내려온 천사가 아닐까 생각했다. 하얀 천사는 발레리나처럼 우아하게 무대 위를 몇 바퀴 돌다가 쓰러져 있는 사람에게 다가가 무릎을 꿇고 앉은 다음, 그것을 두 팔로 들어 올리고 일어섰다. 그 모습이 죽은 예수를 받쳐 들고 서 있는 성모마리아처럼 거룩해 보였다.

다시 한 번 빛이 들어와 천사의 얼굴을 환하게 비추고 지나갔다. 천사가 르네로 보였다. 그렇다. 르네가 살아 있었다. 르네는 하얀 드레스를 입고 나타났다. 오, 이런! 르네가 살아 있었어. 나는 나도 모르게 눈을 크게 뜨며 안도의 한숨을 쉬었다. 참으로 이상한 일이다. 조금 전까지만 해도 나를 버리고 떠난 그녀를 증오하고 심지어 총으로 쏘아 죽이려고 했으면서도 그녀가 살아 있다는 것에 기뻐하는 마음은 뭘까? 나를 배신하고 떠나버렸을지라도 내 마음은 그녀를 떠나보내지 않았던 것일까? 아직도 그녀를 사랑하고 있다는 의미일까?

그러나 그녀의 행동은 내 마음과는 다르게 움직이고 있는 것 같았다. 그녀는 카사노바의 죽음을 슬퍼하는 것 같았다. 갑자기 르네가 하늘을 향해 고개를 처들고 절규하는 듯한 표정을 지으며 한참 동안 뭐라고 말을 지껄이기 시작했다. 아마도 사랑의 덧없음을 슬퍼하고, 카사노바가 부활하기를 바라는 기도의 언어인 듯싶었다. 그녀의 말들이 음악에 파묻혀 들리지 않았지만 내 마음은 이렇게 해석하고 있었다.

"오, 카사노바여, 일어나라. 부활하라. 나의 사랑을 받은 너의 심장은 뜨거워야 한다. 어찌 너는 이렇게 차갑게 누워 있느냐. 일어나라. 부활하라!"

그녀는 짧게 절규하고는 카사노바의 얼굴을 다시 한 번 처다보더니, 그대로 바닥에 그를 내려놓고 다시 어둠 속으로 사라져 버렸다. 그런데 그녀가 카사노바를 바닥에 내려놓고 뒤돌아설 때 이상한 점 하나를 발견했다. 빛이 아주 짧은 순간 들어와 그녀의 얼굴을 살짝 스치고 지나갔는데, 그때 그녀의 표정이 그렇게 밝을 수가 없었다. 분명 그녀의 행동은 슬퍼하고 절규하는 듯 보였지만, 내게 목격된 그녀의 표정에는 슬픔보다는 기쁨이 넘치는 얼굴이었다. 물론 그것은 내 착각이었을지도 모른다. 내 안에 남아 있는 사랑이라는 감정이 환각을 만들어냈을지도 모른다. 혼란한 마음 가운데로 갑자기 희망의 빛 한 가닥이 들어왔다.

모두가 떠나버린 공간에 나와 카사노바만 남았다. 나는 살았고, 그는 죽었다. 나는 일어서서 죽은 자를 바라봤다. 참으로 긴긴 게임이 끝났다는 생각이 들었다. 그는 세상을 떠났고 나는 남았는데 르네는 떠나버렸다. 그럼, 누가 이겼지? 그가 진 것인가? 아니면, 내가 지지 않은 것인가? 내게 아직 기회가 있는 것인가? 어쨌든 나는 아직 기회가 있다. 나는 심각한 상황 속에서도 그와의 게임에서 이겼을지도 모른다는 승리감을 잠깐 맛보고 있었다. 그런데 갑자기 카사노바가 버림받은 사람처럼 불쌍해 보였다. 나는 그가 살아 있는지를 확인하기 위해 천천히 무대 위로 올라갔다. 그의 옆구리에서 피가 흐르고 있었다. 무대가 빨갛게 물들고 있었다.

"카사노바! 내 말 들려?"

"……."

"야! 카사노바, 일어나! 일어나 봐, 자식아. 너 혼자 이렇게 가 버리면 난 어떡하라고. 야! 일어나 봐!"

나는 그의 가슴을 압박하고 인공호흡을 하면서 그가 살아 있는지를 알아보고 있었다.

"아도니스, 미안해. 르네…… 르네……."

갑자기 그가 눈을 뜨며 힘겹게 말했다. 그는 내게 뭔가를 말하려고 했으나 더 이상 입을 열지 못하고 눈을 감았다. 나는 그의 마지막 입술이 무엇을 말하려고 했는지 이해할 수 있었다. 나를 뛰어 넘어서려 했던 것, 내게 상처를 줬던 것, 내게서 사랑하는 사람을 뺏어간 것 등등이 아니었을까? 그는 그렇게 세상을 떠났다. 눈감은 카사노바의 얼굴이 너무나 평화로워 보였다. 죽음은 영원한 자유를 주는 것일까? 그래서 그는 마지막 가는 순간 가장 평화로운 모습을 보여줬던 것일까? 말러의 부활 교향곡이 장엄하게 끝나고 있었다.

125

슬픈 돌로레스

21세기 새로운 에덴동산을 꿈꾸며 디오니소스를 애타게 부르짖던 사티로스들과 마이나데스들은 비극적으로 끝나버린 축제 앞에 무릎을 꿇었다. 그것은 디오니소스보다 더 위대한 신의 의지였는지도 모른다. 어쨌든 총을 쏜 범인은 돌로레스로 밝혀졌다. 사건 다음 날, 그녀는 스스로 경찰에 출두해 모든 죄를 혼자 뒤집어썼다. 다행히 나머지 참가자들은 무사했다. 그런데 범인이 외친 소리가 돌로레스임을 말하고 있었는데 나는 왜 그녀를 막지 못했을까? 어쩌면 나 대신 그녀가 그들을 응징하는 것을 은근히 즐긴 것은 아니었을까? '나쁜 것들'이라며 총을 쏘았는데 자기를 배신한 카사노바에 대한 분노였을까? 아니면 사랑을 가로챈 르네에 대한 질투심이었을까? 그녀를 만나보려고 면회를 신청했으나 번번이 거부당했다.

2002년은 월드컵 취재 활동 때문에 눈코 뜰 새 없이 바쁘게 보냈다. 축구를 핑계 삼아 스스로 몸과 마음을 바쁘게 만들어 금욕적인 생활을 했다.

그것이 그동안 저질렀던 방탕함과 육신의 죄악에서 벗어나 참회하는 길이라고 생각했다. 가끔 르네가 보고 싶다는 생각이 불현듯 일어나 가슴앓이를 했지만 연락을 취하지는 않았다. 아직도 사랑하는 감정이 남아 있었지만 먼저 사랑을 구걸하고 싶지는 않았다. 혹시 그녀가 내게 연락을 해 올지도 몰라서 이메일함을 거의 매일 열어봤지만 매번 허사였다. 그녀도 내게 연락하지 않았다. 그러는 동안 별거하고 있던 명목상의 아내로부터 끝내자는 연락이 와서 이혼 서류에 도장을 찍어줬다.

그해 어느 가을날 뜻밖에 돌로레스로부터 편지 한 통이 날아들었다.

아도니스에게!

비가 한차례 쏟아진 후 교도소 창밖으로 보이는 가을 하늘이 너무 벗겨 보입니다. 지난 10여 개월 동안 비가 내리는 날이거나, 하늘이 맑은 날이거나 아무런 감흥도 없었는데 오늘따라 콘크리트 바닥에 떨어지는 빗소리가 음악처럼 들리고, 비 그친 가을 하늘에 떠다니는 흰 구름이 풀밭 위의 양떼들처럼 정겹게 보이네요. 아침부터 마음이 열리더니 오후 내내 기분이 좋아져서 세상 밖으로 내 마음을 드러내고 싶어졌습니다. 하지만 내 마음을 받아줄 사람이 아무도 없어서 담장 밑에 피어 있는 노란 들꽃에게 다가가 말을 다 걸어보았지만 아무 대답이 없네요. 역시 내 말을 들어줄 사람은 아도니스 당신밖에 없나 보군요.

그동안 아도니스의 면회 신청을 거부한 것에 대해서는 미안하게 생각합니다. 여러 지인들이 면회를 왔지만 아무도 만나주지 않았습니다. 사람들에게 죄수복을 입은 초라한 내 모습을 보여 주는 것도 물론 싫었지만, 나 자신이 더 이상 사랑받을 수 있는 존재가 아니라는 사실이 더욱더 비참했으니까요. 사랑을 받지 못하는 여자는 여자로서 아무런 가치가 없는 것 같습니다. 그래서 어두운 공간에 홀로 나를 던져 버리는 것이 더 세상에 유익하다는 생각을 했습니다. 지금까지 다른 사람들과 한마디 말도 섞지 않았습니다. 그나마 그것이 속죄하는 길이라고 생각했습니다.

내가 이렇게 마지막으로 당신에게 글을 쓰는 것은 한 가지 고백할 게 있어서 그렇습니다. 카사노바를 총으로 쏜 것은 모든 것이 내 잘못입니다. 왜 쏘았느냐구요? 남편과의 결혼 생활이 파탄 나고 당신과 헤어지게 된 것, 모든 것이 엉망진창이 되어버린 것은 물론 내가 초래한 바가 크지만, 그 원인을 제공한 사람은 카사노바였습니다.

사실을 말하면, 2년 전, 당신과 내가 교제를 할 때쯤 카사노바가 우리의 관계를 눈치챈 것 같더라구요. 그는 내심 나를 좋아했는데 당신이 나를 만나고 있다는 것에 질투심을 느꼈는지 우리 남편에게 언질을 준 것 같더라구요. 그래서 애틀랜틱시티에서 남편이 우리를 의심했고, 사람을 사서 사진을 찍었던 것 같더라구요. 이후 남편과 별거하게 되고 당신과의 관계도 멀어지게 되면서, 카사노바는 나를 집요하게 쫓아다녔습니다. 나는 잠시 혹해서 그를 만나다가 아닌 것 같아서 미국으로 유학을 갔었구요.

그때 나는 카사노바를 만나지 말았어야 했습니다. 참으로 슬픈 돌로레스의 운명이지요. 카사노바는 자기가 가진 모든 것을 내게 주겠다면서 청혼을 하고 내 육체를 지속적으로 요구했지만, 나는 늘 거부를 해 왔습니다. 당신의 사랑을 믿었고 당신에게 한 번 더 기회를 주고 싶었거든요. 그래서 뉴욕에서 당신에게 편지를 쓴 것이구요. 하지만 당신은 이미 르네에게로 마음이 기울어 버린 것 같더군요. 그래서 나도 카사노바에게로 마음이 돌아섰구요. 카사노바는 내게 결혼해 준다면 다른 여자들을 만나지 않겠다는 약속도 했습니다. 난 그 말을 믿었지요. 그래서 그에게 몸을 허락했는데 모두가 다 거짓이었습니다.

어쨌든 카사노바의 고백을 믿은 내가 바보지요. 카사노바는 나를 정복한 이후 또다시 르네에게로 관심을 돌리는 것 같았습니다. 르네가 그를 서울 전시회에 초대한 이후부터, 그는 나 몰래 르네와 만남을 가지고 있는 듯했어요. 내가 전화를 해도 바쁘다는 핑계로 잘 만나주지도 않고, 결혼도 차일피일 미루기만 했습니다. 마지막 사랑이 카사노바라고 생각하고 있던 나는 극도의 불안한 상태가 되고, 또 우울증이 재발했습니다. 그래서 나는 결심했습니다. 그를 죽여 버리고, 나도 죽기로…… 마지막 파티에 르네와 카사노바가 파트너로 참석한다는 사실을 K로부터 전해 듣고 같이 가자고 제안을 했습니다.

모든 것을 다 털어놓으니 이제야 후련합니다. 이 모든 비밀을 다른 누구도 아닌 당신에게만 말하고 싶었습니다. 이제 와서 고백컨대 내 인생에서 가장 사랑한 한 남자는 누가 뭐래도 당신이었던 것 같습니다. 당신은 나의 불안 까지도 사랑해 줄 수 있는 사람이라는 사실을 알았으니까요. 하지만 너무 늦어버린 것 같습니다. 암튼, 진실한 눈빛을 가진 남자는 당신이 유일했습 니다. 그리고 당신은 강했습니다. 바람이 불면 이리저리 몰아치는 파도처럼 불안정한 나를 꽉 잡아줄 수 있는 남자는 바로 당신뿐이었습니다. (중략) 마지막으로 한 가지 부탁이 있는데 내가 죽거든 화장해서 무거운 바위 밑 에 뿌려주기 바랍니다.

돌로레스는 스스로 목숨을 끊었다. 그날 밤 이상하게도 그녀의 모습을 한 어머니가 꿈속에 나타나 눈물을 흘리며 '나를 용서해달라'는 말을 했다. 꿈 이 너무 생생해서 잠을 이루지 못했는데 돌로레스의 영혼이 마지막 가는 길 에 나를 찾았던 것일까? 생각해 보니 그녀는 우리 엄마의 모습과 많이 닮았 다. 그동안 나는 어머니에 대한 그리움을 그녀에게 투영하고 그것을 사랑이 라고 믿었던 것은 아닐까. 그녀가 죽었다는 소식을 듣고 많이 울었다. 그녀 의 가족이 아무도 없어서 내가 간단히 장례를 치르고, 유골을 큰 바위 밑에 뿌려줬다. J 박사는 끝내 장례식에 나타나지 않았다.

돌로레스가 세상을 떠난 지 한 달 정도 지나서 르네로부터 전화가 왔다.

"지금 니스에 있어요. 할 말이 있는데 와줄 수 있어요?"

126

아르카디아 1

거의 1년간 잠적한 후(최후의 만찬 파티에서 그녀를 잠깐 보기는 했었지만) 갑자스럽게 걸려 온 그녀의 전화를 받는 순간 내 머리는 아무 생각도 나지 않았고, 몸은 그녀의 한마디 한마디에 반응하며 떨고 있었다. 그녀가 뭐라고 뭐라고 여러 가지 이야기를 지껄이고 있었지만, 내 귀에는 아무 말도 들리지 않았다. 다만 "니스로 와 달라"는 말만 머릿속에 남았다. 분명 그녀에 대한 사랑과 분노가 뒤섞여 뭔가 하고 싶은 말들이 많았었는데 입에서만 맴돌 뿐 밖으로 튀어나오지 않았다.

그녀가 수화기를 놓자 갑자기 하고 싶었던 말들이 생각났다. 소파에 몸을 기대고 앉아 눈을 감자 눈물이 주르륵 터져 나왔다. 참으로 이상한 일이었다. 별로 다정해 보이지도 않는 사무적인 목소리였는데 내 마음은 왜 그렇게 흥분했을까? 재회에 대한 기대감 때문이었을까?

다음 날, 나는 그녀를 다시 본다는 희망에 부풀어 파리행 항공권을 예약하고, 1주일간 휴가를 냈다. 파리에 도착하자 처음 그녀를 만났을 때처럼 그녀의 비서가 람보르기니를 끌고 공항에 마중을 나왔다. 르네가 직접 나오지 않은 것이 조금 실망스러웠지만, 그녀도 나를 다시 만난다는 것에 부담을 가지고 있었을 것이라고 생각하고, 애써 태연한 척했다. 비서는 나를 옆자리에 태우고는 바로 니스로 향했다. 그날 니스에는 이슬비가 내리고 있었다. 비서는 집으로 운전해 들어가 차를 세우고는 내게 우산을 받쳐주며 현관문까지 안내했다. 그러나 나는 바로 문을 열지 못했다. 그녀를 만난다는 생각에 긴장했을까? 손이 떨리면서 손잡이를 잡고도 우물쭈물하고 있었다. 비서가 이상한 표정을 지어 보이며 문을 대신 열어줬다.

뛰는 가슴을 자제하면서 현관문을 열었는데 기대하던 사람이 보이지 않았다. 대신 피아노 소리가 크게 들려왔다. 잠시 멈춰서 음악 소리가 들리는 곳으로 눈을 돌렸다. 그녀가 피아노를 연주하고 있었다. 거실 구석에 놓여 있는 그랜드피아노 덮개 사이로 검은 드레스를 입은 여자의 모습이 얼핏 보였지만 그녀가 누구인지는 확인이 되지 않았다. 나는 그녀가 르네임에 틀림없을 것이라고 확신하고 계속 피아노를 응시했다.

음악이 고조되면서 흔들거리는 상체 위에 얼굴이 살짝 드러났다. 그녀는 분명 르네였다. 바로 한달음에 달려가 그녀를 끌어안으며 "나 왔어요!"라고 말하고 싶었지만, 발이 떨어지지가 않았다. 하는 수 없이 음악이 끝나기를 기다리며 계속 서 있었다. 음악은 쇼팽의 빗방울 전주곡인 것 같았다. 연주가 끝나자 르네는 나를 흘끗 한 번 쳐다보더니 냉정한 말투로 한마디 던지고는 주방 쪽으로 들어가 버렸다.

"그쪽 소파에 잠깐만 앉아 계세요!"

볼을 몇 번 번갈아 맞대는 프로방스식 인사는 아니더라도 반갑게 맞아줄 줄 알았는데……. 기대감이 여지없이 무너지는 순간이었다. 역시 도도한 옛 모습 그대로야. 나는 마치 잘못한 아이처럼 그녀의 명령에 따라 바로 소파로 가서 앉았다. 창밖으로 비오는 지중해가 칙칙하게 들어왔고, 나무 하나가 처량하게 바람에 흔들리고 있었다. 내 마음도 바람 따라 흔들리고 있었다. 그 망할 놈의 위압감 때문이었을까? 아니면 다시 만나는 데 따른 어색함이었을까? 나는 그녀에게 무슨 말을 할까를 생각했지만 아무 말도 생각나지 않았다. 드디어 무릎이 드러난 하얀 원피스로 갈아입은 그녀가 차 두 잔을 들고 와서 내 앞에 앉았다. 나는 그녀의 눈길을 피했다.

"역시, 아도니스는 슈트가 잘 어울려요!"

그녀는 무표정하게 나를 바라보며 한마디 던졌다. 그런데 나는 그 말에 어떤 말을 해야 할지 모르고 안절부절못하고 있었다. 잠시 정적이 흘렀다. 내 대답이 없자, 그녀는 왼손으로 긴 생머리를 쓸어 올리며 뭔가 무언의 보디랭귀지를 통해 나의 반응을 유도하는 것 같았다. 하지만 내 눈에는 오직 가느다란 하얀 손목만이 어른거릴 뿐이었다. 아무 반응이 없자, 그녀는 이번에는 내게 미소를 지으며 나를 똑바로 쳐다봤다. 그러고는 가슴을 앞으로 내밀며 다리를 이리저리 꼬면서 내 눈길을 유도하는 것 같았다. 나는 곁눈질로 그녀의 몸짓을 바라보고 있었다. 그녀의 가슴골 브이라인에 풍만한 가슴이 눈에 들어왔고, 치마 속에 살짝 노출된 그녀의 허벅지가 눈길을 잡아당겼다. 눈에서 시작된 감각이 온몸으로 번지며 달아올랐다. 심장이 요동치고 있었다.

침을 한번 꿀꺽 삼키고 마음을 진정시킨 후 용기를 내서 고개를 돌렸다. 그녀의 얼굴이 달덩이처럼 크게 보였다. 그녀의 장난스러운 미소가 사라진 얼굴에서 뜨거운 눈빛이 발사되고 있었다. 나도 사랑스러운 눈길로 그녀를 쳐다보았다. 두 사람의 시선은 마치 레이저광선이 맞부딪친 것처럼 뜨겁게 타오르고 있었다. 눈빛 광선은 서로 누구의 사랑이 센지 기 싸움을 벌이듯 물러설 줄을 몰랐다.

그녀의 광선이 나보다 센 것일까. 내 눈에서 눈물이 나오려고 했다. 영롱한 눈동자, 오뚝한 코, 빨간 입술, 얼마나 보고 싶던 얼굴이었던가? 그 얼굴을 상상하며 얼마나 많은 밤을 지새웠던가. 뜨거운 눈빛을 쏘아대며 간절히 사랑을 구걸하고 있는데, 어느 순간 그녀는 다시 얼굴을 돌리며 차갑게 말했다.

"어서 차 드세요! 식겠어요!"

그것은 사랑하는 연인들의 기 싸움, 바로 그것이었다. 나는 속으로 안도했다. 다시 지중해 쪽으로 고개를 돌려 숨을 돌렸다. 창밖에서 비 내리는 소리가 더욱 거세게 들려왔다. 그 빗소리가 내게 무슨 말을 해야 하는지를 가르쳐 주는 것 같았다. 나는 다시 고개를 그녀에게 돌려 용기내서 말했다.

"음악 소리와…… 빗소리가…… 구분이 안 될 정도로…… 잘, 잘, 치는데요."

겨우 이 말을 생각해 냈지만 목소리가 심하게 떨고 있었다. 떨리는 손으로 커피 잔을 냉큼 들어 한 모금 들이켠 다음 재빨리 탁자에 내려놓았다. 그녀에게 멋진 말을 해 주고 싶었는데 목소리는 떨렸고, 표정이 굳어서 의도대로 되지 않은 것 같았다. 너무 창피해서 고개를 돌려 얼굴을 찡그렸다.

"하하하하하하하하하, 커피 흘리겠어요."

그녀가 하얀 치아를 드러내 보이며 자지러지게 웃었다.

"아직도 아도니스의 말솜씨는 살아 있는데요. 하하하."

그녀가 또 웃었다. 그녀가 드디어 옛날의 그녀로 돌아온 것 같았다. 나도 그녀를 따라 수줍게 웃었다. 하지만 아직 긴장이 풀린 것은 아니었다. 다른 말이 생각나지 않았다.

"……."

잠시 후 그녀는 차 한잔을 홀짝이며 말했다.

"빗방울 전주곡은 쇼팽이 폐병에 걸리자, 연인 '조르주 상드'와 스페인의 마요르카 섬에 요양을 갔을 때 작곡한 곡인데, 비가 많이 내리던 어느 날 상드가 외출했다가 좀 늦었다네요. 상드가 집에 돌아와 문을 열고 보니, 쇼팽이 눈물을 주룩주룩 흘리면서 이 곡을 미친 듯이 치고 있었어요. 쇼팽은 그녀가 병든 자신을 영영 떠나버린 줄 알고 그리운 마음을 그렇게 처절하게 연주했던 거예요. 이 음악을 들으면 그 당시 쇼팽의 마음을 느낄 수 있어요. 오늘 마침 비가 와서 나도 이 곡을 연주했는데 누굴 생각했는지 아세요?"

그녀가 내게 질문을 던졌다.

이번 질문의 정답은 '아도니스'라는 것이 뻔해서 '내가 그렇게 보고 싶었어요?'라고 말할 뻔했다. 하지만 '이성적인 르네라면 절대 그와 같은 뻔한 질문을 던지지 않는다. 여기에도 뭔가 숨어 있는 코드가 있을 것이라는 생각이 퍼뜩 뇌리를 스쳤다. 그녀는 우리가 떨어져 있는 1년 동안 내가 얼마나 자기를 보고 싶었는지를 묻고 있는 것이 분명하다. 역시 르네다운 질문이었다. 나는 터져 나올 뻔한 웃음을 억누르고 눈물 연기를 보여줘야겠다고 생각했다. 창밖으로 눈을 돌려 일부러 슬픈 표정을 지어 보였다. 그런데 이상하게도 이별의 아픔이 떠오르면서 진심으로 눈물이 쏟아져 나왔다. 참 이상한 일이었다.

그녀는 내 사랑을 확인했다고 판단했는지 다른 주제로 화제를 돌렸다.

"언론을 보고 알았는데 돌로레스 언니는 어떻게 된 거죠?"

나는 내가 아는 대로 슬픈 돌로레스의 이야기를 해 줬다.

"교도소에서 목을 매 자살했어요. 죽기 전에 내게 뭔가 암시하는 편지를 보냈는데 그게 마지막이었죠. 바로 면회를 갔지만 이미 사고가 난 후였구요. 가족이 아무도 없어서 내가 장례식을 치러줬습니다."

르네는 내가 말하는 동안 고개를 끄덕이며 측은하다는 표정을 지어 보였다. 그녀도 돌로레스의 소식을 잘 알고 있었던 것 같았다.

"그랬군요. 당신이 고생을 많이 하셨네요. 나도 오늘 돌로레스 언니가 생각나서 애도의 뜻으로 검은 드레스를 입었어요. 그런데 아직도 돌로레스가 카사노바를 쏜 이유를 모르겠어요. 그리고 또 자살은 왜 한 거죠?"

나는 그녀의 편지 내용과 내 생각을 대충 섞어서 나름대로 이유를 설명해 줬다.

"내가 편지를 읽어봤는데 카사노바를 쏜 것은, 마지막 사랑이라고 생각하고 미래를 꿈꾸었던 카사노바가 파티장에서 당신과 격렬하게 키스하는 장면을 보고, 충격을 받고 순간적으로 이성을 잃어버린 것 같더라구요. 그리고 스스로 목숨을 끊어 버리려고 한 것은, 아마도 럭셔리한 생활에 익숙해 있던 자신이 감옥에 갇혀 있다는 현실이 너무나 자존심 상하는 일이었을 것이고, 더 큰 이유는 더 이상 여자로서 사랑받을 수 없다는 상실감이 더 참을 수 없었던 것 같아요."

"그랬었군요. 불쌍한 돌로레스 언니."

그녀는 혀를 끌끌 차면서 돌로레스를 동정하는 듯한 표정을 지어 보였다.

"……."

"이건 내 생각인데……."

그녀가 갑자기 표정을 바꾸면서 한마디 거들었다.

"돌로레스의 극단적인 선택은 뭐랄까, 채워도 채워도 만족할 수 없는 내면의 결핍 때문이 아니었나 싶군요. 잘해 주던 전남편과 나름대로 행복한 결혼 생활을 하고 있었지만, 항상 마음속에 채워지지 않는 무언가를 채우려고 했었던 것 같아요. 그리고 아도니스 당신을 사랑했는데 당신도 그녀를 떠나 버리고, 마지막 사랑이라고 생각되었던 카사노바에게 모든 것을 걸었는데 카사노바가 떠나버릴지도 모른다는 불안감. 카사노바와 내가 춤추는 모습을 목격하고는 이별을 확신하게 되고, '카사노바도 전남편과 별반 다르지 않겠구나'라는 사실을 깨닫게 되면서 자포자기의 심정이 되고 극도의 흥분 상태에서 카사노바에게 총을 쏘았고, 자신도 더 이상 살아야 할 이유를 잃어버린 것 같아요."

그녀는 마치 자신과는 아무런 상관도 없는 일인 것처럼 제삼자의 입장에서 돌로레스와 카사노바의 죽음을 분석하고 있었다. 그리고 내 눈을 똑바로 쳐다보면서 내게 질문을 던졌다.

"내 춤을 보면서 당신의 생각은 어땠어요? 나를 죽이고 싶지 않았나요? 질투하지 않았어요?"

"무슨 그런 흉칙한 생각을……. 나는 그냥…… 카사노바와 당신의 춤은…… 뭐랄까, 춤이 아니라 예술이라고 생각했어요."

갑작스러운 그녀의 질문에 나는 너무 놀라 떨리는 목소리로 적당히 얼버무리면서 솔직한 마음을 숨겨야만 했다. 그리고 그녀의 눈치를 살피면서 질문을 던졌다.

"그런데 마지막 파티에서 카사노바와 당신의 춤은 누가 봐도 진실한 사랑을 표현하고 있었던 것 같은데……."

"하하하하, 그렇게 보였다면 대성공이군요. 그것은 퍼포먼스에 불과해요. 난 예술가예요, 그때 카사노바는 내가 모델로 선택한 거였구요. 관객들이 우리의 퍼포먼스를 진실로 받아들였다면 그야말로 성공한 거죠. 내가 추구하는 예술이 진실성인데 정말 그렇게 보였었군요. 물론, 예상치 못한 불상사가 일어났기는 하지만……."

그녀는 엄청난 사건을 유발시킨 당사자였음에도 불구하고 별로 죄책감을 못 느끼는 것 같았다. 나는 갑자기 충격에 휩싸여 멍하게 앉아 그녀의 말을 듣고만 있었다. 아무리 예술 행위라지만 사랑했던 아도니스 앞에서 벌거벗은 차림으로 성행위를 연상시키는 공연을 한 그 대담성, 그리고 두 명을 죽게 만든 당사자였음에도 제3자의 입장에서 태연하게 말하는 태도는 그녀가 도덕 불감증을 앓고 있는 환자가 아닐까, 라는 생각을 불러일으켰다. 카사노바를 사랑하지 않았다는 사실만 약간 위안이 되었다.

그녀는 나의 놀라는 표정을 감지했는지 화제를 바꿨다.

"내가 생각하는 사랑이라는 것은, 육체적 욕망이나 조건에 맞는 상대방을 찾으려는 욕망이 아니라 영혼의 가치가 비슷한 사람을 찾는 과정이거나, 아니면 비슷하게 맞춰가려는 노력이라고 생각해요. 내가 아도니스에게 늘 그랬죠? 나랑 사랑하려면 가치를 높이라고……. 내 사랑을 얻으려면 험난한 과정이 기다릴 것이라고……. 사랑은 두 사람의 영혼이 적당한 거리를 유지하면서 서로 끌어당기는 힘이라고 생각해요. 마치 태양과 지구처럼, 지구와 달처럼……, 어느 하나가 너무 크면, 작은 쪽은 끊임없이 움직여야 관계가 유지되죠. 그래서 영혼의 가치가 동일해지는 순간 같은 거리에서 영원히 맴돌 수 있어요."

그녀는 갑자기 자신의 사랑관을 역설하고는 보여줄 그림이 있다면서 2층의 아틀리에로 나를 안내했다.

128

아르카디아 3

"지난 1년 동안 내가 그린 '아르카디아'라는 작품이에요."

그녀가 2층 작업실 계단을 오르면서 말했다. 50평 정도 되는 아틀리에로 들어서자 전면을 가득 채운 대형 그림이 눈에 들어오고, 네 벽면에 그림이 가득 차 있었다. 천장에 설치된 대형 모니터에서는 형형색색의 비디오 아트가 상연되고 있었다. 나는 그림 앞에 바짝 다가가 시계 방향으로 천천히 돌면서 감상했다. '니콜라 푸생', '루벤스' 등 거장의 화가들이 그린 '아르카디아'를 책에서 보기는 했지만, 그것들과는 좀 달랐다. 특히 추상화라는 점, 대작이라는 점이 크게 다른 것 같았다. 작품에는 아름다운 대자연의 풍경, 춤추는 목동들, 벌거벗은 요정들, 일각수, 사티로스, 디오니소스 등 자연과 인간, 동물과 신이 함께 어우러져 마치 내가 무릉도원에 와 있는 듯한 착각을 일으켰다.

"고대 그리스에 있었다는 아르카디아를 상상한 거예요. 여러 화가들이 비슷한 그림을 그리기는 했는데 나는 좀 더 차원 높은 세계를 표현하고 싶었어요. 말하자면, 신에 의해 계획된 관념화된 에덴동산이 아니라, 인간들이 꿈꾸고 만들어가는 이상적인 세상이에요. 거기에는 아름다운 자연과 인간들의 평화로운 삶, 광기와 도취뿐만 아니라 슬픔과 죽음도 있어요. 나는 천국이란 것도 신이 만들어낸 미지의 장소가 아니라 인간들의 머릿속에 담긴 아름다운 기억들의 판타지가 아닐까 생각해요. 어때요, 잘 그리지 않았나요?"

그녀는 그림을 설명하다가 내게 자랑이 하고 싶은 것 같았다.

"마치 미켈란젤로의 '천지창조'에 비교될 수 있는 훌륭한 작품인데요."

나는 진심으로 그녀를 칭찬해 줬다.

"하하하, 최고의 찬사인데요. 사실 화가들이라면 불멸의 작품을 남기고 싶은 욕망이 있죠. '천지창조'도 그중 하나일 것 같고, '최후의 만찬'도 그렇고……"

대충 그림 설명이 끝나자 그녀는 구석에 위치한 소파로 나를 안내했다. 탁자 위에는 미리 준비해 놓은 레드 와인과 와인 잔 두 개가 놓여 있었다. 그녀는 잔에 와인을 가득 채운 다음 내게 한잔을 건네주고 자신도 잔을 들었다.

"우리 건배해요. 이거 '로마네 콩띠'인데 내가 그림을 완성하면 늘 마시는 술이에요. K 화백이 운영하는 '패리스 애플'에도 이 술을 보냈는데 함께 마셨다면서요?"

그녀는 뜬금없이 K 화백의 이야기를 꺼냈다. 나는 K 화백과의 풋사랑을 떠올리고 싶지 않아서 아무 대답도 하지 않고 한잔을 벌컥 들이켰다. 그녀도 나를 따라 한잔을 마셨다. 사랑하는 남자와 자신의 성취를 자축하고 싶었던 것일까? 그래서 나를 니스로 부른 것일까?

우리는 몇 번 더 리필을 하면서 그녀의 그림을 주제로 대화를 나누고 있었다. 그러나 이별의 아픈 기억들에 대해서는 서로 말을 아꼈다.

"오, 신이시여, 내가 정녕 이 그림을 그렸나이까? 신께서 그렸나이까? 노, 노, 노! 아도니스가 그렸어요. 아도니스가 계획한 '최후의 만찬' 파티가 영감을 줬어요. 나의 보물! 나의 사랑! 정말 고마워! 이쪽으로 좀 넘어와 봐요, 아도니스."

술기운이 올랐는지 르네는 빨갛게 상기된 얼굴로 횡설수설하며 흐트러진 자세를 보이기 시작했다. 나는 그녀의 칭찬에 우쭐해져서 재빨리 그녀 옆으로 건너가 앉았다. 그녀는 갑자기 두 팔로 나를 껴안으며 내 뺨에 키스를 퍼부었다. 나는 그대로 앉아 그녀의 입술을 달콤하게 받고 있었다.

"카사노바도 가고, 돌로레스도 가고, 이제 아무도 우리의 사랑을 방해할 수 없어요. 아도니스."

그녀가 다시 혀 꼬부라진 소리로 건배를 제의했다. 우리는 잔을 부딪친 다음 동시에 원샷을 했다.

"나 사랑해요?"

그녀가 나를 바라보며 말했다. 나는 아무 말도 하지 않고 고개만 끄덕이고 있었다. 그녀는 내 사랑을 확인했다고 생각했는지 갑자기 나를 껴안으며 말했다.

"나도 그동안 당신이 얼마나 보고 싶었는지 몰라요. 당신의 사랑이 없었으면 난 이 작품을 완성시키지 못했을 거예요."

그녀는 양손으로 내 얼굴을 들면서 나를 바라봤다. 그녀의 눈은 분명 나를 사랑하고 있었다. 나는 바로 그녀를 껴안으며 입술을 훔쳤다. 그동안 르네가 보고 싶어 얼마나 많은 밤을 지새웠던가! 그녀와 키스하는 상상을 하며 얼마나 괴로웠던가! 우리는 오랫동안 입술을 맞대며 서로의 사랑을 확인하고 있었다.

다시 시작된 사랑은 온몸을 태워버릴 만큼 뜨거웠다. 마치 타오르는 활화산처럼 모든 것을 집어삼킬 듯 격렬했다. 한창 사랑을 나누고 있는데 갑자기 아래층에서 가정부가 부르는 소리가 들려왔다. 그녀는 잠시 다녀오겠다며 자리를 떴다. 나는 취기가 올라와서 비스듬한 자세로 천정을 바라보고 있었다. 천장에 설치된 비디오에서 낯익은 장면이 눈에 들어왔다. 그것은 '최후의 만찬' 파티 장면을 위에서 비디오카메라로 찍은 것이었다. 그런데 별로 놀라지 않았다. 르네가 또 몰래 촬영하여 자신의 예술에 이용했다고 생각하고 대수롭지 않게 여겼다.

그런데 피아노 근처에서 르네가 권총 한 자루를 들고 있는 장면이 희미하게 포착되었다. 돌로레스가 들고 있는 총과 똑같은 총 한 자루가 르네의 손에 들려 있었던 것이다. 잠시 후 돌로레스가 총을 쏜 후 바로 어둠이 깔리면서 르네의 모습은 영상에서 나타나지 않았다. 나는 한쪽 구석에 위치한 VCR을 찾아 리와인드를 해서 그 장면을 다시 돌려봤다. 르네는 어둠 속에서 피아노 근처에 있는 물건을 손으로 잡았고, 순간 빛이 사라졌고, 잠시 후 불꽃놀이의 섬광이 창밖으로 들어왔다. 돌로레스가 총을 쏘았을 때 왜 르네도 총을 잡고 있었을까? 나는 그녀의 리볼버 권총이 여기 어딘가에 숨겨져 있을 것이라는 생각이 들어서 아틀리에를 여기저기 뒤지기 시작했다. VCR 탁자 서랍을 열자, 거기에 권총 한 자루가 있었다. 총에는 아직도 다섯 발의 총알이 장전되어 있었다. 그때 그녀가 한 발을 쏘았던 것일까?

나는 다시 소파로 돌아와 앉아서 총을 주머니에 집어넣고 생각에 빠져들었다. 르네는 아직 돌아올 기미가 보이지 않았다.

129

아르카디아 4

르네가 왜 총을 들고 카사노바를 겨누고 있었을까? 그녀가 총을 쏜 것일까? 아니야, 아무리 예술에 이용하려고 한다손 치더라도 그런 짓을 꾸밀만한 위인은 아니야. 설사 르네가 무슨 음모를 꾸몄더라도 나만 비밀을 지킨다면 다시 시작된 사랑은 아무 문제가 없어. 내가 르네의 약점을 알고 있는 이상 결혼을 해서도 주도권을 잡을 수 있고, 유명한 화가의 남편으로 낭만적인 파리 생활을 즐기며 살아갈 수 있어. 세상은 그렇게 돌아가는 거야, 세간에 알려진 대로 돌로레스가 카사노바를 총으로 쐈고, 죄책감으로 자살을 했다는 분명한 사실은 그대로 진실이 되어 버리고, 증인이나 증거가 없으니 다시 수사할 수도 없어. 돌로레스와 카사노바가 조금 불쌍해 보이기는 하지만 죽은 자들이 다시 살아날 수도 없잖아.

10여 분이 지났을까. 술이 조금씩 깨자, 머리가 이성으로 돌아오고 여러 가지 생각으로 가득 차 혼란스러웠다. '그녀가 정말 장 회장이 말하던 팜므파탈이라면, 그녀는 무슨 짓이든 할 수 있어. 그리고 내가 아무리 그녀의 약점을 잡고 산다 해도, 언젠가는 나도 비참하게 죽임을 당할 수 있어. 아 끔찍해! 우리의 사랑이 이뤄지려면 지금 그것을 따지고 넘어가야 해. 사랑하는 사이에서 비밀을 간직한 채 살아간다는 것은 시한폭탄과 같아.'

그러는 동안 가슴 한켠에는 마지막 파티에서 카사노바와 벌거벗은 채 춤을 추던 그녀의 모습이 떠오르면서 분노가 치밀어 올랐다. 심장부터 발끝까지 온몸이 부르르 떨리기 시작했다. 나는 주머니에 손을 넣어 총을 빼들고 엉거주춤하게 일어섰다. 그리고 팔을 쭉 뻗어 계단 쪽으로 겨누었다. 소파와 계단과의 거리는 10여 미터. 그녀가 나타나면 뭐라고 말하지? '나를 정말 사랑했어?'라고 말할까?

그녀가 계단으로 올라오는 소리가 들렸다. 짧은 순간 여러 가지 생각들이 머리에 떠올랐다. 그동안 나는 얼마나 그녀 앞에 나약한 존재였던가. 그녀는 주인이었고 나는 종이었다. 그런 관계에서 사랑이 성립될까? 그녀가 말한 사랑이라는 게 비슷한 가치를 가진 사람들이 서로 끌어당기는 힘이라는데 나는 아직도 그녀에게 많이 부족해. 그렇다면 비밀을 알고 있는 내가 더 큰 권력을 갖고 있어. 또 지금 나는 총이라는 권력도 갖고 있잖아. 지금이 그것을 역전시킬 수 있는 기회야. 내 가치를 최고로 높일 수 있다고. 지금이 그녀를 굴복시킬 수 있는 절호의 찬스라고! 그녀가 총으로 카사노바를 쐈는지, 아니면 그냥 총만 들고 있었는지는 2차적인 문제일 뿐. 그러니 대충 이유를 들어보고 합당한 변명이라면 모른 척 넘어가주면 되잖아. 그게 가장 현실적인 방안이야. 아냐! 아냐! 그녀가 진짜로 총을 쐈을지도 몰라. 세상에 비밀은 없어. 죄를 지었으면 벌을 받아야 해. 나는 마치 정의의 사도인 것처럼 총을 만지작거리고 있었다.

드디어 르네의 모습이 머리부터 천천히 드러나고 있었다. 그녀가 한 발짝 한 발짝 올라올 때마다 나는 숨을 죽이며 총구를 그녀의 심장 가까운 쪽으로 움직였다. 마침내 그녀가 계단 위로 올라와 2층 바닥에 섰다. 가슴이 쿵쾅쿵쾅 뛰면서 총구가 흔들리고 있었다. 여전히 그녀는 나와 90의 각도로 다른 방향을 보고 있었다. 권총의 가늠쇠 구멍으로 그녀의 뽀얀 가슴이 들어왔다. 그러나 그것은 이미 사랑하는 여자의 아름다운 가슴이 아니라 심판을 받아야 할 팜므 파탈의 가슴으로 인식이 되었다. 나는 오른손 검지를 방아쇠에 바짝 대고 조금씩 압력을 가하고 있었다. 아직 나를 발견하지 못한 그녀는 태연하게 "미안해요. 파리 갤러리에서 그림 산다는 사람이 연락이 와서……"라고 말하고 내 쪽으로 방향을 틀었다.

"앗!"

그녀는 총을 든 나를 발견하자 바닥에 털썩 주저앉았다. 나는 너무 놀라 방아쇠에서 검지를 살짝 떼고, 총구를 위쪽으로 돌렸다. 잠시 몇 초 동안 우리는 그런 자세로 그대로 있었다.

잠시 후 그녀가 일어나 자세를 가다듬고 날카로운 눈빛으로 나를 쏘아보았다. 아마도 나의 어설픈 모습을 보고 내가 총 쏠 의사가 없음을 알아차린 것 같았다. 역시 이성적인 르네였다. 그녀는 '너 따위가 감히 어떻게 나한테 총을 겨누고 있어?'라는 표정으로 냉정하게 소리쳤다.

"이게 무슨 짓이에요? 그 총 당장 내려놔요!"

나는 갑작스럽게 외치는 소리에 너무 놀라 총을 떨어트릴 뻔했다. 하지만 나를 두려워하기는커녕 아이를 나무라는 듯한 태도가 다시 나를 격분시켰다. 나는 정신을 가다듬고 오른손을 앞으로 뻗어 그녀를 향해 총을 겨눴다. 하지만 여전히 르네의 표정은 굳어 있었고, 그 위압감은 총을 겨눈 자의 권력을 압도하고 있었다. 나는 다시 자세를 가다듬고 오른손 검지를 방아쇠 쪽으로 약간 더 당기고 있었다. 여차하면 격발이 될 수도 있는 일촉즉발의 상황. 그럼에도 불구하고 그녀는 앞으로 한 발 다가왔다.

"거기 그대로 있어, 다가오지 마. 안 그러면 쏘겠어."

나는 소리를 크게 질렀다. 하지만 목소리는 떨렸고, 총 든 손도 부르르 떨리고 있었다.

"내가 다 설명할게요. 제발 총 좀 내려놓으세요."

그녀는 그 자리에 선 채 두 손을 들어 올리고는 설득하듯이 말했다. 내가 아무 말 없이 머뭇거리자, 그녀는 다시 내 쪽으로 한 발 다가왔다. 그러나 혹시라도 내가 이성을 잃고 어떻게 할까 봐 양손을 들고는 조심스럽게 움직였다. 그러나 나는 그녀가 무슨 말을 했는지 들리지 않았다. 내 모든 신경은 가늠쇠 구멍에 들어온 그녀의 가슴에 집중되고 있었다. 그녀의 언어가 한 귀로 들어왔다 한 귀로 흐르고 있었다. 나는 계속 내 행동을 합리화시키는 생각을 떠올리고 있었다. '그녀의 모든 말과 행동은 가식이며 위선이야. 여기서 그녀에게 넘어가면 안 돼. 하얀 악마가 또 나를 꾀고 있어. 저것은 악마일 뿐이야.' 생각이 정리되자 다시 그녀를 향해 소리쳤다.

"당신이 카사노바를 쏜 거야? 돌로레스가 쏜 총은 또 뭐야?"

차분하게 따지고 있었지만 아직도 말은 더듬거렸다. 그녀는 내 앞으로 또 한 발 다가오며 말했다.

"내 말 좀 들어봐요. 오해예요!"

이제 우리 사이는 5미터 정도로 가까워졌다. 그녀가 설명을 이어갔다.

"미국 보스턴에서 카사노바와 사귀고 있을 때였어요. 어느 날 그는 무슨 클럽을 결성했다면서 리볼버 권총을 사야 한다고 하더군요. 그래서 보스턴 시내에 있는 총기상으로 같이 총을 사러 간 적이 있어요. 그는 소형 리볼버 권총 한 자루와 함께 총알 한 발을 사더군요. 나중에 그 사람과 헤어진 후 나도 호신용으로 필요할 것 같아서 똑같은 총 한 자루와 공포탄 여섯 발을 샀구요. 작년에 당신이 마지막 파티를 개최할 때, 그동안 구상해 뒀던 '아르카디아'라는 그림에 활용하려고 파티의 영상을 찍고 싶었어요. 그래서 카사노바를 이용하기로 하고 촬영이나 음향 부분은 P 사장에게 미리 부탁했어요.

카사노바에게 접근해서 함께 파티에 가고 싶다고 했더니 흔쾌히 승락하더군요. 그때 그는 돌로레스와 결혼을 약속하고 있었던 것 같던데, 내가 마치 몸을 줄 것처럼 유혹했더니 바로 낚이더군요. 그래서 함께 춤도 배우고, 연습도 하고……. 그에게 공연의 시나리오를 알려줬는데 재밌겠다면서 열심히 춤을 연습하더군요. 시나리오는 팜므 파탈의 여자가 남자를 유혹하여 남자와 한 몸이 되려는 순간 그를 총으로 쏴서 죽여 버린다는 내용이었어요. 그래서 나는 공포탄이 장전된 리볼버 권총을 준비하고 피아노 밑에 숨겨 뒀고, 시나리오대로 카사노바가 승리에 도취된 춤을 추고 있을 때 총을 쏘는 연기를 하려고 했어요. 그런데 그때 내가 막 총을 쏘려던 순간, 갑자기 어떤 여자가 무대 앞에서 총을 쏜 거예요. 나는 그녀가 돌로레스인 줄도 몰랐어요."

그녀의 눈에 눈물이 고이고 있었다. 나는 총에 장전되어 있는 것이 공포탄이라는 사실도 잊어버린 채 그녀에게 계속 총을 겨누고 있었다. 그녀가 말을 이어갔다.

"미안한 일이지만, 내가 가면을 벗어 버린 것도, 카사노바와 내가 옷을 다 벗고 춤을 춘 것도 의도적인 거예요. 나는 내 예술에 이용할 목적도 있었지만 나에 대한 당신의 사랑도 시험해 보고 싶었어요. 어쨌든, 카사노바는 당신의 춤을 한 번쯤 이겨보고 싶어 하는 것 같았어요. 그리고 무엇보다도 카사노바는 나와 함께 사랑을 나누고 있다는 것을 당신에게 보여 주는 것에 흥분을 느끼는 것 같았어요."

"그런데 돌로레스는 어떻게 파티에 온 거지?"

"한번은 돌로레스가 카사노바와 내가 춤 연습을 하고 있는 모습을 보고 그대로 도망간 적이 있어요. 아마도 그때부터 카사노바에 대한 배신감을 느꼈고, K의 파트너로 파티에 참석해서 나와 카사노바의 행동을 지켜보려고 한 것 같아요."

나는 '그렇다면 당시 내가 무대 위로 총을 쐈다면, 내가 살인범이 될 것이 아닌가!'라는 생각을 하면서 크게 소리 질렀다.

"내가 무대 위로 총을 쐈을 수도 있는데 그럼 나를 감옥에 넣으려고 한 거야? 그게 사랑했다는 사람에게 할 짓이야?"

그녀가 다시 한 발 다가왔다. 나는 그녀에게 총을 겨누며 "가까이 오지 마!"라고 소리 질렀다. 그녀는 다시 설명을 이어갔다.

"제발 좀 진정해요. 당신이 들고 있는 총, 총알 그거 공포탄이에요. 나는 당신을 믿었어요. 물론 당신을 시험한 것은 미안하지만……. 나는 당신이 그런 상황에서 어떻게 행동할지 그것이 궁금했어요. 내가 얘기했잖아요. 나랑 사랑하려면 험난한 과정을 거쳐야 된다고······. 2년 전, 지하 주차장에서 당신에게 테러를 하도록 꾸민 것도 내가 했어요. 당신의 의지, 나에 대한 사랑을 시험해 봤어요. 그때 나는 당신이 어떤 어려운 상황 속에서도 사랑을 포기하지 않을 사람이란 것을 깨달았어요. 그래서 당신을 믿었어요."

"그걸 말이라구 해? 사람을 죽여 놓고 사랑 때문에 그랬으니까 용서해 달라는 거야?"

나는 그녀의 대답을 더 이상 듣고 싶지 않았다. 빠른 동작으로 오른손을 돌려 총을 내 머리에 겨눴다. 나는 총에 장전된 탄환이 공포탄이라는 사실을 이미 잊어버리고 있었다. '그녀는 도저히 상상할 수 없는 일을 꾸미고 행동에 옮기는 엄청난 여자다. 그런 여자를 나는 사랑할 자신이 없다. 그녀를 사랑했다는 사실로 인해서 얼마나 많은 희생이 뒤따랐는가. 이제 나는 내 사랑을 내려놓을 때가 되었다. 물론 아직도 나는 르네를 사랑한다. 사랑을 가슴에 안고 스스로 목숨을 끊는 것이 차라리 내 사랑을 지키는 길이다. 돌로레스와 카사노바를 저세상으로 보낸 것도 모두 내 탓이다.' 나는 눈을 감고 표정을 일그러뜨리면서 방아쇠를 당길 준비를 했다. 갑자기 그녀의 목소리가 들려왔다.

"아도니스, 제발 그러지 말아요. 총 내려놔요."

그녀는 울먹거리며 애원하듯 말했다.

나는 눈을 뜨고 그녀를 바라보며 마지막이라는 심정으로 말했다.

"날 사랑했어?"

그녀는 당황스러운 표정으로 다급하게 말했다.

"내 예술의 목적은 사랑이에요. 당신에 대한 사랑. 당신은 내가 사랑한 유일한 사람이에요. 나는 어렸을 때 받은 상처로 인해 트라우마가 있어요. 그래서 함부로 사랑을 못 하는 사람이에요. 그래서 날 쫓아다닌 사람에게 늘 시험을 했어요. 그것은 나에 대한 사랑이 진심인지, 아니면 순간적인 욕망인지 그것을 판단하기 위해서예요. 마지막 파티에서 카사노바와 내가 나신으로 춤을 추고 키스를 나눌 때 나는 당신의 눈동자를 발견했어요. 당신은 분노하면서도 그것을 참아내고 있었어요. 그 영혼에서 뿜어져 나오는 눈빛이 너무 아름다웠어요. 그때 나는 당신의 영혼의 가치가 내 것과 대등하다는 것을 알았어요."

그녀의 눈에서 눈물이 뚝뚝 떨어지고 있었다. 그녀의 눈물이 진심을 말하고 있는 것 같았다. 그것은 분명 나를 사랑하고 있다는 징표였다. 그녀는 나의 표정이 한풀 꺾였다는 것을 알아차리고는 차분한 목소리로 말했다.

"어려운 상황에서도 당신은 인내하고, 헌신하고, 힘들었지만 배신하지 않았어요. 특히 돌로레스 언니가 죽자 장례식을 치러줬다는 것을 알았을 때, 당신이라는 남자는 믿을 만하다고 생각했어요. 이제 나에 대한 미움, 원망 이런 것은 모두 저 지중해에 던져 버리기를 바라요. 내 마지막 사랑은 당신이에요. 당신을 나의 남편으로 받아들이고 싶어요."

그녀의 고백을 듣는 동안 가슴속에서 뭔가 뜨거운 것이 불처럼 일어나며 '살아야 한다'는 생각이 들었다. 아마도 내 안에 임재한 신이 '살아야 한다'고 명령한 것인지도 모른다. 신이 뜨거운 심장을 통해, 내 세포 하나하나에게 '죽어서는 안 된다'고 나를 설득했던 것일까? 갑자기 눈에서 뜨거운 눈물이 폭포수처럼 쏟아져 내렸다. 그것은 생명을 살린 신이 흘리는 눈물일지도 모른다. 총을 든 오른손이 슬그머니 아래로 내려오고 있었다. 그녀가 곁으로 다가와 총을 빼앗아서 탁자 위에 내려놓았다. 그녀가 내 어깨를 슬며시 껴안았다. 나는 가만히 그녀에게 내 몸을 맡겼다. 그녀가 포옹을 풀며 내 눈물을 닦아줬다. 멀리서 교회 종소리가 들려왔다.

비가 그치고 밝은 햇빛이 큰 창을 통해 아틀리에로 들어오고 있었다. 멀리 지중해의 파도가 종소리에 맞춰 하얗게 부서지고 있었다. 우리는 서로 한참 동안 바라보며 사랑을 확인하고 있었다. 그녀의 눈동자에서 밝은 미래가 보이는 것 같았다. 창밖으로 야자수 나무가 가볍게 흔들거리고 있었다.

"당신에게 줄 선물이 있어요. 아줌마! 애 좀 데리고 올라오세요."

그녀의 목소리가 밝았다. 가정부가 아이를 안고 올라오자 르네가 아이를 받아 들었다.

"이 아이 좀 보세요. 너무 예쁘지 않아요? 당신의 눈을 많이 닮은 것 같아요. 초롱초롱하죠?"

나는 멍하게 그 아이를 바라보고 있었다. 그녀는 "좀 있다 내려오세요."라고 말한 다음, 알듯 모를 듯한 미소를 지으며 아이를 데리고 아래층으로 내려갔다.

아틀리에에 태풍이 지나간 것처럼 고요한 침묵이 흘렀다. 나는 소파에 앉아 고개를 들어 천장을 보았다. 갑자기 모니터에 카사노바가 춤추는 장면이 나오고 있었다. 나는 총을 집어 들어 그를 향해 방아쇠를 연속 당겼다.

"탕, 탕, 탕, 탕, 탕."

대형 모니터가 박살나며 유리 파편들이 흩어졌다. 카사노바의 팔, 다리, 머리 등이 조각조각 분해되어 사라졌다. 햇빛을 받은 유리 조각들이 다이아몬드처럼 영롱하게 빛나며 아르카디아를 아름답게 수놓고 있었다.